Une maman pour Mo

*

Retrouvailles à l'hôpital

*

Pour un baiser du Dr Donavon

AMY RUTTAN

Une maman pour Mo

Traduction française de
CHRYSTELLE POULAIN

BLANCHE

HARLEQUIN

Collection : Blanche

Titre original :
A MOMMY FOR HIS DAUGHTER

Ce roman a déjà été publié en 2018

HARPERCOLLINS FRANCE
83-85, boulevard Vincent-Auriol, 75646 PARIS CEDEX 13
Service Lectrices — Tél. : 01 45 82 47 47 - www.harlequin.fr
ISBN 978-2-2804-8968-3 — ISSN 0223-5056

Composé et édité par HarperCollins France.
Imprimé en février 2023 par CPI Black Print (Barcelone)
en utilisant 100% d'électricité renouvelable.
Dépôt légal : mars 2023.

FSC
www.fsc.org
MIXTE
Papier issu de sources responsables
FSC® C159065

Pour limiter l'empreinte environnementale de ses livres, HarperCollins France s'engage à n'utiliser que du papier fabriqué à partir de bois provenant de forêts gérées durablement et de manière responsable.

1.

Evelyn Saunders ferma les yeux tout en se cramponnant à l'accoudoir de son fauteuil.

Le petit Cessna traversait une zone de turbulences. Si les autres passagers ne semblaient pas inquiets, elle, en revanche, était au bord de la crise de nerfs.

Elle détestait voler ! Comme si elle avait besoin de ça ! Comme si elle n'était pas déjà assez stressée…

En vingt ans, rien n'avait changé dans cette région côtière d'Alaska. Il fallait toujours prendre un avion minuscule à Sitka pour gagner Wolf's Harbour. L'autre solution était d'emprunter un bateau de croisière qui effectuait la traversée du passage Cross en huit heures. Elle aurait volontiers choisi cette option, mais aucun départ n'avait été programmé ce jour-là.

Elle aurait également pu prendre le bus pour rejoindre Juneau. Ensuite, elle aurait embarqué sur un ferry des lignes régulières, mais elle ne serait sans doute arrivée que le lendemain.

Le transport aérien restait décidément incontournable en Alaska. Or, même si elle avait parcouru le monde avec son infatigable voyageuse de grand-mère, elle n'aimait toujours pas l'avion.

Dire qu'elle paniquait déjà dans un Boeing en première classe ! Par comparaison, le Cessna ressemblait à une boîte de conserve !

La dernière — et seule — fois où elle était montée dans ce type d'engin, elle avait dix ans.

À l'époque, sa mère était décédée six ans plus tôt. Quand son père s'était fait renverser par un camion, elle s'était donc retrouvée orpheline, mais pas seule au monde, car sa grand-mère et son oncle maternels d'origine tlingit, un peuple indigène du sud-est de l'Alaska, habitaient également Wolf's Harbour. La logique aurait voulu qu'elle reste avec eux, mais on ne lui avait pas demandé son avis, et sa grand-mère paternelle en avait décidé autrement. Elle avait obtenu sa garde et l'avait fait venir à Boston.

Après cela, son « autre famille » avait coupé les ponts. Personne ne lui avait donné de nouvelles ni n'avait répondu à ses lettres, à son grand désespoir.

Après tout, n'avait-elle pas eu ce qu'elle méritait ? C'était sa faute si son père n'était plus de ce monde. Il semblait normal que ses proches lui en aient voulu.

À Wolf's Harbour, le Dr Thorne Saunders était une figure locale, un médecin généraliste aimé de toute la population pour son humanité et son dévouement. Ce soir-là, il était parti à la nuit tombée. Il avait quitté la maison pour aller retrouver Jocelyn, la jolie blonde qu'il souhaitait épouser. Elle détestait cette femme, si bien qu'il la fréquentait presque en cachette…

— Mesdames et messieurs, nous entamons notre descente sur Wolf's Harbour. Merci d'attacher vos ceintures.

Quand le pilote réitéra son annonce en tlingit, Evelyn se sentit le cœur gros. Elle ne serait plus capable de tenir une conversation dans cette langue amérindienne rare, même si elle la comprenait encore.

Cela faisait vingt ans qu'elle ne l'avait pas parlée. Sa grand-mère paternelle lui avait interdit d'évoquer l'Alaska et tout ce qui s'y rapportait. La vieille dame n'avait jamais pardonné à son fils unique d'avoir renoncé à une brillante carrière de chirurgien pour aller « s'enterrer dans un trou perdu », allant même jusqu'à le déshériter. Le sujet était sensible et, du haut de ses dix ans, Evelyn avait bien compris qu'elle n'avait pas d'autre choix que de se taire. Tout, plutôt que de mécontenter son aïeule. Si celle-ci l'avait rejetée, elle n'aurait plus eu personne…

Au fond, c'était reculer pour mieux sauter. Grand-mère était morte, elle se retrouvait seule au monde, et c'était sa faute.

Quinze mois plus tôt, elle avait quitté Nathan, mettant fin à deux ans de relation suivie malgré son affection pour lui.

Généraliste surdoué, Nathan dirigeait un cabinet prospère dans le Minnesota. Son avenir assuré, il avait parlé mariage et enfants, mais elle n'avait pas voulu s'engager.

N'avait-elle pas assez souffert ? À quoi bon fonder une famille pour courir le risque de la perdre ?

Bien sûr, Nathan n'aurait pas pu comprendre cette angoisse. Pour justifier son refus, elle lui avait dit vouloir privilégier sa carrière. Il l'avait alors accusée d'être froide, sans cœur…

Elle n'y avait jamais réfléchi, mais peut-être était-ce vrai ? À force de verrouiller ses émotions — à l'image de sa grand-mère —, elle s'était endurcie. Tout bien considéré, elle avait rendu service à Nathan : il méritait mieux qu'elle.

Absorbée par ses souvenirs douloureux, elle n'avait pas senti le tangage diminuer. Lorsqu'elle en prit conscience, elle lâcha l'accoudoir et se tourna vers le hublot.

Son cœur se serra devant la vision nouvelle et pourtant si familière de la petite ville nichée à flanc de pente et des bateaux ancrés dans le port. Comme souvent en été, il pleuvait, mais le soleil s'offrait quelques percées à travers les nuages, baignant le paysage de cette lumière caractéristique, presque irréelle, qu'elle n'avait jamais revue ailleurs.

La première année, elle avait rêvé de Wolf's Harbour toutes les nuits. Peu à peu, ces visions s'étaient estompées sans disparaître complètement, mais elle n'en avait jamais parlé à personne, et surtout pas à sa grand-mère.

Pour oublier son chagrin, celle-ci l'avait emmenée en voyage aux quatre coins du monde pendant toutes les vacances scolaires. Heureusement, Evelyn, d'un tempérament calme et brillante élève, n'avait pas eu de mal à se faire aimer d'elle. Au fil des ans, la vieille dame était devenue moins aigrie, comme apaisée, clamant à l'envi sa fierté de son adorable petite-fille.

Evelyn avait éprouvé une peine sincère lorsque, étudiante en dernière année de médecine à Harvard, elle avait appris le décès de son aïeule. Pour aller de l'avant, elle avait alors voulu se dépayser. Elle avait effectué son internat dans le Minnesota, où elle s'était spécialisée en obstétrique et en médecine néonatale. C'était là-bas qu'elle avait rencontré Nathan. Mais les choses n'avaient pas tourné comme prévu, et elle avait finalement achevé sa formation à Seattle.

Vu le contexte, l'appel de Stefanie lui était apparu comme une bouffée d'oxygène.

— T'ai-je dit que mon voyage de noces autour du monde doit durer trois mois, Evelyn ?

— Oui, bien sûr. Veinarde !

— Je sais que tu es en fin de contrat, et cela tombe bien. Je ne vois que toi qui puisses venir me remplacer en Alaska !

Elle avait accepté ce nouveau défi sans réfléchir, pensant occuper un poste à Juneau. Puis elle avait découvert que les gynécologues locaux se relayaient pour effectuer des rotations de trois mois chacun à Wolf's Harbour, et que cette mission lui incomberait !

Sachant cela, elle avait pensé renoncer, mais l'envie de revoir sa ville natale avait été la plus forte, et quelque chose d'autre, aussi.

Elle devait cela à son père. Peut-être que, cette fois, elle ferait quelque chose de bien…

Évidemment, elle avait conscience d'être devenue une étrangère. Personne ne l'attendait hormis le Dr Pearson, l'obstétricien qui avait occupé son poste durant les trois mois précédents. Il devait lui passer le relais et lui remettre les clés de l'appartement de fonction avant de regagner Juneau.

L'atterrissage se produisit sans encombre, à son grand soulagement. Comme les autres passagers, elle s'engagea sur la passerelle minuscule pour aller chercher sa valise au bout du tarmac.

Alors qu'elle marchait vers l'aérogare, une rafale de vent lui balaya les cheveux, et elle regretta de ne pas les avoir attachés dans l'avion. Puis elle se traita d'idiote.

À quoi bon se préoccuper de son apparence ? Personne

n'allait la reconnaître. Elle ne savait même pas si sa grand-mère maternelle était encore de ce monde !

Le terminal était quasiment vide lorsqu'elle y pénétra. Ses compagnons de vol ne s'étaient pas attardés. Ils savaient où aller, eux. Ils avaient de la famille, des amis. Elle, elle n'avait plus personne.

Résolument, elle se dirigea vers le comptoir d'accueil.

L'hôtesse la gratifia d'un sourire lumineux.

— Bonjour, madame. Puis-je vous aider ?

— Oui, s'il vous plaît. Pourriez-vous me dire où se trouve le cabinet médical ?

— Oh ! pas très loin. À pied, il y en a pour un quart d'heure à peine, mais avec vos bagages… Il vaudrait peut-être mieux prendre un taxi ?

Evelyn opina et rendit son sourire à la jeune femme.

— Excellente idée.

Au lieu de décrocher le téléphone, son interlocutrice descendit de son tabouret. Elle portait un sweat-shirt ample sous lequel pointait un petit ventre rond : un heureux événement se préparait.

La jeune femme ouvrit la porte située derrière le comptoir et mit les mains en porte-voix.

— Chéri ! On a une cliente !

Evelyn se sentit un peu déçue. Elle s'était demandé si son oncle Joe Yazzie, le seul chauffeur de taxi à l'époque, exerçait encore. Elle détenait la réponse : l'hôtesse ne l'aurait jamais appelé « chéri ».

Un jeune homme accourut.

— Bonjour, madame ! Dites-moi tout, je suis votre homme.

Mais elle resta muette, incapable de détacher son regard du visage juvénile aux traits réguliers.

— Euh… Y a-t-il un problème ? demanda le chauffeur, l'air déconcerté.

— Non, non ! assura-t-elle, se reprenant. Navrée de vous avoir dévisagé, ce n'est pas très poli. Mais… je trouve que vous ressemblez à quelqu'un.

Il partit d'un grand éclat de rire.

— À mon père, sans doute ! D'après les gens d'ici, je suis son portrait craché. Vous le connaissez peut-être ? Il s'appelle Joe Yazzie. Moi, je suis Joe Yazzie junior.

Elle sentit son cœur manquer un battement.

Bien sûr, elle aurait dû y penser… Elle venait de rencontrer son cousin. Il avait dû naître peu de temps après son départ. Et dire qu'ils ne se connaissaient pas ! Quel dommage…

Elle cacha la tristesse subite qui s'emparait d'elle derrière un sourire et serra la main tendue de Joe.

— Ce nom me dit quelque chose, biaisa-t-elle.

Quelque chose l'empêchait de révéler la vérité. Le moment aurait été mal choisi, là, dans cette aérogare. Les retrouvailles — à supposer que son oncle accepte de la revoir — viendraient en temps et en heure.

— C'est normal, répondit Joe. Mon père est très connu à Wolf's Harbour.

— Je suis le Dr Evelyn Saunders, répondit-elle sans relever ce dernier commentaire. J'aimerais me rendre au cabinet médical, s'il vous plaît.

— Mais oui, nous savions qu'une nouvelle gynécologue allait arriver ! Jennifer, ma femme, doit accoucher dans un mois, expliqua-t-il en couvant la jeune hôtesse d'un tendre regard.

Un signal d'alarme se déclencha dans le cerveau d'Evelyn. Pourquoi une future mère proche du terme avait-elle un ventre aussi petit ? Cela arrivait parfois, mais pourvu qu'il n'y ait rien d'anormal…

— J'ai rendez-vous demain, précisa la jeune femme.

— Super, vous serez une de mes premières patientes !

— Je devine à quoi vous pensez. Vous vous dites que, à vingt ans, on est trop jeune pour avoir un bébé, déclara Joe.

— Absolument pas ! se récria-t-elle. Je connais beaucoup de jeunes couples qui sont des parents formidables.

Après avoir salué Jennifer, elle confia ses bagages à Joe et le suivit dehors.

Le trajet vers le centre-ville ne prit que quelques minutes, et son chauffeur s'arrêta bientôt devant une grande bâtisse en bois peinte en rouge.

— Bonne installation, dit Joe après avoir déchargé sa valise.

— Merci beaucoup, Joe. À demain, si vous accompagnez Jennifer.

— Bien sûr. Comptez sur moi !

Après le départ du jeune homme, elle marqua un temps d'arrêt devant le cabinet médical.

Vingt ans plus tôt, son père exerçait dans un local minuscule sur le port. Apparemment, les conditions de travail des médecins s'étaient améliorées.

Personne ne répondit à son coup de sonnette, et quelqu'un avait apposé l'écriteau « Fermé » sur la vitre de la salle d'attente. Néanmoins, comme il commençait à pleuvoir, elle tourna la poignée de la porte. Constatant que celle-ci n'était pas verrouillée, elle se faufila à l'intérieur.

Le comptoir d'accueil était désert.

— Bonjour ! dit-elle d'une voix forte. Docteur Pearson ?

Aucune réponse.

Ça commençait bien…

Elle abandonna sa valise, fit trois pas dans le hall et ouvrit une porte au hasard.

Celle-ci débouchait sur une salle d'examen dont l'aspect moderne la surprit. L'endroit semblait plutôt bien équipé pour une ville aussi petite.

— Qui êtes-vous ?

La question la fit sursauter. Elle se retourna vivement, et resta médusée.

L'inconnu qui la fixait d'un air sévère était le plus bel homme qu'elle ait jamais vu ! Grand et large d'épaules, il portait une chemise en flanelle qui épousait les contours de ses bras musclés. Avec sa chevelure noire coupée en brosse, son teint caramel et son visage anguleux, il aurait facilement pu poser pour un magazine de mode. Quant à son regard, elle n'aurait pas pu dire s'il était bleu, vert ou gris. Elle savait seulement qu'il lançait des flammes.

— Je… Docteur Pearson ?

— Non ! Il est reparti à Juneau.

— Quoi ? Vous plaisantez ?

Derek était d'une humeur massacrante.

Au lieu de rentrer chez lui, il avait dû attendre que la nouvelle gynécologue montre le bout de son nez. Tout ça parce que Pearson avait été incorrect au point de ne pas accueillir lui-même sa remplaçante !

Seul médecin généraliste de Wolf's Harbour, il avait déjà bien assez à faire. Il était débordé et il n'avait pas le temps de jouer les nourrices !

Bien sûr, il aurait pu mener une autre vie. S'il avait écouté sa mère, il serait retourné à Chicago après la mort de son épouse, mais il n'avait pas pu s'y résoudre. Né d'un père ukrainien et d'une mère haïtienne, il connaissait par cœur le sens du mot « multiculturel », et c'était ici, en Alaska, qu'il avait trouvé son équilibre. Il adorait Wolf's Harbour et ses habitants. Il ne serait parti pour rien au monde, même s'il se sentait parfois seul. Vivian était décédée cinq ans plus tôt d'une rupture utérine en mettant leur fille au monde. Depuis ce jour-là, il ne vivait que pour sa petite Mo et pour son métier.

En réalité, il ne regrettait rien. Il en avait juste assez de travailler avec des collègues qui ne s'impliquaient pas et qui, de manière générale, considéraient leur intérim à Wolf's Harbour comme une corvée.

Ces spécialistes ne restaient jamais assez longtemps pour connaître les patients. Le lien de confiance ne s'établissait pas et, au bout du compte, c'était lui qui gérait tous les problèmes. Cette jolie rousse risquait d'en être un de plus.

Que fabriquait-elle ici, avec sa silhouette élégante et longiligne, sa chevelure auburn à la coupe sophistiquée et son bagage estampillé d'une grande marque ?

De manière inexplicable, il se sentait vaguement contrarié. Pour la première fois depuis cinq ans, il aurait malgré tout pu être attiré par cette femme si les circonstances avaient été différentes. S'il n'avait pas eu Mo, le cabinet et une tonne de responsabilités…

Mais c'était Pearson qu'elle cherchait, pas lui.

— Désolé que vous soyez venue pour rien, dit-il d'un ton bref. Puis-je vous appeler un taxi ?

— Non. Je suis le Dr Saunders, gynécologue obstétricienne.

— Quoi ? Je m'attendais à voir le Dr Merritt.

— Changement de programme. Stefanie est en voyage de noces, elle fait le tour du monde. Je la remplace pour trois mois.

Énervé, il fronça les sourcils.

Encore un exemple du manque de courtoisie de ses collègues : le Dr Merritt avait omis de lui indiquer ce « changement de programme ».

— C'est intolérable, protesta-t-il. On vit peut-être au bout du monde, mais ce n'est pas une raison pour accepter n'importe qui.

Son interlocutrice croisa les bras sur sa poitrine.

— Merci bien ! En quoi ma présence vous gêne-t-elle ?

— Je ne vous connais pas.

— Et alors ? Vous avez besoin d'une obstétricienne, j'en suis une, et il y a des consultations programmées.

— Comment le savez-vous ? Vous avez eu Pearson au téléphone ?

— Non, mais j'ai fait la connaissance de Joe Yazzie Jr. et de son épouse à l'aérogare, et j'ai appris qu'ils avaient rendez-vous ici demain… Mais, au fait, pourquoi devrais-je me justifier ? Je ne vous connais pas non plus. Je suppose que vous êtes médecin, mais je me trompe peut-être ?

Et voilà. Il était tombé sur une enquiquineuse. C'était toujours pareil avec les rousses : elles avaient un foutu caractère. Dans sa jeunesse à Chicago, il avait apprécié ce genre de filles, mais cette époque était révolue. Aujourd'hui, par choix, il ne fréquentait personne. Après son veuvage, il avait décidé qu'il ne se lierait plus jamais à une femme. L'éducation de Mo et la gestion du cabinet occupaient tout son temps, et c'était parfait ainsi.

— Je suis bien généraliste, riposta-t-il d'un ton sec.

— Êtes-vous aussi intérimaire ?

— Non. Contrairement à vous, au Dr Pearson et à tous les autres, je vis à Wolf's Harbour. Autrement dit, *je* me préoccupe du bien-être de ses habitants.

— Dans ce cas, estimez-vous heureux que je sois venue au lieu de râler. Je suis aussi compétente que le Dr Merritt.

— Ah oui ? Comment le saurais-je ? Elle, au moins, je l'ai déjà rencontrée. Vous, vous sortez de nulle part.

Elle eut un sourire tendu.

— Dr Evelyn Saunders, récemment diplômée en chirurgie intra-utérine à l'institut Richler de Seattle. En clair, je suis l'un des rares médecins du pays à pouvoir opérer des fœtus. Auparavant diplômée de Harvard en gynécologie-obstétrique, option naissances prématurées. J'ai exercé pendant trois ans à la clinique Mayo à Rochester, Minnesota. Vous pouvez vérifier mes références si cela vous amuse, mais elles me semblent assez éloquentes. J'ai plus d'expérience que le Dr Merritt, et je serai un gros atout pour votre cabinet.

Il retint un sifflement d'admiration.

Avec un tel pedigree, cette femme avait tous les droits de le regarder de haut. Et, bien sûr, elle avait raison : sa venue était un cadeau du ciel. Elle paraissait beaucoup trop qualifiée pour le poste. C'était à se demander ce qu'elle fabriquait ici… Mais qu'importe. Ses patientes seraient bien soignées pendant les trois prochains mois. C'était tout ce qui comptait.

Vivian aurait-elle survécu s'il avait eu une gynécologue de ce niveau pour l'aider ?

Mais à quoi bon se poser la question ? On ne pouvait pas refaire l'histoire…

Il soupira.

— Très bien. Je vais vous emmener à votre appartement de fonction.

Sa collègue tendit la main.

— Merci. Docteur… ?

Ignorant la main tendue, il se détourna et traversa le vestibule.

— Derek Taylor. Suivez-moi, ajouta-t-il. On y va.

Si sa mère avait été témoin de cette scène, elle lui aurait probablement donné une grande claque sur la tête. Elle qui avait mis un point d'honneur à lui inculquer les bonnes manières, elle aurait été scandalisée par son attitude.

Mais il ne voulait pas se montrer trop amical avec la belle Evelyn Saunders, ni même établir de contact physique entre eux. Elle pouvait être dangereuse pour sa tranquillité d'esprit, et il ne voulait se laisser déborder sous aucun prétexte.

Il la traiterait comme n'importe quel médecin de passage, avec détachement et professionnalisme. Car elle ne faisait pas exception à la règle : dans trois mois maximum, elle serait partie.

2.

Plantée sur le trottoir, Evelyn regarda Derek Taylor fermer la porte du cabinet médical.

Ce type n'était pas très sympathique…

Le soir tombait mais, en été, le crépuscule descendait lentement, ici. Elle allait devoir se coucher avec la lumière du jour.

Pensant à cela, elle leva le bras et songea qu'il lui faudrait changer d'heure.

C'est alors qu'un sifflement la fit sursauter.

— Waouh ! Très classe, lança Derek.

Son intonation sarcastique l'énerva au plus haut point.

De quel droit se permettait-il de la juger ? Elle portait une montre luxueuse, et alors ?

— Elle appartenait à ma grand-mère, répondit-elle, glaciale. J'en ai hérité à sa mort.

L'expression de son collègue changea du tout au tout. Il baissa les yeux, l'air contrit.

— Désolé, murmura-t-il.

— Il n'y a pas de quoi. Elle avait quatre-vingt-dix ans quand son cancer l'a emportée, et elle a eu une belle vie. Il n'empêche qu'elle me manque. Je n'ai plus personne.

Techniquement, c'était faux. Il lui restait de la famille ici, à Wolf's Harbour. Mais celle-ci l'avait probablement rayée de sa mémoire. Son cousin Joe n'avait pas réagi lorsqu'elle avait décliné son identité. Il n'avait sans doute jamais entendu parler d'elle.

— Je comprends, marmonna Derek. Bien… Allons-y, avant que cette bruine ne se transforme en averse.

— Mon logement est-il loin ?

— Non, juste à côté.

Les mains enfoncées dans les poches de sa veste à capuche, le médecin tourna le coin du trottoir, s'engagea dans une allée pentue qui débouchait sur un petit bâtiment à l'arrière du cabinet.

Traînant sa valise derrière elle, elle le suivit dans la cour commune, où il s'arrêta devant un escalier extérieur en bois.

— C'est ici, annonça Derek. Le cabinet n'a pas de porte arrière. Il faut faire le tour à chaque fois.

— Aucune importance. J'aime bien marcher.

En son for intérieur, elle se réjouit d'être venue l'été. Ces marches devaient être plutôt glissantes en hiver !

Des images de son enfance affluèrent soudain à sa mémoire : elle se revoyait avec son père en train de déguster du chocolat chaud devant la cheminée tandis qu'une tempête de neige se déchaînait à l'extérieur. Elle s'était toujours sentie en sécurité avec lui…

— Vous venez ? demanda Derek, interrompant sa rêverie.

Il gravit l'escalier quatre à quatre sans avoir la courtoisie de lui prendre son bagage. Elle le suivit lentement, en cognant la valise sur chaque marche.

— Ça va ? demanda-t-il en la gratifiant d'un sourire moqueur à l'arrivée.

— Très bien, repartit-elle, les nerfs en pelote.

Mais elle n'était pas au bout de sa contrariété, car un désordre indescriptible régnait dans l'appartement.

Derek observa le salon en fronçant les sourcils.

— Désolé, fit-il. Pearson n'est pas une fée du logis. Je m'en étais aperçu.

— Aucun problème. Je ferai le ménage.

Même si elle avait répondu d'un ton calme, le Dr Pearson venait encore de baisser dans son estime. Non seulement il n'avait pas jugé bon de l'attendre, mais en plus il lui avait laissé une vraie porcherie !

Derek lui remit un trousseau de clés.

— La grosse ouvre le cabinet, la petite, l'appartement, expliqua-t-il.

— Y a-t-il une voiture de service ?

— Non, mais tout est à distance de marche.

Elle opina, un peu déçue.

Elle avait espéré disposer d'un véhicule pour aller revoir la maison de son enfance, dans la forêt. Sa grand-mère l'avait vendue en son nom puis avait placé l'argent sur un compte bloqué, comme si elle avait voulu rayer Wolf's Harbour de la carte. Elle l'entendait encore : « Ton papa aurait pu être un grand chirurgien, Evelyn. Au lieu de ça, il a fait un stage en Alaska et y est tombé amoureux de ta mère. Je ne l'ai jamais revu. Il a tout abandonné pour une femme qui n'était pas de notre monde ! »

Son père n'était peut-être pas devenu un dieu du bloc opératoire, mais il avait été un généraliste aimé et respecté de tous. Il avait sauvé de nombreuses vies et, aujourd'hui, elle espérait se montrer digne de l'héritage moral qu'il lui avait laissé. Si elle pouvait aider les femmes de Wolf's Harbour, peut-être trouverait-elle la paix intérieure qui lui manquait tant ?

— Donc, si je commande une pizza, je dis juste « j'habite derrière le cabinet », et le livreur me trouvera ? demanda-t-elle, balayant ses souvenirs.

— Tout à fait. Ils ont l'habitude. Au fait, nous commençons à 9 heures le matin.

— Comment puis-je accéder aux dossiers des patientes ? L'ordinateur a-t-il un mot de passe ?

— Non, et de toute manière vous n'en aurez pas besoin. Les dossiers sont rangés dans le placard de la réception.

Le sourire provocateur de Derek Taylor l'agaça. Il la défiait du regard, comme s'il la jugeait incapable de travailler dans un univers où la technologie moderne était absente.

— Très bien, dit-elle d'un ton neutre. J'arriverai un peu plus tôt pour prendre mes marques.

À sa grande surprise, il lui souleva le poignet.

— C'est peu probable si vous restez à l'heure de la côte Est, objecta-t-il.

Il la lâcha aussitôt, mais elle se sentit toute chose tant ce contact fugace l'avait électrisée.

Malgré tout, cet homme l'attirait. Elle le trouvait différent, insaisissable, dangereux… Un comble pour une femme qui avait banni les relations amoureuses de son existence !

Les rares fois où elle avait franchi le pas, l'aventure s'était mal terminée. Ses petits amis lui avaient reproché son manque d'engagement, sa « froideur », son carriérisme. Mais, au fond, la vérité était plus simple : elle évitait de s'engager car elle se jugeait indigne de fonder une famille.

Elle haussa les épaules.

— Je suis au courant du décalage horaire.

— Tant mieux ! Dans ce cas, je vous dis à demain, de bonne heure et de bonne humeur. Bonsoir, docteur Saunders.

— Bonsoir…

Elle regarda Derek sortir, pas fâchée d'être débarrassée de lui.

Après une bonne nuit de sommeil, elle se sentirait plus en forme pour lui tenir tête. Elle avait déjà rencontré des personnages de cet acabit — des loups solitaires, asociaux et inabordables. Mais aucun qui l'ait impressionnée à ce point !

Il n'était pas son genre, au contraire. Elle appréciait les hommes gentils et courtois. Pourtant, malgré leur gentillesse, ils finissaient tous par se lasser…

Et pour cause : elle ne donnait rien. Elle n'en était pas capable.

Elle se passa une main sur le visage.

Ce genre de pensées la déprimait. De plus, elle était épuisée et avait faim. Son petit déjeuner, pris très tôt ce matin-là, n'était plus qu'un souvenir.

Elle régla sa montre sur l'heure locale puis attrapa son sac et ses clés.

Le ménage attendrait. Elle avait besoin de respirer un peu d'air frais et de manger. Au lieu de commander une pizza, elle allait dîner au pub du coin de la rue.

Dehors, la pluie avait cessé, laissant place à un brouillard humide.

En voyant des camions chargés de gros rondins de bois

se diriger vers le port, elle se rappela que Wolf's Harbour était isolé de tout, encerclé par les forêts montagneuses du Passage Intérieur.

Dans cet archipel, les déplacements prenaient une éternité. Lorsqu'elle était petite, son père l'avait parfois emmenée à l'autre bout de l'île, jusqu'au terminal des ferrys, pour admirer les bateaux. Elle avait eu aussi la chance de voir des orques à plusieurs reprises. Un souvenir inoubliable.

C'était justement à cause d'un poids lourd que son père avait perdu la vie. Le conducteur roulait trop vite, à la nuit tombée, sur une chaussée glissante. Il n'avait pas pu éviter le choc.

Ce soir-là, son père lui avait montré la bague de fiançailles qu'il avait achetée avant de glisser la petite boîte dans sa poche. Elle se rappelait ses derniers mots comme si c'était la veille : « Ta maman nous a quittés depuis longtemps, trésor. Jocelyn ne pourra jamais la remplacer, mais elle me rend heureux. J'espère que tu pourras l'aimer aussi, à la longue. Sois sage. Je vais faire un saut chez elle, et je reviens. »

Elle balaya ces sombres pensées, courut presque sur le trottoir et s'engouffra à l'intérieur du pub.

À peine eut-elle fermé la porte que tous les regards se focalisèrent sur elle.

Elle hésita, mal à l'aise.

— Bonsoir, dit-elle. Je suis la nouvelle gynéco.

Pendant quelques secondes, les clients continuèrent de la fixer, puis ils se détournèrent. Tous, sauf un.

Assis au bout du comptoir devant une pinte de bière, Derek Taylor la fusillait du regard.

Hélas, le seul siège libre se trouvait à côté de lui.

Elle faillit tourner les talons, mais s'avança finalement.

Les gens du cru allaient la prendre pour une folle, si elle repartait !

Elle s'installa, prit un menu sur le bar et s'absorba dans sa lecture.

— Je croyais que vous deviez faire le ménage, marmonna Derek.

— D'habitude, un gentleman se présente pour aborder une dame dans un café. Ensuite, il lui propose un verre.

Ils ne se regardaient toujours pas, mais elle le vit grimacer dans le grand miroir situé juste devant eux.

— Je ne suis pas un gentleman, et vous savez qui je suis.

— Ah bon ? Tiens donc…

Il se leva, mais resta silencieux jusqu'à ce qu'elle pivote vers lui.

— Quoi ? demanda-t-elle.

— Salut, je m'appelle Derek Taylor. Voulez-vous boire quelque chose ?

— Non, merci, répliqua-t-elle en réprimant un sourire.

— Oh ! Bon sang, je…

— Relax, asseyez-vous. Je ne suis pas venue prendre un verre. Je veux seulement dîner.

Derek obtempéra sans la quitter du regard. Il n'avait plus l'air furieux, mais intrigué.

— Je m'étonne de vous voir ici, déclara-t-il. D'habitude, les médecins de passage ne fréquentent pas la population locale. Ils restent au maximum à l'appartement. À croire que cette mission à Wolf's Harbour est la corvée du siècle.

Elle reposa son menu.

— Pour moi, la corvée, c'est le ménage.

Même si elle avait faim, elle préférait attendre un peu avant de passer commande. Son estomac s'était noué à la seconde où elle avait pénétré dans ce pub, et la sensation ne faisait qu'empirer.

En vingt ans, hormis la peinture et quelques sièges, rien n'avait changé ici. La petite estrade où sa maman chantait le vendredi soir pendant qu'elle-même dégustait une glace, le billard sur lequel jouaient son père et l'oncle Yazzie, tout était toujours là.

Après que sa mère avait été emportée par un cancer foudroyant, ils n'étaient plus beaucoup venus. Et puis, un soir, elle avait vu la voiture de son père garée devant la porte du pub. Elle était entrée et l'avait trouvé assis, une femme sur les genoux. Il s'était levé d'un bond, l'air choqué :

— Evie, qu'est-ce que tu fais là ?

— Mamie m'a envoyée chercher du sucre à l'épicerie. C'est qui, elle ?

— C'est Jocelyn, ma… ma petite amie.

Jeune et blonde, Jocelyn avait eu un sourire lumineux, mais elle l'avait aussitôt considérée comme une intruse. Jamais cette femme ne pourrait être aussi belle et adorable que sa mère !

— Non ! Non !

— Evelyn, reviens ! Ne te sauve pas…

Elle était partie et, à compter de ce soir-là, les choses n'avaient plus été pareilles. Son père avait voulu la convaincre du bien-fondé de cette relation, mais elle s'était fermée, sourde à ses arguments.

Il était mort un mois plus tard…

— Hou hou ! Ici la terre ! Ça va ?

Elle sursauta et pivota vers Derek.

— Je… Oui, très bien.

— Vous aviez l'air complètement ailleurs. C'est sans doute la fatigue. D'où venez-vous ?

— De Boston.

— C'est un grand changement d'arriver ici. Il faut s'habituer au climat, à l'atmosphère.

— J'ai l'habitude, murmura-t-elle. De l'eau a coulé sous les ponts depuis, mais…

Derek haussa les sourcils.

— Pardon ?

Elle entendit la porte s'ouvrir, une voix saluer la compagnie, et sentit les poils se hérisser sur ses bras.

Si son instinct ne mentait pas…

Aurait-elle le courage d'affronter les fantômes du passé ? Comme elle l'avait dit à Derek, cela faisait longtemps.

Elle inspira à fond, pivota sur son siège et en descendit pour regarder l'homme qui venait d'entrer.

« Tonton Yazzie »… Un homme qu'elle avait adoré autrefois.

Ce personnage sympathique et jovial — le meilleur ami de son père — avait fait partie de son univers pendant dix ans. Elle le revoyait encore pleurer à chaudes larmes sur le tarmac le jour où ils avaient dû se dire adieu.

— Incroyable, murmura-t-il en la fixant. C'est bien toi. Il fallait que je vienne voir par moi-même. J'ai cru que mon fils s'était trompé de nom !

Le cœur d'Evelyn s'emballa. Yazzie allait-il se détourner d'elle ? Son silence l'avait tellement peinée, autrefois, qu'elle ne supporterait pas cette nouvelle épreuve.

— Tonton…, chuchota-t-elle d'une voix rauque.

— Que se passe-t-il, à la fin ? demanda Derek dans son dos.

Elle se tourna vers lui et soupira.

— Je suis d'ici. Je suis née à Wolf's Harbour.

Derek eut l'impression que le ciel lui tombait sur la tête.

Evelyn Saunders était née à Wolf's Harbour ? Il avait du mal à y croire, d'autant qu'il n'avait jamais entendu parler d'elle.

Cependant, il lui suffisait de regarder Joe Yazzie Sr. pour comprendre qu'elle ne mentait pas. Ce dernier s'était rapproché pour l'étreindre, et maintenant il pleurait comme un gosse en la serrant sur son cœur.

Lui, pleurer ! Une pareille force de la nature ! C'était bien la première fois qu'il le voyait dans cet état !

— J'ai dû louper quelque chose, déclara-t-il.

Sans lâcher Evelyn, Joe leva la tête en souriant.

— Docteur Taylor, je vous présente la fille de ma sœur. Nous l'avions perdue il y a vingt ans.

— Perdue ? répéta-t-il, interloqué.

— Mon père est mort quand j'avais dix ans, expliqua Evelyn. Ma grand-mère paternelle, qui vivait à Boston, est devenue ma tutrice. Une assistance sociale est venue et…

— Et elle nous a arraché Evie ! tonna Joe. Son père tenait pourtant à ce qu'elle grandisse ici avec sa famille maternelle. Elle est à moitié tlingit, vous savez. On aurait veillé sur elle comme sur la prunelle de nos yeux ! Mais Georgina Saunders s'est battue pour avoir sa garde. Elle avait de l'argent, on n'a pas pu lutter. Elle n'a jamais donné de nouvelles. Elle a changé de numéro de téléphone, elle a fait renvoyer nos lettres. Bref, elle a coupé Evelyn de nous.

— Je vois, murmura Derek, choqué.

Joe plongea le regard dans celui de sa nièce.

— On a remué ciel et terre pour rester en contact avec toi, Evie. Il faut me croire !

— Je... Je te crois, tonton.

— Comme je suis heureux ! Même si c'est difficile, on va rattraper le temps perdu, d'accord ?

— Euh... D'accord.

Derek sentait qu'Evelyn était mal à l'aise. Elle avait dû anticiper et craindre ces retrouvailles.

— Bien, je vais vous laisser, dit-il. Je me suis déjà attardé trop longtemps. On se verra demain au cabinet, Evelyn. Bonne soirée.

Il déposa quelques pièces sur le comptoir puis se dépêcha de sortir.

Il avait dit vrai, la baby-sitter de Mo attendait son retour. Mais il avait besoin de prendre ses distances, car cette petite réunion familiale l'avait touché. Le sourire d'Evelyn l'avait attendri. Lorsqu'il la regardait, il avait l'impression que son cœur pourrait battre à nouveau pour quelqu'un.

Après tout, elle était d'ici. Elle allait peut-être rester ?

Il se traita d'imbécile pour avoir eu cette idée absurde.

Bien sûr que non, elle n'allait pas rester ! Et c'était tant mieux, car il n'y avait plus de place pour une femme dans sa vie. Il avait assez souffert comme ça.

3.

Le lendemain, Evelyn ouvrit les yeux bien avant la sonnerie du réveil.

Après l'émotion des retrouvailles avec son oncle Yazzie, elle avait eu du mal à s'endormir. Elle avait fini par sombrer dans un sommeil peuplé de rêves étranges, où elle avait revu son père, sa mère, et même Derek. Et ça la rendait furieuse, car elle ne voulait pas que cet individu s'immisce dans ses pensées, ni la nuit ni le jour !

Elle était venue pour rendre service à son amie Stefanie. Elle n'avait aucune idée de ce qu'elle ferait après cette mission, mais elle ne s'inquiétait pas. Le monde regorgeait d'opportunités pour un bourreau de travail comme elle.

Nathan n'avait pas la même approche. Une fois installé, il avait voulu fonder une famille. Elle, non.

Tu en as envie aussi. Tu as juste la frousse.

Jamais elle ne prendrait le risque d'engager son cœur et son âme. Si les choses tournaient mal, ses enfants risquaient d'être traumatisés comme elle l'avait été autrefois. C'était hors de question.

Son ex l'avait accusée d'être instable, et sans doute y avait-il un fond de vrai là-dedans : elle n'avait rien trouvé de mieux pour se protéger.

Elle se secoua, prit une douche revigorante puis se prépara une tasse de café soluble. Mais elle le trouva si mauvais qu'elle le vida aussitôt dans l'évier.

Elle allait prendre son petit déjeuner à l'extérieur, et pas plus tard que tout de suite !

Dès qu'elle fut dehors, la fraîcheur ambiante la saisit.

Même si on était en plein été, il faisait plus froid qu'à Boston, et elle se félicita d'avoir emporté des vêtements chauds. Elle n'avait rien oublié du climat, heureusement.

Une bonne odeur de café frais émanait du salon de thé du coin de la rue. Lorsqu'elle poussa la porte, le *ding* lui déclencha une curieuse impression de déjà-vu. Ce tintement, ces effluves de gâteaux… Était-elle venue ici, autrefois ?

Occupée à briquer le comptoir, une dame d'âge mûr écarquilla les yeux en la voyant.

— Ma parole ! Je ne voulais pas croire Joe, mais c'est bien vrai ! s'écria-t-elle, un sourire jusqu'aux oreilles.

— Bonjour, fit timidement Evelyn.

Avant qu'elle n'ait pu réagir, la dame se précipita vers elle et l'étreignit. Puis, souriant toujours, elle recula pour l'observer.

— Vous ne vous souvenez pas de moi ?

— Je… Non. Désolée…

— Vous étiez petite, c'est normal. Le Dr Saunders venait boire son café ici tous les jours. Je m'appelle Sally.

Evelyn sourit à la patronne.

— Ça me fait plaisir de vous voir. Je suis confuse, vraiment.

— Il n'y a pas de quoi ! Qu'est-ce qui vous ferait plaisir, Evie… Je veux dire, docteur ? Je vais avoir du mal à vous appeler comme ça. Votre papa serait tellement fier de vous !

L'évocation de son père lui fit monter les larmes aux yeux. Puis la mémoire lui revint d'un coup.

À l'époque, les rideaux — aujourd'hui orange — étaient jaunes, mais ils filtraient la lumière de la même façon. En vingt ans, le décor n'avait presque pas changé. Elle et son père s'asseyaient toujours à cette petite table en pin près de la fenêtre. Elle buvait du chocolat chaud et s'amusait de le voir humer son café avec délectation.

Un matin, Jocelyn s'était jointe à eux, et Evelyn n'avait pas desserré les dents. Sa journée avait été gâchée.

— Un café long, s'il vous plaît, répondit-elle.

— Tout de suite, docteur ! À emporter ?

— Ce serait parfait, merci.

Elle évita de regarder autour d'elle pendant que Sally s'activait derrière le comptoir.

Revoir cet endroit la bouleversait.

Elle se doutait que ce ne serait pas facile. Mais, pour avancer, il fallait revenir…

Quand la cloche tinta, elle pivota et vit Derek franchir le seuil d'un bon pas. Il s'arrêta net au milieu de la pièce et posa sur elle son regard gris-vert lumineux qui la fit frémir.

Dire qu'elle avait rêvé de lui…

— Bonjour, Sally ! dit-il d'un ton gai. Salut, collègue, ajouta-t-il à son intention.

— Bonjour.

Elle s'était caché le visage derrière les cheveux pour qu'il ne la voie pas rougir. La journée commençait vraiment mal.

— Docteur Taylor ! s'exclama Sally. Fidèle au poste !

— Eh oui, je ne peux pas me passer de votre café.

— Je vous le prépare tout de suite. Tenez, docteur Saunders, ajouta la patronne en posant un gobelet sur le comptoir.

— Merci, Sally. Je vous dois combien ?

— Aujourd'hui, rien du tout. Cadeau de la maison.

— Merci beaucoup, c'est très gentil.

— Ça alors ! Je vous soigne depuis des lustres, et je n'ai presque jamais de café offert.

— Vous n'êtes pas d'ici, vous.

— Comment ça ? Je vis à Wolf's Harbour depuis dix ans ! maugréa Derek.

Evelyn ne put résister à la tentation de lui faire une grimace. Puis elle sourit de nouveau à la patronne.

— À demain, Sally. Merci encore. Bonne journée.

Elle franchit le seuil sans un regard pour Derek, mais à peine eut-elle parcouru vingt mètres qu'il la rattrapa.

— Dites donc, vous avez mis Sally dans votre poche ! Cela n'arrive pas souvent.

— Ah bon ? Elle m'a paru charmante.

— C'est parce qu'elle vous connaît. Même si vous n'avez aucun souvenir d'elle…

— Non, et je m'en suis excusée. J'étais jeune quand je suis partie. Vous trouvez qu'elle a mauvais caractère ?

Derek but une gorgée de café en fronçant les sourcils.

— Elle est surtout grincheuse avec moi. Un jour, elle m'a avoué qu'elle détestait les médecins.

— Je suis médecin, moi aussi, contra-t-elle. Cela ne l'a pas empêchée de me faire bon accueil.

— Oui, parce que vous êtes la fille de Thorne Saunders. Du coup, les gens d'ici ont un préjugé favorable à votre égard. Ils changeront d'avis quand ils vous verront repartir.

Tout en discutant, ils étaient arrivés au cabinet.

Sa méfiance éveillée, elle regarda Derek ouvrir la porte.

— Ça veut dire quoi, au juste ? demanda-t-elle.

Il lui fit signe de le précéder à l'intérieur, entra à sa suite et alluma les lumières du hall. Puis il se tourna vers elle.

— Vous êtes de passage, vous le savez comme moi, répliqua-t-il. Quant à votre père, je me suis renseigné, hier soir. Je savais qu'un médecin, le « Dr Thorne », avait marqué les esprits pour avoir été le premier généraliste à s'installer ici définitivement. Il est devenu une légende.

Ce commentaire fit à Evelyn l'effet d'un coup de massue.

Certes, son père avait fait l'unanimité. En revanche, les habitants de Wolf's Harbour ne lui devaient rien, à elle. Au contraire.

— Je suis venue pour travailler, riposta-t-elle. Mais tant mieux si les gens m'apprécient. Cela me facilitera la tâche.

— Ne vous vexez pas. J'énonçais une simple réalité.

— Cette réalité vous déplaît parce que, d'habitude, les médecins volants ne sont pas très populaires, et que ça vous arrange ! Vous aimez avoir le premier rôle. Je me trompe ?

Une lueur incendiaire flamba dans le regard de Derek.

Tant pis s'il était vexé. Dorénavant, il garderait ses réflexions pour lui.

— Vous pouvez prendre les salles 3 et 4, dit-il d'un ton sec.

Puis il tourna les talons, entra dans la salle 1 et claqua la porte derrière lui.

Au temps pour le briefing. Elle devrait se débrouiller seule avec ses fiches !

Soudain, le carillon tinta, et la porte s'ouvrit, livrant passage à une jeune femme vêtue d'une blouse et d'un pantalon bleus. Celle-ci marqua un temps d'arrêt puis la considéra d'un air perplexe.

— Bonjour, je m'appelle Janet. Je suis l'infirmière du cabinet. Je pensais voir le Dr Merritt…

Evelyn plaqua un sourire sur ses lèvres avant de décliner son identité, espérant que Janet se montrerait plus accommodante que Derek.

Cela ne devrait pas être difficile…

Derek avait réussi à éviter Evelyn toute la matinée.

À sa décharge, le courant avait l'air de bien passer entre elle et les futures mamans. C'était du moins ce qu'affirmait Janet, qui avait l'habitude des intérimaires.

Il prit une fiche sur sa pile de dossiers et réprima un soupir.

La visiteuse suivante s'était toujours montrée difficile à soigner. Pourvu qu'elle n'ait rien de grave.

Dans le vestibule, il jeta un coup d'œil sur l'espace dédié à la salle d'attente.

— Katlian Yazzie ! appela-t-il.

La vieille dame se leva comme un ressort, l'air très digne, et le fusilla du regard.

— Pas trop tôt, grommela-t-elle. Me faire poireauter comme ça à mon âge, quelle honte…

Il fit mine de n'avoir rien entendu, puis une pensée soudaine lui traversa l'esprit.

Cette dame était la mère de Joe Yazzie, donc la grand-mère d'Evelyn, s'il avait bien compris. Devait-il aborder le sujet, sachant qu'elle ne le portait pas dans son cœur ?

« Si vous exerciez une autre profession, je vous trouverais sympathique. Mais je n'ai aucune confiance en vous, les médecins ! » lui avait-elle souvent répété.

— C'est toujours un plaisir de vous voir, dit-il en souriant.

— Menteur ! Mais soyez tranquille, aujourd'hui, je ne suis pas venue pour vous. J'aimerais parler à la gynécologue… une certaine Dr Merritt.

— Le Dr Merritt ne travaille pas au cabinet.

— Comment ? Jennifer a bien rendez-vous cet après-midi ?

— Oui, mais…

— Je voulais voir la doctoresse avant. Ce Dr Pearson m'a fait l'effet d'un bel incapable !

Il dissimula un sourire. Sur ce point-là, il ne pouvait pas donner tort à Katlian Yazzie.

— Sa remplaçante est très bien, assura-t-il. Sauf qu'elle ne s'appelle pas Merritt… Avez-vous discuté avec votre fils, dernièrement ?

La vieille dame fronça les sourcils.

— Quel rapport ? Pourquoi aurais-je…

Les mots moururent sur ses lèvres lorsqu'elle vit Evelyn sortir de la salle 3.

Celle-ci ne les regarda pas, elle rejoignit la salle 4 sans lever les yeux de ses fiches. Mais cette vision fugace avait produit un effet remarquable sur Katlian : elle était devenue blanche comme un linge et avait porté la main à ses lèvres en étouffant un cri. Elle était si pâle qu'il craignit de la voir s'évanouir.

Il s'avança, la saisit aux épaules puis la conduisit en salle 1. Là, il la fit asseoir et prit le siège à côté d'elle.

— Cette jeune femme…

— C'est le Dr Evelyn Saunders, répondit-il d'un ton doux. Vous comprenez ma question à propos de votre fils, maintenant.

— Je… Je ne lui ai pas parlé depuis avant-hier. J'ai passé quelques jours chez Joe Jr. et Jennifer. Ils ne m'ont rien dit.

— Votre petit-fils n'a pas fait le rapprochement. Mais, quand il a raconté à son père qu'il avait emmené une certaine Dr Evelyn Saunders au cabinet, Joe Sr., lui, a compris tout de suite. Il est venu au pub hier soir. Elle était là. Les retrouvailles ont été… poignantes.

Il avait lu l'amour dans le regard de Joe, et la peur dans

celui d'Evelyn. Malgré son émotion, elle n'avait pas pu se laisser aller. Il avait senti son besoin de s'abriter derrière une armure, comme lui après la mort de Vivian.

Pourquoi réagissait-elle de la sorte ? Que s'était-il passé vingt ans plus tôt ? Cela ne le concernait évidemment pas mais, pour une raison inexplicable, il *s'intéressait* à elle.

Katlian eut un sourire triste.

— Joe n'a pas dû savoir comment me l'annoncer, balbutia-t-elle. La maman d'Evelyn était sa sœur, ma fille cadette. Je suis la grand-mère d'Evie.

Sur ces mots, elle fondit en larmes.

Il lui entoura les épaules, bouleversé.

Cette vieille dame cachait une douleur profonde sous ses dehors revêches. Il l'avait toujours soupçonné, mais il en avait à présent la confirmation.

— Joe a raconté ce qui s'était passé à l'époque, dit-il gentiment. Il a dit qu'on vous avait arraché Evelyn.

— C'est exact. On s'est battus, vous savez. On a dépensé toutes nos économies pour la garder. Mais en vain. Georgina était riche, elle avait des appuis. Comment lutter contre ça ?

— Effectivement, ça devait être compliqué.

— Au début, je n'arrêtais pas d'écrire à Evie. Les lettres m'étaient renvoyées. Un été, Joe est allé à Boston, mais elles étaient parties en Europe. On ne voulait pas baisser les bras, sauf qu'on se heurtait toujours au même mur.

— Si vous lui expliquez, je suis sûr qu'elle comprendra. Souhaitez-vous encore lui parler de Jennifer ?

Katlian secoua la tête.

— Acceptera-t-elle de me rencontrer ? Se souvient-elle seulement de moi ?

Ému, il tapota la main de la vieille dame.

Il l'avait toujours trouvée froide et grincheuse, mais les gens de Wolf's Harbour — sa fille Mo comprise — l'adoraient. Au fond, elle ne se montrait désagréable qu'avec lui…

— Dire qu'Evelyn est devenue gynécologue ! s'exclama-t-elle comme si elle avait lu dans ses pensées.

— Vous allez devoir changer d'opinion sur les médecins, plaisanta-t-il.

Katlian sourit à travers ses larmes.

— Peut-être bien, oui.

— Je pourrais aller la chercher…

— Non, laissez-la travailler en paix. Je veux qu'elle ait l'esprit serein pour accueillir toutes ces futures mamans, dont Jennifer. Je la verrai plus tard. Mais merci, docteur.

Quand elle se leva, il courut lui ouvrir la porte, après quoi il la raccompagna pour s'assurer qu'elle n'allait pas défaillir sous les regards curieux des autres patients.

Il resta sur le trottoir jusqu'à ce qu'elle ait traversé la rue, puis il rentra et se dirigea vers son bureau, pensif.

Devait-il s'attendre à vivre ce genre de scènes régulièrement tant qu'Evelyn serait là ?

Quand la porte s'ouvrit, il jeta un coup d'œil machinal par-dessus son épaule… Et se précipita en voyant Christina Lewis, une femme enceinte de huit mois, entrer d'un pas chancelant. Pliée en deux, elle pouvait à peine marcher.

— Au secours ! gémit-elle. Le travail a commencé, et… J'étais toute seule. Mon mari travaille. Il est parti… couper du bois…

— Evelyn ! appela-t-il d'une voix forte.

Il la soutint comme il put tandis qu'elle haletait sous le coup d'une contraction.

— Rassurez-vous, Christina. Notre nouvelle obstétricienne est là, dit-il d'un ton apaisant.

— C'est… trop tôt, docteur. Le Dr Pearson m'a dit la semaine dernière que le bébé se présentait par le siège. Il devait essayer de le retourner aujourd'hui. J'avais rendez-vous ce matin, mais le travail a commencé, alors… j'ai marché jusqu'ici. Heureusement que j'habite tout près !

Au diable Pearson. Il savait qu'il ne serait plus là. Il aurait dû le faire avant ! Quelle négligence !

Wolf's Harbour avait désespérément besoin d'un hôpital. Derek bataillait pour en obtenir un depuis des années mais, hélas, les décideurs n'étaient pas du même avis. Dans le cas de Christina, on allait devoir appeler une ambulance aérienne. L'hélicoptère chargé d'emmener la patiente à Sitka n'arriverait pas avant trente minutes. C'est-à-dire, peut-être trop tard.

Evelyn sortit de la salle 4, un dossier à la main. Elle écarquilla les yeux en découvrant Christina, mais ne fit aucun commentaire. Elle courut vers la réserve, d'où elle revint avec un brancard roulant. À eux deux, ils purent allonger la future mère sans problème.

— Salle 2, annonça Derek.

Cette pièce servait parfois pour des interventions bénignes du type sutures. Mais de là à imaginer…

— Evelyn, voici Christina Lewis, expliqua-t-il.

— Bonjour, Christina, je suis le Dr Saunders. À combien de semaines êtes-vous ?

— Je… Trente-sept.

— À supposer que ce bébé soit pressé de sortir, il ne risque plus rien, assura-t-elle. Je vais vous examiner.

Derek prépara le matériel pendant qu'Evelyn aidait Christina à enfiler une chemise bleue. Puis il se mit un peu en retrait tandis qu'elle procédait à l'examen clinique.

— Est-ce votre premier bébé, Christina ? demanda-t-elle.

— Oui.

— Hum… Vous êtes dilatée de sept centimètres, et les contractions reviennent à peu près toutes les deux minutes.

— C'est… venu d'un coup. Je ne m'y attendais pas.

Evelyn se redressa, un sourire apaisant aux lèvres, ôta ses gants et les jeta.

— Tout va bien, dit-elle gentiment. La poche des eaux est intacte, on a un peu de temps devant nous. Janet va vous poser une perfusion d'antalgique.

— Merci… beaucoup.

Derek vit qu'Evelyn lui faisait un signe discret avant de sortir. Sur un dernier sourire à Christina, il quitta également la pièce.

Nancy, la réceptionniste, attendait derrière la porte. Elle avait tiré les rideaux de la salle d'attente.

— J'ai annulé les derniers rendez-vous du matin, annonça-t-elle. J'essaye toujours de contacter le mari de Christina. Les secours sont prévenus, mais un gros grain s'annonce, et le vol du retour vers Sitka risque d'être compliqué.

— Génial, maugréa Derek. Il ne manquait plus que ça. Je vais voir Janet.

Après avoir donné ses consignes à l'infirmière, il retourna auprès d'Evelyn à l'accueil.

— Alors ? demanda-t-il.

— Le bébé se présente en siège complet. Pearson aurait dû tenter une version la semaine dernière.

Il pesta entre ses dents.

Un siège complet signifiait que le bébé était assis en tailleur. Cet imbécile de Pearson avait été négligent, pour ne pas dire plus !

— Et maintenant ? demanda-t-il.

Evelyn se mordit la lèvre.

— Les contractions sont très fortes. Avec ou sans tempête, on n'aura pas le temps d'attendre les secours aériens. Heureusement, je n'ai pas détecté de souffrance fœtale.

— Donc…

— Je peux tenter un accouchement par voie basse. Mais ce sera dur, Christina devra fournir de gros efforts.

— Et si ça ne marche pas ?

Il connaissait déjà la réponse à cette question, mais le simple fait d'y penser le terrorisait.

— Vous avez du matériel chirurgical, et j'ai suivi une formation en anesthésie…

— Moi aussi. Croyez-vous qu'on en arrivera là ?

— Je ne peux pas me prononcer. Il vaut mieux tout préparer au cas où. Janet m'a dit qu'elle a son diplôme de sage-femme. Si on doit pratiquer une césarienne en urgence, on s'en sortira, répondit Evelyn d'un ton ferme.

Il hocha la tête, silencieux.

Ne pas penser à Vivian. Il y avait des réserves de sang au frais. Tout se terminerait bien, cette fois.

Le décès de sa femme lui avait appris à prévoir le pire en toutes circonstances. Puisqu'il n'y avait pas d'hôpital, il faisait au mieux avec les moyens dont il disposait. Alors, Evelyn avait raison : ils allaient s'en sortir.

Deux vies étaient en jeu. Auprès de sa nouvelle collègue, il donnerait tout pour que l'histoire se termine bien.

D'ailleurs, il lui faisait entièrement confiance.

4.

Evelyn avait la curieuse impression que Derek et elle travaillaient ensemble depuis des années.

En général, il fallait du temps pour former une équipe. Cela supposait de bien se connaître et de s'adapter à l'autre. Mais, là, tout se déroulait avec une fluidité exemplaire qui la laissait pantoise.

Tant mieux, car ainsi elle avait moins d'appréhension. Elle avait imaginé divers scénarios pour son premier jour, mais jamais elle n'aurait cru faire naître un bébé par le siège !

Le temps que Derek et elle se savonnent et rassemblent le matériel, Christina était passée à dix centimètres de dilatation.

— La poche des eaux s'est rompue, annonça Janet quand ils se postèrent près de la table d'examen. Les contractions sont rapprochées, et très fortes.

— Merci beaucoup, Janet. Christina, je crois que ce bébé a hâte de vous voir.

— Quel dommage… que Tom ne soit pas là ! répondit la patiente en gémissant. Est-ce qu'on ne peut pas l'attendre ?

— Malheureusement, non, répondit Evelyn d'un ton doux. La naissance est imminente.

Elle s'assit au bord du lit, aperçut les fesses du bébé et eut un sourire encourageant.

— C'est parti, annonça-t-elle. Il va falloir pousser très fort. Surtout n'ayez pas peur. On est là. Tout se passera bien.

Derek s'avança et prit la jeune mère par les épaules.

— J'essayerai de remplacer Tom le mieux possible, déclara-t-il. Surtout, criez autant que vous voulez.

Il se montrait si doux, si gentil, qu'elle en fut retournée.

Ainsi, cet homme avait un cœur sous sa carapace. Ce qu'il était séduisant lorsqu'il montrait son vrai visage !

Elle balaya cette pensée pour se focaliser sur le monitoring. Le cœur du bébé battait fort, régulièrement. Toutes les conditions étaient réunies pour cette naissance atypique.

Alors qu'une nouvelle contraction arrivait, elle serra la main de Christina.

— À mon signal, poussez ! Je compte jusqu'à dix. Allez ! Un, deux, trois, quatre, cinq…

La jeune femme fit preuve d'un courage et d'une motivation exceptionnels. La manœuvre se répéta aux contractions suivantes, avec les encouragements de Janet et Derek. Et, bientôt, un petit derrière — celui d'une fille — franchit le périnée, suivi par deux jambes minuscules.

Le haut du corps et la tête suivirent rapidement, grâce aux efforts d'une Christina exemplaire.

La fillette ne cria pas tout de suite, mais cela n'avait rien d'exceptionnel. Tandis que Janet la frictionnait à l'aide d'une serviette-éponge, Evelyn lui aspira le nez et la bouche.

Toutefois, rien ne se produisit.

Alors qu'elle passait mentalement en revue les protocoles de réanimation, un vagissement indigné monta dans la pièce. Deux secondes plus tard, le bébé hurlait à pleins poumons.

Elle sourit sous son masque.

À chaque naissance, cet éveil à la vie était son moment préféré. Elle considérait comme un privilège d'en être le témoin.

— C'est une fille ! annonça-t-elle d'un ton joyeux. Félicitations, Christina. Vous avez été géniale !

En l'absence du père, elle coupa le cordon ombilical. L'expulsion du placenta eut lieu dans les minutes suivantes, alors que Janet donnait les premiers soins au nouveau-né : instillation de gouttes dans les yeux, pesée et rituel prélèvement sanguin au talon.

Très vite, le bébé enveloppé dans un épais drap de bain fut posé sur la poitrine de Christina, qui pleurait de soulagement. Comme on n'avait plus besoin d'eux, Evelyn et Derek quittèrent la pièce pour laisser la jeune mère profiter de ces moments irremplaçables sous l'œil attendri de Janet.

— Excellent travail, docteur Saunders, déclara Derek.

Son intonation chaleureuse, son regard admiratif la surprirent. Il ne l'avait guère habituée à cela depuis la veille !

— Merci pour votre aide, répondit-elle gentiment. Je n'y serais pas arrivée sans vous.

Il eut l'air estomaqué.

— Je n'ai rien fait.

— Bien sûr que si ! D'une, vous possédez du matériel performant. De deux, vous avez devancé mes besoins au fur et à mesure. C'est plutôt rare.

— Mais tout le mérite vous revient, insista-t-il.

Troublée par le compliment, elle haussa les épaules.

— Pour une naissance classique comme aujourd'hui, je ne fais pas grand-chose. Je me contente de les attraper au vol.

Derek s'esclaffa.

— Si vous le dites… Faut-il prévoir une hospitalisation ?

— Cela ne me semble pas nécessaire. Christina et la petite vont bien. Si quelqu'un peut veiller sur elles, on les laissera rentrer à la maison ce soir.

— Dans ce cas, je vous abandonne un moment. Je vais appeler pour dire que l'hélico peut repartir. J'ai cru comprendre qu'il venait juste de se poser.

— Très bien.

À peine Derek avait-il gagné la salle 1 que la porte principale s'ouvrit, livrant passage à un jeune homme essoufflé. Vêtu d'un jean et d'une épaisse chemise à carreaux, il avait les joues rouges et les cheveux en bataille.

— J'ai tout raté ? demanda-t-il, pantelant.

Elle lui sourit.

— Tom, je présume ? Venez voir votre fille.

— C'est une fille ? Oh là là… Génial !

Elle le conduisit en salle 2 puis s'éclipsa après les félicitations d'usage.

Personnellement, elle ne connaîtrait jamais ce bonheur.

Elle avait fait un choix qu'elle ne regrettait pas — sauf à de rares moments comme aujourd'hui…

Stop ! Elle ferait mieux d'arrêter de penser à son nombril et de retourner travailler !

Elle s'arrêta à la réception et pria Nancy de faire revenir l'après-midi même Jennifer Yazzie, dont le rendez-vous avait été annulé.

— Je l'appelle tout de suite, promit la réceptionniste.

— Merci. Tenez-moi au courant, s'il vous plaît. Je vais éplucher mes dossiers.

La salle 3 étant équipée d'une prise Internet, elle y avait branché son ordinateur. La pièce, plutôt petite et encombrée, ne servait de toute évidence qu'aux intérimaires, mais elle s'en contenterait. Le principal était qu'elle puisse traiter ses patientes le mieux possible.

Sa pile de fiches à côté d'elle, elle alluma son portable pour les informatiser au fur et à mesure. Elle souhaitait aussi chercher des renseignements sur le Dr Pearson, qui avait fait preuve d'une négligence intolérable envers Christina.

Mais la connexion était si lente qu'elle tapa sur le bureau, énervée.

— Est-ce qu'il faut pédaler pour que ça marche ? maugréa-t-elle.

— Le wi-fi est capricieux, dans le coin. À force, vous n'y penserez plus.

La voix de Derek la fit sursauter.

Planté sur le seuil, il l'observait, un sourire moqueur aux lèvres.

Elle se sentit rougir, gênée qu'il l'ait surprise à parler toute seule.

— Qu'en disent les autres intérimaires ?

— Pas grand-chose. La plupart d'entre eux prennent les gens de haut et me snobent. On n'est pas assez bien pour eux.

— Étonnant, fit-elle, ironique.

— Oh ! je m'y suis habitué ! Cela me met juste en colère pour les patients. Moi, je les aime bien.

— Accepteriez-vous de me renseigner sur certains cas ?

— Évidemment ! Le partage d'informations est essentiel dans notre métier. Avez-vous des inquiétudes particulières ?

— Je me pose des questions au sujet de Jennifer Yazzie. Quand je l'ai vue à l'aérogare, j'ai pensé qu'elle était enceinte de cinq mois, pas de huit. Son ventre est minuscule.

Derek, rembruni, se frotta le menton.

— Hum. Je ne vois aucun antécédent à signaler. Elle ne boit pas, ne fume pas et a toujours été en pleine forme… Soupçonnez-vous un retard de croissance intra-utérin ?

Il avait tout de suite compris où elle voulait en venir.

Impressionnée, elle opina.

— J'espère que non, mais je veux la surveiller de près. Certaines femmes prennent très peu de poids pendant la grossesse, cela arrive. En revanche, si on détecte un retard de croissance, il y a danger pour le fœtus. Il faudra orienter Jennifer sur l'hôpital de Juneau.

Une expression étrange passa sur le visage de Derek.

— J'espère que non, répondit-il d'un ton bref. Bien… Je vais manger un morceau. Et vous ?

— Peut-être dans un moment.

— D'accord. À plus tard.

Il avait soudain l'air très pressé de partir. Quelle mouche le piquait ?

— À tout à l'heure, murmura-t-elle.

Elle replongea dans ses dossiers, ouvrit celui de Jennifer Yazzie, commença à lire… et resta bouche bée.

Quelqu'un d'autre, apparemment, avait pensé au retard de croissance intra-utérin. Un gynécologue qui, de toute évidence, n'avait pas jugé bon d'en parler à Derek.

Le Dr Pearson. Encore lui !

Avant d'aller déjeuner, Derek décida d'aller embrasser sa fille au centre aéré de Wolf's Harbour.

Durant les vacances d'été, Mo était la seule pensionnaire de la garderie à temps plein. Cette semaine-là, il s'en félicitait car elle avait attrapé un virus. Partout ailleurs, il aurait dû trouver une baby-sitter ou poser des jours de congé !

Mais cette ville n'était pas « ailleurs ». C'était le seul endroit où il voulait vivre. Vivian, sa défunte épouse, était née ici. Ils s'étaient rencontrés à Wolf's Harbour et avaient choisi d'y bâtir leur foyer. Pour rien au monde il ne voudrait partir.

Mo accourut et se jeta dans ses bras lorsqu'il la rejoignit dans la salle de repos.

Il la souleva de terre, l'étreignit longuement.

Elle représentait tout son univers…

— Comment te sens-tu, mon cœur ? demanda-t-il.

— Beaucoup mieux !

— Rebonjour, docteur, intervint Edna, la responsable. Monica n'a plus de fièvre. Vous avez posé votre après-midi ?

— Hélas, non. Je suis juste venu faire un petit coucou.

Edna s'éclipsa en souriant.

Il s'installa alors avec Mo sur le canapé devant un dessin animé. Quand il lui mit la main sur le front, elle la repoussa avec un soupir excédé.

— Arrête, papa !

Quel caractère ! Monica ressemblait à sa maman sur bien des points.

Hélas, elle n'avait pas eu la chance de la connaître. Edna s'occupait d'elle depuis sa naissance avec un dévouement et une gentillesse hors normes, mais ce n'était pas la même chose.

En cela, lui non plus n'était pas à la hauteur. Mo aurait grand besoin d'une présence féminine dans sa vie. Pourtant, même quand il se sentait seul, il ne s'imaginait pas franchir cette étape. Il avait trop souffert.

Il s'aperçut que Mo s'était endormie contre lui. Attendri, il se leva, l'allongea délicatement sur le canapé. Puis, après l'avoir bordée avec sa vieille couverture, il éteignit la télévision et alla prendre congé d'Edna.

Sur le chemin du retour, il s'arrêta chez Sally acheter deux sandwichs, un pour lui et un pour Evelyn. En partant, il n'avait pas eu l'impression qu'elle allait s'octroyer une pause, même si elle la méritait amplement.

Il avait été bluffé par sa manière de gérer l'accouchement de Christina. Elle s'était montrée calme, efficace, ultra- compétente. Pour lui qui se méfiait toujours des nouveaux venus, être impressionné à ce point était une première !

Il sentit son cœur manquer un battement lorsque, en tournant le coin de la rue, il avisa une ambulance garée devant le cabinet.

Il se rua à l'intérieur.

— Nancy ! Que se passe-t-il ?

— Christina a fait une grosse hémorragie. Le Dr Saunders l'a transfusée, mais elle doit être hospitalisée à Sitka au plus vite. Le pilote de l'hélicoptère s'apprêtait à repartir. Heureusement qu'il n'avait pas décollé !

— Oui, en effet…

Derrière la réception, Derek reconnut Tom Lewis qui faisait les cent pas dans le corridor, son bébé dans les bras, l'air hagard.

Comme lui-même il y avait cinq ans. Mais aujourd'hui Evelyn contrôlait la situation. Du moins, il fallait l'espérer…

— Docteur Taylor, bredouilla le papa.

— Ça va aller, assura Derek avec un calme forcé. Le Dr Saunders est une très bonne obstétricienne…

À peine avait-il terminé sa phrase que la porte de la salle 2 s'ouvrit. Deux ambulanciers en sortirent, poussant un brancard. Evelyn marchait à côté de la civière, tenant une patère de perfusion portative, suivie par Janet.

— Accompagnez votre femme, Tom, suggéra Derek. Emmenez le bébé. Les infirmières de Sitka seront là pour vous accueillir.

— Je pars avec eux, intervint Janet.

Il fallut moins de deux minutes pour installer tout le monde à l'arrière de l'ambulance. Evelyn y monta aussi car elle voulait escorter Christina jusqu'à l'hélicoptère.

Rentré au cabinet, Derek constata que la porte de la salle 2 était restée ouverte.

La vision d'une flaque de sang sur le carrelage lui souleva

le cœur. Comme un flash, il se revit avec son épouse dans les bras, impuissant, désespéré…

Stop ! La catastrophe ne s'était pas reproduite aujourd'hui.

De manière réflexe, il ouvrit le placard à fournitures et prit une serpillière et de l'eau de Javel.

Alors qu'il nettoyait la pièce, une fierté incommensurable l'envahit peu à peu. Il était fier d'Evelyn, et heureux d'avoir une gynécologue compétente dans son cabinet.

Même si elle n'avait pas fait le ménage, elle avait sauvé deux vies. C'était le plus important.

5.

Evelyn poussa un soupir de soulagement en voyant l'hélicoptère décoller.

Même si sa patiente était stable, elle devrait subir une batterie d'examens à l'hôpital. Les causes de l'hémorragie pouvaient être multiples. Or, le cabinet n'était pas équipé pour conduire des investigations de ce genre.

Elle devrait néanmoins féliciter Derek de garder une réserve de sang O négatif « au cas où ». Sa prévoyance avait sauvé la vie de la jeune mère !

Heureuse mais épuisée, elle rejoignit l'aérogare.

— Je vous emmène en ville, docteur Saunders ?

Joe était assis derrière le comptoir en lieu et place de Jennifer. Elle lui sourit.

— Ça aurait été avec plaisir, mais dans la précipitation j'ai laissé mon portefeuille au cabinet.

Il leva les deux mains.

— N'y pensez pas ! C'est moi qui vous le propose. En tant que cousin, je peux bien vous rendre service !

— Vous êtes gentil, répondit-elle. Merci beaucoup.

— Mais de rien ! Si je laissais tomber un membre de la famille, Léelk'w ne me le pardonnerait jamais.

Elle eut l'impression que le sang se figeait dans ses veines.

— Léelk'w ? Est-elle toujours… vivante ?

Joe éclata d'un rire sonore.

— Bien sûr, et en pleine forme. Papa dit qu'elle nous enterrera tous ! Je ne sais pas si quelqu'un lui a annoncé votre retour. Elle a passé quelques jours à la maison mais, quand elle est repartie hier soir, j'ignorais qui vous étiez, et on n'a pas parlé de vous. Elle a peut-être eu mon père au téléphone depuis…

Evelyn suivit Joe à l'extérieur, bouleversée.

— Oui, peut-être.

Elle croyait Léelk'w morte depuis plusieurs années. En réalité, son autre grand-mère l'avait poussée à faire cette supposition…

La colère supplanta la douleur au fond d'elle.

Comment ne pas regretter le temps perdu ? Un juge avait statué sur son avenir, personne n'avait tenu compte de ce qu'elle voulait. Sinon, elle serait restée à Wolf's Harbour…

Mais elle ne méritait pas qu'on lui demande son avis ! Son père était mort à cause d'elle !

Elle détestait cette petite voix intérieure, celle de la culpabilité et du chagrin. Jamais elle ne la laissait en paix, au point de tourner en boucle certains jours.

— Ça va, docteur Saunders ?

— Je… Très bien, répondit-elle avec un sourire forcé. Si vous m'appeliez Evelyn ? Et puis, on pourrait se tutoyer ? On est cousins, après tout.

— Super ! approuva Joe d'un ton enthousiaste.

Dix minutes plus tard, la voiture se garait devant le cabinet.

— On se voit tout à l'heure avec Jennifer ? demanda-t-elle.

— Non, elle n'a pas pu poser son après-midi. Elle était juste aux toilettes quand vous… quand tu m'as trouvé derrière le comptoir, expliqua le jeune homme. Mais nous avons calé le rendez-vous pour demain matin.

— Parfait. À demain, alors. Merci beaucoup, Joe.

Lorsqu'elle franchit la porte du cabinet, Nancy lui lança un regard navré.

— Docteur, j'ai rappelé Jennifer, mais…

— Ne vous inquiétez pas, je suis au courant. Son mari vient de me raccompagner. Je la verrai demain.

— Le Dr Taylor n'a pas reprogrammé de consultations aujourd'hui. Il reste disponible pour les urgences, mais les derniers patients du matin reviendront plus tard cette semaine.

Du coup, il m'a donné mon après-midi… Sauf si vous avez besoin de moi ? ajouta Nancy d'un ton hésitant.

Un peu surprise, Evelyn haussa les sourcils.

Il était encore tôt mais, après tout, c'était Derek le patron.

— Non merci, répondit-elle gentiment. On a eu notre lot d'émotions fortes aujourd'hui, allez donc vous reposer. Et merci pour votre aide.

— Je vous en prie, docteur ! À demain.

Evelyn gagna la salle 2 dans l'intention de la nettoyer, Mais elle faillit trébucher sur Derek, qui épongeait le sol avec une grande serpillière.

— Un coup de main ? proposa-t-elle.

— Non, merci, c'est bon. J'en suis au rinçage.

Il avait répondu d'un ton morose, et elle le soupçonna d'être contrarié. Lui en voulait-il d'avoir tout laissé en plan ? Elle n'avait guère eu le choix !

— J'étais revenue pour ça, précisa-t-elle.

— J'ai presque terminé. Mais, sincèrement, quel bazar !

— Qu'aurais-je dû faire, d'après vous ? Abandonner Christina à son triste sort pour nettoyer le carrelage ?

Derek se releva et poussa un profond soupir.

— Bien sûr que non. Excusez-moi.

— Ça n'a pas l'air d'aller ?

— Si, si… Je m'inquiète juste pour elle.

— Elle s'en sortira, grâce à vous. La situation aurait pu tourner au drame si vous n'aviez pas eu de sang en réserve.

— C'est surtout grâce à vous, protesta-t-il. Heureusement que vous étiez là !

— Vous semblez très attaché aux gens d'ici, ajouta-t-elle.

Quand leurs regards se soudèrent, un frisson la parcourut. Elle eut la certitude qu'il la désirait, et son cœur s'emballa.

C'était toujours pareil avec les mâles dominateurs. Ils voulaient coucher avec elle, rien d'autre. Elle en avait rencontré assez pour le savoir, même sans donner suite à leurs avances.

Nathan était différent, mais elle l'avait rejeté. Et Derek ? Attendait-elle quelque chose de lui ?

En toute honnêteté, oui. L'effet qu'il produisait sur elle était dévastateur. Jamais un homme ne l'avait bouleversée à ce point. Il lui suffisait de se trouver dans la même pièce que lui pour se sentir nerveuse. Son pouls s'affolait, elle devenait bizarre…

Aurait-elle enfin rencontré « la bonne personne » ?

Quoi qu'il en soit, et même si elle brûlait de le savoir, elle ne prendrait pas ce risque. À quoi bon nouer une relation éphémère qui s'arrêterait au bout de trois mois ?

Derek haussa les épaules, rompant le charme.

— Mes patients sont comme une grande famille pour moi, déclara-t-il. Et, d'habitude, ils ne me donnent pas autant d'émotions fortes, ajouta-t-il en souriant. En général, c'est beaucoup plus calme.

Elle porta la main à ses lèvres.

— Oh non ! Vous avez prononcé le mot interdit. Dire « calme » dans une salle d'opération, ça porte la poisse.

— Je n'en avais aucune idée.

— Il y a du sport qui s'annonce, croyez-moi.

— J'espère que vous vous trompez. On a eu assez de « sport » comme cela !

Ils rirent en chœur, et l'atmosphère se détendit.

Ils se mirent à ranger le matériel tout en discutant des patients et du cabinet. Ils avaient presque terminé lorsque Evelyn entendit le carillon de la porte, puis les cris perçants d'un jeune enfant.

Derek lâcha la pince qu'il était en train de nettoyer, comme si la foudre l'avait frappé. Il sortit comme un ouragan.

Elle le suivit, intriguée.

Quand elle atteignit le hall, il avait déjà pris l'enfant — une fillette — dans ses bras. Une dame d'âge mûr maintenait un bandage ensanglanté sur la tempe de la puce, qui pleurait à chaudes larmes.

Derek se mit à parler doucement à la petite fille, qui redressa la tête pour lui répondre.

Alors, Evelyn sut qui était cette petite fille : ces grands yeux gris-vert lumineux ne pouvaient signifier qu'une chose.

Eh bien, elle ne s'améliorait pas. Voilà qu'elle craquait pour un père de famille !

— Que se passe-t-il ? demanda-t-elle doucement.

— Comme cette demoiselle se sentait mieux, elle a fait la fofolle, expliqua la vieille dame. On était dans la cuisine, et elle a glissé. Elle s'est cognée sur une porte de placard ouverte. La coupure semble profonde, alors j'ai préféré venir.

— Je vous présente ma fille Monica, Mo pour les intimes, dit Derek avec un soupir las.

Oubliant sa surprise, Evelyn sourit à la fillette. Elle adorait les enfants et compatissait de tout cœur.

— Si on allait en salle 2, que je regarde ce bobo ?

— Je peux m'en occuper, répondit Derek.

— Non. Vous êtes son père.

— Et vous, vous êtes gynéco !

— Je suis chirurgienne avant tout. Je dois être capable de poser deux points de suture.

Elle crut que Derek allait argumenter, mais il opina.

— Allez-y, Edna, dit-il gentiment. Je prends le relais.

La dame embrassa tendrement la main de Monica.

— À demain, répondit-elle, l'air navré. Bon courage, trésor.

Evelyn rejoignit la salle 2, suivie par Derek. Quand celui-ci déposa Monica sur la table d'examen, elle remarqua que la petite avait hérité de son teint mat. Ses cheveux, en revanche, formaient une magnifique cascade de boucles blondes. Elle était adorable !

— Je suis le Dr Evelyn Saunders, dit-elle d'un ton doux. Mais tu peux m'appeler Evie.

— Moi, je suis Monica, mais tu peux m'appeler Mo.

— Entendu, Mo ! Quel âge as-tu ?

— Je viens d'avoir cinq ans.

— C'était en mars, intervint Derek. Ça commence à dater.

— On ne m'avait pas dit que vous étiez un papa pénible ! plaisanta Evelyn.

Mo éclata de rire, avant de grimacer tout de suite après.

— Tu veux bien me laisser regarder ?

La fillette la considéra, l'air hésitant. Mais, sur l'injonction de Derek, elle se laissa ôter le bandage sans protester.

— Waouh, c'est un vilain bobo ! s'exclama Evelyn.

Elle alla chercher du matériel de suture et un spray désinfectant. Après un examen minutieux de la plaie, elle sourit à Mo.

— Tu sais quoi ? dit-elle. Je n'aurai même pas besoin de recoudre. Je vais juste nettoyer et poser des strips.

— C'est quoi ?

— Des morceaux de papier collant qui vont aider ta peau à guérir. Ça marche très bien. Pas besoin de fil ni n'aiguille !

— Ah bon ? Edna disait que j'aurais des points parce que ça saigne. Regarde, il y a plein de sang sur mon doudou.

Mo serrait contre son cœur une vieille couverture en patchwork, de toute évidence faite à la main.

— Elle est très jolie. Qui te l'a cousue ?

— C'est ma maman, quand j'étais dans son ventre.

— Ce n'est pas grave. Elle pourra la laver ce soir.

— Elle est morte, ma maman.

Evelyn sentit Derek se raidir et lui jeta un regard navré. Quelle idiote ! Pourquoi avait-elle abordé ce sujet ? Elle comprenait mieux pourquoi il avait l'air si triste à certains moments. Cette expression, elle l'avait surprise chez son père autrefois…

— Je suis désolée, ma puce. Et… et ton papa ? enchaîna-t-elle, horriblement mal à l'aise. Est-ce qu'il sait faire la lessive ?

— Bien sûr ! Ça pique ? ajouta Mo en fronçant les sourcils alors qu'Evelyn imbibait une compresse de désinfectant.

— Je ne veux pas te mentir, tu sentiras quelque chose. Mais, si on fait tout bien maintenant, ça ira mieux après. Les enfants ont un *super pouvoir*, ajouta-t-elle avec des mines de conspiratrice. Ils guérissent *super vite*. Et puis, regarde les choses du bon côté : tu vas avoir l'occasion de manger une *super glace* en récompense.

— Chouette ! Youpi !

— C'est nouveau, ça ? Merci pour cette brillante idée, lança Derek en souriant.

Mo paraissait beaucoup plus détendue, et Evelyn se réjouit d'avoir atteint son objectif. Elle fit allonger la fillette puis lui dispensa les soins nécessaires. En quelques minutes, tout fut terminé sans le moindre pleur.

— Voilà, ma belle, c'est fini ! Je te félicite. Tu as été très courageuse.

Mo glissa une main minuscule dans la sienne, et elle l'aida à se rasseoir, le cœur gonflé d'émotion.

Cette petite fille, c'était elle autrefois. À une grosse différence près : elle se rappelait un peu sa maman, mais Mo n'avait jamais connu la sienne.

— Rentrez chez vous, maintenant, suggéra-t-elle à Derek. Je fermerai le cabinet.

— Merci, Evelyn.

Sans la regarder, il se pencha et souleva Mo dans ses bras.

— Merci, Evie ! répéta la fillette d'une voix gaie. Dis, papa, est-ce qu'Evie peut manger à la maison ce soir ?

Cette invitation inattendue laissa Evelyn sans voix. Quant à Derek, il écarquilla les yeux, visiblement mal à l'aise. Sans doute réfléchissait-il à cent à l'heure pour trouver une excuse.

Vu les circonstances, elle comprenait très bien. Mo ne devait pas se prendre d'amitié pour une inconnue de passage. Son père voulait lui éviter de souffrir.

— C'est très gentil, ma puce, mais je suis fatiguée et je dois me coucher tôt, mentit-elle. Peut-être une autre fois ?

Derek secoua la tête par-dessus celle de sa fille.

— Rassurez-vous, on dîne toujours de bonne heure, fit-il. Alors, si vous êtes libre, on sera contents de vous avoir. C'est bien le moins, après ce que vous venez de faire.

Mo la fixait de ses grands yeux brillants.

Evelyn n'eut pas le cœur de lui faire de la peine.

— Eh bien… d'accord. Merci pour votre invitation.

— Youpi ! claironna Mo.

— Venez pour 19 heures, ajouta Derek. Joe sait où on habite.

— Entendu. À plus tard.

Quand Derek eut quitté la pièce avec sa fille, elle se prit la tête à deux mains.

Qu'avait-elle fait ? Elle aurait dû se montrer raisonnable, refuser ce dîner… Quoi qu'il advienne, il n'y en aurait pas d'autre, car il était hors de question que Mo s'attache à elle.

6.

« On ne va pas dîner chez quelqu'un les mains vides. »

Parmi toutes les leçons inculquées par sa grand-mère Georgina, Evelyn avait bien retenu celle-ci. Mais qu'apportait-on à un veuf légèrement grincheux sur les bords et à sa petite fille de cinq ans ?

Après mûre réflexion, elle opta pour une bouteille de vin rouge trouvée dans le cellier de l'appartement, elle se rendit chez Sally pour acheter des cupcakes, dont, au dire de la patronne, Mo était friande, puis elle alla retrouver Joe Jr. devant le cabinet à l'heure convenue.

— Rebonjour, Evie, ou plutôt bonsoir ! dit-il gaiement. J'avoue avoir été surpris par ton appel.

Elle referma sa portière et pivota vers lui, intriguée.

— Ah bon ? Pourquoi ?

— D'habitude, les remplaçants ne sortent jamais. Sauf le Dr Pearson, en fait. Mais, lui, il avait sa propre voiture, et il allait à Hoonah, où il y a plus d'animation.

Pourquoi n'était-elle pas surprise ?

Elle secoua la tête en souriant.

— Je serai l'exception qui confirme la règle, Joe. Je vais chez le Dr Taylor. Apparemment, tu connais l'adresse.

— Bien sûr. Il habite à la sortie de la ville.

Joe descendit la rue principale, après quoi il emprunta un chemin en lisière de la forêt.

Evelyn se sentait un peu nerveuse. La conversation plaisante de son cousin la détendait mais, soudain, elle eut l'impression bizarre de ne plus capter ce qu'il disait.

Ce petit sentier entre les arbres, ce ruisseau qui serpentait doucement près de la route…

Elle avait vu mille fois ce paysage en rêve. Comment aurait-elle pu l'oublier ?

Une violente nausée la saisit lorsque, au bout de l'allée, Joe arrêta la voiture devant une jolie demeure en rondins.

Sa maison.

Sauf que ce n'était plus chez elle et que jamais elle ne revivrait ici…

Elle remercia Joe et régla sa course puis resta plantée sur le seuil de la maisonnette, bouleversée. L'odeur des arbres lui rappelait la senteur délicieuse des branches de pin qui brûlaient dans la cheminée, les soirs d'hiver.

Jamais elle n'avait été aussi heureuse qu'ici. Puis le malheur s'était abattu sur eux, et la maison était devenue d'un coup synonyme de tristesse et de solitude…

La porte s'ouvrit sur Derek, qui la regarda d'un air intrigué.

— Il me semblait bien avoir entendu un bruit de moteur ! Ça fait longtemps que vous êtes là ?

— Non, je viens d'arriver.

Elle se força à sourire et lui tendit la bouteille de vin et la boîte de cupcakes.

— Ça, c'est pour Mo. Comment va-t-elle ?

— Après tant d'émotions, elle s'est endormie. Merci beaucoup, elle va apprécier.

— Préférez-vous que je revienne une autre fois ?

S'il répondait oui, ce serait presque un soulagement. Elle n'aurait pas à dîner en sa compagnie, et surtout à pénétrer dans cette maison…

— Non, du tout, répliqua-t-il. Entrez !

— À vrai dire, j'hésite.

— Mais pourquoi ? Est-ce à cause de moi ?

— Non…

Il haussa les sourcils.

— Alors quoi ? Ah, je sais : l'invitation de Mo vous a

perturbée. J'avoue qu'elle m'a surpris aussi. D'habitude, elle se méfie des inconnus.

— Cela n'a rien à voir avec Mo. C'est… C'est compliqué.

— « Compliqué », ça me parle, répondit-il doucement.

Le sourire chaleureux de Derek la fit vibrer des pieds à la tête. Elle eut soudain l'impression que ses jambes ne la portaient plus. Quand il la regardait comme cela, elle avait tendance à croire que tout était possible.

Elle eut un rire nerveux et dansa d'un pied sur l'autre. Elle devait s'expliquer, ou il allait la prendre pour une folle.

— Je ne pensais pas venir ici, balbutia-t-elle. Je n'imaginais pas que vous habitiez cette maison.

— Mais que…

— C'était la mienne, Derek. J'ai vécu ici avant qu'on ne m'oblige à quitter Wolf's Harbour.

Derek s'était attendu à beaucoup de choses en invitant Evelyn chez lui, mais pas à cela.

Deux ans plus tôt, après avoir rencontré au pub la nouvelle libraire de la ville, il avait voulu la revoir. Toutefois, en apprenant qu'il était veuf, papa d'une fillette, et qu'il travaillait sans compter, la jeune femme n'avait pas donné suite. Échaudé par cette mésaventure, il avait tiré un trait sur sa vie sentimentale. De toute manière, il n'était pas prêt à fréquenter quelqu'un. Du moins, il l'avait cru jusqu'à l'arrivée d'Evelyn.

Ce soir, au cabinet, il avait remarqué son air triste lorsqu'elle avait soigné Mo. Sauf qu'il ne voulait pas de sa pitié. Il attendait autre chose. Avec elle, il sentait renaître une énergie vitale qu'il croyait disparue. Et, pour cette raison, il refusait qu'elle s'apitoie sur son sort. Il désirait être apprécié pour lui-même !

Quelques minutes plus tôt, devant la porte, il avait craint qu'elle ne fasse demi-tour. Sans la voir, il avait deviné son hésitation. Mais, quant au motif, il s'était trompé sur toute la ligne !

Elle avait vécu ici…

Il avait acheté cette maison à un exploitant forestier dès son installation à Wolf's Harbour. À l'époque, il ne connaissait pas encore Vivian, mais c'est là qu'ils avaient bâti leur foyer. Personne ne lui avait jamais dit que cette demeure avait appartenu à Thorne Saunders. L'acte de vente mentionnait « L. Yazzie » comme premier propriétaire, mais il n'avait pas fait le rapprochement. Il comprenait mieux, aujourd'hui… Et il imaginait combien Evelyn devait être bouleversée.

Néanmoins, il ne voulait surtout pas qu'elle parte. Pour une raison inexplicable, sa présence lui faisait du bien. Il avait envie de lui parler, d'avoir une conversation d'adultes « normale » en dégustant un verre de vin. Cela faisait si longtemps…

D'habitude, il n'invitait pas les intérimaires. Il n'entretenait aucune relation avec eux. Mais Evelyn était différente. Elle était d'ici. Elle aimait son métier et s'intéressait aux gens.

— Ce serait bête d'être venue pour rien, dit-il gentiment. Entrez donc.

Quand elle opina, il voulut la guider à l'intérieur en posant une main dans son dos.

Ce fut comme si la foudre l'avait frappé. Des pensées inavouables lui traversèrent l'esprit, comme la vision d'Evelyn alanguie dans ses bras.

Quel effet cela ferait-il de glisser les doigts dans ses cheveux, de goûter sa bouche, de sentir son corps s'abandonner contre le sien ?

Affolé, il retira sa main.

Il s'aperçut alors qu'Evelyn regardait le vestibule avec curiosité.

— C'est plus grand que dans mon souvenir, fit-elle observer. Il y avait un plafond bas, sans poutres apparentes.

— Exact. Je trouvais le hall un peu sombre, alors j'ai fait quelques travaux.

À peine eut-il prononcé cette phrase qu'il se traita d'idiot. N'allait-elle pas penser qu'il critiquait l'endroit où elle avait grandi ?

Apparemment pas, car elle accrocha sa veste et son écharpe au portemanteau en souriant.

— C'est très joli, approuva-t-elle. J'aime beaucoup.

— Merci… La cuisine est toujours au fond du couloir, ajouta-t-il pour briser le silence qui menaçait de s'éterniser.

Il précéda Evelyn, agacé d'être aussi mal à l'aise.

Ce dîner *n'était pas* un rendez-vous galant ! Rien ne l'autorisait à espérer quoi que ce soit.

Il déposa les cupcakes et la bouteille sur le plan de travail, puis, à court de mots, se passa une main dans les cheveux. Que dire, maintenant ?

— Ça va ? demanda Evelyn depuis le seuil. Vous avez l'air songeur.

— Oui, très bien. Je pensais juste que… que vous alliez annuler.

— Pour être honnête, j'ai failli.

Le sourire qu'ils échangèrent brisa la glace. Evelyn fit un pas en avant.

— Et cela n'a rien à voir avec Mo !

— Ah bon ? répliqua-t-il, ravi. Pourquoi, alors ?

— Disons que vous ne m'avez pas accueillie très chaleureusement. J'imagine que vous en vouliez au Dr Pearson. Mais je ne pense pas être comme lui.

— Non ! Et d'ailleurs je vous présente mes excuses. J'avoue être un peu méfiant dès qu'il s'agit du cabinet.

Son rire cristallin lui déclencha une onde de plaisir.

— Juste « un peu » ? plaisanta-t-elle.

— Je tiens beaucoup à mes patients.

— J'avais cru le comprendre. Et je trouve votre dévouement remarquable.

Le compliment lui fit chaud au cœur. Il sourit.

— Ça, c'est nouveau ! En général, les intérimaires me trouvent pénible parce que nous n'avons pas la même implication. Mais vous êtes différente. Vous avez le sens du contact, et vous montrez de l'intérêt pour les gens d'ici.

— Je ferais peu d'honneur à la mémoire de mon père si ce n'était pas le cas.

Ayant dit cela, Evelyn baissa les yeux comme pour masquer une soudaine émotion.

Il la contempla, touché.

Si elle savait à quel point il l'admirait !

— Je suis désolé d'avoir été aussi peu aimable, murmura-t-il. Merci d'être venue ce soir, Mo était ravie… Si la compagnie de son grincheux de père ne vous dérange pas trop, aimeriez-vous boire un verre de vin ?

— Volontiers, merci.

— Installez-vous au salon, j'arrive.

Après qu'Evelyn se fut éclipsée, il prépara une assiette de crackers et sortit deux verres d'un placard. Puis il déboucha la bouteille de vin — un excellent cru, sans doute oublié par Pearson !

Son plateau en main, il gagna le salon.

Evelyn s'était assise sur le sofa devant la cheminée et avait l'air fascinée par les flammes.

À quoi pensait-elle ? Pourvu qu'elle ne regrette pas d'être venue !

— Cette pièce n'a pas beaucoup changé, à part les meubles, dit-elle. Je suis contente de la revoir telle quelle.

— Je la trouve très chaleureuse, alors j'ai gardé l'esprit. J'ai juste reverni les panneaux de bois.

Evelyn prit en souriant le verre qu'il lui tendait et jeta un coup d'œil au plateau qu'il avait posé sur la table basse.

— Quelle organisation ! lança-t-elle. Mais cela ne m'étonne pas, votre maison est nickel. Si seulement le Dr Pearson avait pu laisser l'appartement dans le même état !

Il s'assit à côté d'elle, ravi.

— Que voulez-vous, j'ai été à bonne école, expliqua-t-il. Ma mère est traiteur à Chicago, elle m'a employé comme serveur le week-end pendant toutes mes études. Quant à la propreté, j'ai une femme de ménage. Et puis, on est très peu à la maison, Mo et moi. Sinon, il y aurait plus de désordre.

— Ça m'étonnerait.

— Ah bon ? Que voulez-vous dire ?

— Vous êtes maniaque, je m'en suis aperçue au cabinet. La désorganisation vous agace… Rassurez-vous, je suis pareille.

Il lui sourit.

— Tant mieux. On va bien s'entendre.

— On a eu un démarrage en fanfare, en tout cas… Au fait, j'ai eu des nouvelles de Christina. Elle avait un fibrome, qui s'est rompu à cause des fortes poussées de l'accouchement. Si seulement le Dr Pearson avait retourné le bébé, le travail aurait été moins violent, et on aurait sans doute évité la catastrophe.

— Oui, il a été mauvais sur ce coup-là.

— Malheureusement, ce n'est pas tout…

Evelyn abandonna son verre sur la table et pivota vers lui, l'air soucieux.

— Je suis presque sûre que le bébé de Jennifer Yazzie a un retard de croissance intra-utérin.

— Oh non ! Je suis désolé ! J'avoue mon ignorance en la matière, et je l'ai très peu vue en consultation.

— Ce n'est pas votre faute, inutile de culpabiliser pour la négligence d'un confrère ! Est-ce pour cela que vous avez fait une drôle de tête quand je vous en ai parlé, cet après-midi ?

— Pas directement, mais… Toutes les complications liées aux grossesses me touchent. Ma femme est morte juste après la naissance de Mo. Les transports aériens étaient bloqués par la tempête, je n'avais pas de stock de sang. Si elle avait été transférée plus vite à l'hôpital, on aurait pu la sauver.

— Oh… C'est terrible.

Elle allongea la main et, très doucement, lui pressa le genou. Cette fois, son beau regard brun n'exprimait pas la pitié, mais une compassion profonde.

Il haussa les épaules pour dissiper son malaise.

Chaque jour, depuis cinq ans, il se reprochait de ne pas avoir insisté pour que Vivian termine sa grossesse à Juneau. Comme tout allait bien, elle avait voulu accoucher à domicile, mais rien ne serait arrivé s'il s'était montré plus prudent…

— Qu'avez-vous découvert ? demanda-t-il, se reprenant.

— Le Dr Pearson a écrit dans le dossier « retard de croissance fœtale » avec un point d'interrogation. Mais il n'a pas investigué, et je suppose qu'il n'en a pas parlé non plus à Jennifer.

— Bien sûr que non ! Ou alors elle serait venue me trouver, j'en suis certain.

— C'est inadmissible. Je vais en référer au conseil de l'ordre. Par deux fois au moins, il a mis ses patientes en danger.

— Voilà tout le problème avec les intérimaires. Vous comprenez maintenant pourquoi je m'insurge contre le système de rotation des médecins. Au final, le risque est plus important que le bénéfice, car ils ne connaissent pas les gens. Il faudrait à Wolf's Harbour un hôpital, même petit. Je milite pour cela depuis des années, mais nos décideurs affirment qu'il n'y a pas de budget.

— Ce serait génial en effet. Même si, dans certains cas, cela ne changerait rien. Un hôpital n'aurait pas sauvé mon père, par exemple…

— Que s'est-il passé ? demanda-t-il d'un ton doux.

— Il s'est fait écraser par un camion à la tombée de la nuit. Il y avait du brouillard, le chauffeur allait trop vite et ne l'a pas vu. Papa est mort sur le coup.

Il lut dans son regard le chagrin, mais aussi une émotion indéfinissable, et il eut la quasi-certitude qu'elle ne lui disait pas tout.

— Je suis désolé, Evelyn, dit-il. Cela me touche que vous ayez vécu un tel malheur.

Elle eut un sourire triste.

— Moi aussi, j'ai de la peine pour vous. Et je suis désolée parce que, comme tous les autres… je vais partir.

Il retint un soupir.

Quel gâchis ! Ils avaient tant de points communs ! Et ce n'était pas seulement leur vécu difficile qui les rapprochait, il y avait autre chose.

Son regard dévia malgré lui vers la bouche d'Evelyn.

Elle avait les lèvres roses comme ses joues, un port de tête renversant, un cou gracile… Comme il aurait voulu la toucher, caresser sa chevelure soyeuse !

Cette pensée l'électrisa et le choqua en même temps. Il devait se ressaisir et reprendre ses distances avant de faire une énorme bêtise.

— Voulez-vous encore un peu de vin ? bafouilla-t-il.

Sans attendre sa réponse, il se leva et prit son verre sur la table. Mais il était trop nerveux, et il serra le pied tellement fort que le cristal se brisa.

— Bon sang !

Il courut vers la cuisine se passer la main sous l'eau.

— Montrez-moi ça.

Evelyn l'avait suivi. Il aurait dû s'y attendre.

— Ça va, marmonna-t-il. C'est superficiel.

— Faites voir quand même.

Elle s'était postée près de lui. Quand elle lui prit la main, il sentit un grand frisson le parcourir. Elle avait de longs doigts, fins et délicats. Des doigts de fée pour une chirurgienne…

— Vous voyez, ce n'est rien du tout, dit-il avec effort. Juste une égratignure.

— Hum… Avez-vous une trousse à pharmacie ?

— Oui, dans le cabinet de toilette, sous le lavabo. C'est la première porte à gauche.

Quand elle s'éclipsa, il inspira plusieurs fois à fond.

Il devait se contrôler. Il *pouvait* le faire.

Revenue avec la mallette, elle prit de la pommade désinfectante, de la gaze, puis elle se pencha sur lui. L'odeur subtile de son shampooing lui chatouilla les narines, et cette senteur lui évoqua la crème solaire dont il s'enduisait quand il allait nager dans le lac Michigan, autrefois.

Beaucoup d'eau avait coulé sous les ponts depuis. Le jeune homme insouciant avait disparu…

Après avoir nettoyé sa paume, Evelyn y colla deux sutures en papier puis lui replia délicatement les doigts.

— Voilà, c'est fini. Avec les strips, vous risquerez moins de faire saigner la plaie.

— Merci, chuchota-t-il d'une voix rauque.

Soudain, ce fut plus fort que lui : il tendit la main pour caresser la joue d'Evelyn. Puis, comme dans un film au ralenti, il se pencha et effleura ses lèvres.

— Papa !

Evelyn sursauta si vivement que leurs têtes faillirent se heurter. Il recula de trois pas et se tourna vers le couloir, d'où Mo l'avait appelé. Trois secondes plus tard, sa fille déboulait dans la cuisine comme une tornade.

— Evie ! Tu es venue !

— Bien sûr. Une promesse est une promesse, répliqua Evelyn, l'air gêné.

Derek vit Mo fixer sa main avec curiosité.

— Qu'est-ce que tu as fait, papa ?

— Je me suis coupé avec un verre. Ce n'est pas grave. Evelyn m'a fait un joli pansement.

— Comme à moi ! Super, Evie !

Evelyn prit la boîte de cupcakes sur le plan de travail.

— Tiens, Mo, je te les ai rapportés de chez Sally.

— Oh ! merci !

— Comment va ton bobo ?

— J'ai un peu mal, mais ça va mieux. Dis, tu viens voir ma chambre ?

Derek croisa le regard interrogateur d'Evelyn.

Délicate et bien élevée, elle attendait son approbation.

— Allez-y, dit-il gentiment.

Resté seul, il tenta de se ressaisir.

Evelyn et lui n'avaient pas échangé un vrai baiser, mais ce simple effleurement l'avait bouleversé corps et âme. Puis Mo était arrivée, et une vive angoisse avait supplanté la joie.

Sa fille avait manqué les surprendre ! Cela ne devait pas se reproduire !

Même s'il mourait d'envie de retenter l'expérience, il s'en abstiendrait. Il n'avait pas le choix.

7.

Evelyn n'avait pas dormi plus de deux heures quand son réveil sonna le lendemain matin.

La fin de la soirée, la veille, avait été plutôt gênante. Heureusement, Mo avait bavardé avec animation pendant tout le dîner. Elle n'avait pas capté les regards brûlants entre « son amie Evie » et son père, c'était le principal.

Evelyn peinait à imaginer la réaction de la fillette si celle-ci les avait surpris en train de s'embrasser. Elle-même avait été tellement malheureuse, petite, en voyant Jocelyn dans les bras de son père ! Elle refusait que Mo se sente triste ou fâchée. Elle l'aimait beaucoup et jugeait inconcevable de lui faire de la peine. C'était une enfant adorable, la fille qu'elle aurait aimé avoir si elle avait pu nourrir ce genre de rêves…

Ce qui n'était pas le cas.

Résolue à éviter Derek au maximum, elle se leva et se prépara rapidement. Comme il était encore tôt, elle avait une chance d'arriver au cabinet avant lui.

Habituée à observer ses clients, Sally remarquerait sans doute qu'il y avait un malaise entre eux. La rumeur se répandrait en ville comme une traînée de poudre. Mieux valait éviter ce genre de scénarios. Elle s'abstiendrait donc de passer par la case « Sally » pour ne pas le croiser.

Mais c'était sans compter sur le hasard, qui, naturellement, avait décidé de mal faire les choses : à peine eut-elle tourné le coin de la rue qu'elle se heurta à quelque chose de dur, solide et chaud. Deux bras musclés l'entourèrent pour l'aider à reprendre son équilibre.

— Hé là, doucement… Evelyn !

Voilà ce qui arrivait lorsqu'on marchait vite et tête baissée. Elle avait percuté Derek !

— Salut, bafouilla-t-elle. Je… Comment va votre main ?

— Très bien, merci.

Il avait l'air aussi gêné qu'elle.

Elle lui sourit.

— Vous cherchiez à m'éviter, n'est-ce pas ? le taquina-t-elle. Rassurez-vous, moi aussi. Mais dans une petite ville c'est compliqué.

Il rit et se frotta le menton.

— C'est vrai, admit-il.

— Écoutez, nous… Nous avons fait une bêtise hier soir. Cela ne se reproduira pas.

— Ce n'est… N'allez pas croire que je regrette, Evelyn. Au contraire. Seulement, je dois penser à Mo.

— Je sais, et je comprends. Je ne voudrais surtout pas qu'elle souffre. Il faut juste qu'on puisse travailler ensemble sans qu'il y ait de tension.

— Cent pour cent d'accord avec vous.

— Alors, c'est parfait. Bien… À tout de suite.

— Je vais chez Sally. Je vous rapporte un café ?

— Oh ! C'est gentil, mais vous n'êtes pas obligé…

— En tant que collègue, je peux bien faire ça, non ? Vous me rendrez la pareille demain.

Ayant dit cela, Derek lui tourna le dos et prit la direction du salon de thé.

Elle le regarda partir, soulagée qu'ils aient mis les choses au point, mais aussi un peu déçue.

Consciente que cette relation professionnelle ne pouvait pas aller plus loin, elle se chapitra.

Depuis quand attendait-elle quelque chose d'un homme ? Ce serait nouveau !

Le souvenir de leur baiser interrompu accéléra les battements de son cœur. Dès qu'elle fermait les paupières, elle voyait Derek. Elle s'enflammait lorsqu'il était dans les parages.

Aucun homme n'avait produit cet effet dévastateur sur elle, pas même Nathan !

Résolue à se concentrer sur son travail, elle rejoignit le cabinet d'un pas rapide — mais plus prudent. Sur place, elle déverrouilla la porte, alluma les lumières puis prit la pile de dossiers qui l'attendait. Le premier était celui de Jennifer Yazzie, dont le rendez-vous avait été reporté. Ce ne serait probablement pas le plus facile…

Elle en était là de ses réflexions quand Janet la rejoignit, tout sourire.

— Bonjour, docteur Saunders.

— Bonjour, Janet ! Je ne pensais pas vous voir ce matin. Vous auriez dû rester chez vous et dormir. Avec ce que vous avez fait pour Christina, vous le méritez.

L'infirmière eut un sourire rassurant.

— Ne vous inquiétez pas, j'ai pu rentrer hier soir. Après tout, il n'y a qu'une heure de vol entre Sitka et ici.

— Comment va Christina ?

— Beaucoup mieux. Tom et elle ont appelé leur petite fille Evie pour vous faire honneur.

Touchée, Evelyn se sentit rougir.

— C'est adorable de leur part !

Janet lui tendit une enveloppe épaisse portant le label « hôpital de Sitka ».

— Voici le dossier de Christina, rempli par le chirurgien.

— Merci beaucoup.

— Par quoi allons-nous commencer ce matin, docteur ?

— J'aurai besoin de l'échographe portable, s'il vous plaît. Je veux faire passer une écho à Jennifer Yazzie.

— Je m'en occupe. À tout à l'heure.

Restée seule, Evelyn plongea le nez dans ses notes.

Si le problème qu'elle soupçonnait chez Jennifer était avéré, elle devait définir un plan de bataille. Il était hors de question qu'elle perde la moindre vie durant son séjour à Wolf's Harbour. Comme son père, elle s'était donné pour mission de sauver les gens !

Le carillon tinta de nouveau, mais elle ne leva pas les yeux, pensant qu'il s'agissait de Derek.

— J'espère que Sally n'a pas mis trois sucres dans mon café comme hier, dit-elle. À force, je vais avoir des caries.

— Je… n'apporte pas le café.

La voix frêle, un peu chevrotante, lui fit dresser les cheveux sur la nuque. Sa main se crispa sur ses dossiers, et elle se retourna lentement vers la porte.

Les cheveux d'ébène de la vieille dame avaient blanchi. Elle s'appuyait sur une canne. Son visage s'était ridé. Mais elle portait toujours ses magnifiques boucles d'oreilles en bois d'ormeau, de facture traditionnelle, qui la fascinaient tant autrefois…

Les larmes jaillirent malgré elle.

— Léelk'w…, chuchota-t-elle d'une voix étranglée.

Sa grand-mère la gratifia d'un sourire lumineux.

— Tu te souviens donc de moi ?

Evelyn éclata de rire et abandonna ses notes sur le comptoir. Puis elle courut se jeter dans les bras de son aïeule.

Celle-ci l'étreignit avec une vigueur étonnante tout en lui murmurant des mots en tlingit à l'oreille.

Cette langue qu'on lui avait interdit d'utiliser à Boston et qu'elle avait cru ne plus jamais entendre…

Reculant d'un pas, elle tint Léelk'w à bout de bras pour mieux la regarder.

— Joe Jr. m'avait dit… que tu habitais toujours ici.

La vieille dame haussa les sourcils.

— Il t'a surtout dit que j'étais encore vivante. Tu essayes de présenter les choses délicatement !

Elle se mit à rire.

— Oui, si tu veux…

Une question la taraudait. Et, même si elle craignait d'entendre la réponse, il fallait qu'elle sache.

— Pourquoi ne m'as-tu jamais écrit ou téléphoné, Léelk'w ?

Celle-ci la fixa d'un air abasourdi.

— Après ton départ, ta grand-mère a changé de numéro

et s'est fait inscrire sur liste rouge. Je t'ai envoyé une centaine de lettres, mais elles m'ont toutes été retournées.

Cette explication ne l'étonnait pas : son oncle Joe lui avait dit la même chose au pub.

De nouveau, elle sentit la colère monter en elle. Comment son autre grand-mère avait-elle pu faire une chose pareille ? Que de temps perdu !

— Tout va bien, Evie ? demanda Léelk'w.

— Oui, oui… Je suis tellement contente de te voir !

— Profites-en, car je commence à me faire vieille, plaisanta son aïeule.

Elle la considéra, alarmée.

— Est-ce que tu es malade ? Est-ce que tu viens consulter le Dr Taylor ?

— Non ! Je suis venue te parler de Jennifer.

— Je suis navrée, mais je ne peux rien dire. Les données médicales sont confidentielles.

— Pff ! Bêtises ! Nous sommes de la même famille.

Evelyn recula vers le comptoir et reprit ses dossiers.

— Peut-être, mais je dois respecter le code de déontologie. Il est interdit de parler d'une patiente si elle n'est pas là.

Léelk'w croisa les bras sur la poitrine d'un air têtu.

— J'attendrai que Jennifer arrive. Comme sa mère habite trop loin, elle m'a demandé d'assister à son accouchement. Tu l'ignores peut-être, mais j'étais là le jour de ta naissance, et pour celle de Joe Jr. Les liens du sang, c'est sacré !

Evelyn sentit une boule d'angoisse se former dans sa gorge.

— Très bien, répliqua-t-elle sans regarder son aïeule.

Qu'il était difficile de laisser dormir les fantômes du passé ! Surtout quand lesdits fantômes venaient vous hanter sans prévenir ! Elle n'était pas sûre que l'ADN aiderait à renouer les « liens » familiaux distendus. Elle était partie depuis trop longtemps…

— Tu as fermé ton cœur, Evelyn, déclara Léelk'w.

— Je… Comment ?

Sa grand-mère soupira.

— Je ne peux pas t'en vouloir. On ne t'a pas laissée faire le deuil de ton père. Et puis, je crois que tu ne lui as jamais pardonné d'avoir voulu épouser Jocelyn.

Il y avait du vrai, là-dedans. Mais, à présent, elle était surtout en colère contre elle-même. Elle se reprochait d'avoir gâché la vie de son père et de cette femme. Hélas, elle ne pouvait rien faire pour réparer…

Elle s'apprêtait à répondre, quand la porte s'ouvrit de nouveau. Cette fois, c'était bien Derek.

— Docteur Taylor, dit Léelk'w, d'un ton si rude qu'Evelyn haussa un sourcil interrogateur.

— Katlian, répondit Derek en souriant. Quel plaisir !

— Menteur, murmura la vieille dame, une lueur malicieuse dans le regard.

Evelyn secoua la tête et remercia Derek, qui venait de lui tendre un grand gobelet de café.

— C'est sympa, dit-elle. J'en ai besoin.

Le regard inquisiteur de Léelk'w passa de l'un à l'autre. Evelyn crut que Derek allait ajouter quelque chose mais, finalement, il recula d'un pas.

— Bien, je vais m'y mettre, dit-il. À plus tard.

Dès qu'il eut refermé la porte de sa salle d'examen, elle se tourna vers sa grand-mère.

— Tu l'as fait fuir, constata-t-elle.

Léelk'w haussa les épaules.

— Il ne m'aime pas beaucoup, mais c'est un bon généraliste.

— Pourquoi es-tu si désagréable avec lui, alors ?

— Je suis désagréable avec *tous* les médecins. C'était la même chose avec ton père, au début.

— Je vois.

L'arrivée de Jennifer au bras de Joe Jr. la dispensa d'en dire davantage.

— Léelk'w ! s'exclama Jennifer après les salutations d'usage. Qu'est-ce que tu fais là ?

— Je suis venue pour toi. Il faut que tu autorises le Dr Saunders, ici présente, à me parler de ta grossesse.

— Mais bien sûr, aucun problème. Vous pouvez tout lui dire, docteur, ajouta la future mère.

— D'accord, mais seulement en votre présence. C'est la loi, précisa Evelyn.

Elle vit que Joe Jr. se retenait de rire.

Elle secoua la tête, escorta Léelk'w jusqu'à la salle d'attente, après quoi elle emmena les deux jeunes gens vers la salle 4, où Janet avait préparé l'échographe portatif.

Rester professionnelle. Jennifer était une patiente comme les autres.

Pourquoi avait-elle tant besoin de s'en convaincre ? Après tout, ces personnes sympathiques ne faisaient pas vraiment partie de sa famille. Rien n'avait changé dans sa vie : elle était toujours seule au monde.

Au cours de sa nuit agitée, Derek s'était posé mille questions. Il avait craint qu'Evelyn ne se fasse des idées et qu'elle ne s'attache à lui. Eh bien, il avait eu tout faux : non seulement elle n'attendait rien, mais elle avait parlé d'une « bêtise qui ne se reproduirait pas ». Et, le pire, c'était que, au lieu d'être soulagé, il avait été déçu…

Tomber nez à nez avec elle dans la rue lui avait procuré une joie immense. Jamais, depuis la mort de Vivian, il ne s'était senti aussi heureux. C'était effrayant.

Pourvu qu'il n'oublie pas ses bonnes résolutions ! Plus de femme, plus de relation amoureuse. C'était fini pour lui.

Trois coups frappés à la porte de son bureau l'arrachèrent à ses réflexions.

— Entrez !

Quand Evelyn franchit le seuil, elle avait l'air si inquiet qu'il bascula aussitôt en mode professionnel.

— C'est Jennifer ? demanda-t-il, soucieux.

— Oui. Il y a bien un retard de croissance fœtale.

— Bon sang ! Qu'allez-vous faire ?

— Je lui ai prescrit du repos. Elle devra rester au lit et

compter les mouvements du bébé. Même si le fœtus est trop petit, il est bien formé, et je n'ai pas détecté d'anomalie. Pour autant, il risque de ne pas survivre à une délivrance par voie basse. À trente-cinq semaines de grossesse, je ferai hospitaliser Jennifer à Sitka. Elle accouchera là-bas par césarienne. Ils ont un excellent service de réanimation néonatale. Malheureusement, on risque d'en avoir besoin.

— Oui, c'est évident.

— A-t-elle eu la rubéole étant petite ?

— Non, elle était vaccinée.

— Hum. Et la prise de toxiques, alcool, drogue ou médicaments, ne figure pas parmi les causes possibles… Je soupçonne donc une anomalie chromosomique.

— Vous voulez pratiquer une amniocentèse ?

— Absolument. Je dois contrôler la maturité des poumons et voir si ce bébé aura besoin d'une transfusion à la naissance. De plus, Jennifer est de rhésus négatif et, comme elle a déjà fait une fausse couche, j'aimerais lui injecter du RhoGAM.

— Excellente initiative.

Cette substance permettait d'éviter la fabrication d'anticorps dangereux pour le fœtus par l'organisme maternel si le bébé avait un rhésus positif. Les risques étaient élevés en cas d'historique de fausse couche.

Pearson n'y avait apparemment pas songé…

— Il s'agit d'une grossesse à haut risque, reprit Evelyn. Cet examen est indispensable.

— Jennifer accepte-t-elle de subir une amniocentèse ?

— Oui, mais je ne peux pas la pratiquer ici, nous n'avons pas les bonnes aiguilles. En outre, on doit lui administrer le RhoGAM rapidement. À Sitka, ils sont en rupture de stock, et d'ailleurs leur maternité affiche complet. La seule option est de l'emmener à Juneau. J'espère que vous m'accorderez un ou deux jours pour aller là-bas ? Joe Jr. a déjà proposé de me prêter une voiture.

Le sang de Derek ne fit qu'un tour.

Laisser Evelyn partir seule ? Jamais ! Elle ne connaissait pas la région, elle risquait de se perdre…

— Je vous conduirai, répondit-il. J'y vais samedi.

— Mais non, inutile de vous embêter pour moi…

— Cela ne m'embête pas, j'y vais de toute manière. Dites à Jennifer et Joe de nous y rejoindre dimanche. Ce jour-là, les salles sont moins prises à l'hôpital. Je vous en trouverai une.

— Vous avez des connaissances sur place ? demanda Evelyn, l'air surpris.

— Le chef du service de chirurgie est un ancien camarade de fac. Je vais l'appeler.

— Mais… Et Mo ?

— C'est pour elle que j'y vais. Ses grands-parents maternels habitent Juneau, et je l'emmène régulièrement là-bas. Elle reste chez eux quelques jours, puis on repart. Alors, qu'en dites-vous ?

Evelyn le gratifia d'un sourire radieux.

— J'accepte, merci. Je vais appeler Jennifer. Elle devra se reposer un ou deux jours sur place après l'examen, mais au moins, en cas de problème, il y aura toujours un obstétricien de garde.

— Vous faites donc confiance à Pearson ? C'est lui, le chef de service, là-bas.

— J'ignorais ce détail. Dans ce cas, c'est encore pire ! J'espère qu'il sera présent, que je puisse lui dire ma façon de penser !

Elle sortit comme un ouragan, et il ne put s'empêcher de rire tout haut.

Il avait hâte d'assister à la rencontre entre Pearson et cette tornade rousse !

Le courage et la franchise étaient deux traits de caractère qu'il appréciait énormément. Evelyn ne reculait devant aucun obstacle pour le bien-être de ses patientes, il trouvait cela admirable. N'importe quel autre gynécologue aurait confié Jennifer aux collègues de l'hôpital sans faire le voyage, mais pas elle. Elle était différente. Elle était vraiment l'obstétricienne dont Wolf's Harbour avait besoin…

Comme si une spécialiste de sa trempe allait s'enterrer ici !

Il était temps qu'il retombe sur terre, et vite ! Sinon, la chute risquait d'être brutale.

8.

Ce samedi matin, Derek fit lever Monica aux aurores pour partir en week-end.

Même si elle était un peu grognon, elle pourrait se reposer en voiture. Cette grosse dormeuse se rendormirait bien avant qu'ils n'atteignent le terminal des ferrys !

Les premiers mois de sa vie, elle n'avait presque jamais réclamé de biberon après 23 heures. Il aurait pourtant préféré, car il avait perdu le sommeil après la mort de Vivian. Il avait survécu comme un zombie. Que serait-il devenu sans Mo ?

— Je suis contente qu'Evie nous accompagne ! déclara celle-ci alors qu'ils roulaient vers le cabinet. Je l'aime bien. Et toi, papa ?

La question le prit de court. Mais au fond il aurait dû s'y attendre.

— Hum, oui… Elle est gentille.

— Moi je dirais qu'elle est *super* gentille !

Intrigué, il jeta un coup d'œil à Mo dans le rétroviseur intérieur.

— On la connaît à peine, chérie. Pourquoi te plaît-elle tant ?

— Parce qu'elle est comme moi. On est pareilles…

S'il espérait d'autres explications, il en était pour ses frais. Mo avait penché la tête sur le côté en battant des cils. Comme prévu, elle se rendormait !

Quelques minutes plus tard, il se gara devant le cabinet en laissant tourner le moteur.

Evelyn attendait sur le trottoir, portant un plateau jetable chargé de deux gobelets et d'une petite boîte en carton.

Pendant qu'elle s'installait, il rangea son élégante valise-cabine dans le coffre, puis il revint s'asseoir au volant.

— Elle dort, chuchota Evelyn, qui s'était tournée sur son siège pour observer Mo.

— Oui. Elle n'est pas du matin.

Evelyn inséra les cafés dans les porte-gobelets à l'avant et rangea la boîte sous le tableau de bord.

— Je lui ai apporté des cookies au chocolat, expliqua-t-elle. D'après Sally, elle en raffole.

— Merci beaucoup pour tout ça. Il ne fallait pas vous embêter.

— Vous plaisantez ? C'est bien normal. Je suis contente d'avoir un chauffeur ! répondit-elle en souriant.

Déjà, ils atteignaient la sortie de Wolf's Harbour.

Il s'engagea sur la route forestière sinueuse qui, en trois heures, leur permettrait de rejoindre le port de Hoonah où ils allaient prendre le ferry. Après trois heures supplémentaires de traversée, ils débarqueraient à quelques encablures de Juneau, leur destination.

— Comment avez-vous fait pour trouver un remplaçant ? demanda Evelyn.

— Tim Vance est interne en dernière année à l'hôpital de Sitka et, comme il a de la famille à Wolf's Harbour, il ne prend pas ces dépannages pour une corvée. Il est déjà venu plusieurs fois. J'organise mes déplacements très en amont pour qu'il puisse se libérer.

— Super !

— Non seulement il a un bon diagnostic, mais il se spécialise en traumatologie, une compétence essentielle chez nous. Il y a pas mal d'accidents du travail en forêt, et encore plus sur les bateaux de pêche.

Du coin de l'œil, il vit Evelyn faire une petite grimace.

— J'ai beau être chirurgienne, la traumato n'est pas mon fort, déclara-t-elle. Mais je me souviens que mon père, à l'époque, parlait d'incidents atypiques… Ou plutôt typiques de la région.

— Ah oui ? Comme quoi, par exemple ?

— Ses récits d'attaques d'ours impressionnaient beaucoup la petite fille que j'étais.

— J'ai eu le cas plusieurs fois.

— Les patients étaient des touristes, je suppose ?

— Oui ! fit-il, surpris. Comment le savez-vous ?

— Les touristes sont plus imprudents que les gens du coin. Ils s'approchent trop près de la faune. Cela énervait mon père. D'après lui, un animal sauvage qui perd sa méfiance envers l'humain est condamné à plus ou moins long terme. Il en avait fait un cheval de bataille.

— À juste titre !

Il se réjouissait qu'Evelyn soit native de la région. Même si elle n'y habitait plus depuis longtemps, elle comprenait la vie locale. Ils étaient sur la même longueur d'onde, chose qu'il avait rarement connue avec ses collaborateurs intérimaires. Quel dommage qu'elle ne puisse pas rester…

Mais personne ne restait jamais. Pas même Tim Vance.

— J'avais bon espoir que le Dr Vance s'installe à Wolf's Harbour, expliqua-t-il. Il me suffirait de trouver deux médecins prêts à travailler ici pour que l'administration étudie mon projet d'hôpital. Les crédits sont rares et ils refusent de le financer, mais si nous étions plusieurs à faire pression ils changeraient peut-être d'avis… Mais, pour notre malheur, il a une petite amie à Sitka.

— S'il y avait un hôpital à Wolf's Harbour, Jennifer n'aurait pas besoin d'aller à Juneau.

— Exactement. Nous sommes situés en plein milieu du Passage Intérieur. Je soigne beaucoup de bûcherons et de pêcheurs, et je me bats depuis que j'ai perdu un patient qui aurait pu être sauvé, au début où je travaillais ici.

— Que s'est-il passé ?

— Il s'est coupé l'artère fémorale en tronçonnant du bois. Si j'avais eu un bloc opératoire, il aurait peut-être survécu. Mais c'est l'éternel problème : qui accepterait de venir s'enterrer dans un hôpital au bout du monde ?

Evelyn ne répondit pas. En lui jetant un regard oblique, il

s'aperçut qu'elle avait rougi et qu'elle regardait fixement par la vitre.

Quel idiot ! Elle avait pris ce commentaire pour elle ! Il avait intérêt à tourner sa langue sept fois dans sa bouche.

— Êtes-vous déjà allée à Juneau ? demanda-t-il pour changer de sujet.

— Non, jamais. Je n'ai vu que l'aéroport, il y a vingt ans, le jour où on m'a expédiée à Boston.

Décidément, il avait le chic pour gaffer.

— Désolé, dit-il avec un petit rire.

— Pourquoi ?

— Je ne parle que de choses désagréables pour vous.

Elle s'esclaffa.

— Mais non, enfin, vous ne pouviez pas savoir ! Et, pour rebondir sur votre question, j'aimerais bien visiter Juneau. Dans mon enfance, je ne suis pas allée plus loin que Hoonah. Mon père m'emmenait souvent observer les baleines ou regarder les bateaux, mais quand il avait besoin d'aller à l'hôpital de Juneau il prenait le ferry seul. Ces jours-là, je restais avec Léelk'w.

— Cela veut dire « grand-mère », je crois ?

— Oui, je l'ai toujours appelée comme ça. Parlez-vous un peu tlingit ?

— Pas du tout. Quelques mamies ont voulu me l'apprendre, mais sans succès. Je suis un cas désespéré.

— Quoi ? Vous n'avez fait aucun progrès en dix ans ?

— Je n'ai pas le temps de pratiquer. Et puis, j'ai toujours été nul en langues étrangères, au grand dam de ma maman.

— Votre mère rêvait donc que vous soyez polyglotte ?

— Elle est haïtienne, et mon défunt père était ukrainien, mais malgré tous leurs efforts je n'ai été capable d'apprendre ni le créole, ni le français, ni le russe. Et, au lycée, j'avais des notes lamentables en espagnol. Vous avez fait mieux, je suppose ?

— Je parle anglais, tlingit, français et espagnol.

— Vantarde !

Quand elle pivota vers lui, le regard pétillant de malice, il se détendit comme sous la caresse d'un rayon de soleil.

Sans le savoir, elle lui faisait du bien. Il retrouvait une certaine joie de vivre en sa compagnie.

— Vous avez un beau sourire, dit-il sans pouvoir s'en empêcher.

— Merci, je vous retourne le compliment. Mais chez vous il est plutôt rare. D'ailleurs, je m'habitue à vos jolis froncements de sourcils !

— Trop aimable, répondit-il en riant jaune.

— Désolée, je ne devrais pas vous embêter. En fait, je vous suis très reconnaissante de m'avoir facilité l'accès à l'hôpital. Votre ami est sympa de nous avoir bloqué une salle pour dimanche. Jennifer aurait dû passer cette amniocentèse depuis longtemps. J'espère bien croiser le Dr Pearson au détour d'un couloir !

Il haussa les sourcils.

— Qu'allez-vous lui faire ? Vous avez l'air prête à vous bagarrer. Allez-vous lui casser la figure ?

— Hum… Cela me tente bien, mais ce n'est pas mon style. Je vais juste remettre en cause son intégrité professionnelle.

— Ce qui revient à dire « feu » chez les cow-boys !

— Peut-être. Je ne le laisserai pas s'en tirer à bon compte. Il a commis deux erreurs graves. Au moins, Christina et son bébé s'en sont sortis, mais…

— Jennifer s'en sortira aussi. Parce que vous êtes là.

Avec elle, il était en train de redécouvrir le sens du mot « espoir ». S'il l'avait pu, il l'aurait serrée dans ses bras. Il lui aurait dit combien il se sentait mieux depuis son arrivée.

Qu'adviendrait-il lorsqu'elle partirait et qu'un énième intérimaire prendrait sa place ?

Il n'osait même pas y songer.

— Je l'espère, répondit-elle en soupirant.

— Pearson ne s'est jamais intéressé aux patientes du cabinet. Il n'a pas fait exception à la règle, vous savez. Ils sont tous comme ça.

— Je sais, mais ce n'est pas une excuse ! Il va avoir de mes nouvelles.

— Vous avez bien raison.

Il l'approuvait totalement, il était plus que nécessaire de remettre les pendules à l'heure. Et tant pis si ça faisait grincer des dents à quelques-uns à l'hôpital de Juneau !

Ils continuèrent de parler travail et tourisme pendant le reste du trajet. En si agréable compagnie, le temps passait très vite, et il ne vit pas la route défiler.

Mo, qui avait dormi tout le long, se réveilla au moment où ils s'engageaient dans la file d'embarquement sur le ferry. Bien reposée et volubile, elle dévora deux cookies puis commenta leur entrée dans le « garage » du bateau avec un enthousiasme débordant.

Sitôt le 4×4 garé, ils rejoignirent le pont supérieur, où avait été aménagé un magnifique solarium couvert.

La salle offrait un point de vue spectaculaire sur le Passage Intérieur et les montagnes.

— Waouh ! chuchota Evelyn. J'avais oublié à quel point c'est beau. J'avais oublié… ce paysage. Je vais sortir sur le pont un moment.

— D'accord, allez-y.

Comme il faisait un peu frais pour l'accompagner, il fit asseoir Mo sur une chaise longue et s'installa près de celle-ci.

Quelques minutes plus tard, Evelyn apparut dans son champ de vision. Elle s'était appuyée contre le garde-corps à l'écart des autres touristes et regardait droit devant elle, sa longue chevelure flottant au vent.

Quand il la vit s'essuyer les yeux, une boule d'émotion lui noua la gorge. C'était comme s'il pouvait sentir son chagrin à distance.

Terrifié, il ferma les paupières.

Cette femme le bouleversait à un point inimaginable. Dire qu'il se croyait imperméable à toute émotion ! Comment une pareille chose avait-elle pu se produire ?

Il devait reprendre le contrôle de toute urgence. Il n'avait pas d'autre solution.

Evelyn inspira profondément l'air salin pour recouvrer ses esprits.

Quelques secondes passées devant ce paysage sublime avaient suffi à ranimer ses souvenirs d'enfance. Non, elle n'avait rien oublié. Elle avait juste mis ces émotions en sommeil.

La sirène du ferry la fit sursauter. Elle balaya ses larmes d'un revers de main et pivota vers le solarium.

Assise près de la baie vitrée, Mo lui fit un grand signe.

Elle leva la main à son tour… et se figea en croisant le regard de Derek.

Il la dévisageait d'une manière étrange, indéfinissable. Pourquoi avait-il l'air si songeur ?

Quand il se détourna, elle frissonna, saisie d'une curieuse impression de solitude.

Finalement, elle décida de retourner à l'intérieur.

— Evie ! s'écria Mo en la voyant.

Elle résista à la tentation de se pencher pour la prendre dans ses bras.

Il y avait des limites à ne pas franchir. Derek se montrait très protecteur envers sa fille, une attitude qu'elle comprenait parfaitement. Vu les circonstances, on l'aurait été à moins.

— Coucou, toi, répondit-elle. Es-tu bien installée ?

— Oui, regarde. J'ai pris tous mes livres !

Ayant dit cela, Mo allongea les pieds sur la table basse devant elle et se plongea dans la lecture d'un abécédaire.

Evelyn ne put s'empêcher de rire. Elle avait été pareille, au même âge.

— Tout va bien ? demanda Derek.

— Oui, merci. J'avais besoin d'air, mais le temps n'est pas très agréable. C'est gris et plutôt humide.

— J'espère que les nuages se lèveront cet après-midi. Après

que j'aurai déposé Mo chez ses grands-parents, nous pourrions aller au mont Roberts en télécabine ?

— En télécabine ?

— Oui ! On n'a rien de prévu avant notre dîner de travail, alors autant jouer les touristes, non ?

— C'est gentil, mais je ne voudrais pas vous priver de votre famille…

— Non, rassurez-vous. Les grands-parents de Mo sont adorables avec elle, mais ils ne m'apprécient pas beaucoup.

— Ah bon ? Pourquoi ?

— Ils ont toujours eu le sentiment que je leur avais enlevé leur fille, répondit Derek à voix basse, en regardant Mo du coin de l'œil. En fait, ce n'était pas le cas. Vivian a quitté Juneau toute seule, et nous nous sommes connus à Wolf's Harbour. Elle avait l'impression d'étouffer chez ses parents. C'était une femme très indépendante.

Le chagrin perceptible dans sa voix serra le cœur d'Evelyn. Jamais elle n'avait éprouvé de sentiments aussi forts pour quiconque. Elle ne s'en donnait pas le droit.

— Eh bien, dans ce cas, avec plaisir, répondit-elle. Je ne suis jamais allée au sommet d'une montagne.

— Quoi ? Après être née et avoir grandi en Alaska ? C'est impensable.

— Impensable mais vrai, monsieur le montagnard de Chicago.

— Eh ! Vous n'allez pas vous disputer ! intervint Mo.

Ils s'esclaffèrent en chœur.

Evelyn se pencha sur la fillette.

— Est-ce que tu as faim ? demanda-t-elle.

— Oui, très faim !

Derek se leva en souriant.

— Dans ce cas, allons à la cafétéria.

Ni une ni deux, Mo rangea son livre dans son sac à dos.

Evelyn prit son sac et suivit le père et sa fille qui s'éloignaient main dans la main.

Voilà l'effet que cela devait faire d'avoir une famille…

Encouragée par sa grand-mère, elle s'était endurcie, mais à quoi bon se murer dans la solitude ? Quel mal y avait-il à vouloir une part de bonheur ?

Effarée, elle secoua la tête.

Elle ne pouvait pas s'engager sur cette voie. C'était trop dangereux. Elle risquait d'y perdre sa raison. Et, pire, son cœur et son âme.

9.

La compagnie d'une enfant bavarde était le meilleur remède contre l'ennui. Evelyn en fit l'expérience durant la traversée, qui, contre toute attente, lui parut très courte.

Les passagers furent invités à rejoindre leur véhicule quand le ferry accosta à Jordan Springs, près de Juneau. Mais, sitôt dans la voiture, Mo devint étrangement silencieuse.

Un peu inquiète, Evelyn se retourna, mais ce qu'elle vit déclencha son hilarité.

— Incroyable ! s'exclama-t-elle. Ce siège-auto agit comme un somnifère. On n'a pas quitté le bateau qu'elle dort déjà !

— C'est une grosse dormeuse, renchérit Derek. Je devrais la réveiller, sinon elle risque de faire la java chez mes beaux-parents, ce soir. Mais, tant pis, ils géreront !

— Ce n'est pas très charitable, répondit-elle en riant.

— Oh ! ils ont l'habitude ! Et d'ailleurs ils se sont bonifiés avec l'âge. Ils étaient trop sévères avec Vivian, mais ils sont gagas envers Mo. Ils l'adorent, et elle le leur rend bien.

— Je comprends qu'ils en soient fous. Elle est super.

Derek la gratifia d'un sourire étincelant.

— Merci. Elle va me manquer durant ces quelques jours.

— L'emmenez-vous souvent chez eux ?

— En été, une fois par mois. L'hiver, ils partent en vacances au soleil. Je ne sais d'ailleurs pas s'ils continueront de vivre en Alaska très longtemps, alors il faut en profiter. Je souhaite que Mo passe le plus de temps possible avec eux pour garder un lien avec sa famille maternelle.

— Vous avez raison, c'est important. Moi, j'avais Léelk'w.

Quant à ma grand-mère paternelle, je ne l'avais jamais vue avant qu'elle n'obtienne ma garde.

— Apparemment, elle ne vous a pas permis de garder le contact avec l'Alaska ?

— C'est ce que m'ont dit Léelk'w et mon oncle Joe. Elle, de son côté, affirmait que mon « ex-famille » ne voulait plus me voir ni me parler.

Elle l'avait crue d'autant plus aisément qu'elle se sentait coupable. Elle avait pensé que le clan Yazzie lui reprochait la mort de son père. Si elle avait su…

Derek mit le contact et, lentement, s'engagea dans la file des voitures qui sortaient du ferry.

— Elle vous a dit ça ? releva-t-il d'un ton incrédule.

— Oh ! elle a présenté les choses de manière plus délicate ! Mais, sur le fond, oui. J'imagine qu'elle n'a jamais posté les lettres que j'écrivais à Léelk'w. De mon côté, je n'ai jamais rien reçu non plus. J'en ai beaucoup souffert au départ, et puis, au bout d'un certain temps, j'ai oublié Wolf's Harbour.

Vraiment ? Était-ce bien sûr ?

— Vous n'avez *rien* oublié, répondit Derek, faisant écho à ses pensées. Vous avez juste tout gardé enfoui. C'est normal.

Ils échangèrent un regard intense, qu'elle rompit la première.

Derek s'engagea sur l'autoroute qui menait à Juneau.

— Vous savez quoi ? L'autre jour, Léelk'w m'a dit que j'avais fermé mon cœur, avoua-t-elle.

— Beaucoup de personnes font la même chose.

— Vous êtes bien placé pour le savoir…

Il secoua la tête.

— J'ai un travail très accaparant, et une petite fille qui est ma priorité absolue. Il faut que je fasse attention.

— Oui, je comprends.

Elle lui lança un regard furtif. Il semblait réfléchir.

Au bout d'un moment, il reprit la parole.

— Pourquoi votre grand-mère a-t-elle voulu couper vos liens avec Wolf's Harbour ? demanda-t-il.

— Elle détestait l'Alaska. Elle aurait voulu que mon père

soit chirurgien, alors elle n'a jamais accepté qu'il devienne généraliste au bout du monde. Quand il est mort, ils n'avaient plus aucun contact. J'ai vite compris qu'il s'agissait d'un sujet tabou. Elle était très amère et parlait rarement de lui, sauf pour le critiquer. J'imagine que c'était sa façon d'exprimer son chagrin. Elle était en souffrance.

— Vis-à-vis de vous, c'était quand même injuste.

— Certes, mais on ne peut pas refaire l'histoire. Le temps perdu ne se rattrape pas. Voilà pourquoi je me réjouis que Mo ait des contacts réguliers avec ses grands-parents. J'espère que cela durera le plus longtemps possible.

— Moi aussi, répondit Derek d'un ton grave.

En moins d'un quart d'heure, ils atteignirent leur destination. Après avoir reçu un adorable câlin de la part de Mo, Evelyn attendit en voiture tandis que Derek accompagnait la puce chez ses grands-parents. Il revint au bout de quelques minutes.

— Prête pour votre découverte des sommets ? demanda-t-il.

— Euh… Oui, je pense.

— Allons, ne soyez pas trouillarde !

— C'est mal me connaître. Je suis une aventurière !

Arrivé au centre-ville, Derek se gara sur le parking du port.

Il y avait la queue au guichet spécial qui vendait les tickets d'accès au mont Roberts. Les touristes se déplaçaient apparemment en nombre pour cette « attraction » dont elle avait souvent entendu parler.

Comme elle s'y attendait, la nacelle était bondée. Elle se retrouva dans un coin, à quelques centimètres de Derek qui, vu sa carrure imposante, avait du mal à trouver sa place.

Tendant le cou, elle aperçut des câbles qui disparaissaient presque à la verticale dans la brume.

— Seigneur, chuchota-t-elle. On ne va pas monter *là* ?

Derek eut un sourire taquin.

— Bien sûr que si. On va parcourir cinq cent cinquante mètres. Vous vous trouvez sur l'une des pentes de télécabine les plus escarpées au monde.

— Si jamais on s'en sort, rappelez-moi de vous tordre le cou à l'arrivée, maugréa-t-elle.

— Accrochez-vous bien !

Elle voulut saisir une des poignées prévues à cet effet, mais un vieux monsieur la devança. Derek, qui avait eu plus de chance, lui entoura la taille de son bras libre pour la stabiliser.

Ce contact ferme et rassurant lui procura un réconfort immédiat. Elle trouva cette impression de sécurité très agréable, au point d'en oublier presque sa peur du vide.

La cabine se mit en mouvement avec un léger soubresaut.

Elle avait fermé les yeux mais, en entendant des oh et des ah admiratifs, elle s'obligea à les rouvrir pour suivre leur ascension au cœur de la forêt qui dominait la ville et, en dessous, la baie de Juneau.

La brume marine s'estompait, laissant progressivement place à un soleil radieux au-dessus des grands arbres. Le panorama était d'une beauté à couper le souffle.

— Ça valait la peine de venir, déclara Derek en souriant.

— Si on survit à la montée, oui !

— Allons, pas de catastrophisme. On arrive déjà.

Par-delà les têtes, elle distingua les contours d'une gare qui se profilaient devant eux. La télécabine avança au ralenti jusqu'à son point d'ancrage, puis les portes s'ouvrirent, et les passagers se dispersèrent.

— Voulez-vous marcher un peu ? proposa Derek. Mon ami John nous a donné rendez-vous au restaurant à 19 heures. Nous avons le temps.

— Oui, volontiers. Euh… Cette passerelle ne m'inspire pas confiance.

Derek éclata de rire.

— Arrêtez de faire la poule mouillée ! Vous ne risquez rien.

— Si ! Nous sommes à l'à-pic d'une falaise.

Il tapa du pied sur les planches en secouant la tête.

— Vous voyez, c'est solide. Quoique… Oh non, je vais tomber ! plaisanta-t-il en se penchant vers le garde-corps.

— Ha ha ! Très drôle !

Riant toujours, Derek la guida vers un chemin qui serpentait entre les arbres.

Plusieurs promeneurs avaient choisi de faire la même chose mais, au cœur de ce grand espace, elle se sentait bien plus à l'aise que dans la cabine bondée. Elle huma l'air frais à pleins poumons, ravie.

Ils poursuivirent leur ascension jusqu'à mi-pente, où ils s'assirent sur un banc pour profiter du panorama.

Vus d'en haut, les maisons colorées et les bateaux de croisière paraissaient minuscules.

— C'est magnifique, dit-elle.

— Ça va mieux ? demanda Derek.

— Oui ! Merci de m'avoir proposé cette balade.

— De rien, ça me fait plaisir. Je n'étais pas monté ici depuis longtemps. D'habitude, je viens tout seul. Après avoir déposé Mo, je descends à l'hôtel et je reprends le ferry le lendemain. Ou alors, je reste quelques jours pour aller voir mes amis.

— Votre famille est-elle toujours à Chicago ?

— Ma mère, oui. Mon père est décédé il y a deux ans.

— Et vous n'avez jamais eu envie de repartir là-bas ?

Il haussa les épaules.

— Non. J'aime vivre en Alaska, et puis, il y a les grands-parents de Mo.

— Et votre mère ?

— Elle vient assez souvent. Là, par exemple, elle arrive le mois prochain pour huit semaines. J'ai aussi un frère et une sœur à Chicago, des neveux et des nièces. Maintenant que Mo est en âge de voyager, j'aimerais qu'on passe le prochain Noël là-bas, si je peux trouver un intérimaire disponible.

— J'aimerais pouvoir vous aider.

— C'est gentil, mais… vous ne savez pas encore où vous travaillerez à cette époque-là.

— Non, c'est vrai. J'ai reçu des propositions de Seattle, de Boston, de la clinique Mayo. Elles sont toutes intéressantes.

— Et malgré tout vous êtes venue vous perdre en Alaska…

— J'ai accepté pour rendre service à Stefanie.

À sa façon de plisser les paupières, elle sut que Derek ne la croyait pas.

— Je pense qu'il y avait d'autres raisons, fit-il observer.

— Comment ?

— Désolé pour cette remarque. J'ignorais que c'était un sujet sensible.

Comment aurait-il pu le savoir ? En tout cas, une chose était sûre : elle n'allait pas épiloguer.

— Il n'y a rien de « sensible » dans le fait d'aider une amie, répliqua-t-elle. J'aurais pu refuser, tout simplement.

L'air dubitatif de Derek la mit mal à l'aise.

Elle n'avait plus envie de discuter avec Derek. Il était trop perspicace. Encore un peu, et il allait comprendre pourquoi elle était là. Or, son passé ne le concernait pas. Ils étaient collègues, rien d'autre. Elle serait bien inspirée de s'en souvenir.

Elle se leva.

— On la termine, cette promenade ? suggéra-t-elle d'un ton faussement enjoué. Si on traîne trop, on n'aura pas le temps d'arriver au sommet.

Une fois installé dans sa chambre d'hôtel, Derek prit une douche et se changea en prévision du dîner.

Lorsqu'il avait annoncé au Dr John Collins qu'il voulait lui demander un service, son ami s'était d'abord montré méfiant. Il avait dû s'attendre à une énième requête de soutien pour l'ouverture d'un hôpital à Wolf's Harbour !

Puis Derek avait parlé d'Evelyn, et John avait manifesté un enthousiasme débordant. Il n'en revenait pas qu'une spécialiste d'une telle envergure ait atterri en Alaska. « Que ne donnerais-je pas pour la faire venir à Juneau ! Mais on n'aura jamais les moyens de la payer ! » s'était-il exclamé.

Bien sûr, il lui avait ouvert toutes grandes les portes de l'établissement. Et il avait organisé ce dîner dans le meilleur restaurant de la ville aux frais de la princesse…

Derek avait le sentiment qu'il serait la cinquième roue du

carrosse ce soir-là, mais tant pis. C'était pour la bonne cause. Jennifer allait être accueillie dans des conditions optimales, rien ne comptait davantage pour lui.

Peu avant 19 heures, il descendit dans le hall, où Evelyn devait le rejoindre. Il consulta sa montre, entendit la sonnette de l'ascenseur, releva les yeux… et fit un pas en arrière quand la porte s'ouvrit.

Evelyn était belle à couper le souffle avec sa longue chevelure auburn relevée en chignon. Une robe de cocktail noire mi-longue, légèrement décolletée, épousait ses courbes à la perfection. Ses talons hauts mettaient en valeur ses jambes fines et ses fesses rondes. Elle était sublime.

Il eut soudain très chaud.

Devaient-ils vraiment dîner avec John ? Il aurait préféré un tête-à-tête romantique…

Alors qu'il la contemplait, bouche bée, elle s'approcha.

— Vous êtes très élégant, dit-elle.

En la voyant se tortiller les mains, il comprit qu'elle était aussi nerveuse que lui. Il n'était donc pas le seul à ressentir cette exaltation étrange ?

— Je ne vous avais jamais vu en costume, ajouta-t-elle. Où sont passées vos grosses chemises de coton ?

— Où sont vos jeans et vos baskets ? répliqua-t-il en souriant. Oh ! Et, pour info, je porte de la flanelle de laine. C'est beaucoup plus isolant contre l'humidité extérieure.

Elle s'esclaffa.

— Je n'y crois pas ! Vous parlez comme un vendeur dans une boutique de vêtements.

— Dois-je me reconvertir ? plaisanta-t-il.

— Pas ce soir, j'ai encore besoin de vous. Je ne sais même pas où nous allons.

— À deux pas d'ici. John a choisi le meilleur restaurant de la ville pour vous.

— Eh bien… C'est trop d'honneur.

Le Langstrom était un établissement réputé, très select, avec une vue magnifique sur le port et le yacht-club.

Ils s'y rendirent à pied et, à la lueur du fameux soleil de minuit, Derek trouva que Juneau avait décidément beaucoup de charme.

L'été avait toujours été sa saison favorite en Alaska. À Boston aussi, d'ailleurs, mais pas pour les mêmes raisons. Là-bas, il avait connu les joies des barbecues sur la plage, les soirées entre amis. Que cette époque lui semblait lointaine !

En moins de cinq minutes, ils atteignirent leur destination. Sur place, le maître d'hôtel les conduisit au fond de la salle, vers un box privé où John les attendait.

Effaré, il s'aperçut que son ami n'était pas venu seul : le Dr Mark Pearson était assis en face de lui.

La soirée promettait d'être animée…

John se mit debout, un sourire étincelant aux lèvres. Quand Pearson l'imita en regardant Evelyn comme si elle était le plat principal du dîner, Derek glissa instinctivement une main au creux des reins de celle-ci. Il l'entendit reprendre son souffle, et un frisson de plaisir vengeur le parcourut.

— Derek ! s'exclama John. Quelle joie de te revoir !

— Plaisir partagé, mon vieux. C'est très sympa de nous inviter ici.

Il présenta Evelyn à son ami, lequel exprima sa joie de rencontrer « la célèbre Evelyn Saunders ». Puis John se tourna vers son obstétricien.

— Derek, vous connaissez déjà Mark. Evelyn, je vous présente le Dr Mark Pearson, notre chef de service de gynécologie-obstétrique.

Le sourire chaleureux disparut comme par magie du visage d'Evelyn, mais Mark ne s'aperçut de rien et lui serra la main, l'air ravi.

— Docteur Saunders, quel plaisir ! J'ai lu toutes vos publications.

— Ah bon ? Vous avez dû lire en diagonale, alors.

Derek toussota pour s'empêcher de rire. Pearson eut l'air abasourdi. Mais John, dans son enthousiasme, n'avait apparemment rien capté.

— Installons-nous ! proposa-t-il d'un ton joyeux.

Derek se glissa près de Mark pour qu'Evelyn n'ait pas à s'asseoir à côté de lui. La moue déçue du gynécologue ne lui échappa pas, et il en tira une immense satisfaction.

— C'est un plaisir de vous avoir dans nos murs, Evelyn, déclara John. Tout est prêt pour demain.

Merci beaucoup, répliqua-t-elle avec un charmant sourire. Je m'excuse de mobiliser votre personnel un week-end, mais il y a urgence. Cette amniocentèse aurait dû avoir lieu depuis longtemps. Le dernier gynécologue chargé de Jennifer Yazzie, ma patiente, a sous-évalué le problème.

Pearson se rembrunit, et Derek se détourna pour cacher son amusement.

— Comment êtes-vous parvenue à cette conclusion ? demanda sèchement l'obstétricien.

— La suspicion de retard de croissance fœtale était mentionnée dans le dossier, sans que Jennifer soit au courant. L'amniocentèse aurait dû être pratiquée à vingt semaines. Là, elle est à trente-deux semaines de gestation.

— Peut-être cet examen aurait-il été trop dangereux ? répliqua Pearson d'un ton guindé. Ou alors, peut-être a-t-on suggéré à la future maman d'aller passer des tests génétiques à Sitka ou à Juneau ?

Evelyn sourit puis se pencha sur son menu.

— Mystère… En tout cas, le problème aurait dû être réglé depuis belle lurette.

Derek s'amusait comme un fou. Le caractère bien trempé d'Evelyn et son sens de l'humour le ravissaient. Quelle joie de voir cet imbécile de Pearson remis à sa place !

— Alors, que peut-on manger de bon ici ? demanda Evelyn.

John embraya aussitôt, visiblement soulagé du changement de sujet. Aurait-on pu imaginer pire entrée en matière ?

Derek, lui, trouvait cela infiniment réjouissant…

Evelyn dut faire preuve d'un grand self-control pendant tout le repas. Mais, se rappelant sa bonne éducation, elle se contint pour ne pas embarrasser Derek ou John, car elle trouvait son hôte gentil et très agréable.

Bien sûr, elle avait deviné le but de cette invitation : l'hôpital local cherchait à l'appâter. Néanmoins, travailler à Juneau ne s'inscrivait pas dans son plan de carrière, d'autant qu'elle se voyait mal collaborer avec Pearson.

À la fin du repas, elle aurait facilement pu répondre à un quiz sur l'hôpital local, tant John lui en avait fait une présentation exhaustive.

Elle termina son café et reposa sa tasse en souriant.

— Messieurs, j'ai passé une excellente soirée, déclara-t-elle. Ne m'en veuillez pas si je vous abandonne, mais je me lève tôt demain.

John se leva et, galamment, lui tira sa chaise.

— Bien sûr, il faut vous reposer.

— Merci beaucoup pour votre accueil, John.

— Merci pour le dîner, ajouta Derek.

Pearson leur serra la main en maugréant « bonsoir » du bout des dents, et Evelyn suivit Derek à l'extérieur.

Ils parcoururent une vingtaine de mètres dans un silence total. Puis la tension de la soirée se dissipa d'un coup, et ils éclatèrent de rire en chœur.

— Rien que pour ce dîner, ça valait le coup de venir à Juneau ! s'exclama Derek. J'ignorais que Pearson était invité, mais cette soirée restera longtemps dans les annales !

— Oui, c'était drôle, répondit-elle, hilare. À la base, il devait servir d'appât, mais il a été bien puni. Ce n'est pas la première fois qu'on invite un homme séduisant à ma table dans l'espoir de me recruter, ajouta-t-elle plus sérieusement.

— Voilà qui ne m'étonne guère, marmonna Derek. Combien de fois cela vous est-il arrivé ?

— Trois, en comptant aujourd'hui. Remarquez, ça a marché avec Nathan, mon ex. L'histoire a duré deux ans.

— Vous n'avez pas l'air triste qu'elle soit terminée ?

— Non, c'était inévitable. Nous n'avions pas les mêmes attentes. Il voulait se fixer, et moi je pensais à ma carrière.

— Je suis désolé.

— Il n'y a pas de quoi. Bref, autant vous dire que j'ai l'habitude des petites manœuvres des dirigeants d'hôpitaux. Ils peuvent essayer, mais on ne m'a pas comme ça !

— Le contraire m'aurait étonné, répondit Derek en riant.

Il lui glissa un bras autour des épaules en un geste qui lui parut incroyablement naturel.

Comment aurait-elle réagi s'il avait été l'« appât » ? Sans doute, le vin aidant, aurait-elle réfléchi à deux fois avant de l'éconduire…

Galvanisée par cette idée, elle se tourna vers lui.

L'éclat de ses yeux gris-vert lui occasionna une violente décharge électrique et, avant qu'elle ait pu réagir, il appuya les lèvres sur les siennes.

La baiser, tendre et hésitant au départ, se mua bientôt en une étreinte passionnée.

Ivre de bonheur, elle s'accrocha à Derek de toutes ses forces. Elle se sentait bien, en sécurité, comme si elle avait enfin trouvé sa place…

Mais enfin qu'est-ce qu'elle fabriquait ?

Affolée, elle le repoussa et fit un pas en arrière.

— Désolée, chuchota-t-elle, hors d'haleine.

— Mais… pourquoi ?

Gênée, elle détourna le regard.

— Pour rien. Je suis juste fatiguée.

— Rentrons vite, alors, répondit-il doucement. Vous… Tu as du travail demain.

Ils regagnèrent l'hôtel en silence.

Elle s'en voulait d'avoir brisé la magie, mais elle n'avait pas eu le choix. Elle avait agi de manière rationnelle et raisonnable. Jamais plus elle ne sortirait du droit chemin. Elle s'en faisait le serment !

10.

Evelyn arriva tôt à l'hôpital.

Elle avait pris le petit déjeuner aux aurores pour ne pas tomber sur Derek. Après leur baiser de la veille, elle avait eu trop peur de le croiser. Elle lui avait simplement laissé un mot à la réception, l'informant qu'elle partirait en taxi.

Comme elle aurait voulu pouvoir céder à la tentation ! L'avait-il compris ? Savait-il à quel point elle était tiraillée ?

Au fond, peu importait. L'évitement était la seule stratégie possible, et de toute manière elle avait du travail.

Joe Jr. et Jennifer avaient prévu de faire la route en deux étapes. Après avoir passé la nuit à Hoonah, ils devaient débarquer à Juneau vers midi ce jour-là, une solution moins fatigante pour la future mère.

En toute logique, elle avait donc du temps à tuer, mais elle préférait ne rien laisser au hasard.

Heureusement, le Dr Pearson ne traînait pas dans le secteur. Il lui avait envoyé son interne — au demeurant très compétent — pour l'assister. Elle pourrait également s'appuyer sur l'équipe de réanimation néonatale au cas où il faudrait pratiquer une césarienne en urgence. Mais elle espérait très fort que cela ne se produirait pas !

Elle mit un point d'honneur à tout passer en revue dans la salle qu'on lui avait octroyée. Ne connaissant ni les locaux ni le matériel, elle se réjouit d'être arrivée tôt, et la matinée se déroula finalement très vite.

Comme convenu, elle descendit à l'accueil pour accueillir sa patiente dès qu'elle reçut le SMS de Joe.

Soulagée, elle constata que Jennifer se trouvait dans un

fauteuil roulant. Apparemment, le jeune couple suivait ses recommandations à la lettre.

— Jennifer, Joe ! Je suis contente de vous voir.

— Merci de faire tout ça, Evie, déclara Joe. C'est très gentil de ta part.

— Non, c'est normal. J'aurais préféré que l'examen ait lieu à Wolf's Harbour, mais on n'avait pas le choix.

Le sourire crispé de la future mère trahissait son anxiété.

— Si le bébé doit naître aujourd'hui… je suis prête, balbutia Jennifer.

Evelyn lui pressa l'épaule.

— Il n'y a aucune raison, assura-t-elle avec un sourire réconfortant. Si le bébé va bien, il restera au chaud encore trois semaines. Je pratiquerai la césarienne à l'hôpital de Sitka comme prévu. Allez, c'est parti. Plus vite on commencera, plus vite on aura terminé !

Joe la suivit en poussant le fauteuil de Jennifer. Lorsqu'ils furent dans l'ascenseur, elle se tourna vers son cousin.

— J'espère que ce déplacement n'a pas trop impacté ton service de taxi, dit-elle gentiment.

— Non, papa me remplace, il est enchanté de revoir ses anciens clients. Nous resterons le temps qu'il faudra.

— Deux jours suffiront, histoire d'être sûrs que l'amniocentèse n'aura pas déclenché le travail. Mais il n'y a aucune raison d'envisager un scénario catastrophe.

Au deuxième étage, elle guida le jeune couple vers la salle d'examen, où une chemise d'hôpital avait été disposée sur le lit.

— Je reviens dans dix minutes, annonça-t-elle. Change-toi et installe-toi, Jennifer. Dès que l'examen sera fini, tu auras droit à une collation.

En sortant dans le couloir, elle eut la désagréable surprise de tomber nez à nez avec Mark Pearson. Il se rembrunit mais, loin de se laisser impressionner, elle le toisa.

— Docteur Pearson, fit-elle d'un ton suave. Belle matinée pour travailler ! Aviez-vous quelque chose à me dire ?

— Ce n'est pas la courtoisie qui vous étouffe, docteur Saunders. Hier soir, votre attitude…

— … était justifiée, coupa-t-elle.

— Pardon ?

— Au lieu de retourner le bébé de Christina le jour de mon arrivée, vous avez filé à l'anglaise. Merci de m'avoir laissé un taudis, au fait.

— J'avais des choses plus urgentes à régler que le ménage.

— Comme quoi ? Le suivi des dossiers ? Normalement, vous deviez m'attendre et me briefer.

— C'est pour ça que vous m'en voulez ? Parce que l'appart n'était pas nickel ? Vous étiez en retard, et je voulais attraper le dernier ferry à Hoonah.

— Je me fiche de l'appartement. Si vous aimez vivre dans une porcherie, tant mieux pour vous. Ce qui m'importe, ce sont *mes patientes* ! Le lendemain de votre départ, Christina est arrivée en panique. Le travail avait commencé, et j'ai dû faire naître un bébé en siège au cabinet.

— Elle avait du temps. C'était son premier enfant. Il aurait dû se retourner tout seul.

— À trente-huit semaines ? Sérieusement ? Elle était presque à terme.

— Je ne pouvais pas savoir qu'elle allait accoucher plus tôt ! aboya Pearson.

— Peu importe. Vous auriez dû effectuer cette version, et vous le savez ! À la suite de l'accouchement par le siège, Christina a fait une rupture utérine… Heureusement, elle s'en est tirée.

Pearson eut la bonne grâce de paraître soulagé. Sous ses dehors arrogants, sans doute n'en menait-il pas large.

— Tant mieux, mais votre façon d'aborder le sujet hier soir était anti-confraternelle, déclara-t-il. Ce n'est pas comme ça qu'on gère les problèmes, par ici.

— Pour moi, l'Alaska est un État comme un autre.

Il leva les yeux au plafond.

— Oh ! par pitié ! L'Alaska n'a rien à voir avec le reste

du pays. Quant à Wolf's Harbour, c'est un trou perdu sans intérêt. Je suis surpris que ce remplacement vous passionne à ce point… Enfin, quand on voit les regards que vous échangez avec Derek Taylor, on comprend mieux.

Elle croisa les bras pour s'empêcher de gifler Pearson.

Quel idiot !

Mais, tout de même, sa dernière remarque la perturbait. Les gens commençaient-ils à soupçonner quelque chose, pour Derek et elle ? Si tel était le cas, elle devrait redoubler de vigilance, car Mo allait aussi se poser des questions…

Elle gratifia son collègue d'un regard hautain.

— Inutile de vous humilier davantage, je pense que vous avez compris, déclara-t-elle, glaciale. Sachez néanmoins que j'ai envoyé deux rapports signalant vos mauvaises prises en charge de Jennifer Yazzie et de Christina Lewis. Le premier est parti à l'Agence régionale de santé, le deuxième au conseil de l'ordre. Petite ville ou non, les résidentes de Wolf's Harbour ont droit à la même qualité de soins que les autres.

Pearson rougit furieusement. Il ouvrit la bouche, la referma. Puis il tourna les talons et s'éloigna dans le couloir à grandes enjambées.

Elle inspira à fond pour recouvrer son calme.

À cause de cet imbécile prétentieux et incapable, elle avait une mission délicate à accomplir. Elle devait se concentrer sur sa tâche et donner le meilleur d'elle-même.

Derek avait évité de se rendre à l'hôpital avant la fin de l'après-midi pour ne pas croiser Evelyn.

La douceur de ses lèvres, son parfum subtil s'étaient gravés dans son cerveau. Elle l'avait ensorcelé corps et âme, au point qu'il n'avait pas réussi à faire taire son désir la veille.

Il avait apprécié chaque minute passée en sa compagnie. Il s'était senti libre et heureux. Et, même si Mo lui manquait toujours quand elle était chez ses grands-parents, il avait réussi à lâcher la bride et à se détendre.

Quel amusement d'avoir vu Evelyn dire son fait à Pearson ! Non seulement cette femme avait du caractère, mais elle était honnête, intègre et courageuse… Elle n'avait qu'un défaut majeur : elle allait repartir. Et, pour cette raison, il devait se protéger, et protéger aussi Mo qui commençait à s'attacher à elle.

Garder ses distances, c'était la seule solution possible. S'il était venu à l'hôpital, c'était uniquement pour prendre des nouvelles de Jennifer.

Du moins voulait-il s'en convaincre…

Arrivé dans le service de gynécologie-obstétrique, il trouva Evelyn au poste des infirmières. Penchée sur un dossier, elle griffonnait des notes.

— Salut, dit-il.

— Derek ! Qu'as-tu fait de ta journée ?

— Je me suis baladé en ville. Jennifer…

— Tout s'est bien passé, elle se repose. Le rythme cardiaque fœtal est bon. Maintenant, il faut attendre les résultats des analyses sur le liquide amniotique. On les aura d'ici deux ou trois jours. Joe et Jennifer restent jusqu'à mercredi, mais nous pouvons repartir demain comme prévu.

— On nous attend à Wolf's Harbour, répondit-il en souriant. Une jeune femme enceinte s'est présentée au cabinet hier matin. D'après Janet, elle stresse.

— C'est normal, au début. Je comprends les futures mères, et je suis soulagée de me dire que je ne vivrai jamais une telle angoisse.

— Pourquoi ? Tu ne veux pas d'enfants ?

— Non. Je les adore, mais j'aurais trop peur.

Bizarrement, il se sentit déçu. Ce n'était pourtant pas comme s'il voulait fonder une famille avec elle !

— Je… Veux-tu dîner quelque part ? demanda-t-il sans pouvoir s'en empêcher.

— Avec plaisir, je meurs de faim. Où pensais-tu aller ?

— Juste au restaurant de l'hôtel. Mieux vaut se coucher tôt. Tu as eu une dure journée, et demain on reprend la route.

— Excellente idée. J'aimerais ausculter Jennifer une dernière fois, mais je ne serai pas longue.

— Ça marche, je t'attends ici.

Admiratif, il regarda Evelyn s'éloigner dans le couloir.

Dès le début, son instinct lui avait soufflé que cette amniocentèse se passerait bien. Avec une obstétricienne aussi talentueuse, qui en aurait douté ?

Si seulement Wolf's Harbour avait son propre hôpital… Elle aurait peut-être assez de travail pour rester, dans ces conditions. Mais qui financerait son salaire ? Elle devait gagner des fortunes ailleurs…

Allons, il devait se sortir ces idées de la tête. Cela vaudrait mieux pour tout le monde.

— Voilà, j'ai fini !

Découvrant Evelyn plantée devant lui, il sursauta. Tout à ses réflexions, il ne l'avait pas vue revenir.

— Ça va ? demanda-t-elle, l'air perplexe.

Depuis la mort de Vivian, il était passé maître dans l'art d'affirmer que tout allait bien. Il n'allait pas changer de cap maintenant. Dans certaines circonstances, faire semblant — ou même se taire — restait la meilleure solution.

— Oui, mentit-il. J'ai juste un peu faim. Allons-y.

Après un dîner calamiteux, Derek n'avait pas été surpris qu'Evelyn aille se coucher de bonne heure. Le petit déjeuner, pris tôt ce matin-là, s'était déroulé dans la même ambiance, c'était à peine s'ils avaient échangé cinq phrases.

Heureusement, l'atmosphère s'allégea dès qu'ils eurent récupéré Mo chez ses grands-parents. Evelyn bascula en mode agréable et détendu, ce dont il lui fut très reconnaissant.

Assise dans son siège-auto, Mo parlait sans discontinuer.

— … Et, hier, on est allés au parc, et on a mangé des frites, et j'ai eu le droit de regarder la télé avant d'aller au lit. J'aime bien être ici. Mais j'aime bien aussi rentrer à la maison !

Derek secoua la tête en riant. Comme ils s'arrêtaient à un feu rouge, il jeta un coup d'œil sur Evelyn.

Un large sourire éclairait le visage de celle-ci… vite remplacé par un froncement de sourcils.

— Il y a un bouchon à l'entrée du port, annonça-t-elle.

Il redémarra au feu vert, mais dut effectivement s'arrêter au bout d'une trentaine de mètres. Plusieurs policiers en uniforme avaient bloqué l'entrée du terminal et s'adressaient aux automobilistes.

Il descendit sa vitre quand l'un d'eux parvint à sa hauteur.

— Bonjour, dit l'agent. Deviez-vous prendre le ferry pour Hoonah ?

— Oui, le premier, expliqua Derek.

— Il y a trop de brouillard, les bateaux ne peuvent pas partir. Tout est bloqué, même les avions. Il n'y aura aucun départ avant demain. Je vous conseille d'aller à l'office de tourisme avec vos billets. Ils cherchent des hôtels pour les gens coincés ici.

— Merci beaucoup.

Toutes les voitures étaient en train de faire demi-tour, direction le parking du port. Il attendit de pouvoir manœuvrer puis imita les autres conducteurs.

— Ça risque d'être compliqué au cabinet, dit Evelyn.

— Je vais prévenir Tim. Restez au chaud, il y a la queue devant l'office de tourisme. Je m'occupe de l'hôtel.

— D'accord. À tout de suite.

Sens de l'organisation oblige, la capitainerie avait appelé du personnel en renfort. L'attente fut donc assez courte, et il se retrouva bientôt avec les clés d'un bungalow pour trois personnes situé dans un motel à la sortie de la ville. Hélas, il n'y avait que deux chambres. Il devrait dormir avec Mo, mais à la guerre comme à la guerre. Ce n'était pas comme s'ils avaient le choix !

— On nous a réservé une grande cabane en bois, annonça-t-il, de retour en voiture.

— C'est rigolo, ça, papa ! J'espère qu'il y a la télé.

Il échangea un regard amusé avec Evelyn puis se tourna vers Mo.

— J'ai une idée, dit-il. On pourrait aller déposer nos affaires au motel, et ensuite faire une balade ? Si on allait voir les lions de mer au parc national de Point Bridget ?

— C'est une super idée, approuva Evelyn.

— Oh oui ! renchérit Mo.

— Alors, adjugé, vendu.

Après un court trajet, ils découvrirent leur logement, dont le confort et le côté « cosy » leur plurent d'emblée.

Une petite boutique jouxtait la réception du motel. Evelyn s'y rendit pour acheter des sandwichs pendant qu'il rangeait les affaires de Mo. Puis ils partirent, direction Skagway.

Le parc national se trouvait au bout de la route côtière, et il songea non sans émotion qu'il n'avait pas poussé jusque-là depuis une éternité.

La dernière fois, c'était avec Vivian. Il avait toujours voulu faire découvrir cet endroit à Mo, sans jamais en trouver le temps. Aujourd'hui, même s'il regrettait l'absence de sa défunte épouse, il était heureux de revoir ce lieu naturel et sauvage où il avait passé de si bons moments autrefois.

Il gara la voiture à l'entrée du parc. De là, un sentier pédestre d'environ trois kilomètres descendait le long des falaises rocheuses du Passage Intérieur. Le brouillard n'avait pas atteint ces hauteurs, et la vision des montagnes qui se reflétaient dans l'eau limpide était à couper le souffle.

En se rapprochant de l'eau, ils entendirent un aboiement caractéristique : celui des lions de mer qui vivaient un peu plus loin dans un espace totalement préservé. Mo poussa un cri enthousiaste et se précipita, suivie de près par Evelyn qui la surveillait du coin de l'œil.

Attendri, il les regarda chercher des galets plats pour les lancer dans l'eau.

Il ne s'était pas senti aussi bien depuis des lustres — depuis cinq ans, en fait. Pour la première fois, il osait laisser le champ libre à ses émotions. Les barrières qu'il avait érigées autour de son cœur volaient en éclats l'une après l'autre. Et, même s'il n'avait plus droit au bonheur, il avait du mal à faire taire le chant d'espoir qui montait en lui.

— Papa, regarde ! s'écria Mo.

— Waouh, tu es une championne du lancer de cailloux.

— À toi ! Essaye !

Il s'exécuta de bonne grâce, ravi de lui faire plaisir.

À cette minute précise, rien d'autre ne comptait que l'instant présent. Ces moments privilégiés ne dureraient pas, il voulait en profiter au maximum.

Après un dîner rapide à la cafétéria du motel, ce fut l'heure de la douche pour la petite Mo. Evelyn prit ensuite son tour et se détendit longuement sous l'eau chaude, un vrai bonheur après cette escapade au grand air.

Revenue au salon pendant que Derek lui succédait dans la salle de bains, elle s'installa près de Mo sur le canapé.

En pyjama, le visage enfoui dans son doudou, la fillette regardait un dessin animé. Elle ne disait plus rien, signe qu'elle était épuisée.

On l'aurait été à moins après une telle excursion !

Evelyn ne se rappelait pas avoir passé une aussi bonne journée depuis longtemps. La tension qui planait entre Derek et elle s'était effacée comme par magie. Elle avait le sentiment qu'ils formaient une famille, expérience merveilleuse dont elle avait perdu le souvenir. Elle en avait profité pleinement, consciente que c'était la première et la dernière fois…

— Que regardes-tu ? demanda-t-elle à Mo.

— *La Princesse et la Licorne*. C'est très rigolo.

— Ah oui, je vois ça, répondit-elle, amusée.

Mo bâilla à s'en décrocher la mâchoire puis, à sa grande surprise, se blottit contre elle.

— Hum. Tu sens bon, Evie.

— Toi aussi, ma puce.

Avec douceur, elle caressa les boucles blondes de Mo. Cinq minutes plus tard, elle entendit un léger ronflement.

La petite s'était endormie, la tête sur ses genoux !

Les larmes aux yeux, elle la berça et lui remonta la couverture-doudou sur les épaules.

Lorsque Derek sortit de la salle de bains, il écarquilla les yeux de surprise puis couva Mo d'un regard indulgent.

— Elle est K-O, dit-il.

— Oui, et elle n'est pas la seule.

— Je vais la mettre au lit.

Se penchant, il prit Mo dans ses bras.

Elle éteignit la télévision, le cœur battant.

Derek et elle allaient se retrouver seuls. Le scénario qu'elle voulait éviter…

Après avoir quitté la chambre de Mo, il en referma la porte avec délicatesse et gagna directement la cuisine. Elle eut la surprise de le voir revenir avec une petite bouteille de vin blanc et deux verres à pied.

— Où as-tu trouvé cela ? demanda-t-elle.

— Il y a un minibar dans le réfrigérateur, répondit-il en souriant. C'est une bonne idée, non ? Après avoir supporté *La Princesse et la Licorne*, tu le mérites.

Elle s'esclaffa.

— Merci beaucoup.

Il emplit les verres et lui en tendit un. Ils dégustèrent quelques gorgées : le vin était frais et délicieux.

— Merci de t'être occupée de Mo pendant que je me douchais, dit Derek. D'habitude, elle n'a jamais de compagnie.

— De rien. Elle est géniale. Remuante mais géniale !

— Tu as l'air de bien aimer les gosses. Je suis surpris que tu n'aies pas envie de fonder une famille.

— Je n'y ai jamais réfléchi.

— Tu… Tu n'as eu personne depuis Nathan ?

— Non. Je ne suis pas prête.

Qui croyait-elle tromper ?

— Et toi ? demanda-t-elle. As-tu essayé de reconstruire quelque chose ?

Derek abandonna son verre sur la table basse et soupira.

— Pas vraiment. Entre Mo et le cabinet, je n'avais pas la tête à ça… Vivian est morte quelques heures après la naissance de Mo. Elle a fait une rupture utérine et, cette nuit-là, il y avait une grosse tempête de neige. Le temps que les secours arrivent et qu'on l'emmène à Sitka, elle avait perdu trop de sang. Elle est morte dans mes bras. Je me suis retrouvé seul avec ma fille. Je n'ai même pas pu me retourner pour faire mon deuil. Avec Mo, il fallait que j'avance.

— Oh… Je suis vraiment, terriblement, désolée.

Elle imaginait sans peine ce qu'il avait dû endurer. Elle avait trop vu son père malheureux, étant petite.

— Papa a connu le même genre de chagrin. Sauf que, moi, j'étais plus grande. Alors je comprends parfaitement, Derek.

— Je sais, répondit-il. Tu ne me plains pas, et j'apprécie ton attitude à sa juste valeur.

— Pourquoi devrais-je te plaindre ?

— Beaucoup de gens me prennent en pitié. C'est fatigant.

— Moi, je t'admire.

Leurs regards se soudèrent, et elle se sentit rougir devant l'expression intense de Derek.

Il s'éclaircit la gorge.

— J'aimerais que… qu'on aménage un hôpital à Wolf's Harbour pour que personne n'ait à revivre ce cauchemar, reprit-il. Je me suis senti tellement nul et impuissant !

— Ce n'était pas ta faute, voyons ! Quand cette complication arrive, il faut avoir le bon équipement sous la main. Mais je comprends ce que tu éprouves. C'est normal.

— Merci de m'écouter. J'ai rarement l'occasion d'en parler.

— J'imagine. Tu peux me parler autant que tu veux.

— C'est très gentil. La réciproque est vraie, tu sais.

— Oh ! je n'ai pas grand-chose à dire…

Le silence retomba.

Mais, soudain, Derek lui enleva son verre et le posa sur la table. Puis il se rapprocha d'elle sur le canapé.

— Mais, moi, j'aimerais te connaître mieux, Evelyn. Tu sais, il y a quelque chose qui m'embête.

La lueur intense de son regard lui donna le frisson.

— Quoi donc ? chuchota-t-elle, saisie de vertige.

— Je suis très attiré par toi. Même si je sais que tu vas partir, je ne peux pas m'en empêcher. C'est comme si je m'étais réveillé d'un seul coup. Tu m'énerves, tu me fais rire, tu me fais vibrer… Tu es la femme la plus sexy, la plus intelligente et la plus obstinée qui ait franchi le seuil du cabinet depuis des lustres. Malgré tous mes efforts pour me raisonner, j'ai constamment envie de t'embrasser.

Après cette déclaration imprévue, tout son corps la brûlait. Les papillons dansaient dans son estomac. Jamais de toute sa vie elle n'avait éprouvé cela. Elle aussi avait l'impression d'émerger après un long sommeil. Il était le seul homme capable de lui inspirer ce désir ardent, cette passion déstabilisante et merveilleuse.

Pour une nuit, elle voulait jeter sa prudence aux oubliettes. N'avait-elle pas droit à sa part de bonheur ?

Sourde à la petite voix qui lui disait de s'éloigner, elle continua de regarder Derek. Sans un mot, elle se leva.

Derek l'imita et lui repoussa une mèche folle derrière l'oreille. Puis, répondant à son vœu muet, il se pencha et l'embrassa.

Emportée dans un tourbillon, elle s'offrit à la délicieuse caresse de sa langue tandis qu'il la serrait contre lui à l'étouffer. Mais elle voulait plus encore. Elle voulait faire tomber toutes les barrières entre eux, sans pudeur, sans retenue. Si cette nuit d'amour était la seule, elle en savourerait chaque instant.

Elle s'écarta légèrement, enivrée par le contact des mains puissantes de Derek sur sa taille.

— Ne t'arrête pas, implora-t-elle.

Il lui sourit.

— Je n'en ai pas l'intention, sauf si tu me le demandes.

Il lui prit la main et l'entraîna vers la deuxième chambre,

dont il referma la porte. Là, il se remit à l'embrasser avec fougue, puis il promena les lèvres de son oreille à son cou, et descendit jusqu'à son épaule.

Elle gémit de plaisir lorsque, finalement, il arrondit deux paumes brûlantes sur sa poitrine.

— On est trop habillés, murmura-t-il.

Elle lui déboutonna sa chemise, aplatit les mains sur son torse musclé. Elle défit ensuite sa ceinture, qu'elle envoya valser dans la pièce. Il reprit brusquement son souffle quand ses mains explorèrent la fermeture de son jean.

— Tu mets trop de temps, protesta-t-il.

Il lui donna un nouveau baiser, puis il acheva de se dévêtir. Elle se livra aussitôt à une exploration sans retenue, enivrée de sentir son corps se tendre sous ses caresses.

— À ton tour, Evie…

Prestement, elle ôta son chemisier et ses leggings. Il s'avança pour lui dégrafer son soutien-gorge, si bien qu'elle se retrouva devant lui en petite culotte.

— Tu es très belle, dit-il d'une voix rauque.

Il la caressa à travers le sous-vêtement et elle gémit de plaisir. Quand il ôta sa main, elle fit glisser la culotte le long de ses jambes.

— Tu rougis, chuchota-t-il en lui effleurant la joue.

— Ça fait longtemps…

— Pour moi aussi.

Au contact de ses paumes sur ses seins, une onde de feu la parcourut. Jamais elle n'avait ressenti ce désir dévastateur. C'était une expérience effrayante et exaltante à la fois…

Derek la souleva, la déposa sur le lit, puis s'allongea sur elle. Il caressa longuement le point sensible de son intimité, l'amenant au bord du vertige.

— J'ai besoin de toi, Evelyn.

— Moi aussi… Il y a… un préservatif dans ma mallette.

Dès qu'il eut trouvé ce qu'il cherchait, elle l'aida à se protéger. Il la repoussa contre les oreillers, puis il vint en elle d'un coup de reins puissant qui lui arracha un cri.

— Evie… Je t'ai fait mal ?

— Non, c'est… juste incroyable !

Elle se tortilla sous lui, bouleversée, se livrant tout entière aux sensations inconnues qui déferlaient sur elle.

Tandis qu'ils cheminaient ensemble toujours plus fort et plus vite vers les sommets du plaisir, elle sut que Derek avait pris possession de son corps, mais aussi de son âme. Et, quand le plaisir l'inonda, elle crut se désintégrer tout entière en même temps qu'elle renaissait à la vie…

Derek jouit avec elle sans la quitter des yeux. Puis il demeura un moment immobile, le souffle court, avant de rouler sur le côté en l'attirant à lui.

Blottie contre son épaule, elle ferma les paupières.

L'épuisement succédait à l'euphorie. Dans un demi-sommeil, elle songea qu'elle venait de tomber amoureuse pour la première fois de son existence. Personne n'avait compté avant Derek, pas même Nathan…

Fâchée contre elle-même, elle serra les poings.

Jamais elle n'aurait dû craquer. Derek était vulnérable, c'était à elle de le protéger. N'était-ce pas normal quand on tenait à quelqu'un ?

Mais, d'un autre côté, il existait une solution toute simple pour qu'ils soient heureux ensemble : elle pouvait rester, leur donner une chance. Rien ne l'empêchait d'essayer…

Rien, sauf la peur.

11.

Derek reposa la pile de fiches sur le comptoir et sourit à son remplaçant.

— Merci beaucoup d'être resté, Tim !

Evelyn, Mo et lui étaient rentrés tard la veille, mais malgré la fatigue il avait passé une nuit blanche.

Il n'avait pu penser qu'à Evelyn, à son parfum, à la douceur de ses courbes pressées contre les siennes. Et, même s'il n'aurait jamais dû céder à la tentation, il ne regrettait rien. Elle avait su faire tomber les murs dont il s'entourait. Elle l'avait ensorcelé, corps et âme.

Hélas, le problème demeurait inchangé : ils n'avaient aucun avenir ensemble. Dorénavant, il devrait donc rester prudent pour éviter à Mo le chagrin de la séparation.

— Avec plaisir, Derek, répondit Tim. J'avais quelques jours de congé à l'hôpital, cela tombait bien. Et puis, je suis content d'avoir rencontré la célèbre Dr Saunders.

Le jeune homme adressa un grand sourire à Evelyn, qui venait de faire le point sur les patients avec eux.

Il était visiblement sous le charme, alors même qu'il avait une petite amie ! Mais au fond cela n'avait rien d'étonnant : Evelyn était belle, intelligente. Elle avait tout pour plaire aux hommes.

Derek réprima un soupir.

Il n'avait aucun droit de se sentir jaloux, et pourtant c'était le cas.

— Je n'ai pas grand-chose de prévu aujourd'hui, dit Evelyn, le nez sur l'agenda.

— Tout de même, docteur, j'espère avoir l'occasion de vous voir à l'œuvre, répliqua Tim avec empressement.

Elle releva la tête et eut un sourire vague.

— Oui, bien sûr… Appelez-moi Evelyn, je vous en prie. On fait partie de la même équipe.

Elle récupéra ses fiches sur le comptoir, puis ajouta :

— Si vous voulez bien m'excuser, je dois préparer du matériel pour une éventuelle césarienne. Il faudrait commander des poches de sang supplémentaires, au cas où.

— Une césarienne ? répéta Tim, l'air surpris.

Evelyn lui résuma la situation. Elle lui expliqua aussi qu'ils étaient rentrés de Juneau avec une couveuse donnée par l'hôpital.

— Quelle générosité de leur part ! ironisa Derek. Sans doute encore une tentative pour attirer Evelyn à Juneau. Mais l'administration peut toujours courir !

Elle sourit, mais ne releva pas, car le téléphone s'était mis à sonner.

Nancy n'étant pas arrivée, Tim courut décrocher.

— Cabinet médical de Wolf's Harbour…

Derek et Evelyn échangèrent un regard intense, signe qu'ils pensaient à la même chose.

Ils étaient tombés d'accord, la veille : leur nuit d'amour avait été un moment d'égarement et ne devrait se reproduire sous aucun prétexte. Mais, visiblement, elle aussi avait du mal à tourner la page…

— Saigne-t-elle beaucoup ? demanda Tim d'un ton inquiet.

Ils pivotèrent vers leur jeune collègue, qui s'était rembruni. Celui-ci raccrocha peu après.

— Une jeune fille enceinte présente des saignements abondants, expliqua-t-il. Possible fausse couche. Elle vit sur l'île Yashee.

— D'accord. J'emmène Evelyn là-bas et, toi, tu gères le cabinet. Nous avons un bateau pour ce genre d'interventions, précisa-t-il devant l'air éberlué d'Evelyn.

— Parfait. Je vais prendre le doppler portatif.

— Et moi, quelques poches de sang.

Ils chargèrent rapidement le matériel dans la voiture puis se mirent en route, direction le port.

— Dommage qu'on ne puisse pas bouger l'échographe, dit Evelyn.

— Hélas, non.

— L'essentiel, c'est d'arrêter l'hémorragie. Dans bien des cas, l'aspect du sang montre s'il s'agit ou non d'une fausse couche. Voilà ce que j'aime le moins dans ce métier, ajouta-t-elle en soupirant. Les mauvaises nouvelles, l'« après » à gérer… Il faudra que la patiente vienne au cabinet pour que je lui fasse une dilatation et un curetage.

— Effectivement, c'est toujours délicat.

Ils atteignirent le port en quelques minutes. Une fois assise dans le canot à moteur, Evelyn se cramponna à son siège.

— Ça tangue, lâcha-t-elle.

— Ils annoncent de l'orage, mais on devrait passer à travers. J'espère qu'il n'y aura pas de problème à Juneau.

— Je l'espère aussi, car Joe m'a envoyé un SMS tôt ce matin : Jennifer et lui comptaient prendre le premier ferry pour Hoonah, ils seront là ce soir. Et j'attends toujours les résultats des prélèvements…

Voyant combien elle s'inquiétait, il aurait voulu la rassurer, mais que dire ? Seule une preuve scientifique pourrait mettre fin au suspense et leur assurer que le bébé naîtrait en relative bonne santé.

Il se concentra sur la navigation, qui, vu le temps, n'était pas une partie de plaisir.

Quand, au bout de vingt minutes, ils débarquèrent sur l'île Yashee, une forte houle s'était levée.

Les habitants des lieux, soit quatre familles, vivaient tous près du port. Dès qu'ils eurent accosté, Robert Marshall, un patron pêcheur, se précipita pour amarrer le bateau.

— Robert ! s'exclama Derek. C'est sympa d'être venu.

— J'ai pris mon pick-up, expliqua celui-ci. Comme cela, vous n'aurez pas à porter votre matériel chez les Washington.

— Dans la précipitation, mon collègue n'a pas bien relevé le nom de la patiente, répondit-il. Mais j'étais sûr que quelqu'un nous attendrait à l'arrivée. C'est Martha ?

— Oui, docteur. Quand elle est revenue de la fac pour les grandes vacances, le mois dernier, elle était enceinte.

— Je suis venu avec le Dr Saunders, notre gynécologue intérimaire.

Robert se planta devant Evelyn et la dévisagea.

— Seriez-vous par hasard la fille de Thorne Saunders ?

— Oui, répondit-elle en souriant. Vous le connaissiez ?

— C'était mon généraliste. Un type génial…

L'air embarrassé du pêcheur interpella Derek. Sans savoir pourquoi, il avait l'impression de passer à côté de quelque chose.

Néanmoins, le moment était mal choisi pour se poser des questions.

Robert engagea son véhicule sur un chemin qui serpentait entre les sapins, jusqu'à une grosse demeure en rondins, la plus éloignée de l'embarcadère. À peine s'était-il garé que la porte s'ouvrit sur Jocelyn, la mère de Martha.

— Allez-y, suggéra Robert en donnant sa sacoche à Evelyn. J'apporterai les grosses affaires.

— Merci beaucoup.

Derek et Evelyn rejoignirent la mère de famille, qui se tordait les mains d'angoisse.

— Merci beaucoup d'être venu, docteur Taylor, dit-elle. Je me fais tellement de souci ! Martha n'arrête pas de saigner.

— Ne vous inquiétez pas, répondit-il gentiment. J'ai avec moi l'une des meilleures gynécologues du pays, le Dr Evelyn Saunders. Elle fait un remplacement chez nous. Evelyn, voici Jocelyn Washington.

Les deux femmes pâlirent en même temps.

Alarmé, il glissa un bras autour de la taille d'Evelyn, craignant de la voir s'évanouir. On aurait cru qu'elle venait de croiser un fantôme, et inversement.

Ces deux-là se connaissaient, cela ne faisait aucun doute. Mais ces retrouvailles ne semblaient guère les réjouir.

Evelyn avait la nausée. Depuis le début, elle craignait de tomber sur Jocelyn, et son pire cauchemar avait pris corps.

Elle avait détesté cette femme. Elle avait involontairement gâché sa vie. Comment aurait-elle pu l'affronter ?

Consciente du regard inquisiteur de Derek dans son dos, elle retira ses bottes et suivit son hôte dans l'escalier. À l'étage, celle-ci ouvrit une porte.

— Ma fille est là, dit-elle d'un ton calme.

Au prix d'un effort surhumain, Evelyn se concentra sur sa mission. Une jeune fille en souffrance avait besoin d'aide. Elle ne devait penser qu'à cela et à rien d'autre.

Tête basse, elle entra dans la chambre.

— Bonjour, Martha. Je suis le Dr Saunders.

Allongée sur le lit, la patiente opina sans répondre. Elle avait le teint gris et, en croisant son regard vitreux, Evelyn comprit qu'elle avait perdu beaucoup de sang.

Prestement, elle ôta sa veste, prit du gel hydroalcoolique dans sa mallette et se désinfecta les mains.

— De combien votre fille est-elle enceinte, madame ?

Jocelyn s'assit sur les couvertures près de Martha.

— Seize semaines.

— Et quel âge a-t-elle ?

— Dix-neuf ans.

Eh bien… Jocelyn avait vite remplacé son père !

Elle relégua cette réflexion amère dans un coin de son cerveau. Tant mieux pour Jocelyn si elle avait retrouvé le bonheur. Elle ne méritait pas d'être malheureuse toute sa vie.

— Je vais vous examiner, Martha, dit-elle doucement. Quand j'aurai fini, le Dr Taylor vous posera une perfusion, et on vous injectera un antidouleur.

Occultant la présence de Jocelyn, elle se pencha sur la

jeune fille. Seul son travail comptait. Le reste n'avait aucune importance.

Une heure plus tard, Evelyn redescendit l'escalier, épuisée mais soulagée.

Elle avait réussi à stopper l'hémorragie. Derek avait installé la perfusion, puis, la chambre étant petite, il s'était éclipsé.

À présent il l'attendait, assis sur une marche.

Il se leva, un pli soucieux barrant son front.

— Alors ? demanda-t-il.

— Ça va mieux, je lui ai transfusé une poche de sang. Mais il faut qu'elle vienne passer une échographie au cabinet.

— Ah bon ? Pourquoi ?

— J'ai perçu des battements cardiaques au doppler. Elle devait attendre des jumeaux. Elle en a perdu un, mais, à mon avis, pas le deuxième. Son père a un bateau où elle pourra s'allonger. Ils vont descendre à l'embarcadère, et il la transportera ensuite chez nous. On devrait vite retourner au cabinet. Il faudrait qu'une voiture les attende à Wolf's Harbour.

— Évidemment. On appellera l'ambulance depuis le bateau.

Elle empoigna sa sacoche et la glacière, laissant à Derek le soin de prendre le doppler qu'elle avait redescendu.

— Eh, minute ! protesta-t-il. Tu ne dis pas au revoir ?

— C'est déjà fait.

— Pourquoi es-tu si pressée, à la fin ?

— Je te l'ai dit, j'aimerais arriver au cabinet avant Martha.

Elle se dépêcha de sortir puis descendit vers le port à grandes enjambées.

Derek la rattrapa.

— J'ai la nette impression que tu fuis, Evelyn. Tu as été presque grossière envers Mme Washington, toi, la politesse incarnée. Si tu m'expliquais ?

Sans s'arrêter de marcher, elle le fusilla du regard.

— Derek, je veux juste rentrer le plus vite possible pour

soigner Martha dans de bonnes conditions. Si je te semble bizarre, c'est… C'est sûrement à cause de la fatigue.

— D'accord. Très bien.

À son intonation, elle comprit qu'il ne trouvait pas sa réponse si bien que ça. Néanmoins, il eut la bonne idée de ne pas insister.

Arrivés au port, ils rechargèrent leur matériel puis partirent sans tarder. La traversée se déroula dans un silence glacial, et à l'arrivée ils se hâtèrent de rejoindre le cabinet.

Aidée par Janet, elle installa l'échographe.

Tout était prêt lorsque, trente minutes plus tard, Martha arriva sur une civière poussée par les ambulanciers.

Jocelyn, qui suivait sa fille, n'eut pas un regard pour Evelyn, ce qui ne fut pas une surprise.

Après avoir allongé Martha sur le lit d'examen, les secouristes prirent congé.

Evelyn constata avec soulagement que l'hémorragie avait cessé pour de bon.

— On lui fait passer un autre culot de sang, Janet, décida-t-elle. Vous avez repris des couleurs, Martha, ajouta-t-elle. Sur quelle échelle situez-vous la douleur, maintenant ?

— Je dirais… cinq sur dix, docteur Saunders.

Elle adressa un sourire rassurant à la jeune fille.

— Merveilleux, tout à l'heure, c'était dix !

Janet enduisit le ventre de la patiente de gel conducteur, puis baissa les lumières. Evelyn procéda alors à l'échographic… qui ne tarda pas à montrer ce qu'elle cherchait. Elle tourna le moniteur vers Martha, ravie.

— J'avais raison, déclara-t-elle. Vous avez perdu un bébé, mais le deuxième est toujours là, bien vivant. Les battements de cœur sont très vigoureux.

Jocelyn se pencha pour embrasser sa fille sur la joue. Celle-ci se mit à pleurer.

— Je suis tellement contente… Mais que dois-je faire, maintenant, docteur ? Je ne veux pas le perdre.

— Dans un premier temps, il faut dormir. Vous allez rester

ici cette nuit par précaution, et demain j'effectuerai toutes les mesures nécessaires sur le bébé. Ensuite, il faudra revenir me voir régulièrement pour des check-up.

— Ne sera-t-il pas dangereux pour elle de se lever ? demanda Jocelyn.

— Non, si elle fait attention le reste du temps.

— On n'a qu'à se réinstaller en ville dans notre ancienne maison, suggéra Martha.

Jocelyn eut un sourire contraint et se mordit la lèvre.

— Oui, bien sûr…

— Une chance que vous l'ayez gardée, intervint Evelyn.

— J'y ai passé les dix premières années de ma vie, expliqua Martha. Ensuite, maman a épousé Robert. Mon vrai papa… est mort dans un accident avant ma naissance. D'ailleurs, c'est bizarre, il s'appelait Saunders, lui aussi !

Evelyn eut l'impression que son univers volait en éclats. Elle croisa le regard affolé de Jocelyn, reporta son attention sur Martha et la dévisagea attentivement.

Mais bien sûr ! Celle-ci était le portrait craché de sa grand-mère paternelle, jeune. De *leur* grand-mère paternelle…

Elle avait une demi-sœur !

Encore une personne dont elle avait gâché la vie. Si elle n'avait pas été aussi fermée, son père aurait pu demander Jocelyn en mariage au grand jour. Il ne serait pas allé la voir à la tombée de la nuit. Ils auraient recomposé une famille…

— Je dois vérifier quelque chose dans votre dossier, dit-elle d'une voix blanche. Janet va vous installer. À plus tard.

Après avoir ôté ses gants, elle se dépêchait de sortir, quand la voix de Jocelyn s'éleva derrière elle.

— Evelyn, attendez ! Il faut qu'on parle.

Elle se retourna vivement.

— Non ! Je n'ai rien à dire, désolée.

Chagrin, colère et souffrance faisaient rage au plus profond d'elle-même. Elle devait absolument fuir cet endroit !

Prise de violents tremblements, elle courut vers la porte. Elle prit sa veste au portemanteau, l'enfila, puis sortit sous la pluie battante. Ses pas l'emmenèrent au hasard des rues jusqu'à une vieille maison sur le port. Autrefois peinte en rouge vif, la demeure semblait maintenant défraîchie, mais il y avait toujours un rocking-chair sur la galerie. Son père l'avait amenée ici une fois. Ensuite, elle n'avait plus jamais voulu revenir chez Jocelyn…

— Qu'est-ce que tu fabriques ? Tu es trempée.

Pivotant, elle découvrit Derek planté derrière elle sur le trottoir. Il la regardait d'un air inquiet.

— Comment m'as-tu trouvée ?

— Quelqu'un m'a donné un tuyau.

— Un bon tuyau, répliqua-t-elle avec un rire sans joie.

— Allez viens, j'ai ma voiture. Rentrons à l'appartement.

Quel réconfort de voir que, finalement, quelqu'un se souciait d'elle alors qu'elle ne le méritait pas !

Lorsqu'il lui enlaça la taille, elle se laissa faire sans résistance. Le trajet de retour eut lieu en silence. Dès qu'ils eurent franchi le seuil de l'appartement, Derek lui retira sa veste.

— Tu devrais te changer, conseilla-t-il.

Elle opina puis gagna sa chambre.

Le temps qu'elle se sèche les cheveux et enfile des vêtements secs, un thé brûlant l'attendait au salon.

Abattue, elle se laissa tomber sur le sofa près de Derek.

— Tu veux parler ? demanda-t-il.

— Je… Non. Enfin…

Elle se passa une main sur le visage.

Elle avait désespérément besoin de se confier à quelqu'un.

— Martha Washington est ma demi-sœur, lâcha-t-elle d'une voix tremblante.

Il écarquilla les yeux.

— Je m'attendais à beaucoup de choses, mais pas à ça.

— Écoute, je ne dirai rien d'autre. Tu dois penser que je m'entoure de barrières, mais…

— On fait tous la même chose, coupa-t-il gentiment. Je suis déjà très heureux que tu m'aies ouvert ta porte.

Touchée par sa gentillesse, elle eut envie de pleurer.

— Qu'est-ce que je fabrique ici ? balbutia-t-elle.

— Tu es venue faire la paix avec ton passé, je crois. Et, accessoirement, exercer tes talents de médecin ! ajouta-t-il avec un clin d'œil.

Son air complice lui arracha un sourire. Elle se détendit.

— Imagine… Si les choses avaient tourné autrement, j'aurais pu avoir une sœur, une nouvelle famille.

— Remâcher le passé fait plus de mal que de bien, Evie. Même si c'est difficile, tu dois avancer.

— Oui, tu as raison.

— Comme toujours ! plaisanta-t-il. Il va falloir que je retourne au cabinet. Tu es sûre que ça ira ?

— Sûre et certaine. Merci beaucoup.

Avant de partir, il l'enveloppa dans une étreinte chaleureuse, presque fraternelle. Elle lui souhaita une bonne soirée puis referma la porte à regret.

Elle aurait tant voulu qu'il reste… Encore un vœu irréalisable.

L'arrivée d'un SMS l'arracha à sa torpeur. Elle le lut et porta une main à ses lèvres, excitée et inquiète à la fois.

L'hôpital de Juneau venait de lui envoyer par courriel les résultats de l'amniocentèse de Jennifer. Elle allait pouvoir étudier les données et agir en conséquence.

Si tout se déroulait comme prévu, elle mettrait le bébé au monde d'ici deux semaines. Entre-temps, elle planifierait un suivi en béton pour Martha, quitte à l'envoyer à Sitka ou à Juneau. Ainsi, elle aurait réglé sa dette envers son père et pourrait partir. Elle en avait assez des fantômes. Comme l'avait dit Derek, elle devait avancer, et elle n'avait aucune chance d'y parvenir à Wolf's Harbour.

Elle secoua la tête, désabusée.

Elle n'arriverait jamais à se pardonner. Elle avait essayé, mais c'était impossible. Il fallait qu'elle s'en aille, ou elle risquait de faire encore plus de mal autour d'elle. Prendre la fuite était sa seule option. D'ailleurs, n'était-ce pas ce qu'elle savait faire de mieux ?

12.

Derek se planta devant Tim qui arpentait le hall, téléphone portable en main.

— Un ouragan ? Si c'est une blague, elle n'est pas drôle !

Le jeune homme affichait un air grave pour le moins inhabituel.

— Regarde toi-même, Derek ! Comme je devais partir aujourd'hui, j'ai consulté la météo en ligne. Un ouragan s'est formé au large de Hawaï, et il remonte sur nous en prenant de l'ampleur. Tout le sud-est de l'Alaska est concerné. Ils ont déjà fermé l'aéroport par précaution.

Derek pensa immédiatement à Mo.

Ce matin-là, Edna était venue la garder à domicile. Il devait aller les chercher sans perdre de temps. Ensuite, tout le monde pourrait se barricader au cabinet.

— Quand serons-nous touchés ? demanda-t-il.

— Vers midi, mais ça risque d'être la pagaille avant.

— Tu as raison. Si Evelyn donne son accord, on renverra Martha chez elle, et nous on squattera ici. Je vais retourner chercher Mo à la maison.

— Je peux y aller, proposa Janet, qui buvait un café avec Nancy à l'accueil. Je dois aller sécuriser mes fenêtres. Comme on habite dans le même coin…

— Merci beaucoup, vous êtes un ange. C'est Edna qui la garde. Pourriez-vous la déposer chez elle au retour ?

— C'est comme si c'était fait. Tant que j'y suis, je fermerai vos volets.

— Les barres de fer pour les bloquer sont dans le garage.

— Pas de problème, je m'en occupe !

En partant, Janet tint la porte à Evelyn qui arrivait, un gobelet de café à la main.

Il eut de la peine pour elle en voyant ses yeux cernés.

— Bonjour, Evelyn, dit Tim avec un large sourire.

— Bonjour, Tim.

— Salut. Ça va ? demanda Derek.

— Oui, je… j'ai veillé tard. J'ai reçu les résultats d'amniocentèse de Jennifer. Comment va Martha ?

— Très bien, répondit Tim. Elles ont hâte de partir. Avec cet ouragan, Mme Washington veut rentrer à la maison.

— Un ouragan ? répéta-t-elle d'un ton incrédule.

Derek lui fit un résumé de la situation.

Elle se frotta le menton, l'air soucieux.

— Espérons que cela ne durera pas trop longtemps, dit-elle. Je viens de passer chez Joe et Jennifer. Pour l'instant, tout va bien, mais je comptais la faire hospitaliser à Sitka aujourd'hui et l'accoucher par césarienne demain.

— Pourquoi ? demanda-t-il, surpris. Je croyais que tu voulais attendre le cap des trente-cinq semaines.

— Ce ne serait pas raisonnable. Elle commence à avoir une insuffisance rénale et, même s'il n'y a aucun problème génétique, le fœtus présente une polycytémie.

— Il a trop de cellules dans le sang ? demanda Tim.

— Oui, et en l'occurrence trop de globules rouges. Il faut le faire naître pour éviter les complications.

Elle accrocha sa veste au portemanteau en soupirant.

— Je vais examiner Martha, ajouta-t-elle. Si elle va bien, je la laisserai sortir.

Derek la regarda s'éloigner, soucieux.

Il avait déjà été témoin de grosses tempêtes l'hiver, d'orages à répétition l'été. Mais un ouragan ? C'était une première, et il croisait les doigts pour que les dégâts ne soient pas trop importants. Et, surtout, pour qu'il n'y ait aucune victime…

— Rentrez vite chez vous, Nancy, dit-il à sa réceptionniste.

— Mais non ! Je pourrais vous donner un coup de main…

— Vous avez des enfants, votre place est auprès d'eux ! On se débrouillera. Filez, c'est un ordre, conclut-il en souriant.

— Merci, docteur. Bon courage à vous tous.

Quelques minutes plus tard, Evelyn autorisa le départ de Martha Washington. Les ambulanciers vinrent chercher la jeune fille, qui reçut pour consigne de rester allongée le plus possible. Après l'ouragan, elle reviendrait passer une nouvelle échographie, mais dans l'immédiat il fallait gérer l'urgence, à savoir le retour.

— Le temps s'assombrit. Y a-t-il des consignes particulières ? demanda Evelyn en revenant du parking. J'ai déjà vu des ouragans à Boston, mais ici jamais.

— Moi non plus ! La mairie recommande de stocker de l'eau, des vivres et de se barricader. Janet est partie chercher Mo à la maison, mais j'aimerais bien y faire un saut par acquit de conscience. Tim t'aidera à sécuriser les fenêtres de l'appartement. On restera ici cette nuit. Il y a moins d'ouvertures, et on sera mieux protégés.

— Très bien, je rapporterai de la nourriture. On y va, Tim ?

— Tout de suite, Evelyn.

Peu après leur départ, Derek reçut un coup de fil de Janet.

Malheureusement, un arbre déraciné par le vent était tombé sur la route principale. Dans l'immédiat, elle était bloquée à son domicile avec Mo et Edna.

— Les pompiers passaient par chez vous, ils nous ont aidées à barricader vos fenêtres. On a poussé les gros meubles devant. Ne vous inquiétez de rien, conclut-elle. Maintenant, on est toutes chez moi, bien au chaud.

— Merci beaucoup, Janet.

Il aurait préféré avoir tout le monde près de lui, mais l'essentiel était que Mo, Edna et Janet soient en sécurité. On ne pouvait hélas pas tout prévoir.

De son côté, il avait une mission à remplir : faire basculer le cabinet en mode « survie ».

Il rejoignit donc le local de service situé au fond du couloir, où il activa les deux générateurs indispensables en cas de coupure de courant. Puis il y déplaça les dossiers et les ordinateurs portables, au cas où l'avant du bâtiment serait touché.

Heureusement, le cabinet se situait bien au-dessus du niveau de la mer, à mi-pente. Voilà qui devrait permettre de limiter les dégâts !

Il venait juste de finir quand Evelyn et Tim reparurent, les bras chargés de cartons. À peine avaient-ils franchi la porte qu'une pluie diluvienne commença à tomber.

— Ouf, sauvés ! s'exclama Tim.

Le jeune homme consulta son téléphone, puis ajouta :

— L'ouragan devrait s'abattre sur Sitka, c'est-à-dire sur nous, dans deux heures maximum.

Evelyn s'était mise à danser d'un pied sur l'autre, le front soucieux.

— Qu'est-ce qui ne va pas ? demanda Derek.

— J'ai un mauvais pressentiment.

Il aurait voulu la serrer dans ses bras, mais il ne pouvait pas le faire devant Tim. Et, d'ailleurs, il s'était promis de garder ses distances. N'était-ce pas la meilleure option possible ?

Pourquoi, alors, avait-il tant de mal à s'y tenir ?

— Où est Janet ? Je croyais qu'elle devait ramener Mo…

Quand il lui expliqua la situation, le soulagement se peignit sur ses traits.

Elle adorait Mo, c'était évident. Et, rien que pour cette raison, il était incapable de rester à l'écart.

Voyant que Tim rangeait les cartons un peu plus loin, il la prit par la taille. Elle se laissa aller, la tête sur son épaule, et il réprima un soupir.

Qu'il était bon de partager son inquiétude avec quelqu'un ! À cette minute précise, malgré le martèlement de la pluie sur le toit, il se sentait moins seul.

— Allez, dit-il d'un ton faussement enjoué. Il faut barricader les fenêtres.

Tous deux se mirent à la tâche, bientôt rejoints par Tim qui avait fini de ranger les provisions. Ils vérifièrent ensuite les générateurs.

Il pleuvait de plus en plus fort et, revenus dans le hall, ils constatèrent que le ciel s'était obscurci d'un coup. Au fil des minutes, l'extérieur se parait de couleurs étranges, crépusculaires et irréelles. Pour un peu, on se serait cru dans un film de science-fiction.

Derek jeta un coup d'œil sur la pendule murale.

Il n'était plus question d'aller chercher Mo. L'ouragan allait frapper d'ici peu, et…

Soudain, la porte vitrée s'ouvrit en grand. Une violente bourrasque balaya le hall, et Joe Yazzie et son père s'engouffrèrent à l'intérieur, soutenant tant bien que mal une Jennifer pliée en deux.

— Elle a perdu les eaux, Evie ! s'écria Joe Jr.

— Oh ! non ! s'exclama Evelyn. Porte-la jusqu'à la salle 1, s'il te plaît.

Evelyn se précipita derrière son cousin tandis que Joe Sr. et Tim unissaient leurs forces pour bloquer la porte d'entrée qui subissait de plein fouet les assauts du vent.

En voyant arriver les Yazzie, Derek avait eu l'impression de se liquéfier sur place. Comment oublier que Vivian était morte à cause de la tempête, à la naissance de Mo ?

Il se secoua et courut aider Joe Jr. à installer Jennifer sur la table d'examen. Puis il passa dans la salle contiguë, où Evelyn, déjà en tenue bleue, se savonnait les mains. La peur se lisait sur son beau visage. Il aurait voulu la réconforter, mais que dire ? Il était sans doute plus effrayé qu'elle !

Lorsqu'elle quitta la pièce, il se changea à son tour. En revenant dans la salle 1, il constata que Tim était prêt, lui aussi. Il était en train de poser une perfusion à Jennifer, qui avait perdu connaissance sous le coup de la douleur et de l'épuisement.

— Docteur Taylor, que va-t-il se passer ? demanda Joe, l'air terrifié.

— Evie va s'occuper d'elle. Tout ira bien, répondit-il d'un ton calme. Venez, je vous emmène à l'accueil. Vous allez rester avec votre père.

Dans le hall, ils retrouvèrent Joe Sr. qui faisait les cent pas.

— Evie est la meilleure obstétricienne que je connaisse, dit encore Derek. Si quelqu'un peut sauver Jennifer et le bébé, c'est elle. Et elle les sauvera.

En temps normal, il n'aurait pas eu l'imprudence d'affirmer ce genre de choses mais, là, un sixième sens lui laissait entrevoir une issue heureuse. Il faisait confiance à Evelyn. Elle avait ramené l'espoir dans sa vie, et maintenant elle était son rayon de soleil. Ce qu'il lui avait dit valait également pour lui-même : il fallait arrêter de regarder le passé et se tourner vers l'avenir.

Aujourd'hui, il n'y aurait pas d'autre drame. Ils se battraient ensemble pour remporter cette épreuve.

— J'ai une capacité en anesthésie. Je peux gérer la ventilation.

Evelyn enfila une paire de gants et sourit à Tim, qui n'avait pas perdu une minute pour être opérationnel.

— Formidable, répondit-elle gentiment. À nous trois, ça va marcher. On va faire naître ce petit bout ici et maintenant.

Derek, qui avait escorté Joe Jr., revint rapidement, en tenue stérile. Elle se réjouissait qu'il soit là car, en l'absence de Janet, elle avait besoin d'aide. Sa présence et celle de Tim lui seraient précieuses.

— J'ai vu des traces de méconium à l'examen, dit-elle, pendant que Derek se savonnait.

— Oh ! oh ! C'est mauvais signe, répondit-il d'un ton grave.

— Oui, j'espère que le bébé n'en a pas avalé. En tout cas, il y a une souffrance fœtale car le rythme cardiaque est très rapide. Il faut le sortir le plus vite possible.

Une violente rafale fit trembler les lampes. Elle inspira à fond, expira.

Ce n'était pas le moment de craquer. Elle *pouvait* le faire. Elle en était capable.

— Les générateurs fonctionnent, expliqua Derek, comme s'il avait senti sa peur. Et j'ai vérifié les batteries de la couveuse, elles sont chargées à bloc.

Jamais elle n'avait travaillé en pleine tourmente au milieu

de nulle part. D'habitude, elle opérait dans des blocs ultramodernes. En cas d'urgence, elle pouvait obtenir des renforts…

Les lampes vacillèrent de nouveau, puis elle perçut le ronflement des générateurs.

Bon, ça allait tenir. Jennifer et le bébé faisaient partie de sa famille. Il était hors de question qu'elle les perde. On avait connu assez de malheurs chez les Yazzie, et avec Derek à son côté elle se sentait capable d'abattre des montagnes.

Elle ferma brièvement les paupières pour mieux se concentrer.

— Parfait. Si vous êtes prêts… on y va.

Dès qu'elle eut aseptisé le ventre de Jennifer, elle prit le scalpel que Tim lui tendait. Puis elle se mit à l'œuvre, sourde à tous les bruits du monde.

Une petite voix intérieure lui soufflait la marche à suivre, méthodiquement, geste après geste. C'était comme si elle agissait sous pilote automatique. Cette césarienne n'était pas différente des autres. Elle en avait pratiqué des dizaines…

Posté face à elle, Derek maintenait les écarteurs. Elle dégagea rapidement le bébé, un garçonnet minuscule qui ne respirait pas. Mais ils avaient prévu ce scénario, et, sitôt coupé le cordon ombilical, elle donna le nouveau-né à Tim.

Ce dernier courut vers la table de puériculture et frictionna le bébé à l'aide de serviettes chaudes. Alors, ils perçurent un cri ténu, mais un cri tout de même… Elle venait de faire naître son petit cousin, il était vivant !

Refoulant ses larmes, elle s'efforça de rester professionnelle.

— Aspiration, réchauffage, et on le met en couveuse sous oxygène, Tim, rappela-t-elle.

— C'est comme si c'était fait. Il réagit bien aux stimuli.

Rassurée, elle commença à recoudre l'abdomen de Jennifer tandis que Derek injectait des antibiotiques dans la perfusion.

La jeune femme allait s'en sortir. Le plus dur était passé.

— Il respire tranquillement. Sa saturation est bonne, annonça Tim après avoir refermé l'incubateur.

— Merveilleux ! répondit-elle, soulagée. Il aura besoin

d'un transfert en réanimation néonatale, mais on a franchi le premier cap. On va surveiller le réveil de sa mère, maintenant.

Alors qu'elle ôtait ses gants, Derek poussa un cri affolé.

— Evelyn ! Il y a du sang dans la perfusion !

Elle fit volte-face et, en trois secondes, prit sa décision.

— Je vais rouvrir, annonça-t-elle. Elle doit faire une rupture utérine. J'ai besoin de toutes les poches de sang disponibles.

Heureusement que la livraison avait eu lieu la veille ! On n'était jamais trop prévoyant…

Pâle comme un linge, Derek s'était appuyé contre le mur.

Pour lui qui avait perdu sa femme dans les mêmes conditions, cette scène devait être insupportable. Mais il était beaucoup plus fort qu'il ne l'imaginait. Elle lui faisait confiance : il ne la laisserait pas tomber. Il était, de loin, le meilleur généraliste qu'elle ait jamais rencontré. Un être exceptionnel à tous les niveaux.

— Aide-moi ! s'écria-t-elle. Maintenant !

Aussitôt, il s'avança.

— Oui. Que dois-je faire ?

Jamais elle n'avait eu autant foi en quelqu'un. Il était son point d'ancrage dans la tourmente, et avec lui elle ne pouvait pas échouer.

Ils sauveraient Jennifer coûte que coûte.

13.

L'ouragan Tina fit rage sur la côte Est de l'Alaska pendant douze heures. Puis les éléments se déportèrent vers le nord, et le calme revint petit à petit.

Janet était arrivée au cabinet avec Mo peu après minuit après avoir raccompagné Edna. En raison des événements, la sage-femme avait attendu avec impatience la réouverture des routes pour venir renforcer l'équipe. Soulagé de retrouver sa fille, Derek avait installé celle-ci dans son bureau.

Tout était progressivement rentré dans l'ordre, à la grande satisfaction d'Evelyn. Non sans mal, elle avait pu stopper l'hémorragie utérine de Jennifer, mais la jeune femme devrait subir une hystérectomie. Son transfert à Sitka dans les plus brefs délais restait impératif, tout comme celui de son bébé.

Ils avaient fait passer de la solution saline et un culot de sang au nouveau-né afin de diluer les globules rouges trop présents dans son organisme. Pourtant, même si Jennifer avait reçu une injection de stéroïdes à Juneau, la maturation pulmonaire n'était pas achevée. Le bout de chou avait besoin de soins spécifiques en réanimation néonatale.

À présent, Evelyn se sentait épuisée. Assise près de la couveuse, elle sentit ses paupières se fermer malgré elle.

Elle les rouvrit et posa un regard attendri sur son petit cousin.

Il était vraiment adorable. Comment avait-elle pu dire qu'elle n'aurait jamais d'enfants ? Existait-il quelque chose de plus merveilleux qu'une famille ?

Elle allait piquer du nez pour de bon quand Tim la rejoignit.

— L'aéroport va rouvrir, annonça-t-il. Les secours aériens se tiennent prêts à évacuer Jennifer et bébé Joe III.

— Joe III ? Sérieusement ?

Tim s'esclaffa.

— Oui, sérieusement !

Elle pivota vers la couveuse et secoua la tête.

— Désolée, mon cœur. Tu n'y échapperas pas.

Le temps parut s'accélérer d'un coup. Elle prépara Jennifer pour son transport allongé, photocopia le compte rendu opératoire, puis ausculta une dernière fois la patiente.

Tim, lui, s'occupa de l'incubateur et, quand les ambulanciers arrivèrent cinquante minutes plus tard, tout était prêt.

Assis dans le couloir, Joe Jr. se leva d'un bond. Il avait l'air hagard.

— Elle ne s'est pas réveillée, gémit-il en voyant Jennifer passer devant lui sur le brancard roulant.

— C'est normal, je l'ai maintenue sous sédation, répondit gentiment Evelyn. Après un pareil choc, il vaut mieux qu'elle dorme. Mais je te promets qu'elle va s'en sortir. Quand elle émergera, elle aura besoin de toi, alors, tiens bon !

— Je… D'accord.

Les deux Joe père et fils se penchèrent sur la couveuse en même temps.

— Pour lui aussi, ça va aller, assura-t-elle. Il a fait le plus dur. Le reste est une question de temps.

— Merci pour tout, Evie, chuchota Joe Jr. d'une voix rauque, avant de suivre les ambulanciers dehors.

Joe Sr. lui emboîta le pas. Mais, sur le seuil, il se retourna.

— Tes parents seraient fiers de toi, Evelyn, déclara-t-il. Si tu n'avais pas été là, ce bébé et sa mère n'auraient eu aucune chance. Merci, merci infiniment.

Émue aux larmes, elle étreignit son oncle, lui dit au revoir, puis elle sortit dans la rue en poussant la couveuse. Elle resta dehors jusqu'au départ de l'ambulance, après quoi elle retourna au cabinet à pas lents.

Elle était éreintée.

— As-tu vu Derek ? demanda-t-elle à Tim.

— Non, pas depuis un moment.

— J'irais volontiers prendre une douche, moi.

— Bien sûr ! Je vais m'occuper du rangement.

— Dis à Janet de rentrer chez elle. Elle a été géniale, mais sa place est auprès de ses enfants.

— Ça marche. À tout à l'heure.

Elle regagna son appartement en évitant les poubelles et autres objets qui jonchaient la rue.

Il faudrait quelques jours avant que Wolf's Harbour ne reprenne son aspect habituel, mais elle ne serait plus là pour le voir. Maintenant que Jennifer avait accouché, elle voulait partir sans tarder. Elle n'avait plus aucune raison de rester ici.

À cause de son passé, elle serait toujours incapable de fonder une famille. Ses fantômes ne la laisseraient jamais tranquille. Dans ces conditions, mieux valait qu'elle s'en aille avant de faire souffrir Derek et Mo.

Mo avait eu tellement peur cette nuit-là que Derek était resté près d'elle. Il avait fini par s'assoupir. Mais, quand il se réveilla, la mémoire lui revint d'un coup.

Comment allaient Jennifer et le bébé ? Où était Evelyn ?

Pendant ces heures tourmentées, il avait été plus heureux que jamais de l'avoir près de lui. Malgré les circonstances dramatiques, il n'avait jamais perdu espoir parce qu'ils étaient ensemble. En sa compagnie, tout lui paraissait naturel. Le travail, l'amour. Voilà pourquoi il ne regrettait rien de ce qui s'était passé à Juneau.

Bien sûr, il n'oublierait jamais Vivian, mais peut-être pouvait-il se donner une nouvelle chance de bonheur. Car l'impensable était arrivé : alors qu'il se croyait condamné à la solitude, il était retombé amoureux !

Il aimait Evelyn de toute son âme. Quant à savoir si celle-ci partageait ses sentiments… Une chose était certaine : elle ne lui avait pas raconté toute son histoire. Elle lui donnait l'impression de se mettre des barrières pour s'empêcher d'avancer. Et, tant qu'il resterait dans l'incertitude, il devrait faire attention et protéger Mo.

Il réveilla sa puce puis l'aida à s'habiller. Après avoir pris son petit déjeuner, elle accepta de partir chez Edna. Même s'il aurait préféré la garder, c'était la solution la plus raisonnable, car la journée s'annonçait chargée.

Edna les accueillit avec sa gentillesse et son dévouement habituels. Un peu rasséréné, il repartit en marchant lentement pour évaluer les dégâts de la nuit.

Il était presque arrivé au cabinet, quand une femme qui traversait la rue en face de lui vacilla et, soudain, à sa profonde stupeur, s'affala au milieu de la chaussée.

Il se précipita : c'était Jocelyn Washington.

Celle-ci s'était ouvert le cuir chevelu en tombant et saignait. De surcroît, elle était inconsciente.

Alarmé, il s'agenouilla sur le bitume et lui prit le pouls.

Vingt secondes plus tard, Tim arrivait en renfort.

— On était dans la salle d'attente avec Evelyn. On a tout vu ! s'exclama-t-il.

— Jocelyn s'est évanouie. Va vite chercher une civière.

Tim repartit en courant. Ils revinrent à deux avec Evelyn qui l'aidait à porter le brancard.

— La plaie semble superficielle, mais elle a perdu connaissance, dit Derek. Il faut comprendre pourquoi.

À eux trois, ils transportèrent Jocelyn à l'intérieur du cabinet jusqu'à la salle 4. Elle revint à elle quelques minutes plus tard et gémit doucement.

— Du calme, Jocelyn, c'est le Dr Taylor.

La mère de Martha ne répondit rien. Il vérifia ses pupilles qui, heureusement, étaient réactives.

— Elle a l'air commotionnée, dit Evelyn.

— L'abdomen est souple, annonça Tim, qui, en bon urgentiste, effectuait déjà le check-up de base.

Jocelyn battit des paupières puis essaya de s'asseoir.

Derek l'en empêcha.

— Ne bougez pas, dit-il doucement. Vous vous êtes évanouie

dans la rue, et vous avez reçu un choc à la tête. Nous pensons que vous avez une petite commotion cérébrale.

— Oh ! Seigneur…

La patiente ferma les paupières. Quand elle les rouvrit, son regard égaré s'arrêta sur Evelyn.

— Vous…, murmura-t-elle. J'aimais votre père.

— Je le sais.

— Mais, lui, il vous aimait plus encore… Cette nuit-là, comme il adorait la marche, il était venu à pied, mais il n'a pas fait attention en traversant la rue. Il était malheureux parce que notre relation vous déplaisait. C'était juste ici, en face du cabinet. Après sa mort, j'ai dû vendre la bague qu'il m'avait offerte pour avoir de l'argent, parce que j'étais enceinte. *Vous comptiez plus que tout pour lui !*

Jocelyn avait presque crié ces derniers mots.

Evelyn eut l'air effarée, mais elle ne dit rien. Elle tourna les talons puis sortit et referma doucement la porte derrière elle.

Bon Dieu !

— C'est bon pour toi, Tim ? demanda Derek. Je dois aller téléphoner à M. Washington.

— Pas de problème. Je reste avec elle.

Il s'éclipsa et trouva Evelyn en train de faire les cent pas dans le local de rangement.

— Ne prête pas attention à ce qu'a dit Jocelyn, murmura-t-il. Elle souffre d'une commotion.

— Peut-être, mais il y a du vrai là-dedans. Je ne voulais pas que mon père se remarie avec elle. Je la détestais. Alors, pendant des années, je me suis reproché cet accident. S'il n'avait pas été aussi perturbé, il serait sûrement parmi nous aujourd'hui.

— Je suis désolé.

Elle haussa les épaules.

— Les regrets ne le feront pas revenir.

— Non, effectivement.

Evelyn le dévisagea. Elle parut hésiter, puis reprit :

— J'ai appelé l'hôpital de Juneau, tout à l'heure. Ils vont t'envoyer un nouveau gynécologue intérimaire.

— Quoi ? Tu ne vas pas au bout de ta mission ?

— C'est au-dessus de mes forces. Si je veux avancer, il faut que je parte. J'ai fait assez de mal comme ça. J'ai privé Jocelyn d'un mari et Martha d'un père. Je m'en voudrai toute ma vie pour ça, alors il ne me reste plus qu'à oublier cet endroit… Ou du moins à essayer.

Sous le choc, il lui barra le chemin.

— Mais enfin… Non ! Tu ne peux pas t'enfuir comme ça ! Et ta famille ?

Elle eut un rire amer.

— Ils se sont passés de moi pendant vingt ans. Ils continueront.

— Evelyn, Wolf's Harbour a besoin de toi. Et…

« Moi aussi, parce que je t'aime ! » faillit-il ajouter. Mais les mots restèrent bloqués dans sa gorge.

— Je ne resterai pas, répondit-elle, l'air têtu. Il est trop tard pour que je puisse faire mon deuil. Une belle vie m'attend ailleurs, donc je vais me dépêcher de tourner la page.

— C'est parce que tu as peur, Evelyn. Tu as été incapable de t'engager après une relation de deux ans. Alors, là, c'est pire. Tu paniques !

— Cela n'a rien à voir avec toi, Derek. Je me suis trop endurcie, je ne peux rien t'apporter. Je risquerais même de gâcher ta vie.

— Mais tu m'as déjà donné tellement ! Tu m'as rendu la lumière, l'espoir… Et c'est la même chose pour tes patientes. Tu n'as pas le droit de les laisser tomber.

— Deux mois supplémentaires ne feront aucune différence.

Choqué, il réalisa la portée de ces mots : elle n'avait *jamais* eu l'intention de rester.

— Je savais que c'était une erreur de me rapprocher de toi ! s'écria-t-il. Vous remplaçants, vous créez toujours des problèmes.

Evelyn tressaillit.

— Je ne t'ai pas pris en traître, Derek, tu connaissais la *deadline*… Et, avant de partir, j'aimerais te dire une dernière chose : évite de faire subir à Mo ce que j'ai vécu. Si elle n'est pas prête à partager son père, écoute-la.

Il détourna le regard, bouleversé.

Pourquoi était-il incapable de lui avouer ses sentiments ? Mais une déclaration changerait-elle quelque chose ?

— Très bien, dit-il au bout d'un long silence. Si tu penses que c'est mieux, vas-y. Je prendrai soin de ta demi-sœur.

— Martha Washington n'est rien pour moi. Je n'ai plus de famille. J'ai perdu mes proches il y a longtemps.

— Et tu les as retrouvés. Ils sont là, tout près. Seulement, le manque de courage t'empêche de renouer les liens.

Evelyn le toisa, la tête haute.

— Ah bon, je manque de courage ? Tu t'es vu, toi, qui te reproches la mort de Vivian depuis cinq ans ? Tu es aussi lâche que moi ! Alors, pour la leçon de psychologie, tu repasseras !

Elle fit un pas en avant, et cette fois il recula. Il la regarda sortir en claquant la porte, puis, de rage et de frustration, il donna un grand coup de pied dans le mur.

Tout était dit.

L'oncle d'Evelyn avait repris du service pour quelques jours. Quand elle l'avait appelé, tonton Yazzie avait paru surpris, mais il n'avait fait aucun commentaire. Et maintenant, au volant du taxi, il demeurait silencieux. Était-il fâché qu'elle s'en aille ?

Assise à l'arrière, elle fixait la route, les mains crispées sur la petite boîte qu'il lui avait donnée de la part de Léelk'w. Ils étaient presque arrivés à l'aéroport, mais elle n'avait toujours pas osé l'ouvrir…

Sa gorge se serra lorsqu'elle vit l'aérogare se matérialiser dans son champ de vision. D'ici quelques minutes, elle dirait adieu à Wolf's Harbour.

Tonton Yazzie arrêta la voiture sur le parking, et elle croisa son regard dans le rétroviseur.

— Es-tu sûre d'avoir pris la bonne décision ? demanda-t-il.

— Je… Oui.

Il se retourna, l'air navré.

— Ne t'en va pas, Evelyn. C'est chez toi, ici.

— Autrefois peut-être, mais plus maintenant.

Elle se sentait vide, inutile. Elle avait eu tout faux en acceptant cette mission.

— On m'a offert un poste à Seattle, reprit-elle. Je vais le prendre. Je reviendrai vous voir pendant les vacances.

Son oncle ne fut pas dupe, car il secoua la tête.

— Tu crois que tu n'es pas à ta place ici, mais c'est faux. Si seulement tu pouvais t'en rendre compte !

Il descendit de voiture, puis il ouvrit le coffre et y prit ses bagages. Elle sortit à son tour, le cœur gros.

Elle déploya un effort surhumain pour ne pas fondre en larmes quand il la serra dans ses bras.

Elle n'avait plus dix ans. Cette fois, elle allait partir sans pleurer.

Malgré ses bonnes résolutions, elle se retourna juste avant de pousser la porte de l'aérogare.

Debout à côté du taxi, son oncle affichait le même air triste que le jour où ils s'étaient quittés, vingt ans plus tôt.

Elle lui rendit son petit signe de la main avec l'impression que son cœur explosait de chagrin. Elle revivait la même souffrance, la plongée dans ces abîmes de solitude…

Comme un automate, elle entra dans l'aérogare et se présenta au guichet. Trois passagers se trouvaient déjà en salle d'embarquement. Elle se réfugia au fond de la pièce, à l'écart, puis tira de son sac la boîte donnée par son oncle.

Une petite enveloppe l'accompagnait. Elle la décacheta et en sortit une carte signée « Léelk'w » :

Evie, tu n'oses plus ouvrir ton cœur. Je te comprends, tu as beaucoup souffert. Mais tu dois arrêter de fuir. Accepte le passé. Sans cette histoire, tu ne serais pas celle que tu es devenue.

Ces boucles d'oreilles appartenaient à ta maman.

Elle les avait fabriquées elle-même pour te les offrir un jour. Porte-les en pensant à nous et, surtout, apprends à te pardonner, ma chérie.

Reviens-nous vite.

Ta mamie qui t'aime,

Léelk'w

La boîte contenait des pendants d'oreilles en ormeau. En les admirant, elle crut soudain entendre sa mère fredonner un air traditionnel tlingit.

C'était incroyable, elle se rappelait toutes les paroles…

Soudain, les vannes du chagrin trop longtemps refoulé s'ouvrirent, et un flot de larmes lui inonda les joues.

Elle devait rendre à son passé la place qu'il méritait. Il était temps de le faire. Elle s'était oubliée en chemin mais, à présent, elle savait qui elle était : une enfant de Wolf's Harbour. Une femme amoureuse qui aimait Derek Taylor de tout son cœur, autant qu'elle s'était attachée à sa petite Monica.

Pouvait-elle s'en aller au risque de tout perdre à nouveau ?

« Les passagers pour Sitka sont priés de se présenter porte numéro 1 ! »

Elle sursauta en entendant l'appel dans les haut-parleurs. Sans réfléchir, elle se précipita vers le guichet et demanda à l'hôtesse médusée qu'on lui rapporte sa valise. Puis, ayant récupéré son bagage, elle sortit de l'aérogare.

Son oncle n'avait pas bougé. Planté sur le trottoir, il regardait tristement le tarmac.

— Tonton !

Quand il pivota vers elle, un large sourire éclaira son visage buriné. Abandonnant sa valise, elle courut se jeter dans ses bras.

Il l'étreignit longuement puis l'écarta, les yeux brillants de larmes.

— Quand ta grand-mère m'a dit que tu changerais d'avis, je l'ai prise pour une folle. Je n'y croyais pas. Tu as le caractère de ma sœur, et c'était une vraie tête de mule.

Ils éclatèrent de rire à l'unisson.

— Bienvenue chez toi, dit encore son oncle.

— Je suis contente d'être là, répondit-elle d'une voix rauque. Tu me reconduis en ville ?

— Rien ne pourrait me faire plus plaisir !

Assis au chevet de Jocelyn, Derek avait le sentiment d'être tombé sur la tête, lui aussi. Il se sentait engourdi comme après un choc. Son énergie l'avait déserté d'un coup.

— Docteur Taylor… Où est Evelyn ? demanda la patiente.

— À l'aéroport. Elle s'en va.

— Oh non ! C'est à cause de moi, n'est-ce pas ? Je me rappelle avoir dit des choses…

— La commotion vous a délié la langue. Cela peut arriver, répondit-il d'un ton apaisant.

— Ce n'est pas une raison. Je voulais lui présenter mes excuses… À l'époque, elle était très jeune. Elle a dû penser que Thorne était mort à cause d'elle, mais c'était un accident, je ne lui en veux pas ! Je sais que, aujourd'hui, avec son regard d'adulte, elle ne me voit plus de la même manière. En revanche, sa culpabilité n'a pas disparu. Elle se reproche toujours le décès de son père. C'est triste.

— Effectivement.

— Vous savez, docteur, vous me rappelez Thorne.

— Moi ?

— Oui ! Vous êtes veuf, et vous avez peur. Ou plutôt vous *aviez* peur, car maintenant vous êtes prêt à avancer, comme Thorne. Il m'avait expliqué qu'il aimait toujours sa femme, mais que son cœur s'était élargi pour moi.

— Comment cela ?

— J'ai compris le sens de ses paroles après sa mort. À mes yeux, il était irremplaçable, je survivais tant bien que mal. Et puis, j'ai rencontré Robert. À ce moment-là, j'ai compris qu'un cœur peut réellement « grandir ». On n'oublie jamais, docteur. J'aimerai Thorne jusqu'à mon dernier souffle. J'ai seulement fait une place à un autre homme dans ma vie.

Bouleversé par la justesse de ces propos, Derek écrasa une larme.

Jocelyn avait raison, il ne pouvait pas se contenter de survivre. Son cœur avait accueilli Evelyn, il l'aimait. À présent, il se sentait prêt à tous les sacrifices pour la garder. S'il devait quitter Wolf's Harbour, il le ferait. Il la suivrait au bout du monde plutôt que de la perdre. Et, dans l'immédiat, il devait l'empêcher de partir ! Il devait faire vite. C'était une question de minutes.

— Je vais vous abandonner, dit-il à Jocelyn. Appelez Tim si vous avez besoin de quelque chose. Et merci.

— De rien. Bonne chance. Dites à Evelyn que je suis désolée…

Il quitta la pièce comme un possédé. Sitôt dehors, il courut vers sa voiture garée un peu plus loin. Mais au bout de vingt mètres il s'arrêta net.

Evelyn était en train de descendre du taxi de son oncle !

Elle traversa la rue pour venir le rejoindre. Quand il captura sa main, il sentit ses doigts trembler sous les siens.

— Qu'est-ce que tu fais ici ? demanda-t-il, chaviré.

— Je n'ai pas eu la force de partir. Je me suis beaucoup reproché d'avoir perdu ma famille, mais…

— Tu t'es punie injustement, acheva-t-il.

— C'est vrai.

— Rien de tout ça n'était ta faute. J'en ai discuté avec Jocelyn. Elle ne pensait pas un mot de ce qu'elle t'a dit. Elle est désolée pour toi.

— Vraiment ?

— Oui. Tu étais une enfant, Evelyn ! C'est un camion qui a tué ton père, pas toi.

Elle opina, l'air grave.

— Avec le temps, je m'étais endurcie. Je refusais de m'attacher pour ne pas souffrir. Je pensais que ce serait plus simple, mais j'avais tort. Je t'aime, Derek, et j'adore Mo. À cause de cet horrible sentiment de culpabilité, je me trouvais indigne de vous. J'avais peur de gâcher votre vie alors que, en fait, j'empoisonnais surtout la mienne. Mais j'ai changé grâce à toi.

Bouleversé, il emprisonna son visage entre ses mains et l'embrassa. Ils demeurèrent un long moment enlacés, puisant réconfort et apaisement dans cette étreinte.

— Je t'aime aussi, chuchota-t-il.

Elle lui sourit à travers ses larmes.

— C'est vrai ?

— Comment peux-tu en douter ? Je t'aime depuis la première minute ! Tu as trouvé le chemin de mon cœur. Tu m'as ramené à la vie après un long sommeil.

— Et moi, j'ai l'impression de renaître grâce à toi…

— Je ne veux pas te perdre, Evelyn. S'il le faut, on s'installera à Seattle.

— À Seattle ?

— C'est bien là que tu devais aller, non ?

Elle l'embrassa sur le nez.

— Changement de programme, on n'ira nulle part. Je suis revenue, je reste ! À condition que tu aies du travail pour moi, bien sûr…

Ivre de joie, il la fit tournoyer sur place.

— Je t'aime, Evelyn Saunders, je t'aime ! Avant toi, j'étais perdu. Tu as redonné un sens à ma vie.

Main dans la main, ils prirent la direction du cabinet, là où tout avait commencé. Un endroit qui, désormais, serait toujours synonyme de vie et d'espoir. Le symbole de l'avenir qui s'ouvrait devant eux.

Épilogue

Un an plus tard

Evelyn aplatit en souriant une main sur son ventre.

D'ici peu, elle serait en congé de maternité, mais elle avait déjà trouvé son remplaçant. Il était hors de question que le service s'arrête !

En un an, il s'était passé beaucoup de choses à Wolf's Harbour. Peu après qu'elle avait accepté un poste d'obstétricienne titulaire, l'État d'Alaska avait débloqué des fonds, et la construction avait pu démarrer. En contrepartie, elle donnait une semaine de cours à Juneau de temps à autre. Elle avait volontiers souscrit à cet échange de bons procédés.

Le chantier de l'hôpital de Wolf's Harbour avançait à grands pas. Tim était devenu associé au cabinet, à la grande satisfaction de Derek, et le recrutement du personnel pour le futur hôpital s'achevait. Si tout allait bien, l'inauguration aurait lieu d'ici un mois.

— Que regardes-tu comme ça ? demanda Derek, posté à côté d'elle.

— Le panneau « H » est de travers.

— Hum. À mon avis, ton gros ventre déforme ta vision. Il est parfaitement droit.

— Dis donc, vilain !

Il éclata de rire.

Elle secoua la tête et fit demi-tour vers le centre-ville.

— C'est l'heure d'aller chercher Mo, rappela-t-elle.

Derek lui prit la main, l'embrassa et entremêla ses doigts aux siens. Puis ils descendirent lentement vers l'école.

— Janet a presque fini les entretiens d'embauche des infirmières sur Skype, déclara Derek.

— Dans deux ans, Martha pourra peut-être intégrer l'équipe. Elle a réussi ses examens de première année.

— Je me demande comment elle y arrive, avec ce petit diable de Sarah. Je n'ai jamais vu une puce aussi turbulente. Elle marchait à neuf mois, et à dix je lui posais déjà des points de suture !

— Jocelyn l'aide beaucoup. Depuis qu'elle garde la petite, elle dit qu'elle a retrouvé une deuxième jeunesse. En tout cas, c'est chouette d'avoir des bébés à Wolf's Harbour.

Derek secoua la tête en souriant.

— J'espère juste que les camarades de Joe III ne se moqueront pas de son nom…

— Que veux-tu, dans la famille, on est à cheval sur les traditions !

— Tout dépend lesquelles… Katlian n'a pas eu l'air ravie le jour où je lui ai demandé ta main.

— Arrête, elle t'aime beaucoup ! En plus, elle adore Mo.

— C'est réciproque.

— Léelk'w a toujours été très « famille ». Elle est enchantée pour nous.

Derek se pencha pour l'embrasser dans le cou.

— J'admets qu'elle est plus gentille avec moi depuis quelque temps.

Ils étaient arrivés devant la grille de l'école. La cloche sonna et, trois minutes plus tard, un groupe de bambins sortit en courant, parmi lesquels Mo, aisément reconnaissable avec son sac à dos violet.

— Papa ! Evie ! Bébé !

La fillette embrassa le ventre d'Evelyn, qui lui caressa les cheveux, attendrie.

Mo était ravie, et pas du tout jalouse à l'idée d'avoir un

petit frère. Cela se produirait peut-être mais, à ce moment-là, on aviserait.

— As-tu passé une bonne journée, trésor ? demanda Derek.

— Une super journée, et j'ai tout mangé à la cantine. Dis, on peut aller goûter chez Sally ?

— C'est faisable, répondit-il d'un ton indulgent.

— Chouette ! Je vais prendre une glace.

— Ah non, Mo ! Pas de glace avant le repas du soir.

— J'en mangerais bien une, moi, intervint Evelyn. Si je m'écoutais, j'en mangerais toute la journée.

Derek secoua la tête d'un air résigné.

— Vous avez gagné, les filles. Comme toujours…

— Oui ! s'écria Mo en levant le poing en l'air. Victoire !

— Qui t'a montré ce geste ? demanda Evelyn, amusée.

— C'est Léelk'w.

— Évidemment, grommela Derek. Pourquoi ne suis-je pas surpris ?

— Allez, on se dépêche ! s'exclama Mo.

Elle partit en courant sur le trottoir, suivie de près par Derek.

Ralentie, Evelyn avança plus lentement sans les quitter des yeux.

Le bébé faisait beaucoup de cabrioles, ces temps-ci. À croire qu'elle allait mettre au monde un sportif. Comment allaient-ils l'appeler ?

Certainement pas Joe IV mais, excepté ce prénom rédhibitoire, toutes les options restaient ouvertes. Pourquoi pas Thorne, ou Derek junior ?

Enfin, ils avaient le temps d'y penser. Depuis quelques mois, elle ne planifiait plus les choses comme avant. Elle savourait la vie au quotidien, entourée de *ses* familles, l'ancienne et la nouvelle. Elle avait enfin trouvé sa place, et cette fois pour toujours.

1.

— Liv, auriez-vous une minute à m'accorder ?

Elle hésita, prête à dire non, mais Ben n'était pas homme à perdre son temps et s'il voulait lui parler…

— S'il s'agit bien d'une minute seulement ? Je dois bientôt aller m'occuper d'une maman.

— Promis, ce ne sera pas long. Pouvons-nous aller dans mon bureau ?

— S'agit-il de Jen ? demanda-t-elle alors que Ben refermait la porte.

— D'une certaine façon. Avez-vous appris qu'elle avait un cancer ?

— Oui, Simon me l'a dit hier. J'étais sous le choc. Cela semble si injuste ! Il m'a dit aussi qu'ils allaient déménager pour se rapprocher de leurs familles et se faire aider pour les enfants pendant que Jen suivra son traitement. Bon, alors, que voudriez-vous que je fasse ?

Elle pensait à un envoi de fleurs, un cadeau, quelque chose pour les enfants…

— Rien, mais ce que j'ai l'intention de faire vous concerne aussi, répondit Ben. Hier, c'était la dernière journée de travail de Simon ici, et il n'a pas fixé de date pour la fin de son congé. Aussi avons-nous besoin de lui trouver un remplaçant, et j'aimerais en parler à Nick.

— Nick ?

Jamais elle n'aurait pensé que Ben citerait le nom de son ex-mari. Rien qu'en l'entendant, elle avait le cœur qui battait plus vite. Par ailleurs, il n'était pas officiellement son ex car elle n'avait jamais été vraiment capable d'aller jusqu'au bout…

— Vous êtes encore en contact ? demanda-t-elle.

Il hocha la tête.

— Oui. On se parle assez souvent au téléphone. Il demande toujours de vos nouvelles, ajouta-t-il gentiment.

Elle sentit son cœur faire une embardée.

— Vraiment ? Comment va-t-il ?

— Il va bien. Il travaille beaucoup.

Il marqua une hésitation avant de continuer.

— Je sais que cela ne me regarde pas, Liv, mais j'ai vraiment été désolé lorsque j'ai su que vous vous sépariez.

Sentant venir les larmes, elle détourna le regard.

— Moi aussi, mais nous avions des problèmes.

Son amour pour Nick avait laissé place à ce vide horrible et douloureux…

— Je sais, dit Ben. Je voyais bien que quelque chose n'allait pas, aussi je n'ai pas été surpris, mais seulement très triste pour vous deux. Écoutez, ne vous inquiétez pas. Je vais essayer de trouver quelqu'un d'autre. Si j'ai pensé à lui, c'est parce qu'il serait parfait pour ce poste, mais je ne veux pas rendre les choses difficiles pour vous. Ni pour lui, d'ailleurs.

L'effet de choc avait maintenant disparu, balayé par un flot d'émotions diverses qu'elle avait du mal à identifier. Du désir ? De la peur ? Les deux, peut-être.

— De toute façon, je ne comprends pas comment il pourrait prendre ce poste, répliqua-t-elle. N'a-t-il pas déjà un travail ?

Sûrement. C'était lui qui payait les traites de leur maison.

— Plus maintenant, pour autant que je sache. Le remplacement qu'il effectuait va prendre fin, et je n'ai pas entendu dire qu'il avait trouvé quelque chose d'autre. C'est pourquoi je voulais lui faire cette offre pendant qu'il était encore disponible, mais c'est probablement déjà trop tard.

Nick faisait un *remplacement* ? Il était consultant au Yoxburgh Park Hospital quelques mois avant qu'ils ne se séparent. Comment se retrouvait-il maintenant simple remplaçant ? Cela ne faisait qu'un an qu'il était parti. Peut-être s'était-il passé quelque chose qui avait nui à sa carrière.

— Pouvez-vous me laisser le temps d'y réfléchir avant que vous ne lui proposiez ce poste, Ben ? J'avoue que je ne m'attendais pas à ça et j'ai du mal à y voir clair.

— Je comprends. Et peut-être aimeriez-vous en parler d'abord avec lui.

C'était hors de question. Elle ne lui avait plus adressé la parole depuis ce jour affreux qu'elle ne cessait de regretter.

— Non, c'est inutile. Combien de temps me laissez-vous ?

— La matinée ? Je reconnais que c'est peu, mais si vous pensez pouvoir accepter la situation je ne voudrais pas trop tarder à lui faire cette offre. Ce poste serait parfait pour lui. Beaucoup d'obstétrique, mais aussi du travail avec la clinique de fertilité. C'est pour ça que j'ai pensé à lui.

De surprise, elle resta bouche bée. Elle n'imaginait pas Nick travaillant dans une clinique de fertilité ! C'était pour elle le comble de l'ironie. Mais, bien sûr, le poste de Simon consistait aussi à prendre en charge cette spécialité.

— J'ignorais qu'il s'y connaissait en matière d'infertilité.

Sauf pour celle qui les concernait, eux, mais elle n'allait pas le dire à Ben.

— Oui, c'est l'une des raisons pour lesquelles nous avons envie de le recruter. C'est un excellent obstétricien, bien sûr, mais, par ailleurs, depuis le mois de mai dernier, il dirige la clinique de fertilité de son hôpital. Seulement, il se trouve qu'elle va fermer d'un jour à l'autre.

Elle sentit son cœur battre si rapidement qu'elle crut qu'il allait exploser. Comment Nick avait-il pu prendre un tel poste ? Pourquoi avait-il choisi de se punir de cette façon ? *À moins qu'il n'ait pas eu le choix.* L'avait-il fait juste pour gagner sa vie ? En songeant aux traites de la maison, elle éprouva un terrible sentiment de culpabilité.

— Je ne savais pas, dit-elle.

Elle resta un moment silencieuse, puis prit une profonde inspiration avant d'annoncer une décision qu'elle espérait n'avoir jamais à regretter.

— Parlez-lui, Ben. Demandez-lui si votre proposition l'intéresse. Si c'est le cas, eh bien, je suis sûre que nous pouvons, lui et moi, nous comporter en gens civilisés.

— Vous êtes sûre ? C'est une grave décision pour vous.

— Mais ce n'est pas vraiment à moi de décider. Cela vous concerne, et lui aussi. S'il est l'homme idéal pour occuper ce poste, qui suis-je pour y faire obstacle ? De toute façon, il ne s'agit pas d'un emploi permanent. Demandez-lui, Ben. Mais tenez-moi au courant, d'accord ? Je ne veux pas de surprise.

— Bien sûr.

Il ouvrit la porte et regarda Liv d'un air pensif.

— Merci, Liv. J'apprécie vraiment. Je sais que ça ne doit pas être facile pour vous.

Le savait-il vraiment ? Dans quelle mesure était-il au courant du pourquoi et du comment de leur séparation ? Nick lui en avait-il parlé ? Sûrement pas. S'il y avait une chose que leur mariage lui avait apprise, c'était que Nick ne parlait jamais de ses sentiments. Pas à elle, et certainement pas à son patron.

Elle parvint à sourire.

— Ne me remerciez pas. Faites-moi juste savoir quelle aura été sa réaction.

— Promis.

— Nick ? C'est Ben Walker. Pouvons-nous discuter ? Je voudrais vous demander quelque chose.

— Oui, bien sûr. Que voudriez-vous savoir ?

— En fait, je voudrais juste vous engager chez nous. Je sais que votre clinique va bientôt fermer, et nous avons besoin ici d'un consultant à plein temps pour faire un remplacement dans le service d'obstétrique et de gynécologie, une partie du travail concernant aussi la clinique de fertilité. J'ai pensé que ce poste vous irait comme un gant, à moins que vous n'ayez déjà trouvé un autre job ailleurs ?

Ben lui demandait de revenir ? Alors que Liv était encore en poste là-bas ? Du moins le supposait-il. S'il en était autrement, à coup sûr Ben le lui aurait dit. Serait-il amené à travailler avec elle ?

Sentant son cœur s'emballer, il inspira à fond, essayant de faire fonctionner son cerveau plutôt que de se laisser dominer par une montée d'adrénaline.

— Qui doit être remplacé ? On dirait qu'il s'agit du poste de Simon.

— C'est bien lui, en effet. Sa femme est atteinte d'un cancer, et il prend un congé pour pouvoir rester auprès d'elle. Ils retournent dans leur ville d'origine afin que leurs parents les aident à s'occuper des enfants.

— Oh ! non, c'est horrible ! Pauvre Jen. Je les plains tous, et je vous plains aussi, car évidemment cela vous met dans l'embarras, mais je ne suis pas sûr d'être l'homme qu'il vous faut. Liv sait-elle que vous me faites cette proposition ?

— Oui. C'est à elle que j'en ai parlé en premier. Elle a dit qu'elle pensait que vous pourriez vous comporter tous les deux en gens civilisés.

Civilisés ? Ce n'était pas le mot qu'il aurait choisi pour décrire la situation.

Celle-ci s'apparentait plutôt à un champ de mines.

Ou était-ce l'occasion de jeter un pont entre eux ? Il en savait tellement plus maintenant qu'à l'époque. Mais la douleur était toujours là, et ce n'était pas une masse de connaissances qui pouvait la faire disparaître.

Serait-il capable de faire face ? Cela dit, ils ne travailleraient pas ensemble et, de toute façon, il s'agissait d'un remplacement. Le job serait temporaire. Ils pourraient s'éviter si c'était nécessaire, mais se fréquenter leur donnait aussi une chance…

— Alors, vous êtes libre ? demanda Ben.

— Oui, officiellement. Je n'ai rien de prévu ailleurs et je vois mes dernières patientes aujourd'hui. Mais j'avais songé à m'accorder une pause. Quand voudriez-vous que je commence ?

Ben se mit à rire.

— Demain ? Non, je plaisante ! Mais… Le plus tôt possible, en fait. Nous pouvons nous débrouiller quelques jours, mais ensuite cela va devenir vraiment difficile. On dirait qu'en ce moment toutes les femmes du Suffolk tombent enceintes ou essayent de l'être.

Nick sentit son cœur se serrer. Pas toutes les femmes. Pas sa Liv…

— Pourquoi ne viendriez-vous pas ici pour que nous parlions de tout ça ? poursuivit Ben. Voir comment vous vous sentez…

Comment se sentait-il ? Il n'en avait aucune idée. Déstabilisé ? Inquiet à l'idée de revoir Liv ? Effrayé de découvrir qu'elle était heureuse sans lui alors qu'il se sentait encore misérable et très seul ? Mais, si elle était heureuse, il aurait la confirmation qu'il avait eu raison de partir sans discuter. Peut-être avait-il besoin de le savoir pour avancer dans la vie ?

Rien ne l'empêchait vraiment d'accepter l'offre de Ben. Lorsque la clinique fermerait à 17 heures, cet après-midi, il se retrouverait au chômage. Il avait prévu de prendre des vacances, mais il n'avait encore rien organisé, et voilà que Ben lui donnait l'occasion de retourner à Yoxburgh.

Yoxburgh. Liv.

Ils avaient été si heureux, au début, dans cette jolie ville côtière, mais les choses avaient viré au cauchemar et les seuls souvenirs qu'il en gardait aujourd'hui étaient affreusement tristes. Avait-il vraiment envie de retourner là-bas ?

Il avait opéré des changements dans sa vie, essayé d'avancer, mais, bien qu'il ait modifié son régime alimentaire et son style de vie de façon radicale, son cœur était resté le même. Il avait simplement refoulé tout au fond de lui-même sa souffrance, l'enfouissant sous une masse écrasante de travail et des heures de course à pied dans le parc de la ville. S'il retournait à Yoxburgh, ne risquait-il pas de raviver une plaie qui n'était pas encore complètement cicatrisée ? Était-ce ce qu'il voulait réellement ? Non, bien sûr. Mais peut-être était-ce là la réponse d'un lâche ?

Ben avait besoin de lui. Comme il n'avait aucun engagement ni contrainte d'aucune sorte, rien ne l'empêchait d'aller là-bas, hormis le fait que Liv y était. Mais était-ce une raison suffisante pour renoncer à ce poste ?

Même si ce champ de mines lui faisait peur, même s'ils ne s'étaient pas parlé depuis plus d'un an, même s'il était conscient que c'était imprudent, stupide et hasardeux, il réalisait qu'il brûlait d'envie de la revoir.

Il avait *besoin* de la revoir.

Il était grand temps qu'ils aient la conversation qu'il avait toujours esquivée depuis leur séparation. Une conversation qu'il lui devait, tout comme elle devait lui expliquer pourquoi, alors qu'ils étaient séparés depuis plus d'un an, elle n'avait pas encore déclenché la procédure de divorce…

Il prit soudain sa décision.

— Eh bien, c'est d'accord. Je ne peux pas demain, mais pourquoi pas vendredi ? Cela me laisse une journée pour faire mes bagages, et, si je peux tout régler avec votre DRH vendredi matin, rien ne m'empêchera de commencer à travailler le jour même. Ainsi, vous n'aurez que la journée de demain qui sera un peu difficile à gérer pour vous, et moi, j'aurai tout le week-end pour me trouver un logement.

— Merci, Nick. Je ne peux vous dire à quel point je vous suis reconnaissant. Et ne vous souciez pas de trouver un logement, vous pourrez habiter chez nous aussi longtemps que vous voudrez. Daisy sera ravie de vous avoir à la maison. Venez, quand vous arriverez à l'hôpital, on me préviendra de votre arrivée.

— Oui, merci. À bientôt, alors.

Il coupa la communication, glissa son téléphone portable dans sa poche et jeta un regard distrait autour de lui.

Il allait retourner là-bas.

Il n'était pas certain d'être prêt à revoir Liv, car il avait le cœur aussi déchiré que le jour où elle l'avait jeté dehors. Ce retour allait être dur. Très dur, même. Mais il pourrait peut-être profiter de cette occasion pour découvrir si elle était heureuse sans lui parce que, pour sa part, il n'était pas heureux sans elle…

Quelqu'un frappa à la porte, et une infirmière passa la tête dans l'entrebâillement.

— Monsieur Jarvis ? M. et Mme Lyons attendent que vous les receviez.

Il hocha la tête et se leva de sa chaise.

— Faites-les entrer, je vous prie.

Il allait arriver aujourd'hui.

Il occuperait le poste de Simon, du moins provisoirement. Elle ne savait toujours pas l'effet que cela lui faisait. Elle se sentait l'esprit confus. Nerveuse, aussi, et pleine d'appréhension.

Ayant trouvé une place au parking du personnel, elle sortit de sa voiture et se dirigea vers la maternité avec l'impression de fonctionner en pilotage automatique.

Alors qu'elle s'apprêtait à traverser la rue, elle vit une voiture arriver. La voiture de Nick.

Elle la reconnut immédiatement, et son cœur se mit à cogner dans sa poitrine tandis que Nick ralentissait. Dans l'intention de lui parler ?

Un instant, elle crut qu'il allait s'arrêter, mais il lui fit un signe de la main et continua sa route. Elle descendit alors du trottoir comme dans un rêve.

Elle haletait presque, les lèvres sèches, comme si elle venait de courir. Ridicule ! Il était simplement un médecin qui était ici pour faire son job, et elle, une sage-femme venue faire le sien. Le fait qu'ils étaient toujours mariés n'entrait pas en ligne de compte. Ils pouvaient gérer cette situation.

Il lui restait juste à trouver comment.

Nick gara sa voiture et resta un moment assis derrière le volant, attendant que son cœur batte moins vite.

Il savait que le fait de la revoir lui ferait un effet bizarre, mais il ne s'était pas attendu à ce coup de tonnerre qui l'avait terrassé lorsque leurs regards s'étaient croisés. Il avait eu l'impression de recevoir un coup de poing en pleine poitrine, et il en avait encore le souffle coupé.

La mâchoire crispée, il prit les documents destinés au service des ressources humaines, et quitta sa voiture en suivant Liv qui se dirigeait vers la maternité de l'hôpital.

Pourquoi donc avait-il dit oui ? Il aurait pu refuser l'offre de Ben. Cela lui aurait évité de la revoir et de rouvrir la blessure laissée par la fin brutale de leur mariage.

À vrai dire, il n'avait pas été très difficile de la rouvrir car, un an après, cette blessure n'était pas encore cicatrisée. Quoi qu'il en soit, il était là, maintenant, et il devrait faire face à la situation. Par ailleurs, Liv avait besoin de savoir la vérité. Tous les deux en avaient besoin, et peut-être cela les aiderait-il à avancer.

— Bonjour, tout le monde !

— Oh ! Liv, je suis si contente que vous soyez là. Pouvez-vous nous rendre un grand service ? Je voudrais que vous vous chargiez de la consultation prénatale ce matin. Jan a téléphoné pour dire qu'elle était malade, et vous êtes la seule à ne pas être encore prise par un accouchement.

Liv sourit à sa chef de service.

— J'y vais tout de suite.

Elle était ravie de pouvoir s'échapper, évitant ainsi tout risque de se retrouver face à Nick.

Elle avait la matinée pour se raisonner et, lorsque Nick prendrait son poste, elle aurait retrouvé le contrôle d'elle-même. C'était là un plan excellent. Sauf qu'il ne put se réaliser.

Lorsqu'elle arriva à la consultation prénatale, la réceptionniste l'accueillit avec un sourire de soulagement.

— C'est le ciel qui vous envoie, Liv. Nous avons pris du retard parce que le médecin qui remplace M. Bailey est encore chez le DRH. Alors, si vous pouviez commencer à vous occuper des patientes, ce serait formidable.

Il s'agissait donc de la consultation de *Simon* ? Ce qui

signifiait qu'elle allait travailler avec Nick toute la matinée, avant même d'avoir eu le temps de mettre en place son système de défense. Génial… Les mains tremblantes, elle s'empara de quelques fiches et parvint à sourire.

— Pas de problème, je m'en charge.

Elle s'avança dans la salle d'attente, consulta sa première fiche et jeta un regard circulaire dans la pièce.

— Judy Richards ?

— Nick ! Bienvenue chez nous !

Il reconnut Jane, la secrétaire de Ben et de Simon. Une femme à la fois très maternelle et d'une efficacité redoutable.

— Salut, Jane, c'est bon de vous revoir. Comment allez-vous ?

— Bien. Je vous attendais. Le service des ressources humaines a dit que vous alliez vous mettre au travail sans tarder. Ils ont trouvé que vous étiez très bien organisé.

Il éclata de rire.

— Il se trouve que j'avais un dossier tout prêt, avec tous les documents nécessaires, parce que je savais que j'allais en avoir bientôt besoin. Mais n'allez pas vous imaginer que je fonctionne toujours ainsi ! Je hais la paperasse.

Elle eut un sourire entendu.

— Je ne l'ai pas oublié. Ne vous inquiétez pas, je veillerai à ce que vous fassiez tout ce que vous aurez à faire.

— Êtes-vous capable de deviner mes pensées ?

— Oui, quand il le faut, dit-elle en riant. C'est mon rôle ici.

— Parfait. J'ai besoin de connaître le mode de fonctionnement du service. Ben a parlé d'une consultation, et j'ai une liste de patientes à voir cet après-midi.

— Je vous ai imprimé votre programme. En tête de liste, il y a la consultation prénatale, comme vous le savez, et les externes à 14 heures. Vous aurez donc juste le temps, une fois celles-ci terminées, de recevoir vos patientes avant de vous rendre au bloc opératoire. Vous trouverez les dossiers dans la salle.

— Jane, vous êtes exceptionnelle !

Cette consultation prénatale le mettait à l'abri d'une nouvelle rencontre avec Liv puisqu'elle était affectée à l'unité de sages-femmes indépendantes. L'avoir croisée ce matin l'avait perturbé plus qu'il ne l'aurait cru.

Oui, cette consultation était exactement ce qu'il lui fallait.

— Liv…

Elle se tenait dans le couloir désert, une pile de dossiers sous le bras, lorsqu'elle l'entendit prononcer son nom. Elle se tourna lentement vers lui et croisa son regard.

Angoisse, amour, regret… puis, plus rien, comme s'il avait réussi à se ressaisir et à se réfugier derrière sa carapace, un expert en la matière durant la dernière année de leur mariage. Mais, cette fois, il s'était montré trop lent et la réaction qu'il avait eue était le reflet exact de la sienne.

— Salut, Nick, dit-elle d'une voix étranglée.

Il avait le visage plus mince, avec des pattes-d'oie plus marquées, mais un front moins ridé. Parce qu'il était plus heureux ? Il n'en avait pas l'air, mais il ressemblait davantage au Nick d'autrefois, à l'homme dont elle était tombée amoureuse, sauf qu'il avait aujourd'hui les tempes argentées. À cause du stress ou de l'âge ? En tout cas, les quelques fils d'argent qui striaient ses cheveux noirs n'ôtaient rien à son charme, et les beaux yeux gris exerçaient toujours sur elle un pouvoir hypnotique.

— Je ne m'attendais pas à te trouver ici, dit-il.

— Je pourrais dire la même chose, mais c'est bien que tu sois là car nous avons beaucoup de travail qui nous attend. J'imagine que tu as régularisé ta situation avec le DRH ?

— Oui. J'ai un dossier que je tiens à jour. C'est pratique lorsqu'on est remplaçant.

Pourquoi n'avait-il pas pris un poste stable ?

— Et ça, qu'est-ce que c'est ? demanda-t-il en montrant les dossiers qu'elle tenait sous le bras.

— Les fiches des patientes dont j'ai pris la tension artérielle, mesuré la hauteur utérine et analysé l'urine. Elles sont prêtes à ce que tu les reçoives.

Tout en le guidant vers la salle de consultation, elle lui donna les dossiers. En les prenant, il lui frôla légèrement la main et elle crut qu'elle allait tout faire tomber, mais il les tenait déjà fermement. Il les posa sur le bureau.

— Y a-t-il quelque chose qui doive attirer plus particulièrement mon attention ? s'enquit-il.

— Oui, il s'agit de Judy Richards. Après plusieurs fausses couches, c'est sa quatrième grossesse, elle en est à trente-deux semaines, un record. Toutefois, sa hauteur utérine n'a pas changé depuis son dernier rendez-vous, la semaine dernière, et elle est inférieure à ce qu'elle devrait être. Peut-être est-ce parce que le bébé a changé de position, ou bien qu'il a cessé de se développer pour une raison ou une autre. J'ai mis son dossier sur le dessus de la pile.

Nick fronça les sourcils, l'air pensif.

— Bien. Lui a-t-on fait le test du syndrome des anti-phospholipides ?

— Oui, elle a eu un test APS après sa dernière fausse couche. Il était négatif.

— Ah ! Il vaut mieux lui faire passer un nouveau scanner avant que je la voie, si cela ne la perturbe pas trop.

— C'est déjà fait. Je savais que tu en demanderais un, alors je lui ai dit que c'était parce qu'il y avait un nouveau consultant, et elle n'a pas posé de question. Voici les résultats, ajouta-t-elle en lui tendant une tablette tactile.

— Génial… Merci.

Il étudia les résultats, puis lui rendit la tablette.

— Je vais la faire hospitaliser. Peux-tu me l'amener, s'il te plaît, pour que je l'examine et lui annonce la nouvelle ?

— Bien sûr.

Bizarrement, tout se passait bien entre eux parce que Judy Richards et son bébé avaient besoin d'eux, et ils suivaient une routine professionnelle qui leur était familière. Pour autant,

Liv ne se sentait pas détendue, mais c'était un plaisir de voir comment Nick se comportait avec Judy. D'emblée, il avait su lui inspirer confiance.

— Madame Richards, je m'appelle Nick Jarvis. Je remplace provisoirement Simon Bailey. J'ai vu votre dossier, ainsi que les résultats du scanner que vous avez eu aujourd'hui. Ils ne révèlent rien de particulier, ce qui, d'une certaine façon, est une bonne nouvelle, mais certaines questions restent sans réponse, et je n'aime pas ça. C'est pourquoi je voudrais vous faire hospitaliser afin que vous passiez d'autres tests, et qu'on examine de près votre bébé et le placenta. Je voudrais aussi qu'on teste à nouveau l'APS, c'est-à-dire le syndrome des antiphospholipides. Quelqu'un vous en a-t-il déjà parlé ?

— Oui, M. Bayley, mais il ne pensait pas que je l'avais.

— Il a sans doute raison, mais je préfère jouer la prudence et, si vous êtes d'accord, bien sûr, je vais demander qu'on vous hospitalise tout de suite. Peut-être que quelqu'un pourra vous apporter des affaires personnelles plus tard ?

— Ne puis-je rentrer chez moi pour les prendre moi-même ?

— Vous pouvez, bien sûr, mais j'aimerais faire ces tests le plus rapidement possible, or, cet après-midi, je serai au bloc opératoire. Je préférerais m'occuper de vous personnellement plutôt que de vous confier à un autre membre de mon équipe.

Il réussit à convaincre Judy qui accepta de se faire hospitaliser sur-le-champ, se montrant calme et détendue, ce qui tenait du miracle, compte tenu des complications obstétricales qu'elle avait connues par le passé.

Si seulement Nick et elle pouvaient être aussi calmes et détendus, songea Liv. Elle se sentait nerveuse et sans doute Nick l'était-il autant qu'elle.

Ils passèrent la matinée à essayer de se tenir à distance autant que possible, évitant de se regarder et en restant toujours sur un plan strictement professionnel. Liv, les nerfs à cran, s'échappa dès que la consultation prit fin.

Liv ayant raccompagné la dernière patiente, Nick referma la porte et, s'appuyant contre le mur, ferma les yeux.

Bon, ils avaient survécu, si l'on pouvait s'exprimer ainsi.

Certes, cela n'avait pas été facile, mais ils avaient réussi à accomplir leur tâche. Sauf qu'à l'époque ils travaillaient dans la joie alors qu'aujourd'hui l'atmosphère était restée tendue.

Il était donc parfaitement conscient qu'il devait faire quelque chose pour mettre fin à cette politesse glaciale et à cette distance qu'ils maintenaient entre eux. Sinon, cela ne fonctionnerait pas. Pas du tout.

S'écartant du mur, il prit les derniers dossiers qui restaient sur son bureau et quitta la pièce pour se mettre à la recherche de Liv.

— Avez-vous vu Liv ? demanda-t-il à la réceptionniste en lui remettant les dossiers.

Il s'entendit répondre qu'elle était partie déjeuner.

Ce qui voulait dire, à moins qu'elle n'ait changé ses habitudes, qu'elle se trouvait au café qui donnait sur le parc.

Bien. Il allait s'offrir, pour une fois, un bon café bien fort. Il en avait besoin pour tenir ce qui serait, à coup sûr, une conversation des plus délicates.

2.

— Je peux me joindre à toi ?

Elle aurait dû savoir qu'il la trouverait ici. Elle aurait mieux fait d'aller ailleurs.

Trop tard. Elle regarda ostensiblement deux tables laissées libres puis se tourna vers les magnifiques yeux énigmatiques qui l'observaient avec attention. Elle détourna la tête.

— S'agit-il du travail ?

— En quelque sorte.

Sans attendre d'y être invité, il posa sa tasse de café sur la table et s'assit. Il croisa de nouveau son regard, mais, cette fois elle ne chercha pas à l'éviter, car elle y avait lu… de la nervosité ? Non, cela ne ressemblait pas à Nick. Un certain malaise, peut-être. Non, pas de la part du Nick qu'elle avait connu et aimé. Mais peut-être avait-il changé. Peut-être l'avait-elle changé en l'éjectant brutalement de sa vie, mais elle s'était sentie tellement blessée…

— Liv, je comprends que ça puisse te paraître gênant, mais je crois vraiment que nous devons clarifier les choses si nous sommes appelés à travailler ensemble. À moins que ta présence à la consultation ce matin ne soit une exception ?

— Non, ce n'en était pas une. Seulement, je n'étais pas censée y être ce matin et je n'avais pas compris que tu commencerais à travailler si tôt. Je croyais que tu resterais plus longtemps dans le service des ressources humaines.

— Je vois. Lorsque Ben m'a offert ce poste, je pensais que tu étais encore dans l'unité des sages-femmes indépendantes.

— Non. J'y suis allée le temps que tu donnes ta démission, mais, après ton départ, je n'avais aucune raison d'y rester. Je suis revenue dans le service du consultant dès qu'il y a eu un poste de libre. Je travaille là depuis six mois.

Il fronça les sourcils.

— Je l'ignorais. Je suis désolé. Si je l'avais su, j'aurais parlé avec toi avant de prendre ma décision. Évidemment, j'étais conscient que nous nous verrions de temps en temps, mais ce n'est pas la même chose si nous sommes appelés à travailler ensemble. Est-ce que c'est un problème pour toi ?

Elle poussa un léger soupir.

— Tout va bien, Nick. Nous nous en sommes sortis, ce matin, et, comme je l'ai dit à Ben, je suis sûre que nous pouvons nous comporter en êtres civilisés.

— Sûrement, mais n'empêche que ce n'est pas facile.

Elle laissa échapper un petit rire désespéré.

— Quoi ? Tu t'imaginais pouvoir revenir dans ma vie après un an de séparation et que ce serait *facile* ? Sois réaliste, Nick. Nous ne sommes plus mariés, mais bien sûr que ce n'est pas facile !

Il fit une grimace à peine perceptible.

— Nous *sommes* toujours mariés… Je n'ai pas oublié pour autant que nous ne sommes plus ensemble. Mais il ne s'agit pas de ça. Nous allons devoir travailler ensemble ce qui, par le passé, ne nous a jamais posé de problème. Je ne veux pas que nous en ayons un maintenant.

— Avons-nous eu un problème aujourd'hui ?

— Concernant le travail ? Non. Mais en ce qui concerne l'ambiance, oui. Et je ne suis pas sûr de le supporter. Nous devons trouver un terrain d'entente. Nous formions une si bonne équipe, autrefois. Je voudrais nous retrouver ainsi.

— Sérieusement ? demanda-t-elle, incrédule.

— Sérieusement. Je sais bien que ce ne sera pas pareil, mais je veux alléger l'atmosphère, briser la glace, dissiper la gêne qu'il y a entre nous, pour que, la prochaine fois, nous soyons plus à l'aise.

Même pas en rêve ! Elle n'avait pas l'intention de lui faciliter les choses. Cependant, elle avait des questions à lui poser.

— Comment se fait-il que tu fasses des remplacements ? Je pensais que tu avais pris un poste de consultant quelque part.

Et probablement refait sa vie avec une autre femme. Mais elle n'en parla pas. Après tout, cela ne la regardait pas.

— Je ne voulais pas me retrouver les mains liées, répondit-il. Lorsque je suis parti d'ici, j'ai pensé aller en Nouvelle-Zélande, mais mes parents vieillissent. J'ai donc opté pour un remplacement de deux mois dans un hôpital proche de chez eux, le temps de réfléchir à ce que je voulais faire. Au bout de deux mois, on m'a proposé de prendre en charge la clinique de fertilité qui devait bientôt fermer parce que les services allaient être centralisés et que le consultant avait démissionné. J'ai accepté, j'ai reçu mes dernières patientes il y a deux jours, le jour même où Ben m'a téléphoné. Je n'avais rien d'autre en vue, alors me voilà.

— Mais pourquoi as-tu dit oui ?

— À Ben ? Parce que j'ai besoin d'avoir un travail pour pouvoir manger et avoir un toit au-dessus de ma tête.

Elle éprouva de nouveau un sentiment de culpabilité.

— Je parlais d'autre chose, Nick, mais si les traites de la maison posent un problème…

— Ce n'est pas un problème, Liv, c'est un fait, et il n'est pas question que tu te retrouves à la rue, aussi oublions. De quoi *parlais*-tu, alors ?

— Du poste que tu as pris à la clinique de fertilité. Je n'en ai pas cru mes oreilles lorsque Ben m'a dit que c'était ton job. Ce choix m'a paru si étrange, compte tenu des circonstances. Je ne comprends pas pourquoi tu as fait cela.

Il détourna un instant le regard avant de revenir vers elle.

— J'avais besoin de travailler, je te l'ai dit, et j'étais déjà dans cet hôpital, je m'y étais fait des amis. Je m'évitais aussi d'avoir à déménager. Peut-être ai-je pensé par ailleurs que cela m'aiderait à comprendre ce qui nous était arrivé.

Elle sentit son cœur faire un bond dans sa poitrine.

— Tu y es parvenu ?

Il eut un sourire triste.

— Eh bien, disons qu'il m'est apparu évident que nous n'étions pas le seul couple à avoir des problèmes. Et toi ? Qu'as-tu fait depuis mon départ ?

Cherchant à gagner du temps, elle prit sa cuiller et entreprit de recueillir la mousse de son cappuccino.

— Plus ou moins la même chose que ce que je fais aujourd'hui. À quoi t'attendais-tu ?

— À rien. Je n'avais aucune idée de ce que tu voulais faire.

Pleurer ? Oui, elle avait beaucoup pleuré après son départ, mais elle n'allait pas le lui dire, même si probablement il s'en doutait. Passer à autre chose ? Impossible, parce qu'ils n'avaient jamais pu parler de ce qui avait provoqué l'échec de leur mariage. Elle avait vécu au jour le jour, avançant dans la vie comme un automate, n'essayant même pas de trouver un sens à leur histoire car il n'y en avait pas.

— Je ne voulais rien faire de spécial, dit-elle tristement. Je voulais la paix, c'est tout. La paix, et la satisfaction de bien faire mon travail au lieu de courir constamment à l'échec…

— Tu n'as pas échoué, Liv !

Elle laissa tomber sa cuiller dans la tasse.

— Vraiment ? Alors, comment appelles-tu ça ? Mois après mois, tous nos espoirs et nos rêves se sont envolés… Et puis, comme si ce n'était pas suffisant, tu as couché avec ton ex. Pour moi, tout cela ne correspond pas exactement à l'idée que je me fais du succès.

Elle repoussa sa chaise, attrapa son sac et quitta le café pour aller marcher dans le parc.

Ne pleure pas ! Surtout, ne pleure pas…

— Liv ! Liv, attends !

Elle se retourna. Nick était juste derrière elle, le regard perdu. Elle eut soudain une envie folle de se jeter dans ses bras et de lui ouvrir son cœur.

Ne pleure pas !

— Laisse tomber, Nick, dit-elle en espérant que sa voix ne la trahirait pas.

Elle ne voulait pas qu'il voie à quel point elle était désespérée.

— Laisse tomber, répéta-t-elle. Cela ne me gêne pas de travailler avec toi, je l'ai dit à Ben. Mais il n'est pas question d'avoir des conversations intimes ni d'analyser ce qui a cloché entre nous. Nous savons bien l'un et l'autre pourquoi nous nous sommes séparés, et si, ce week-end-là, je t'avais accompagné au congrès, tu n'aurais jamais couché avec Suzanne…

— Je n'ai pas couché avec elle.

Elle le regarda fixement, abasourdie.

— Quoi ?

— Je te le dis, je n'ai pas couché avec elle.

En état de choc, elle n'arrivait plus à respirer.

— Je ne te crois pas. Tu mens !

— Non, je ne mens pas, Liv. Je ne l'ai pas touchée.

Elle fit un pas en arrière, essayant de comprendre.

— Ce n'est pas vrai. Ça ne peut pas être vrai. Sinon pourquoi l'avouer maintenant ?

— Parce que c'*est* la vérité. J'aurais dû te le dire, à l'époque.

— Mais… Tu l'avais reconnu !

— Non, Liv, j'ai juste confirmé qu'elle avait passé la nuit avec moi dans ma chambre. Tu m'avais posé la question, et j'ai dit oui parce que c'était vrai. Elle avait bien passé la nuit avec moi. Mais tu ne m'as pas demandé pourquoi, parce que, lorsque je suis rentré de ce week-end, tu avais déjà parlé à Beth et découvert le mot que Suze avait laissé dans mon sac de voyage. Tu m'avais condamné avant même que je n'aie franchi la porte de la maison. Il était inutile que je t'explique quoi que ce soit car, de toute façon, tu ne m'aurais pas cru.

Il marqua une pause avant de poursuivre d'un ton grave.

— Tu t'es imaginé que j'avais couché avec elle et je t'ai laissée le croire parce que, à cet instant, j'ai eu l'impression que tu m'offrais une porte de sortie pour mettre fin à un mariage qui nous détruisait tous les deux. Et j'en ai profité pour partir. Je suis désolé. Je n'aurais jamais dû agir ainsi. J'aurais dû te dire la vérité et t'obliger à m'écouter.

Assommée par ce qu'elle venait d'entendre, elle réprima un sanglot.

— Comment as-tu pu faire ça ? murmura-t-elle d'une voix étranglée. J'ai passé une année affreuse, convaincue que tu avais couché avec elle, que je n'étais pas assez bien pour toi, que tu ne m'aimais plus. Tu aurais dû me dire la vérité, Nick, au lieu de me laisser croire que tu avais passé la nuit à faire l'amour à…

Elle s'interrompit, incapable de prononcer le nom de cette femme.

— Tu m'as laissée rompre notre mariage parce que je croyais que tu avais couché avec cette *putain*…

Le regard de Nick se durcit.

— Ce n'est pas une putain, mais une amie, une très bonne amie qui m'a conseillé de me ressaisir, de rentrer chez moi et de sauver mon mariage.

— Eh bien, on peut dire que cela a été une réussite !

Elle passa devant lui. Comme il essayait de la retenir, elle le repoussa et poursuivit son chemin sans s'arrêter jusqu'à l'hôpital.

Nick s'en voulait d'avoir laissé la conversation s'engager sur un terrain aussi dangereux, surtout dans un lieu public et au beau milieu d'une journée de travail.

Idiot !

Il devait parler à Liv, lui expliquer pourquoi il ne l'avait pas détrompée, à l'époque. Lui en donner la *vraie* raison.

Mais pas maintenant. Cet après-midi, il commencerait par se rendre dans les salles communes afin de s'assurer que Judy Richards était bien installée, puis il rencontrerait les patientes qu'il allait opérer et étudierait leur dossier avant de se rendre au bloc opératoire. Avec un peu de chance, lorsqu'il en aurait fini, Liv aurait quitté l'hôpital.

Il irait chez elle plus tard, pour s'excuser et s'expliquer. Du moins s'il parvenait à la convaincre de l'écouter, et, vu la façon dont elle venait de réagir, rien n'était moins sûr.

Liv passa tout l'après-midi à suivre de près l'accouchement d'une femme qui allait mettre au monde son sixième enfant. Après la naissance du cinquième, elle avait eu une hémorragie, aussi cette fois-ci l'avait-on admise directement dans le service du consultant au cas où il y aurait un problème. Jusqu'à présent, tout se passait bien.

Ce qui était préférable car Liv avait le plus grand mal à se concentrer sur sa tâche.

Comment Nick avait-il pu lui faire une chose pareille ? Lui laisser croire qu'il l'avait trompée si ce n'était pas vrai ? Et pourquoi, à ce moment-là, alors qu'elle venait juste de découvrir qu'*une fois de plus* elle n'était pas enceinte, et qu'elle était particulièrement vulnérable ? Elle avait passé un an avec la conviction profonde qu'il lui avait été infidèle et maintenant elle ne savait plus quoi croire…

— J'ai envie de pousser !

— D'accord, Karen. Faites-le, doucement… C'est bien.

Mais le bébé de Karen se montra si impatient que, trois minutes plus tard, une demi-heure avant que le service de Live prenne fin, il vint au monde en criant, accueilli par son père qui le tint dans ses bras.

— C'est une fille ! s'exclama-t-il, riant et pleurant à la fois. Nous avons enfin une fille !

Il tendit l'enfant à son épouse.

Émue, Liv sentit ses yeux s'humecter tandis qu'elle faisait à Karen la piqûre d'ocytocine qui aiderait son utérus à se contracter.

Si elle avait été capable de donner un enfant à Nick, peut-être que cela lui aurait suffi à le garder près d'elle…

Elle examina rapidement la petite fille que sa mère tenait toujours dans ses bras. C'était un beau bébé au teint frais, avec un pouls stable et puissant, et qui bougeait parfaitement ses bras et ses jambes. L'enfant ne pleurait plus, à présent. Elle regardait fixement sa mère, fascinée, semblait-il, par ce premier visage qu'elle voyait.

Ce moment magnifique était de ceux que Liv ne se lassait jamais de vivre. Elle sentait sa gorge nouée par l'émotion.

— Le score Apgar est 10 à une minute, dit-elle d'une voix calme. Félicitations. Elle est magnifique.

Elle examina de nouveau le bébé quatre minutes plus tard et coupa le cordon ombilical.

— J'imagine que c'est votre première fille ?

Le père eut un petit sourire forcé.

— Oui ! Nous allons enfin pouvoir arrêter, car élever six enfants est une décision un peu folle. Mais nous voulions avoir une fille, alors nous avons décidé d'essayer une dernière fois.

— Nous le regretterons peut-être lorsqu'elle atteindra l'âge de la puberté, dit Karen en riant tandis qu'elle berçait tendrement l'enfant qui cherchait à téter.

Liv étendit sur elles une serviette chaude en recouvrant soigneusement le bébé.

— Tout se passera bien, et elle aura tous ses grands frères pour veiller sur elle, répliqua-t-elle. Elle sait ce qu'elle veut, ajouta-t-elle en voyant le bébé s'accrocher au sein de sa mère.

— Oui, et, Dieu merci, je n'ai jamais eu de problème pour allaiter chacun de mes enfants, dit Karen. Il y a tant à faire la maison que je n'aurais pas le temps de stériliser des biberons ! Ooh, je sens une contraction…

— C'est bien, Karen, c'est presque fini. Pourrez-vous pousser un peu lorsque vous serez prête ?

Liv avait parlé d'un ton calme, mais elle savait que c'était à ce moment précis, lorsque le placenta se séparait de la paroi utérine, que l'hémorragie pouvait se produire, et elle ne se sentait pas préparée à faire face à une telle situation.

Elle ne supporterait aucun autre stress, aujourd'hui. La dernière chose dont elle avait besoin, c'était de voir Nick débarquer dans la salle d'accouchement pour s'occuper de Karen.

Concentre-toi !

Il n'y eut pas d'hémorragie. Au grand soulagement de tout le monde, le placenta fut expulsé proprement et Liv constata que l'utérus se contractait de façon satisfaisante. Laissant à l'autre sage-femme le soin de remplir les documents, elle se dirigea vers le vestiaire, avec seulement une heure de retard par rapport à la fin de son service.

On était à la veille du week-end et, avec un peu de chance, elle ne devrait plus croiser le chemin de Nick aujourd'hui. Comme elle ne le reverrait pas avant lundi, elle avait deux jours pour se remettre de ses émotions.

Sauf qu'en sortant de l'ascenseur elle faillit entrer en collision avec Nick.

— Désolée…

Ils restèrent plantés l'un en face de l'autre, dans un silence gêné, tandis que les portes de l'ascenseur se refermaient derrière elle, l'empêchant de fuir.

— J'imagine que l'accouchement s'est bien passé ? demanda-t-il, brisant le silence.

— Oh… oui, tout s'est bien passé, merci. Il n'y a eu aucun problème. Comment va Judy Richards ?

— Bien. Je crois l'avoir rassurée.

Il marqua une pause, cherchant son regard.

— Dis-moi, Liv, as-tu fini ta journée ?

— Oui, et je vais rentrer chez moi, dit-elle d'un ton ferme.

— Pouvons-nous avoir une conversation ?

— Encore ? s'écria-t-elle, le cœur serré. Nick, je ne veux plus rien entendre. S'il y a une once de vérité dans ce que tu m'as dit, tu aurais dû parler à l'époque et ne pas attendre aujourd'hui pour le faire. Pour l'amour du ciel, laisse tomber. De toute façon, cela n'a plus aucune importance.

Elle passa devant lui et marcha vers la sortie, tout en sachant qu'il n'allait pas la lâcher si facilement. Elle l'entendait l'appeler tandis qu'elle se dirigeait vers le parking, mais ces appels étaient presque étouffés par le bruit des battements de son cœur.

Elle s'apprêtait à traverser la chaussée lorsqu'une main se posa sur son bras.

— Liv, je t'en prie… Donne-moi une chance de t'expliquer.

Elle avait eu une journée déjà assez difficile. Elle secoua la tête.

— Non. Je ne vais pas faire ça maintenant, Nick, juste pour te permettre de soulager ta conscience. Je t'en prie, laisse-moi tranquille.

Il la prit par les épaules.

— Liv, ce ne sera pas long, mais il y a quelque chose que je dois te dire et que tu dois entendre…

— Non ! Non, je ne veux pas !

Elle tenta de se libérer, mais il la tenait soudain plus fermement, essayant de l'attirer vers lui.

— Liv, non ! s'écria-t-il d'un ton affolé.

Elle réussit à lui échapper, mais trébucha sur le trottoir et tomba à la renverse.

Elle vit l'air horrifié de Nick, entendit le bruit d'un klaxon et s'aperçut qu'une voiture arrivait droit sur elle, l'accrochant au passage.

Sa tête heurta le sol, et tout devint noir…

Il regarda, impuissant, la voiture bousculer Liv et la faire tomber sur le sol, à quelques centimètres de la roue avant. Dans sa chute, sa tête rebondit sur le trottoir. Le gros véhicule utilitaire s'était arrêté et le conducteur en sortit d'un pas chancelant, alors que plusieurs témoins de la scène se précipitaient vers eux en criant. Mais lui n'avait d'yeux que pour Liv.

Elle gisait, immobile, telle une poupée brisée, la tête au niveau de la roue avant, les pieds à demi cachés sous le véhicule, à quelques centimètres de la roue arrière. Un bref instant, il crut, terrifié, qu'elle était morte.

Il tomba à genoux à côté d'elle et tenta de lui prendre le pouls en posant les doigts sur son cou, mais il avait le cœur qui battait si fort qu'il pouvait à peine capter les battements du sien.

— Liv ? Liv, parle-moi, pour l'amour du ciel !

Il réussit à trouver le pouls et à réagir en médecin plutôt qu'en amoureux. Il la palpa rapidement, vérifia qu'elle respirait, chercha si elle était blessée. Ses membres étaient intacts, ses pupilles normales et réactives, son souffle régulier. Pour l'instant. Mais elle était inconsciente, et il fallait en déceler la cause.

Il avait besoin d'aide, et rapidement. Les doigts tremblants, il prit son téléphone et appela directement le service des urgences.

— L'une de nos sages-femmes a été heurtée par une voiture près du parking réservé au personnel et elle a perdu connaissance. Envoyez une équipe ici, s'il vous plaît, et faites vite. Dites-leur d'apporter un collier cervical, une planche dorsale et une sangle pectorale. Dépêchez-vous !

Voyant que Liv commençait à s'agiter, il abandonna son téléphone pour lui soutenir la tête et l'immobiliser. Lorsqu'il lui toucha les cheveux, il sentit du sang se coller à ses doigts. Oh ! non…

— Du calme, Liv. Essaye de ne pas bouger. J'ai appelé les secours. Reste tranquille autant que tu peux.

— Nick ?

Elle le reconnaissait. Dieu soit loué…

— Tout va bien, Liv. Je suis là, mon amour. Ils vont bientôt arriver. Tout ira bien. Essaye juste de rester tranquille, mon cœur. Fais-le pour moi.

— J'ai mal à la tête…

— Je sais, chérie, je sais, mais ils seront bientôt là. Tiens bon, il n'y en a plus pour longtemps.

— Par ici ! cria quelqu'un.

La foule qui les entourait s'écarta pour laisser passer l'équipe de secours.

Tenant toujours la tête de Liv, il leva les yeux vers les urgentistes.

— Elle est restée inconsciente un moment et elle est blessée à la tête. Vous allez avoir besoin d'un collier cervical et d'une planche dorsale. Son score de Glasgow était d'abord de 3, il est maintenant de 14. Elle est commotionnée, souffre certainement d'une entorse cervicale et elle pourrait être blessée au bassin et à la colonne vertébrale. Vérifiez ses jambes. Je ne sais pas si elles ont été touchées.

Il avait parlé d'une voix mal assurée. Quelqu'un le remplaça pour soutenir la tête et le cou de Liv et, soudain, il se trouva, doucement mais fermement, écarté d'elle. Avec mille précautions, une autre personne fit reculer la voiture afin que l'équipe de secours accède plus facilement à la blessée. Dès que sa colonne vertébrale fut immobilisée, on la mit sur une civière, puis sur un chariot afin de l'emmener aux urgences.

Nick ramassa le sac et le manteau de Liv, et suivit le chariot en continuant de donner ses consignes d'un ton mécanique.

— Allez-y doucement, il faudra lui faire passer une tomodensitométrie de la tête et du cou, et toute une série de tests de dépistage des traumatismes.

— C'est bien, vous pouvez nous la laisser, maintenant, dit un membre de l'équipe.

— Pas question ! C'est ma femme.

Sans attendre d'y être invité, il les accompagna jusqu'à la salle de réanimation. Il ne connaissait aucune des personnes qui se pressaient autour de Liv. Soudain, une porte s'ouvrit et quelqu'un entra.

— Bon, qu'avons-nous, cette fois ? lança le nouveau venu.

Identifiant cette voix qui semblait surgir du passé, Nick se sentit soudain soulagé.

— Sam…, dit-il, ému.

Sam s'arrêta et se tourna vers lui.

— Nick ? Que fais-tu ici ?

— Ma femme vient d'être heurtée par une voiture sous mes yeux, dans le parking. Elle s'appelle Olivia. Liv… Elle est sage-femme dans cet hôpital.

— Liv est ta femme ?

Sam fronça les sourcils et se pencha vers Liv pour qu'elle puisse voir son visage sans qu'elle ait à bouger.

— Hé, Liv, c'est Sam Ryder. Vous vous souvenez de moi ? C'est vous qui avez mis au monde notre bébé, l'an dernier.

— Bien sûr que je me rappelle de vous, murmura-t-elle. Comment va votre petite fille ?

Nick laissa échapper un soupir de soulagement. Si elle se souvenait de tout cela, c'était plutôt bon signe, non ?

— Elle va bien, répondit Sam. La mère et l'enfant vont bien.

Il se tourna vers Nick.

— Que peux-tu me dire sur cet accident ? La vitesse du véhicule, l'angle de la collision, l'endroit exact où se trouvait ta femme...

Nick fit un effort pour se concentrer.

— Heu... Le véhicule ne roulait pas très vite, quinze kilomètres à l'heure tout au plus. Liv a trébuché au moment où arrivait cette grosse camionnette. Elle a été touchée sur le côté gauche et, quand elle est tombée, sa tête a heurté le trottoir. Elle a une coupure sur le côté gauche, juste derrière la tempe. Son score de Glasgow était de 3 à l'origine, puis de 14 après une brève perte de conscience...

— Qui a duré combien de temps exactement ?

— Je ne sais pas. Une minute, peut-être ? Je l'ai rapidement examinée et j'ai appelé les secours avant qu'elle revienne à elle.

— Dans sa chute, sa tête a-t-elle heurté le capot ?

— Non. En réalité, tout s'est passé à vitesse réduite, et l'aile avant l'a juste frôlée. Mais elle est tombée lourdement sur le sol et elle aura besoin d'avoir une tomodensitométrie. Sa tête saigne, elle souffre peut-être d'une fracture, et elle peut avoir une entorse cervicale. Par ailleurs, il faudra examiner de près sa colonne vertébrale...

Sam leva la main.

— D'accord, nous ferons tout cela. Pour l'instant, je te suggère d'aller boire un café pendant que nous l'examinerons.

— Je ne peux pas la quitter...

— Si, tu peux. Ne t'inquiète pas, nous te tiendrons au courant. Vérifie que nous avons bien ton numéro de téléphone.

Il se tourna vers Liv, lui prit la main et concentra toute son attention sur elle. Nick les observait, osant à peine respirer.

— Eh bien, Liv, pouvez-vous me dire où vous avez mal ? demanda Sam d'une voix douce.

— Partout.

— Bon, cela ne nous est pas très utile, dit-il en souriant. Pouvez-vous essayer d'être un peu plus précise ?

— J'ai mal à la tête.

— Et où encore ?

Il poursuivit son examen, sous l'œil attentif de Nick qui se tenait à l'écart, puis il se redressa.

— Tout va bien. Nous allons vous donner du paracétamol par voie intraveineuse et vérifier que vous n'avez aucune fracture. Ensuite, vous aurez une tomodensitométrie de la tête et du cou, d'accord ? En attendant, nous allons vous faire passer un scanner de balayage.

Nick se sentit soulagé. Sous son air désinvolte, Sam s'occupait bien de Liv. Pendant qu'il parlait, les infirmières s'étaient activées, reliant Liv à un appareil de contrôle, mettant en place l'intraveineuse, coupant ses vêtements pour que Sam puisse voir ses blessures.

Lui aussi pouvait les voir. Lorsqu'il aperçut les bleus qui marquaient la peau claire, il frissonna. Elle aurait pu mourir.

— Monsieur Jarvis ?

Une infirmière avait posé une main sur son bras et le secouait doucement pour attirer son attention.

— Si vous pouvez me fournir des renseignements sur elle, cela m'aiderait beaucoup.

— Bien sûr. Excusez-moi.

Il se força à se concentrer sur les informations qu'on lui demandait. L'identité de Liv, sa date de naissance, son adresse, le nom de son médecin généraliste…

— Parfait, merci. Vous êtes l'un de ses proches ?

— Oui, déclara-t-il d'un ton plein d'assurance.

Il ignorait pourtant si c'était encore vrai, au sens strict, car le fait d'être un ex rendait tout cela très confus…

— C'est toujours le même numéro de portable ?

— Oui.

— Ce sont ses affaires ? Voulez-vous que je m'en charge ?

Il s'aperçut qu'il tenait toujours à la main le sac et le manteau de Liv. Il les avait complètement oubliés.

— Oui, je vous remercie.

Il les lui tendit et, à cet instant, la porte derrière lui s'ouvrit de nouveau. Il se retourna et croisa le regard inquiet de Ben Walker.

— Que se passe-t-il ? On m'a dit que Liv avait été renversée par une voiture…

— Non, répliqua Nick d'une voix caverneuse. Elle a été heurtée et, dans sa chute, elle s'est blessée à la tête.

Ben fronça les sourcils, échangea quelques mots avec Sam, puis il se pencha vers Liv.

— Salut, Liv. Puis-je faire quelque chose ?

Elle marmonna une réponse qui resta inaudible pour Nick. Ben hocha la tête et, se redressant, lui pressa la main.

— Ne vous inquiétez pas, je vais veiller sur lui.

Passant un bras autour des épaules de Nick, il le fit sortir de la pièce, avec douceur mais fermeté.

3.

Ben l'entraîna hors de l'hôpital et l'emmena dans le parc qui jouxtait le bâtiment. Saisi par l'air froid de ce mois de mars, Nick avait du mal à respirer.

— Je ne me sens pas bien, dit-il, luttant contre la nausée.

Ben lui posa une main sur l'épaule.

— Venez, nous allons trouver un banc où vous pourrez vous asseoir pendant que j'irai nous chercher quelque chose à boire.

Les jambes flageolantes, il suivit Ben.

— J'ai cru qu'elle était morte, Ben. Elle allait traverser quand cette camionnette est arrivée. Alors que j'essayais de la retenir, elle m'a repoussé et a perdu l'équilibre au moment où le véhicule la heurtait.

— Elle est vivante, Nick, elle est consciente et elle parle. Sam veille sur elle. Et maintenant asseyez-vous avant de vous écrouler dans l'herbe.

Ils venaient d'arriver devant un banc. Nick s'y laissa tomber et tenta de se ressaisir. Au bout d'un moment, il croisa le regard de Ben qui l'observait d'un air pensif.

— Cela va mieux ?

— Oui. Je suis désolé.

— Il ne faut pas, dit Ben en lui donnant une tape amicale sur l'épaule. Vous êtes sous le choc, comme je le serais moi-même s'il arrivait la même chose à Daisy ou à l'un de mes enfants. Comment voulez-vous votre thé ?

— Je préférerais un café noir, sans sucre.

— Avez-vous mangé aujourd'hui ?

— Pas depuis 7 heures, ce matin. Je n'ai pas eu le temps de déjeuner.

Trop occupé à gâcher ce qui restait de sa relation avec Liv…

— Bien. Je vais vous apporter aussi quelque chose à manger. Attendez-moi ici.

Nick se sentait trop faible pour être tenté de bouger. Il était en état de choc, comme Ben l'avait dit.

Tout ce qu'il pouvait faire, c'était attendre.

Alors, c'était donc cela passer un scanner… Curieusement, elle ne se sentait pas concernée, comme si ce n'était pas elle qui était allongée là.

L'examen ne dura pas longtemps, et elle regagna le service des urgences, allongée sur le chariot, les yeux fixant le plafond. Elle connaissait bien ce trajet, mais jamais elle ne l'avait vu sous cet angle, et c'était bizarre.

Lorsqu'elle arriva dans la salle de réanimation, elle fut soulagée. Elle avait mal à la tête, et le roulement du chariot dans tous ces couloirs n'avait fait qu'empirer la douleur.

— Est-ce que ça va ? demanda Sam en lui souriant.

Elle fit un effort pour lui rendre son sourire.

— Oui, je pense. J'ai mal à la tête.

— Je veux bien le croire. Vous avez subi un gros choc, Liv, mais vous n'avez rien de cassé et il n'y a pas de signe évident d'une atteinte cérébrale. Vous vous sentirez mal en point pendant un moment, mais votre colonne vertébrale et votre bassin sont intacts. Quelqu'un va venir vous faire un brin de toilette et, après, vous pourrez quitter la salle de réanimation.

— Où sont passés mes vêtements ? Je ne me rappelle pas que quelqu'un me les a ôtés.

— Nous les avons coupés lorsque vous êtes arrivée ici, dit-il, les sourcils légèrement froncés.

— Ah ! Je n'en ai aucun souvenir. Je suppose que vous deviez le faire. Où est Nick ?

— Je ne sais pas, mais lorsque je le verrai il va me poser des questions. J'ai appris par Ben que vous étiez séparés, Nick et vous, aussi m'autorisez-vous à l'informer de votre état de santé, ou préférez-vous que je ne lui dise rien ?

— Oui… Oui, bien sûr. Si vous refusez de lui répondre, c'est moi qu'il questionnera, alors autant que vous lui parliez.

Sam se mit à rire.

— Cela lui ressemble bien, en effet. D'accord, je pars à sa recherche. Il ne doit pas être bien loin.

Nick était dans la pièce réservée aux familles des patients où Ben l'avait laissé après leur tour dans le parc.

En le voyant apparaître, Nick tenta de se lever de sa chaise, mais Sam lui mit une main sur l'épaule pour l'obliger à rester assis. C'était aussi bien ainsi. Il avait les jambes flageolantes et se sentait encore nauséeux.

Il ouvrit la bouche pour interroger Sam, mais celui-ci le devança.

— Elle va bien, Nick. Elle va se rétablir très vite.

— Elle n'a pas d'atteinte cérébrale ? s'enquit-il, au bord des larmes.

— Non, rien ne l'indique, mais nous allons le vérifier, dit Sam en s'asseyant près de lui. Les résultats de la tomodensitométrie étaient bons, les radios n'ont révélé aucune fracture, mais elle a une petite coupure sur le cuir chevelu et de nombreuses ecchymoses. On peut dire qu'elle s'en tire à bon compte. S'il se confirme qu'il n'y a pas d'atteinte cérébrale, elle devrait aller mieux dans un jour ou deux, mais elle peut être un peu commotionnée. Elle a mal à la tête, c'est pourquoi je veux la surveiller de près, mais sans doute s'agit-il d'une entorse cervicale.

— Puis-je la voir maintenant ?

— Dans un instant. J'enverrai quelqu'un te chercher dès qu'elle sera prête. Je vais la garder en observation un moment et, probablement, la faire hospitaliser pour la nuit, par prudence. Elle ne se rappelle plus qu'on lui a coupé ses vêtements, mais c'est peut-être dû simplement au choc. Je préfère malgré tout vérifier. Je ne voudrais pas passer à côté de quelque chose.

Nick essaya de sourire.

— Sois tranquille, je ne te laisserai pas faire. Je vais rester près d'elle et veiller sur elle.

— Bien. Je te ferai savoir quand elle sera prête. Au fait, la police veut parler avec toi de l'accident. Je vais aller les chercher. Ne bouge pas.

L'entretien avec la police parut durer une éternité à Nick, mais vint enfin le moment où il put aller voir Liv. Elle était couchée dans un lit dans la petite salle d'observation. Très pâle, elle semblait si fragile et si vulnérable qu'il eut le cœur déchiré. Mais cela aurait pu être tellement pire. Et, encore maintenant, il se pouvait que…

Lorsqu'il s'assit, la chaise craqua sous son poids. Liv ouvrit les yeux.

— Nick ?

Il se leva aussitôt pour s'approcher d'elle Un gros bleu marquait sa pommette.

— Oui, c'est moi, Liv. Est-ce que ça va, ou bien préfères-tu que je m'en aille ?

— Non, reste avec moi, je t'en prie.

Elle tendit une main dont il s'empara.

— Comment te sens-tu ? demanda-t-il d'un ton bourru.

Elle haussa légèrement les épaules et fit la grimace.

— J'ai mal, surtout à la tête. Sam dit que j'ai eu de la chance de ne rien me casser, mais moi, je ne me considère pas comme chanceuse d'être couchée dans ce lit.

— Mais si, crois-moi, tu as eu beaucoup de veine, dit-il d'un ton fiévreux. J'ai vu cette voiture te heurter et, un instant, j'ai cru… Ah, si je ne t'avais pas suivie…

— Ce n'est pas ta faute si j'ai trébuché au moment où elle arrivait.

— Mais si, Liv, c'est ma faute. J'aurais dû t'écouter et te laisser partir.

Il lui souleva une main pour poser un long baiser sur chacun de ses doigts.

— Puis-je faire quelque chose pour toi ?

— M'appeler un taxi ? dit-elle sur le ton de la plaisanterie. Mais je ne peux aller nulle part. Ils m'ont coupé mes vêtements.

— Ils y étaient obligés, Liv. De toute façon, avec ta chute sur le bitume, tes vêtements étaient en piteux état. Quant au taxi, il faut l'oublier. Sam m'a dit qu'il te gardait en observation cette nuit, et je trouve que c'est une bonne idée.

— Non, je ne veux pas rester ici ! gémit-elle. Il y a trop de bruit. Je veux être dans mon lit.

— D'accord, dit-il pour l'apaiser. J'en parlerai à Sam.

— Mes parents avaient l'habitude de faire ça, murmura-t-elle d'une voix éteinte. « Je demanderai à ton père », « je verrai avec ta mère ». Toutes ces tactiques destinées à faire diversion. La réponse restait toujours la même…

Elle baissa les paupières, ses longs cils noirs contrastant sur sa peau si blanche. Sa main devenant toute molle, Nick la posa sur le lit et reprit place sur sa chaise, sans quitter Liv des yeux.

Elle se dit qu'elle se rétablirait plus rapidement si seulement on la laissait dormir, mais elle savait pourquoi il en allait autrement. C'était à la fois rassurant et irritant.

Les infirmières passaient régulièrement pour lui prendre le pouls et vérifier les pupilles avec une lampe stylo. Au bout d'un moment, Nick leur dit qu'il allait se charger de toutes ces tâches, et même s'il faisait exactement les mêmes gestes qu'elles, Liv constata qu'avec lui c'était différent.

Une infirmière lui apporta une tasse de thé et, deux ou trois fois, Sam passa pour contrôler sa fiche médicale et échanger quelques mots avec Nick et elle.

Elle trouvait étrange que leur séparation l'ait plongée dans un tel désespoir qu'elle avait cru mourir, et maintenant cela lui semblait ridicule parce que en fait elle avait envie de l'avoir près d'elle.

Parce qu'elle l'aimait encore malgré son mensonge ? Peut-être même *à cause* de cela. Parce que en réalité il n'avait pas couché avec Suzanne.

Pourquoi ? Suze était une très belle femme, et lui un bel homme, et Liv était consciente que les choses n'étaient pas au beau fixe entre Nick et elle dans les mois qui avaient précédé ce fameux week-end.

Elle avait passé toute cette dernière année à se reprocher de l'avoir jeté dehors, mais lui aussi avait été d'accord pour la quitter, et leur relation s'était détériorée au fil des mois avant d'aboutir à ce point critique.

Il avait raison, ils avaient besoin de se parler, mais pas maintenant, et pas ici. Pour l'instant, tout ce qu'elle voulait, c'était rentrer chez elle.

Sam, lui, avait d'autres idées en tête. Il voulait un échantillon d'urine pour voir si le rein n'avait pas été touché.

— Je vais chercher un bassin, dit Nick.

— Il n'en est pas question ! protesta Liv. Je veux aller aux toilettes.

— Je ne crois pas que…

— Écoute, Nick, si tu ne veux pas que je marche, va me chercher un fauteuil roulant. Si tu ne le fais pas, j'irai en rampant. Je t'en prie, ne m'y oblige pas, car je le ferai, je t'assure.

Nick poussa un soupir et se leva.

— Tu es toujours aussi têtue, je vois.

Puis il sortit de la pièce.

— Vous allez quelque part ? demanda Sam en le voyant revenir en poussant un fauteuil roulant.

— Oui, il faut que ça se passe aux toilettes, apparemment.

— Eh bien, tu resteras avec elle.

— Évidemment.

— Plutôt mourir, dit Liv.

Sam éclata de rire, mais Nick fronça les sourcils et son visage se figea.

— Pouvons-nous éviter de parler de mort, s'il te plaît ? dit-il d'une voix tendue.

Liv sentit un frisson la parcourir. Si la camionnette avait roulé plus vite, elle ne serait peut-être pas ici maintenant. Qu'avait dû ressentir Nick en assistant à la scène sans pouvoir rien empêcher ? Il s'en sentait même responsable.

Pas étonnant de le voir aux petits soins pour elle. Après tout, il l'avait aimée, autrefois, et peut-être que, d'une certaine façon, il l'aimait encore. Malgré tous leurs problèmes, c'était un homme bon et il ne méritait pas la façon dont elle l'avait traité.

— Désolée, dit-elle. Si tu pouvais juste me conduire aux toilettes, s'il te plaît, pour le reste, je m'en charge.

Elle insista pour qu'il reste derrière la porte, à l'extérieur. Lorsqu'elle eut terminé, il lui prit l'échantillon d'urine et la ramena jusqu'à son lit.

— Est-ce que ça va ? demanda-t-il tandis qu'elle se laissait tomber sur ses oreillers avec un soupir de soulagement.

— Mmm… Merci. Peux-tu donner cet échantillon à Sam et lui demander quand je pourrai rentrer à la maison ?

— Vous pouvez me poser directement la question, dit Sam en entrant dans la pièce. Vous n'allez pas aimer ma réponse, ajouta-t-il avec un petit sourire forcé.

— Oh ! non, Sam, vraiment ? Je vais bien.

— Non, Liv, vous n'allez pas bien. Vous vous sentez mieux, mais vous n'êtes pas en pleine forme, et si vous souffrez d'une blessure à la tête restée pour l'instant silencieuse…

— Eh bien, j'appellerai quelqu'un.

— Mais tu n'en seras peut-être pas capable, marmonna Nick. Tu dois rester en observation toute la nuit.

— Non ! Je vais bien, Nick, et si vous ne me faites pas sortir d'ici, Sam, je signerai moi-même ma décharge.

— Liv, vraiment, je…

— Non, Nick ! Ce ne sont pas tes affaires. J'apprécie que

vous montriez tous les deux une telle sollicitude à mon égard, mais je ne veux pas rester ici. J'ai juste quelques bleus…

— Tu as perdu connaissance !

— Pendant quelques secondes seulement…

— Mais c'est grave, Liv, intervint Sam.

Elle le fusilla du regard.

— Je… Veux… Rentrer… Chez… Moi, déclara-t-elle en détachant distinctement chaque mot comme si elle s'adressait à deux simples d'esprit.

Sam la regarda, puis il regarda Nick, et tourna de nouveau les yeux vers elle.

— D'accord, dit-il. À une condition.

— Tout ce que vous voudrez, répondit-elle sans réfléchir.

— Nick restera auprès de vous.

— Non ! s'écrièrent-ils avec un bel ensemble.

Sam haussa les épaules.

— Comme vous voudrez. C'est ça ou rien.

— Je vais signer moi-même ma décharge, déclara Liv.

Nick sentit de nouveau la nausée le gagner. Liv ferait ce qu'elle disait, il le savait, car elle était incroyablement têtue. Il s'en était aperçu depuis longtemps déjà et il avait renoncé à tenter de la faire changer d'avis.

Mais là, c'était différent. C'était sa vie qui était en jeu. La sécurité de Liv était pour lui plus importante que tout, et il l'avait déjà suffisamment mise en danger aujourd'hui.

— D'accord, dit-il. Si tu veux absolument rentrer chez toi, je t'accompagnerai.

— Non, ce n'est pas nécessaire.

— C'est à prendre ou à laisser, Liv. Ou je vais là-bas avec toi, ou tu restes ici, ce qui serait le mieux.

— Ce n'est pas à toi de décider, et tu ne peux pas me…

— C'est à prendre ou à laisser, Liv…

Elle se passa une main sur le front, comme si elle essayait

de chasser son mal de tête. Finalement, elle laissa retomber son bras dans un geste de défaite.

— C'est entendu. Tu as gagné. Viens à la maison si tu penses que tu dois le faire, mais c'est parfaitement inutile et je ne suis pas contente.

— Tu es dure ! Mais au moins je n'aurai pas de reproche à me faire.

Sam leva les yeux au ciel et sourit.

— Très bien. Maintenant que tout est arrangé, je vais analyser cet échantillon d'urine et, si tout va bien, je signerai la décharge puis nous pourrons tous rentrer chez nous ce soir.

Nick vit Liv fermer les yeux en poussant un soupir.

— Je ne suis pas contente, répéta-t-elle.

Il n'allait pas discuter. Il avait remporté cette manche. Pour l'instant, cela lui suffisait.

Il était près de 22 heures lorsqu'il gara la voiture devant la maison qu'ils avaient partagée pendant trois ans.

Lorsqu'ils l'avaient achetée, quatre ans auparavant, un brillant avenir s'offrait à eux. Cette époque heureuse semblait à présent bien lointaine et il avait presque oublié à quoi cela ressemblait d'avoir un foyer.

— Tes clés ?

Elle fouilla dans son sac et les lui donna.

— La sonnerie d'alarme est enclenchée. Mon code est 0901. Maintenant, il y a aussi une serrure encastrée dans la porte.

Lorsqu'il sortit de la voiture, l'éclairage de sécurité s'alluma. Ce qui était aussi bien car il devait repérer où était le nouveau trou de serrure.

Pourquoi avait-elle fait changer cette serrure ? Pour l'empêcher d'entrer dans la maison ? Et pourquoi avoir modifié le code ? Ce n'était pas la peine. Elle aurait dû savoir qu'il n'aurait jamais violé son intimité. Peut-être aurait-il dû le faire. Obliger Liv à avoir cette conversation qu'elle lui avait refusée lorsqu'elle l'avait jeté dehors. S'il avait agi ainsi, peut-être qu'il serait encore avec elle au lieu d'errer comme une âme en peine et de vivre seul dans un minuscule logement.

Poussant un soupir, il ouvrit la porte et pénétra dans le vestibule, habité par un curieux sentiment de déjà-vu. Rien n'avait changé. C'étaient les mêmes murs blanc cassé, ornés d'une frise gris clair, le même tapis rayé dans l'escalier, la même chaise posée dans un coin, et il retrouvait même le panier de linge fraîchement repassé et plié qui attendait sur la troisième marche d'être transporté à l'étage à la prochaine occasion.

Rien n'avait changé, semblait-il, depuis le jour où Liv l'avait chassé de la maison. Le 9 janvier. Mis à part le code de la sonnerie d'alarme, songea-t-il après coup.

La gorge serrée, il prit le panier de linge et, arrivé à l'étage, il le posa par terre dans leur chambre — non, dans *sa* chambre à elle — et se hâta de redescendre pour aider Liv à sortir de la voiture.

Mais c'était trop tard.

— Liv, que fais-tu ?

Elle leva la tête, l'air agacé.

— Tu ne le vois pas ? C'est évident.

— Laisse-moi t'aider.

Le regard qu'elle lui lança l'arrêta net.

— Nick, détends-toi, je suis capable de me débrouiller. Si tu es ici, c'est uniquement parce que Sam a insisté. Je n'ai pas *besoin* que tu m'aides.

Sauf qu'à cet instant précis elle vacilla contre la voiture et laissa échapper un gémissement.

Il n'attendit pas qu'elle l'appelle à l'aide car il savait qu'elle se serait laissée tomber par terre avant d'admettre qu'elle avait besoin de lui. S'avançant vers elle, il lui prit le bras et le passa autour de son cou tandis que, de l'autre bras, il la saisissait par la taille afin de la soutenir.

— Mal à la tête ?

— Oui, mais ça va, maintenant.

Cependant, elle n'essaya pas de s'écarter de lui, ce qu'elle aurait fait si elle s'était vraiment sentie bien. Aussi l'accompagna-t-il jusqu'à la porte d'entrée en marchant lentement, puis il l'aida à franchir le seuil et la fit asseoir sur la chaise du vestibule. Elle avait les yeux fermés et les sourcils froncés.

Le bleu qu'elle avait à la pommette virait au noir. Il était maintenant plus étendu, atteignant l'œil et la limite du cuir chevelu.

Elle rouvrit les paupières et l'observa, le front plissé.

— Quoi ?

— Que veux-tu dire ?

— Tu me regardes d'un drôle d'air.

Il serra les dents, chassant de son esprit l'image horrible qui le hantait, lui faisant revivre l'instant où elle était tombée sur le sol et où sa tête avait heurté le trottoir…

— Mais non, dit-il d'un ton évasif. C'est ton imagination qui te joue des tours. Bon, que choisis-tu ? L'étage ou le rez-de-chaussée ?

Elle jeta un coup d'œil à l'escalier, comme si elle tentait d'évaluer la somme d'efforts que cela lui demanderait pour monter toutes ces marches.

— Ce ne sera pas facile, mais je crois que je dois vraiment retrouver mon lit pendant que j'en suis encore capable.

— Puis-je faire quelque chose pour t'aider ?

— Non, je vais y arriver, Nick.

Elle se débarrassa de son manteau, respira un grand coup puis attaqua l'escalier.

Il lui paraissait sans fin, mais elle s'accrochait parce qu'elle devait parvenir à atteindre le palier. Mais elle avait très mal à la tête et, à mi-chemin, elle eut un vertige qui l'obligea à s'appuyer sur Nick.

— Il ne reste plus que quelques marches, murmura-t-il.

Il était juste derrière elle, prêt à intervenir en cas de besoin. Serrant les dents, Liv gravit les dernières marches et elle fit une dernière pause sur le palier avant de gagner sa chambre.

Après avoir rabattu les couvertures, Nick la fit asseoir au bord du lit. Le front en sueur, elle poussa un soupir de soulagement.

— Est-ce que ça va ? s'enquit-il.

— Oui, ça va, mais je devrais peut-être prendre un antalgique. J'ai l'impression d'avoir un tambour dans la tête.

— Installe-toi confortablement puis j'irai te chercher un verre d'eau pour prendre tes cachets.

Pendant qu'elle ôtait ses chaussures, il releva les oreillers pour qu'elle puisse s'y appuyer.

— Oh ! ça va beaucoup mieux, soupira-t-elle en se laissant aller contre les oreillers. J'ai juste mal un peu partout, et surtout à la tête.

Nick descendit au rez-de-chaussée et revint avec un verre d'eau.

— As-tu déjà pris des médicaments, aujourd'hui ? demanda-t-il. Des antidouleurs ?

— Non, aucun, à part le paracétamol qu'on m'a administré par voie intraveineuse cet après-midi, mais il y a des heures de ça. Allez, donne-moi ces cachets, pour l'amour du ciel, et ne fais pas d'histoires.

— Je n'y songe même pas, dit-il sèchement en lui tendant le verre d'eau et les comprimés de paracétamol.

Liv les avala, but un peu d'eau et rendit le verre à Nick en poussant un soupir navré.

— Merci. Je regrette d'avoir été aussi désagréable. C'est juste que…

— N'en parlons plus, dit-il doucement. Tu veux du thé ? Du café ? Quelque chose à manger ?

— J'aimerais bien avoir une tasse de thé. Et peut-être aussi quelques toasts ? Je meurs de faim. Je ne sais pas ce qui s'est passé à l'heure du déjeuner.

Lui savait qu'il avait tout gâché, comme il l'avait fait si souvent. Il posa le verre sur la table de nuit et descendit à la cuisine où, là encore, rien ne paraissait avoir changé.

Il pouvait se croire un an en arrière, sauf qu'à l'époque il n'avait pas le cœur brisé comme aujourd'hui, depuis cet instant où Liv lui avait annoncé qu'elle demandait le divorce. Un divorce qui n'avait jamais eu lieu, il ne savait trop pourquoi.

Les mains posées sur le plan de travail, la tête penchée en

avant, il poussa un soupir. Il n'avait pas voulu se retrouver dans cette maison avec elle, mais il y avait été contraint par les circonstances et l'injonction de Sam. Et il devait admettre qu'il était la personne la plus indiquée pour remplir cette mission.

Il connaissait la maison dans ses moindres recoins, pouvait circuler dans la cuisine les yeux fermés et, surtout, il connaissait Liv suffisamment bien pour pouvoir prendre le dessus sur elle si c'était nécessaire.

Il se redressa, respira un grand coup et mit la bouilloire à chauffer.

4.

— Ben sait-il que tu n'es pas là-bas cette nuit ? demanda Liv.

Nick leva les yeux de la revue médicale qu'il feuilletait.

— Oui, je lui ai téléphoné juste avant que nous quittions l'hôpital. Il s'était fait du souci pour toi. Il m'avait invité à prendre un café et forcé à manger un diabolique et délicieux muffin au chocolat lorsque Sam m'a mis à la porte du service de réanimation, mais, ensuite, il a dû retourner travailler. Depuis, il ne cesse de me bombarder de textos, me demandant comment tu vas.

Elle rit, puis fit la grimace. Nick fronça les sourcils.

— Est-ce que ça va ?

— Les muscles de mon ventre me font mal. J'imagine que la chute que j'ai faite peut provoquer tout un tas de douleurs bizarres.

Il fronça de nouveau les sourcils, revivant sans doute le moment de l'accident, et elle regretta d'en avoir parlé.

— Tu t'es probablement crispée pour te protéger. Les analgésiques font-ils de l'effet ?

— Pas vraiment, comme tu peux le voir. Il faut que j'enlève tout ça, ajouta-t-elle en montrant la chemise d'hôpital et le pantalon d'uniforme des urgences.

— Ah ? Je trouve cette tenue assez séduisante. Le petit logo de l'hôpital imprimé sur toute la chemise s'harmonise parfaitement avec tes yeux, mais c'est toi qui décides.

— Je suis ravie que tu t'en souviennes, dit-elle sèchement. Il y a un long T-shirt rose à manches courtes dans le second tiroir de la commode, à gauche.

— Tu en as vraiment besoin ?

Elle le regarda fixement.

— Oui, parce que tu es ici et que nous ne sommes plus ensemble…, répliqua-t-elle d'un ton brusque.

Il leva les yeux au ciel.

— Mon Dieu, Liv, crois-moi, je me disais simplement que tu serais plus confortable si tu ne mettais rien. Je ne suis pas du genre à profiter de la situation.

— Ce n'est pas la question.

Elle se rappelait l'époque où il ne perdait jamais l'occasion de le faire, mais c'était autrefois, bien avant qu'elle ne le jette dehors. Elle soupira. Tant d'eau avait coulé sous tant de ponts…

— Nick, je n'ai pas envie de discuter. Peux-tu juste me donner ce T-shirt et, après, me laisser seule ? La salle de bains est juste à côté. Je peux très bien me débrouiller.

Elle secoua la tête en soupirant, regrettant son ton hargneux.

— Désolée. Je me suis mal exprimée, mais je suis trop fatiguée pour faire des manières. Je veux simplement dormir.

Levant les yeux, elle vit la tristesse peinte sur son visage.

— Tout va bien, Liv. Je comprends. Je sais que tu n'as pas envie de me voir ici, mais cela ne durera pas longtemps. Tu seras rétablie dans un jour ou deux.

Il se trompait. Elle avait très envie de l'avoir près d'elle, mais pas de cette manière. Pas parce qu'il considérait que c'était son devoir et qu'il éprouvait un sentiment de culpabilité envers elle. Elle aurait voulu qu'il soit là parce qu'il l'aimait.

Il trouva le T-shirt, le posa sur le lit et sortit de la chambre. Il n'alla pas loin, cependant, car elle entendit le palier grincer sous ses pas puis plus rien. Sans doute s'était-il assis sur la plus haute marche de l'escalier.

Elle balança ses jambes sur le côté du lit et s'assit, puis elle tenta de passer l'horrible chemise d'hôpital par-dessus sa tête, mais la douleur se réveilla. *Allez, ma fille, tiens bon !*

Parvenue à ses fins, elle enfila le T-shirt mais, lorsqu'elle se leva pour se débarrasser du pantalon d'uniforme, elle se sentit de nouveau prise de vertige.

Elle laissa échapper un petit gémissement en retombant sur le lit. La porte s'ouvrit aussitôt, et Nick apparut.

— Inutile de frapper avant d'entrer, marmonna-t-elle.

Mais il ignora sa remarque et s'accroupit devant elle, posant les mains sur ses genoux.

— Que s'est-il passé ? Un autre vertige ?

— J'ai senti ma tête tourner lorsque je me suis penchée pour ôter mon pantalon

— Cela ne m'étonne pas, tu as eu une commotion cérébrale.

Comme il la débarrassait du pantalon, il vit les ecchymoses qui marquaient ses jambes. Il ne dit rien, mais Liv savait qu'il faisait un effort pour cacher son émotion. C'était mieux ainsi, pensa-t-elle. S'il lui avait manifesté de la compassion ou montré le moindre signe d'attendrissement, elle aurait pu craquer.

Il se releva.

— Laisse-moi faire de nouveau quelques vérifications, dit-il d'un ton professionnel.

Sans doute était-ce plus facile pour lui de garder le contrôle s'il endossait son rôle de médecin. Il sortit de sa poche la lampe stylo qu'il avait empruntée à Sam et l'alluma.

— Bon, regarde-moi.

Elle obéit. Il avait de si beaux yeux. Il y avait eu une époque, pas si lointaine, où il la couvait d'un regard plein d'amour. Maintenant, l'attention qu'il lui portait était d'ordre strictement professionnel.

— Maintenant, suis des yeux la lampe stylo.

Elle s'appliqua à suivre la lumière, tout en étant consciente de cette proximité physique qui la troublait. Elle sentait la chaleur qui émanait du corps de Nick, et son odeur discrète qu'elle aurait reconnue entre mille.

Tout cela lui avait manqué, comme de se blottir contre lui, de sentir ses bras l'enlacer et d'entendre battre son cœur…

— Tes yeux vont bien. Maintenant, peux-tu me serrer les mains ?

Le test terminé, il garda ses doigts prisonniers un peu plus longtemps que nécessaire avant de les lâcher.

— Tout va bien, lança-t-il d'un ton bourru.

— Je le savais. À présent, j'ai besoin d'aller aux toilettes.

— Peux-tu te débrouiller toute seule ou as-tu besoin de mon aide ?

— Non, je me débrouillerai.

Rassemblant ses maigres forces, elle se leva et se dirigea vers la salle de bains.

— Ne t'enferme pas à clé, dit Nick au moment où elle refermait la porte derrière elle.

— Promis.

Il n'y avait pas si longtemps, ils ne se souciaient ni l'un ni l'autre de fermer la porte de la salle de bains, mais ce temps-là était révolu.

Elle sentit ses yeux la piquer. Non, elle ne devait pas pleurer ! Non, non et non.

De nouveau, elle eut un vertige, et le sanglot qu'elle avait essayé de refouler se mua en un gémissement angoissé.

Nick se rua dans la salle de bains et trouva Liv assise sur les toilettes, la main crispée sur sa bouche. Pour s'empêcher de pleurer ? En vain, car un flot de larmes ruisselait sur ses joues. Le bleu foncé des ecchymoses qui marquaient ses jambes allait bientôt virer au noir. Nick prit une profonde inspiration. Par quel miracle n'avait-elle rien eu de cassé…

— Qu'y a-t-il, mon cœur ? s'enquit-il doucement en se penchant vers elle.

— J'ai des vertiges, je n'ose pas me mettre debout et je me sens si stupide…

Sa voix se brisa. Nick lui prit la tête entre ses mains et la berça tendrement contre lui tout en lui disant qu'elle n'était pas stupide, juste blessée. Mais cet instant précieux ne dura que quelques secondes à peine. Liv se ressaisit et se leva en s'aidant de la main qu'il lui tendait.

— Merci, dit-elle en se dirigeant vers le lavabo.

Nick s'interposa.

— Non. Au lit, maintenant, dit-il d'un ton ferme en la ramenant dans la chambre. Je vais te laver les mains et, ensuite, je chercherai quelque chose pour nous restaurer. Je pense que ton étourdissement vient essentiellement d'un manque de sucre dans le sang. Qu'aimerais-tu manger ?

Elle haussa les épaules en s'asseyant sur le lit.

— Je ne crois pas avoir grand-chose. Quelques toasts me suffiraient.

— Ce n'est pas assez, ni pour toi ni pour moi. Je n'ai rien avalé de la journée, mis à part le muffin. Ne t'inquiète pas, je vais bien trouver notre bonheur dans le réfrigérateur. Tu as juste à t'installer confortablement dans ton lit, je m'occupe du reste.

Il retourna dans la salle de bains et remarqua ce qui ressemblait à du papier chiffonné posé par terre, juste à côté de la cuvette des WC. C'était l'affreuse culotte jetable que l'hôpital avait fournie à Liv. Elle qui avait l'habitude de porter de la lingerie magnifique en fines dentelles qui laissaient voir son corps…

Il jeta la culotte en papier à la poubelle, puis il fit couler de l'eau chaude dans le lavabo y ajoutant un peu de savon liquide. Ayant mouillé un gant de toilette, il revint dans la chambre et lava soigneusement les mains de Liv. La droite, d'abord, qui était intacte, puis la gauche très écorchée qui nécessita beaucoup d'attention et de douceur.

Ce qu'il venait de faire n'était pas grand-chose et, pourtant, il y trouvait une valeur symbolique. Si seulement il pouvait aussi facilement les laver tous les deux de leur tristesse et permettre qu'ils se retrouvent de nouveau ensemble…

— Merci, murmura-t-elle, le regard brillant.

Il sentit lui aussi les larmes venir.

— Merci de t'occuper de moi, ajouta-t-elle. Jamais je n'aurais pu m'en sortir sans toi et je suis désolée d'avoir été désagréable.

— Oh ! Liv… Tu n'as à t'excuser de rien avec moi.

Il lui prit les mains qu'il serra dans les siennes.

— Mais si, je te dois des excuses pour plein de choses…

— Non. Pas maintenant. Pour l'instant, tu dois te reposer, manger quelque chose et, après, dormir.

Il retourna dans la salle de bains et soupira en voyant son reflet dans la glace. Son air hagard, son regard un peu perdu, sa bouche crispée. Rien d'étonnant à cela. Elle aurait pu mourir sous les roues de cette voiture. Il s'en était fallu de peu…

Il accrocha la serviette et rinça le gant de toilette qu'il tordit si fort qu'il faillit le déchirer en deux. Puis il descendit à la cuisine.

Allongée dans son lit, elle avait dû finir par somnoler, car elle se réveilla brusquement pour découvrir que Nick était de nouveau là, près d'elle, avec cet air attentif qu'elle connaissait bien.

— Salut, dit-il d'une voix légèrement enrouée.

— Salut. J'ai dormi longtemps ?

— Dix minutes, peut-être.

— Ah ! Pas longtemps, alors. As-tu trouvé quelque chose à manger ?

Il sourit et secoua la tête.

— Pas vraiment. On ne peut pas dire que le réfrigérateur déborde de provisions. Si on commandait quelque chose à l'extérieur ?

— Excellente idée, dit-elle.

— Le restaurant chinois d'en face existe-t-il toujours ?

— Oui. Et ils livrent à domicile.

— On commande un *chow mein* spécial ?

Eh bien, si elle s'y attendait ! Il y avait plus d'un an, sinon deux, qu'elle n'avait pas goûté à ce plat composé de nouilles chinoises, de légumes et de diverses viandes.

Elle esquissa un sourire.

— Oui, s'il te plaît.

— Et des beignets à la banane ?

— C'est dégoûtant, dit-elle en essayant de ne pas céder à la tentation.

— Mais tu adores ça.

— Je les adorais, corrigea-t-elle. Je mange beaucoup plus sainement, maintenant.

— Mais tu prends encore du *chow mein*.

— Et cette remarque est faite par un homme qui n'a rien avalé de la journée à part un toast, un muffin au chocolat et du café noir. Par ailleurs, rappelle-toi, cette idée de commander quelque chose à l'extérieur est de toi, pas de moi.

Il fit la moue, mais ne dit rien. Prenant son téléphone, il chercha le numéro dans son répertoire.

— 764 329, dit Liv.

Il éclata de rire.

— Tu as toujours eu une mémoire d'éléphant pour te souvenir des détails sans importance, dit-il pour la taquiner.

Elle sentit son sourire s'effacer.

— Pas seulement des détails sans importance, répliqua-t-elle d'un ton empreint de tristesse.

Il avala sa salive et détourna le regard.

— Franchement, aujourd'hui, je suis ravi de voir que tu peux te rappeler n'importe quoi…, dit-il. Ah, bonsoir, je voudrais commander un *chow mein* spécial et un poulet *chop suey* avec un bol de riz nature, s'il vous plaît, ajouta-t-il, s'adressant à la personne qu'il avait au bout du fil.

En l'entendant passer sa commande, Liv cligna des yeux. D'habitude, il choisissait des beignets de crevettes et du riz cantonais, et il arrosait le tout d'une sauce orange douce-amère, mais peut-être n'était-elle pas la seule à s'être mise au régime. Elle l'observa, s'arrêtant à quelques changements qu'elle avait déjà notés chez lui. Il avait perdu un peu de poids, mais il semblait surtout avoir retrouvé sa forme, comme s'il pratiquait le jogging ou qu'il fréquentait les salles de sport. Il n'était plus l'homme à qui elle avait dit de s'en aller, un an auparavant.

Il prenait donc soin de lui, à présent ? Il avait raison. Il était grand temps qu'il le fasse.

— On nous livre dans dix minutes, dit-il après avoir raccroché.

— Génial… Merci. Peux-tu m'aider à arranger les oreillers ? Je voudrais m'asseoir dans mon lit pour manger.

Il l'aida à se redresser puis il modifia la position des oreillers afin qu'elle puisse avoir le dos calé. Il faisait preuve d'une grande douceur, comme s'il avait affaire à une délicate porcelaine de Chine.

— C'est mieux ? s'enquit-il.

— Oui, beaucoup mieux. Merci.

Elle s'adossa aux oreillers et plissa le front.

— Je me sens si coupable. Ben et Daisy t'attendaient chez eux et, tu la connais, elle avait sûrement préparé de bons petits plats.

— Je sais, mais Ben connaît les raisons pour lesquelles je suis ici. C'est la meilleure solution jusqu'à ce que tu ailles bien.

— Je vais bien, Nick. Je vais bien.

Il eut petit rire ironique.

— Vraiment ? Tellement bien que tu ne peux pas te lever des toilettes sans être aidée ? Et que tu ne peux pas remuer dans ton sommeil sans que la douleur te réveille ?

Il se percha sur le bord du lit et lui prit les mains.

— Liv, regarde-toi, dit-il d'une voix enrouée. Tu es couverte de bleus, ta tête résonne comme un tambour… Quand cesseras-tu de prétendre que tu vas bien ? Ne peux-tu accepter simplement mon aide ? Pour l'amour du ciel, tu aurais pu mourir…

Sa voix se brisa. Avant qu'il ne détourne le regard, elle vit dans ses yeux la peur qu'il avait eue, et la culpabilité qu'il éprouvait de l'avoir suivie alors qu'elle essayait de lui échapper.

— Nick, je ne regardais pas où j'allais. C'est ma faute, pas la tienne.

Il se leva et marcha jusqu'à la fenêtre.

— Mais si, c'est ma faute. Tout est ma faute, l'échec de notre mariage, le fait que tu m'aies jeté dehors, et cet accident, aujourd'hui…

— Arrête ! Ne dis pas de bêtises. Ce n'est pas ta faute si notre mariage a capoté. Je m'étais fermée, je ne te laissais pas m'aider. Et, si je t'avais accompagné à ce colloque au lieu de te laisser y aller seul, rien de tout cela ne serait arrivé et je ne t'aurais pas mis dehors. Tu ne peux pas t'accuser de tout, Nick. J'ai été horrible avec toi.

Il revint s'asseoir au bord du lit et lui reprit la main.

— Non, tu n'étais pas horrible, simplement malheureuse. Et moi aussi. Nous n'avons pas su nous faire aider et nous avons été pris dans une spirale destructrice. C'est souvent le destin des couples qui ont du mal à avoir un enfant. Mais mon travail m'a appris une chose, c'est qu'il ne faut pas affronter cette épreuve tout seul. Et nous, nous ne parvenions plus à communiquer.

— Pourquoi nous ? demanda-t-elle d'une voix triste.

Il haussa les épaules.

— Pourquoi les autres ? C'est la vie, Liv, et nous n'avons pas eu de chance, mais nous n'aurions pas dû laisser cela nous détruire. Nous aurions mieux fait de lutter ensemble au lieu que chacun de nous s'enferme derrière une muraille pour se protéger.

À cet instant, quelqu'un sonna à la porte. Nick descendit ouvrir, et Liv reposa sa tête sur l'oreiller.

C'était donc ce qu'ils avaient fait ? S'enfermer derrière une muraille ? Probablement. Ils avaient fait un magnifique mariage, plein d'amour, de rire et de tendresse, et petit à petit tout cela avait disparu, rongé par l'amère déception de voir qu'ils ne parvenaient pas à avoir un enfant. À chaque échec, la muraille s'élevait un peu plus haut.

Nick avait raison. Ce n'était la faute de personne. Ils n'avaient pas été capables de s'aider mutuellement et, à la fin, ils n'essayaient même plus, laissant les choses se détériorer lentement entre eux.

Une larme roula sur sa joue qu'elle balaya rapidement du revers de la main.

Nick revint dans la chambre en tenant dans les mains deux bols et deux fourchettes.

— Tiens, régale-toi, dit-il en lui donnant le *chow mein*.

Une odeur délicieuse se dégagea du plat.

— Ah, je vais n'en faire qu'une bouchée, répliqua-t-elle en souriant tandis qu'elle plongeait sa fourchette dans le bol.

— Où vas-tu dormir ?

Il jeta un coup d'œil autour de lui et haussa les épaules.

— Par terre, j'imagine.

— Nick, il y a deux autres chambres.

— Trois.

Elle détourna le regard.

— Deux. J'ai transformé la petite chambre en bureau.

Cette pièce était destinée à devenir une chambre d'enfant. Elle l'avait obsédée jusqu'au jour où elle se l'était appropriée au lieu d'attendre quelque chose qui n'arriverait jamais.

Il eut un léger froncement de sourcils.

— Il y a un bureau au rez-de-chaussée.

— Mais c'est le tien, et je voulais avoir mon propre espace.

Un endroit où elle ne serait pas constamment assaillie par des souvenirs de lui.

— Je fais un cours sur l'accouchement naturel et la gestion de la douleur durant le travail. En ce moment, j'étudie l'hypnose. De toute façon, cette pièce ne servait à rien.

Il ferma les yeux un bref instant. Lorsqu'il les rouvrit, elle vit qu'il avait le regard angoissé. — Je suis désolé, Liv, dit-il d'un ton grave. Je suis désolé que nous n'ayons jamais eu besoin de cette pièce. Je suis désolé de n'avoir pu te donner un bébé. Et je suis tellement désolé de ne pas avoir été là pour toi, désolé de m'être renfermé, désolé de t'avoir laissée me tenir à l'écart. Les choses n'auraient pas dû se passer ainsi. Pas du tout. Tout aurait dû aller à merveille.

— Oh ! Nick, arrête…

Sentant venir les larmes, elle regarda ailleurs, clignant des yeux. Ils avaient été si heureux, ils avaient tant espéré et tant rêvé, et tout cela s'était terminé de la plus horrible façon.

— Bon, écoute, pour cette nuit, tu as le choix entre ces

deux autres chambres, reprit-elle, s'efforçant de chasser ces idées noires. Ce sera toujours mieux que de dormir par terre.

— Pas si je veux garder un œil sur toi, ce qui, après tout, est la raison de ma présence ici.

— Ce n'est pas comme si tu étais loin de ma chambre et, de toute manière, je...

— Si tu me dis encore une fois que tu vas bien, je suis capable de t'étrangler. Et je ne te laisserai pas toute seule, Liv. Pour rien au monde. J'ai dit à Sam que je veillerai sur toi parce que, sinon, il ne t'aurait pas laissée quitter l'hôpital, alors, fais-moi plaisir, pour l'amour du ciel.

Elle étouffa un petit rire. Jamais elle n'avait rencontré quelqu'un de moins violent physiquement que Nick.

— Bon, si tu insistes pour rester dans cette chambre, pourquoi ne dormirais-tu pas dans ce lit ? dit-elle d'une voix tranquille.

Il resta silencieux si longtemps qu'elle crut un instant qu'il ne l'avait pas entendue. Il finit par se tourner vers elle.

— Tu me laisserais faire ça ?

— Pourquoi pas ? J'ai confiance en toi. Si ce n'était pas le cas, tu ne serais pas ici. Je serais restée à l'hôpital.

— Ce n'est pas ce que je voulais dire. Je pensais seulement que cette proximité pourrait t'être désagréable. Il y a une heure à peine, tu as insisté pour enfiler un T-shirt alors que tu pensais que je dormirais dans une autre chambre.

— Cela n'a rien à voir.

— Non ?

— Non. C'est juste que je ne voulais pas...

Elle ne savait pas comment expliquer. Elle avait eu peur de s'exhiber devant lui ? Ridicule. Il la connaissait par cœur. Alors peut-être voulait-elle seulement éviter de subir une humiliation parce qu'il avait certainement fini par perdre tout intérêt pour elle...

Il laissa échapper un soupir de lassitude.

— D'accord, Liv. Excuse-moi, je n'ai pas envie de discuter.

Bien sûr, tu veux porter quelque chose sur toi et peu importe l'endroit où je dors.

— Alors, ce sera ici, dit-elle en tapotant la place à côté d'elle. Près de moi. Juste au cas où… Tu sais…

Il fronça les sourcils.

— Ton mal de tête a empiré ?

— Non. Ce n'est pas pire qu'avant, et peut-être même a-t-il un peu diminué, mais je sais que tu ne cesserais de te lever cette nuit parce que tu te ferais du souci, alors que si tu dors à côté de moi tu auras juste à me donner un petit coup de coude et à me demander si je vais bien. Après, tu pourras te rendormir.

Il la laissa faire un brin de toilette en restant derrière la porte, puis il procéda à un rapide examen neurologique avant de l'aider à s'installer dans le lit. Après quoi, il s'allongea près d'elle, sans oser bouger de peur de lui faire mal ou de la réveiller. Il ne cessait de penser à l'accident, et les images qui tournaient en boucle dans sa tête l'empêchaient de s'endormir.

À côté de lui, Liv se montrait agitée. Il n'était pas sûr qu'elle ait trouvé le sommeil, malgré sa grande fatigue. Peut-être souffrait-elle trop ? Ou bien peut-être avait-elle froid ?

S'appuyant sur un coude, il l'observa à la faveur de la lumière tamisée qui venait du palier et s'aperçut qu'elle avait repoussé les couvertures. Elle risquait de se réveiller demain matin glacée et le corps endolori.

Il regarda l'heure sur l'écran de son téléphone. Il était presque 1 heure. Le moment était venu de faire un nouvel examen. Il se tourna vers Liv et remit les couvertures en place avant de la réveiller.

— Liv ?

— Mmm ?

— Parle-moi, mon cœur. Je dois de nouveau t'examiner.

— Je vais bien, dit-elle.

Elle paraissait plus fatiguée qu'endormie. Peut-être était-elle déjà réveillée, elle aussi.

— As-tu mal ?

— Non, pas autant qu'avant. J'ai un peu froid.

— Tu t'étais débarrassée des couvertures, mais je te les ai remises, tu vas bientôt te réchauffer.

Il prit sa lampe stylo et la braqua sur les yeux de Liv. Il vit que le gros bleu qu'elle avait sur sa pommette s'était étendu autour de l'œil. Sans réfléchir, il se pencha et frôla de ses lèvres l'ecchymose.

— Tu as vraiment un œil au beurre noir, à présent. Les voisins vont penser que je suis revenu pour me venger et te frapper.

— Tu ne m'as jamais fait de mal. Du moins physiquement.

Elle avait raison. Jamais il ne pourrait la frapper. Mais il avait laissé leur mariage s'effondrer et il savait combien elle en avait souffert. Tout comme lui, d'ailleurs. Il soupira et lui caressa doucement sa joue meurtrie.

— Veux-tu reprendre un analgésique ?

— Non, ce n'est pas la peine.

Elle marqua une hésitation.

— Sais-tu ce que je voudrais surtout ? Un câlin. Tes câlins m'ont vraiment manqué.

Une larme glissa au coin de son œil et se perdit dans ses cheveux. Nick sentit son regard se brouiller.

— Oh ! Liv…

Posant la lampe stylo sur la table de nuit, il prit Liv dans ses bras. Comme elle se blottissait contre lui, il pressa les lèvres sur son front et ferma les yeux, essayant de retenir ses larmes.

Elle n'était pas la seule à qui ces câlins avaient manqué, et le contact de son corps contre le sien éveillait en lui quelque chose de profond, quelque chose qu'il n'avait pas ressenti depuis un an, ou peut-être même deux.

— Que nous est-il arrivé, Nick ? demanda-t-elle d'une voix triste. Comment avons-nous pu aboutir à un tel gâchis ?

— Je n'en ai aucune idée. Tout ce que je sais, c'est que tu me manques terriblement.

— Tu me manques aussi. Tu étais mon meilleur ami.

Il la serra plus étroitement contre lui, la berçant contre son cœur. Elle avait frôlé la mort. Il la revoyait allongée sur le sol presque sous les roues de cette énorme voiture…

— J'ai failli te perdre aujourd'hui, Liv, murmura-t-il dans l'obscurité. Cette voiture était si proche…

Elle l'étreignit et couvrit de baisers sa joue baignée de larmes.

— Oh ! Nick, comme je regrette de t'avoir fait si peur ! Moi aussi, j'ai eu peur. J'ai cru que j'allais mourir…

— N'aie plus peur, murmura-t-il doucement en la serrant contre lui. Tu vas guérir. Mais tu as besoin de te reposer, mon amour. Il faut dormir, à présent. Je suis là.

Elle se lova contre lui en poussant un petit soupir de satisfaction. Son souffle se ralentit et devint plus profond tandis qu'elle s'endormait enfin.

Mais Nick resta longtemps éveillé, goûtant la chaleur de son corps blotti contre le sien, se demandant où tout cela allait les mener.

5.

Lorsqu'il se réveilla, le corps de Liv était lové contre le sien.

Durant la nuit, il avait vérifié à deux reprises qu'elle allait bien et, la seconde fois, elle s'était écartée de lui, roulant sur le côté. Mais ce matin elle avait la tête appuyée contre son épaule, et cela semblait si normal, si *naturel*...

Elle avait posé un bras sur son torse et lui avait passé un genou entre les cuisses. Elle était si proche de lui qu'il pouvait sentir battre son cœur.

De toute évidence, cette proximité lui faisait de l'effet à en juger par la façon dont son propre corps réagissait. Il allait devoir essayer de se dégager de cette étreinte dès que Liv ouvrirait les yeux.

Elle était toujours endormie. Le moment étant venu de procéder à une nouvelle vérification, il lui toucha la joue.

— Liv, réveille-toi.

Elle émit un drôle de petit bruit et se blottit plus étroitement contre lui. Pestant à mi-voix, il fit une nouvelle tentative.

— Liv, Liv, réveille-toi. Je dois de nouveau t'examiner.

Mais elle ne bougeait pas, poussant seulement des petits gémissements. Soudain, Nick fut pris de panique. Pourquoi ne se réveillait-elle pas ? Souffrait-elle d'une atteinte cérébrale qu'il n'avait pas su déceler ?

— Liv ! Allons, réveille-toi ! dit-il en la secouant.

Elle battit des paupières, comme surprise par la lumière du jour qui filtrait autour des rideaux voilant les fenêtres.

— Ne crie pas ! Que se passe-t-il ?

Soulagé, il inspira une grande bouffée d'air.

— Excuse-moi, je suis désolé. Tu ne te réveillais pas, alors j'ai cru…

Il se tut, incapable d'exprimer ses peurs à voix haute.

Elle se lova contre lui avec un petit soupir.

— Je vais bien, Nick. J'ai encore un peu mal partout, mais beaucoup moins à la tête. C'était juste que je dormais profondément.

Il se détendit un peu, mais pas complètement, parce que Liv avait encore ses jambes entremêlées aux siennes. Il devenait urgent qu'il s'éloigne d'elle avant qu'elle ne réalise à quel point il était sensible à sa présence.

— Bien. Je suis ravi que tu ailles mieux, mais il faut que je me lève. Je ne sens plus mon bras et je dois téléphoner à l'hôpital pour prendre des nouvelles de Judy Richards.

— Oh ! désolée, tu aurais dû me le dire.

Il eut un petit rire.

— Je viens de le faire. C'est pour ça que je voulais te réveiller.

Lui posant une main sur le torse, elle déplaça sa jambe puis se figea.

— Nick… ? murmura-t-elle en lui caressant la joue.

Ce doux contact lui parut d'un érotisme insoutenable. Il ferma les yeux.

— Désolé, oublie ça, ce n'est qu'une réaction physiologique absolument normale, déclara-t-il d'une voix enrouée. Cela ne veut rien dire…

Elle lui planta un baiser léger sur la bouche.

— Ah ! Moi qui pensais que tu étais content de me voir…

Il sut que s'il ne quittait pas rapidement ce lit il risquait de ne plus pouvoir rien contrôler.

— Très drôle…, rétorqua-t-il sèchement.

Elle rit et l'embrassa de nouveau. Incapable de s'en empêcher, il lui donna un bref baiser.

— Liv, je dois me lever.

— Je croyais que c'était déjà fait, lança-t-elle d'un ton malicieux en roulant sur le côté. C'est mieux maintenant ?

— Oui, merci.

Menteur. C'était bien pire, car il avait envie qu'elle revienne se blottir contre lui, ce qui n'avait aucune chance de se produire. Il secoua son bras avec un grognement.

— Quoi ? s'enquit-elle.

— Rien. J'ai le bras ankylosé.

— Tant qu'il ne s'agit que de ton bras, répliqua-t-elle en riant.

Un sourire crispé aux lèvres, il fit quelques pas. Il ne l'avait pas vue depuis des années d'humeur aussi taquine.

— Je vais téléphoner à l'hôpital et te préparer un thé.

Il attrapa sa chemise puis se dirigea vers la porte, agitant son bras pour rétablir la circulation.

— Ouïe ! cria-t-il tandis que le sang recommençait à circuler.

— Mauviette…

— Moi, une mauviette ? Parle pour toi ! Avec tout le cinéma que tu fais, on pourrait croire que tu as été heurtée par une voiture.

Le rire de Liv le poursuivit jusque dans l'escalier tandis qu'il descendait à la cuisine, un sourire aux lèvres.

Il téléphona à l'hôpital afin de prendre des nouvelles de Judy puis mit de l'eau à chauffer pour le thé. Lorsqu'il revint dans la chambre, il avait recouvré la maîtrise de lui-même.

Liv était dans la salle de bains. Elle réapparut alors qu'il posait la tasse de thé sur la table de nuit.

— Est-ce que ça va ? demanda-t-il.

— Oui, si l'on considère que j'ai été *heurtée* par une voiture. Je souffre beaucoup moins que je le mériterais, ajouta-t-elle avec un petit sourire forcé.

— Mais tu ne mérites pas…

Elle le fit taire en lui posant un doigt sur les lèvres.

— Merci d'avoir veillé sur moi la nuit dernière.

Il l'enlaça et posa un baiser sur ses cheveux. Cette étreinte réveilla en lui un désir qu'il eut peur de ne pouvoir refréner. Il s'écarta.

— Je l'ai fait avec plaisir, dit-il d'un ton brusque. Ton thé est sur la table de nuit. Je vais sortir mes affaires de la voiture, me doucher et me raser.

Levant la main, elle lui caressa la joue, rendue plus rugueuse par une barbe naissante.

— Dommage, j'aime bien ton look au réveil, commenta-t-elle avec un petit sourire malicieux.

Un sourire qu'il n'avait pas vu depuis très longtemps et qui lui avait tellement manqué…

— Liv, ne fais pas ça, je t'en prie. C'est déjà assez dur.

— Euh… Oui, j'avais remarqué.

Il fit un pas en arrière, sentant qu'il ne contrôlait plus rien.

— Ce n'est pas drôle, Liv. Et ce n'est pas une bonne idée. Tu es blessée, et je ne suis pas là pour cela.

Elle ouvrit de grands yeux et battit des paupières.

— Non, dit-elle en le lâchant. Non, excuse-moi. Je n'étais pas… Je ne voulais pas…

Elle ne put terminer sa phrase, peut-être parce que, tout comme lui, elle ne savait pas quoi dire, ni quelle conduite adopter dans une situation aussi gênante.

— Tout va bien. C'est juste que… je ne crois pas que…

Maintenant, c'était lui qui ne trouvait plus ses mots. Renonçant alors à prolonger la conversation, il enfila son pantalon, s'accablant de reproches.

Tout en se mordillant la lèvre inférieure, elle le regarda battre en retraite.

Il avait paru si mal à l'aise lorsqu'elle l'avait touché, comme si elle avait franchi une frontière invisible…

Elle s'était réveillée dans ses bras, si proche de lui qu'elle avait senti sa réaction qu'il considérait comme physiologique et spontanée. Autrefois, quand tout allait bien entre eux, ils en auraient profité. Mais aujourd'hui Nick avait paru embarrassé.

Ensuite, elle n'avait su que le taquiner alors qu'elle aurait voulu qu'il lui fasse l'amour.

Elle n'avait pas pensé à cela lorsqu'elle lui avait proposé de partager son lit. Toute la nuit, elle s'était lovée dans ses bras, savourant ce contact intime alors qu'elle n'en avait plus le droit.

Peut-être avait-il une autre femme dans sa vie, une femme qui, elle, y avait droit ?

Elle ressentit de l'humiliation puis une profonde douleur au point que les larmes montèrent à ses yeux. Peut-être avait-il trouvé quelqu'un à aimer, quelqu'un qui pourrait lui donner des bébés, ou simplement quelqu'un avec qui il se sentirait bien, comme ils l'avaient été avant que leur vie n'ait été envahie par les tests d'ovulation, les courbes de température et le repérage des jours de fécondité.

Mais la vie que Nick menait aujourd'hui ne la regardait plus depuis qu'elle l'avait jeté dehors sans lui permettre de s'expliquer.

— Oh ! Nick…

La tête enfouie dans les oreillers, elle songea que le comportement que Nick avait eu envers elle la nuit dernière s'expliquait par sa gentillesse. Uniquement par sa gentillesse.

Mais il avait avoué qu'elle lui manquait. Était-ce aussi par gentillesse ? Elle n'en avait pas eu l'impression car elle avait vu des larmes rouler sur ses joues. Par ailleurs, la façon dont il la tenait dans ses bras, comme si elle était la chose la plus précieuse au monde…

Elle entendit sa voix qui lui parvenait par la fenêtre de la salle de bains. À qui pouvait-il bien parler à cette heure matinale ? À Bert, probablement. Oh ! Seigneur ! Cela réveillait tant de mauvais souvenirs.

C'était sa faute. Elle aurait dû rester à l'hôpital comme Sam l'avait demandé ou, mieux encore, elle aurait dû dire à Ben de ne pas prendre contact avec Nick car alors rien ne serait arrivé.

Mais elle ne l'aurait pas revu et, d'une certaine façon, cette hypothèse lui semblait bien pire encore…

— Bonjour, Nick.

Allons bon ! Il leva les yeux et vit que leur vieux voisin était en train de tailler leur haie de rosiers. Les rosiers de Liv, corrigea-t-il aussitôt. Au lieu d'être reconnaissant à Bert de prendre soin des fleurs, il éprouva un certain agacement et aussi de la gêne d'être si peu vêtu.

— Bonjour, marmonna-t-il en ouvrant la portière de sa voiture.

Il fit la grimace car il était pieds nus et venait de marcher sur un caillou pointu.

— Alors, vous voilà revenu…, lança Bert. J'espère que ça ne vous ennuie pas si je nettoie un peu la haie. C'est la première taille de la saison, et ainsi Liv aura de belles roses.

Nick se redressait au moment où Bert s'approchait de lui, son sécateur à la main.

— Vous êtes revenu pour de bon, alors ?

— Non. Liv a eu un accident hier. Je veille sur elle pendant un jour ou deux.

— Oh ! je suis désolé de l'apprendre. J'espère qu'elle va se rétablir rapidement. C'était un accident de voiture ?

— Non, une chute. Elle n'a que quelques bleus et des écorchures.

— Pauvre Liv ! Je vais dire à Gwen de passer la voir…

— Non, Bert, vraiment, tout va bien. Elle a simplement besoin de se reposer.

— Ah ! Dites-lui que nous pensons bien à elle. Vous feriez mieux de rentrer avant d'attraper froid, vous êtes pieds nus.

— Oui, c'est vrai.

Ayant sorti son sac de voyage de la voiture, il regagna la maison tandis que Bert recommençait à jouer du sécateur et, à l'étage, il fit une halte devant la porte de la chambre.

— Je vais aller prendre une douche, si tu veux bien ?

— Bien sûr. C'était Bert ?

— Oui. Il voulait savoir si j'étais revenu pour de bon. Je lui ai dit que tu étais tombée et que tu devais être surveillée. Il voulait t'envoyer Gwen, probablement pour te tirer les vers du nez. Dieu sait ce qu'elle aurait dit en voyant ton œil au beurre noir ! Elle m'aurait sûrement accusé d'en être l'auteur. J'ai précisé à Bert que tu avais besoin de te reposer.

Liv leva les yeux au ciel.

— Ah, merci, Nick… Ils sont pleins de bonnes intentions, mais, après ton départ, Gwen n'a cessé de me poser des questions et de faire des commentaires du genre : « Quel dommage qu'il soit parti, nous étions si impatients de voir un bébé trottiner chez vous ! » Je ne savais quoi lui répondre.

— Tu n'avais qu'à lui dire de se mêler de ses affaires ! Je ne comprends pas pourquoi Bert éprouve le besoin de tailler la haie un samedi matin, alors qu'il n'est même pas 8 heures !

— D'autant plus qu'il l'a déjà taillée la semaine dernière. Je lui ai dit que, de toute façon, j'aimais bien que la haie garde un air un peu sauvage. Mais il a insisté pour le faire, affirmant que, si cette taille tardait trop, je n'aurais pas de belles roses. Je n'ai pas voulu me montrer désagréable.

Nick eut un rire sarcastique.

— Moi, je n'aurais pas hésité. Bon, je vais aller me doucher et m'habiller puis je donnerai de tes nouvelles à Sam avant de téléphoner à Ben.

Il se dirigea vers la seconde salle de bains, en se disant qu'une bonne douche l'aiderait à remettre ses idées en ordre.

Si l'eau chaude fit disparaître la tension, elle ne put le consoler de l'impression de gâchis qu'il ressentait en songeant à leur séparation, ni du chagrin qu'il avait de n'avoir pu donner à Liv le bébé qu'elle désirait tant.

Elle avait demandé ce qui leur était arrivé, et la réponse était : rien. Pas de grossesse, pas de bébé, pas de famille. Rien n'était arrivé.

C'était pour cette raison que leur mariage s'était mal terminé. L'histoire avec Suzanne n'avait été qu'un déclencheur, la goutte d'eau qui avait fait déborder le vase, et l'honnêteté l'obligeait à reconnaître qu'à l'époque il n'avait guère été affecté car il ne supportait plus le lent pourrissement de leur relation.

En demandant le divorce, Liv lui avait fourni une parfaite porte de sortie, du moins était-ce ce qu'il avait pensé alors, mais, en fait, elle n'avait jamais déclenché la procédure, le laissant dans l'expectative. Il s'était dit qu'elle serait mieux sans lui, mais il ne s'était jamais senti mieux sans elle. Sortir de la vie de Liv avait creusé chez lui une blessure que le temps ne semblait pas pouvoir cicatriser.

Se rapprocher d'elle trop tôt pouvait provoquer un désastre, aussi devait-il renoncer aux câlins, aux étreintes et aux caresses qui mettaient à mal ses défenses et le rendaient de nouveau bien trop vulnérable.

Et pour le travail ? Comment allaient-ils parvenir à travailler ensemble tous les jours alors que, de toute évidence, ils étaient encore tellement attirés l'un par l'autre ? Réussirait-il à garder ses distances ?

Le voulait-il vraiment ? Ou bien n'était-il qu'un lâche, effrayé à l'idée de faire une nouvelle tentative ? Franchement, il n'en savait rien.

Il en était là de ses réflexions lorsqu'il découvrit qu'il avait oublié de prendre son rasoir. Tant pis. Il en serait quitte pour en acheter un autre.

Après s'être habillé rapidement, il empaqueta ses affaires et descendit son sac de voyage dans le vestibule. Il n'avait aucune raison de passer une nuit de plus ici, et pouvait très bien aller s'installer chez Ben et Daisy comme prévu. C'était plus sûr.

Il remonta à l'étage et passa la tête dans l'embrasure de la porte de la chambre.

— Tout va bien ?

— Oui, sauf que j'aimerais avoir une autre tasse de thé. Oh ! et puis Sam a téléphoné. Il va venir m'examiner. Il dit qu'il ne te fait pas confiance.

— Quel culot ! Aurais-tu un café convenable ?

— Oui, je pense, dans le réfrigérateur. J'ai peur de ne pas avoir beaucoup de lait. J'avais l'intention de faire des courses en rentrant à la maison.

— Je vais vérifier. Que veux-tu pour ton petit déjeuner ?

Elle haussa les épaules.

— N'importe quoi. Un toast avec de la marmelade. Et oublie le thé. Je prendrai du café si tu en fais pour Sam.

— D'accord.

Il se rendit à la cuisine et il mettait la bouilloire à chauffer quand on sonna à la porte.

Il alla ouvrir à son ami d'enfance.

— Entre, Sam, je t'en prie. Merci beaucoup pour tout ce que tu as fait hier.

— Je t'en prie, c'était normal, dit Sam en lui donnant une affectueuse accolade.

La veille, il s'était comporté en professionnel, mais aujourd'hui il était l'ami attentionné.

— C'est vraiment bon de te revoir, Nick. Je regrette seulement que ce soit dans de telles circonstances. Comment va-t-elle ? Et toi ? Cela a dû être très dur d'être témoin de l'accident.

Nick haussa les épaules et referma la porte.

— Moi, je vais bien. Liv a encore un peu mal, mais sa tête semble indemne, ce qui est le plus important. Puis-je t'offrir quelque chose à boire ?

— Je prendrai volontiers un café. Je suis debout depuis 6 heures du matin, grâce à Isadora.

— Ton bébé ?

— Oui. Elle est née en octobre dernier. Elle est géniale, mais c'est une lève-tôt, et Kate, elle, n'est pas du matin, ajouta-t-il avec un petit sourire résigné.

— Et toi ?

Sam éclata de rire.

— Après des années passées à l'armée, crois-moi, se lever de bonne heure pour s'occuper d'un bébé souriant est une partie de plaisir.

Nick se força à lui sourire.

— Oui, j'imagine. Pourquoi ne montes-tu pas voir Liv ? Sa chambre est en haut, à droite. Je lui prépare son petit déjeuner et j'apporterai le café pour nous tous.

Il regagna la cuisine en essayant de ne pas penser à la joie qu'on éprouvait d'être réveillé par un bébé souriant, quelle que soit l'heure.

Liv n'avait pas voulu aller au congrès parce qu'elle savait que tous les participants parleraient de leurs enfants, et, comme

Liv et lui avaient choisi de garder secret leur problème, ils ne pouvaient le partager avec personne ni se confier.

Sauf avec Suze, et il fallait voir où cela l'avait conduit.

Il prépara un toast puis chercha à la fois le café et la cafetière.

Fais ce pour quoi tu es ici, et oublie le reste.

— Bonjour ! Comment va la patiente ? demanda Sam.

— Beaucoup mieux, mais je m'en veux, répondit Liv avant de lui poser la question qui lui brûlait les lèvres depuis la veille. Comment avez-vous connu Nick ?

— Nous avons grandi ensemble, mais la vie nous a éloignés l'un de l'autre.

— Ah ! c'est donc vous le Sam qui lui a appris à naviguer…

— C'est bien moi. Pouvons-nous parler de vous, à présent ? Vous avez un bel œil au beurre noir.

— Ce n'est pas grave, juste une histoire de couleur. Je me sens bien, maintenant.

— Vraiment ? Ce n'est pas ce que dit ce bleu, et je suis sûr que vous avez tout le corps qui vire au noir.

— Je vais bien, Sam, je vous assure. Oui, j'ai un peu mal ici ou là, mais je suis en vie, sans rien de cassé. Que puis-je demander de plus ? Peut-être un peu de bon sens, ce qui m'aurait évité de descendre du trottoir.

Sam se mit à rire, puis son sourire s'effaça tandis qu'il observait Liv attentivement.

— Comment va Nick ? Je ne l'ai pas vu depuis des années. La dernière fois où j'ai eu de ses nouvelles, il travaillait dans le Surrey.

— Cela remonte à six ou sept ans. C'est là que nous nous sommes connus.

Elle soupira et détourna le regard.

— Je ne sais pas vraiment comment il va. Il est revenu hier pour assurer un remplacement à l'hôpital, et c'était la première fois que nous nous reparlions depuis notre séparation, à la mi-janvier. D'une certaine façon, la journée d'hier était une sorte de test.

Sam paraissait sous le choc.

— Mon Dieu, Liv, je suis désolé d'avoir suggéré qu'il passe la nuit chez vous. Ben m'avait dit que vous n'étiez plus ensemble, mais je croyais que vous étiez restés en bons termes — avec des enfants, probablement, et une garde partagée. Je n'imaginais pas un silence radio complet.

Elle tenta d'esquisser un sourire et y renonça.

— Pas d'enfant, dit-elle en s'efforçant d'empêcher sa voix de trembler. Nous… Cela n'a pas marché, alors nous avons rompu, conclut-elle peu désireuse de s'étendre sur le sujet.

— Je suis désolé, répéta Sam. Je n'aurai pas dû intervenir sans m'être mieux informé de la situation.

— Tout va bien, Sam. Parlez-moi de votre bébé.

— Isadora ?

— Quel joli prénom ! Avez-vous des photos d'elle ?

Il en avait, bien sûr, sur son téléphone portable. Le sortant de sa poche, il fit défiler les images jusqu'à ce qu'il ait trouvé ce qu'il voulait, puis il tendit l'appareil à Liv.

— Regardez, ce sont des photos prises hier matin pendant mon petit déjeuner. Elle cherchait à me voler ma cuiller ! Je crois que nous allons devoir bientôt la sevrer.

La gorge serrée, Liv regarda toutes les photos et ne rendit le téléphone à Sam que lorsque Nick apparut, tenant un plateau avec le toast et les tasses de café.

— Room service, dit-il d'un ton léger en posant son fardeau sur la commode.

Il se tourna vers Sam.

— Café noir ou crème ? Avec ou sans sucre ?

Liv avait mal à la tête et elle savait que les deux hommes avaient un tas de choses à se dire.

— En fait, j'aimerais bien faire une petite sieste. Si vous me laissez le toast et une tasse de café, vous pourriez peut-être aller discuter en bas ?

Sam resta une heure, parlant du bébé, de sa femme, de leur maison, et racontant qu'il avait acheté, remis à neuf et revendu un ketch en bois, un grand voilier qu'il voulait remplacer par un dériveur d'une taille plus modeste.

— Tu viendras faire des sorties en mer avec moi quand je l'aurai. Je te fais confiance pour ne pas nous faire passer tous les deux par-dessus bord, ajouta-t-il avec un petit sourire.

Nick éclata de rire, se rappelant la fois où Sam avait emmené une fille à bord et où ils avaient chaviré.

— J'entends encore le cri qu'a poussé cette malheureuse lorsqu'elle est tombée à l'eau !

Un sourire éclaira le visage de Sam.

— Elle s'appelait Lizzie. Elle ne m'a jamais vraiment pardonné cet incident. Je suis désolé pour Liv et toi, ajouta-t-il, tout triste, après un silence. C'est une femme adorable

— C'est vrai, murmura Nick, la gorge nouée. Mais cela ne marchait plus entre nous.

— Quel dommage !

— C'est du passé, maintenant, nous avons tourné la page.

Il mentait, essayant de cacher son émotion.

— J'imagine que tu vas rester ici un moment comme remplaçant.

— Oui. Je ne sais pas quoi en penser. Le fait d'être revenu ici, je veux dire…

— Et qu'est-ce que Liv en dit ?

— Je l'ignore. J'ai tenté de lui en parler hier, mais cela s'est mal terminé. Je n'imaginais pas que nous serions amenés à travailler ensemble car, pour moi, elle était toujours dans l'unité de sages-femmes indépendantes. Aussi, hier, ce fut un peu tendu entre nous et, comme ensuite j'ai failli la tuer en la laissant passer sous une voiture, nous avons eu d'autres sujets de préoccupation.

Sam posa sa tasse et se leva.

— Je vais te laisser tranquille. Je suis content, cependant, de te savoir un moment dans les parages et, cette fois, nous devons rester en contact. Nous avons laissé passer beaucoup trop de temps sans nous voir…

Il serra de nouveau Nick dans ses bras, ce geste étant plus parlant que tout ce qu'il aurait pu dire.

Ému, Nick lui adressa un signe de la main comme il s'éloignait puis il referma la porte. Il avait la gorge nouée au point d'avoir du mal à respirer. Que lui arrivait-il aujourd'hui ? Il se laissait déborder par l'émotion…

— Sam est parti ?

Il se retourna et vit Liv en haut de l'escalier. Elle avait dû prendre une douche car elle avait les cheveux mouillés et portait une confortable robe d'intérieur qui lui arrivait aux chevilles. Tant mieux. Cela lui éviterait de penser à tous les bleus qu'elle avait sur le corps. Mais s'il regardait son visage…

— Oui, il est parti. Je croyais que tu voulais faire une sieste… Sam a-t-il dit que tu pouvais te laver les cheveux ?

Elle hocha la tête.

— Il a dit qu'il était d'accord à condition que je ne macère pas dans la baignoire. Aussi ai-je juste pris une douche. Je me sens bien mieux maintenant, beaucoup moins endolorie et moins sale.

— Bien. Est-ce que c'est un problème pour toi si je sors un moment ? Je dois voir Judy Richards, et Ben veut me parler à propos du travail. Je vais aller à pied à l'hôpital, ainsi je pourrai ramener ta voiture lorsque j'en aurai fini.

— Bonne idée. J'aurai une amende si je la laisse au parking, mais je ne suis pas certaine de pouvoir conduire pour l'instant.

Elle commença à descendre prudemment l'escalier.

— Tu présenteras mes excuses à Ben pour avoir gâché votre week-end. Et ne viens pas me dire encore une fois que c'est toi le responsable.

Il ignora sa remarque.

— J'achèterai du lait au passage. As-tu besoin d'autre chose ?

— Peut-être une salade pour le déjeuner, et quelque chose d'autre pour l'accompagner ? Oh ! et du pain aussi.

— D’accord. Fais-moi une liste de courses. Et il me faudrait les clés de ta voiture.

— Je te donne aussi la clé de la maison pour que tu puisses entrer si je fais la sieste sur le canapé au moment de ton retour.

Elle marqua une hésitation avant de laisser tomber les clés dans la main tendue de Nick comme si elle avait peur de le toucher. Très sage de sa part.

Il hocha la tête puis quitta la maison.

6.

Liv passa une partie de la matinée à somnoler dans le salon où le soleil entrait à flots, apportant une promesse de printemps. Allongée sur le canapé, elle avait du mal à rester éveillée au point qu'elle remonta dans sa chambre, se disant que ce serait plus confortable pour faire la sieste.

Plus tard, alors qu'elle songeait à se lever et à aller faire un tour dans le jardin, elle entendit la porte d'entrée s'ouvrir.

— Salut ! Me voilà de retour…, lança la voix de Nick.

— Je suis en haut.

Elle suivit le bruit de ses pas dans l'escalier puis jusqu'à sa chambre devant laquelle il s'arrêta pour frapper. Autrefois, il n'aurait pas pris cette peine et serait entré pour venir l'embrasser. Mais le Nick d'aujourd'hui ne le faisait pas, et elle réalisa à quel point cela lui manquait.

— Je suis désolé d'avoir été si long. Pas de problème ?

— Non, j'ai dormi presque tout le temps. Comment va Judy ?

— Bien, son état est stable. Le bébé va bien, lui aussi. Il n'y a plus qu'à attendre les résultats de l'analyse de sang. J'ai acheté du lait. Veux-tu un café ?

— Avec plaisir, merci.

Il s'éclipsa un moment et revint avec le café et un paquet de biscuits aux amandes.

— Ah, ce sont mes préférés ! s'écria Liv.

Il ouvrit le paquet qu'il lui tendit en souriant.

— Le but était de te faire plaisir.

— Comment ça s'est passé avec Ben ?

— Très bien, répondit-il, l'air pensif. Il est possible que Simon ne revienne pas.

— Je me posais la question. Ben a-t-il essayé de te convaincre de rester ?

Il eut un petit rire.

— Comment as-tu deviné ? Je lui ai dit que j'avais accepté d'effectuer ce remplacement pour lui rendre service et aussi parce que j'avais besoin de te revoir. Mais je n'envisagerai pas de revenir de façon permanente si tu ne le souhaitais pas, Liv. Ce ne serait bon ni pour toi ni pour moi.

— Non, en effet.

Elle se mordilla la lèvre inférieure, se demandant comment ce serait s'il était là définitivement. Elle réalisa alors à quel point elle l'espérait. Surtout si elle en était la raison. Une question lui brûlait les lèvres.

— Cela dépend d'une chose… As-tu quelqu'un dans ta vie, à présent ? Tu vois ce que je veux dire… Quelqu'un que tu fréquentes ? Suzanne, peut-être, ou quelqu'un d'autre ?

Il partit d'un rire incrédule et secoua la tête.

— Non, Liv, il n'y a personne, et certainement pas Suze. Je ne l'ai pas revue depuis le congrès car, depuis, j'ai travaillé dans un domaine différent du sien. Notre relation a pris fin il y a sept ans. Pourquoi renouerais-je avec elle aujourd'hui ? Et il n'y a personne d'autre. Il n'y a jamais eu personne d'autre.

Elle le regarda fixement, troublée par cet aveu. Sa relation avec Nick avait été physique. Très physique. Jusqu'à ce que tout vire au cauchemar.

— Personne ? Même pas une simple aventure ?

— Non. Pourquoi l'aurais-je fait ?

— Pour le sexe ?

— Avec quelqu'un que je ne désire pas vraiment ? Non, Liv. La seule femme que je désire vraiment m'a jeté dehors. Alors, les autres…

Liv lut dans ses yeux qu'il était sincère. Mais il y avait toujours cette histoire avec Suzanne…

— Si tu dis vrai, pouvons-nous reparler du congrès ? Parce qu'il me paraît peu vraisemblable que tu aies passé la nuit avec Suze sans coucher avec elle. Et, de toute évidence, je ne suis pas la seule à le penser. J'ai su qu'il s'était passé quelque chose parce que Beth m'a téléphoné le dimanche matin, me demandant si tout allait bien. C'est elle qui m'a dit que Suzanne était là et qu'elle t'avait vu prendre ton petit déjeuner avec elle, alors j'ai compris. Je te connais, Nick, je sais à quel point le sexe compte pour toi. Si ce n'était pas pour coucher avec Suze, que *faisais*-tu avec elle dans cette chambre ?

Il avait les yeux fixés sur sa tasse de café, le visage fermé.

— J'avais juste besoin de lui parler.

— Pourquoi ne pas l'avoir fait au bar ou dans les salons de l'hôtel ? Pourquoi dans ta chambre ? Et que s'est-il passé pour que Beth en arrive à me téléphoner ?

Il poussa un long soupir et se passa une main dans les cheveux.

— Elle nous a vus attendre l'ascenseur. J'étais au bar, en train de m'apitoyer sur moi-même, quand Suzanne est arrivée et m'a demandé si j'allais bien. Je me sentais tellement mal que j'ai été incapable de lui répondre. Alors elle m'a proposé qu'on aille dans ma chambre. Je l'ai suivie, craignant de perdre les pédales. Près de l'ascenseur, nous sommes tombés sur Beth. Elle nous a salués, j'ai grommelé quelque chose, puis Suze et moi sommes montés dans la cabine. Le lendemain matin, Beth est entrée dans la salle de restaurant alors que je terminais mon petit déjeuner en compagnie de Suzanne. Cela a dû confirmer ses soupçons.

— Certainement. Qui n'aurait pas pensé comme elle ?

— Bien sûr. Mais là, c'était différent. Je n'étais pas dans mon état normal, et Suze s'en était rendu compte. Voilà pourquoi elle m'avait fait quitter le bar. Je t'assure qu'à ce moment-là le sexe était le cadet de mes soucis.

— Mais pourquoi ne m'as-tu pas dit tout ça ?

— Parce que tu ne m'aurais pas cru et aussi parce que cela m'est apparu comme l'occasion de m'en aller. J'ai pris ma décision sans réfléchir, Liv, et, depuis, je n'ai cessé de la regretter. Je sais qu'il est trop tard maintenant pour réparer le mal que j'ai fait, mais j'ai vraiment besoin que tu me croies quand je te dis qu'il ne s'est rien passé entre Suze et moi.

— Mais alors, qu'avez-vous fait ? Vous avez juste bu du vin et parlé ? Dans ce cas, pourquoi t'a-t-elle écrit ce billet : « Je serai toujours là si tu as besoin de moi » ? C'est le genre de message qu'écrit une amoureuse, Nick.

— Ou une amie. Si elle n'avait pas été là, je ne sais pas ce qui se serait passé. J'étais en train de craquer, j'aurais pu faire une bêtise, alors merci à elle. Elle ne mérite pas la façon dont tu as parlé d'elle hier, Liv.

Elle sentit la honte l'envahir.

— Je sais. Je suis désolée, je n'aurais pas dû, mais j'ai passé un an à la haïr…

— Non. Tu as passé sept ans à la haïr parce que tu étais jalouse d'elle, et je n'ai jamais compris pourquoi.

— Quoi ? Mais elle est superbe, Nick, et vous avez été ensemble durant des années. Je sais que tu as encore son numéro de téléphone dans tes contacts, et elle t'envoie tous les ans une carte de Noël. Il paraissait assez évident que tu avais dû coucher de nouveau avec elle. Pour beaucoup de gens, coucher avec une ex n'a rien de bizarre.

— Pour moi, si. À présent, elle est pour moi juste une *amie*. Et qu'est-ce qui te fait penser qu'elle est plus désirable que toi ?

— Je ne suis pas aveugle !

— Franchement, Liv, tu n'as rien à lui envier. Oui, nous avons été amants, mais nous n'avions pas les mêmes projets de vie. Et puis tu es apparue, et j'ai su tout de suite que je voulais vivre avec toi. C'est toi que j'ai épousée, tu es la seule femme que j'ai vraiment désirée.

— Mais c'est terminé ! Nous avions fini par ne presque plus faire l'amour, sauf aux dates favorables à une fécondation. Et puis, tu avais déjà couché avec elle, pourquoi ne pas recommencer ?

— Je viens de te le dire. J'avais encore du désir pour toi, mais je ne pouvais pas te toucher sans me sentir malheureux. Notre couple me brisait le cœur, Liv, et Suze l'a compris. Lorsqu'elle a fermé la porte de la chambre et qu'elle m'a demandé : « Que se passe-t-il ? », je me suis écroulé. Elle m'a fait asseoir au bord du lit et tenu dans ses bras attendant que je me calme, puis elle nous a fait un café et elle m'a laissé parler pendant des heures. J'ai fini par m'endormir. Elle avait dû écrire ce billet pendant ce temps-là et le glisser dans ma valise, mais je n'en ai pris connaissance qu'au moment où tu me l'as montré.

Il marqua une courte pause avant de poursuivre.

— Pendant le petit déjeuner, elle m'a dit de rentrer chez moi et d'arranger les choses avec toi, de faire tout mon possible pour sauver notre mariage, mais j'étais à peine de retour que j'ai dû me rendre à l'hôpital pour accoucher Amy Zacharelli. Lorsque je suis revenu, tu avais déjà parlé avec Beth, tu avais découvert le billet de Suze et tu étais persuadée que je t'avais trompée avec elle. Dans ces conditions, je n'avais aucune chance de te convaincre du contraire.

Liv avait du mal à retenir ses larmes en songeant à tout ce qu'ils avaient perdu. Ou rejeté. Quel gâchis !

— Je suis désolée, Nick. Désolée de m'être montrée si mesquine envers Suzanne… Désolée de ne pas t'avoir fait confiance. J'aurais dû croire en toi, mais les apparences étaient si trompeuses, Nick. Oui, j'étais jalouse de Suzanne, mais je me disais que tu ne serais pas du genre à me trahir alors, quand tout cela est arrivé, j'ai eu l'impression que tu avais profité de la première occasion pour te jeter dans ses bras et je me suis alors demandé si je te connaissais vraiment.

Il tendit une main pour lui caresser la joue.

— Oui, bien sûr, tu me connais. Je suis quelqu'un de droit. Tu aurais dû te fier à ton jugement, et moi, j'aurais dû te dire tout de suite la vérité.

— Mais je ne t'ai pas facilité les choses, n'est-ce pas ? Comme tu as dit, je m'étais fait mon opinion. Je suis vraiment triste, tout est arrivé par ma faute. Si je t'avais accompagné, c'est à moi que tu aurais ouvert ton cœur et il n'y aurait pas eu toute cette histoire avec Suzanne, acheva-t-elle dans un murmure.

Il lui prit les mains qu'il serra dans les siennes.

— Non, ce n'est pas ta faute, mais la mienne. J'avais eu une journée très dure le soir où je suis rentré à la maison et où je t'ai trouvée défaite parce que tu venais de constater qu'une fois de plus tu n'étais pas enceinte. Je n'ai pas supporté de te voir si malheureuse. J'aurais dû rester près de toi, parler avec toi, affronter la réalité au lieu de fuir comme je l'ai fait parce que c'était plus facile pour moi de me rendre à ce congrès…

— Qu'aurais-tu pu faire ? Nous en avions déjà tellement parlé, chaque mois, pendant presque deux ans. Qu'y avait-il encore à dire à ce sujet ? Nous avions tout dit.

— Non, c'est faux. Nous répétions toujours la même chose. Que tout irait bien. Que cela finirait par arriver, nous avions juste à nous montrer patients. Que nous étions jeunes, que rien ne pressait. Que beaucoup de gens connaissaient les mêmes difficultés que nous. Nous travaillions trop, nous avions laissé passer la date… Tous les mois, nous invoquions les mêmes excuses pour expliquer nos échecs répétés. Pas une fois nous n'avons admis que nous avions peut-être un problème de fertilité et que nous devions envisager de nous faire aider. Comme si nous avions peur que le fait d'en parler donne une réalité à ce que nous redoutions le plus.

Il avait raison. Leurs longues conversations ne les avaient menés nulle part parce qu'ils n'avaient pas voulu reconnaître qu'ils avaient besoin d'être aidés.

Elle avait commencé à courir tous les jours pour échapper à la vérité, aux difficultés de son couple, à l'immense chagrin d'être incapable de tomber enceinte. Mais s'adonner ainsi à la course à pied avait peut-être aggravé la situation. Pourquoi n'y avait-elle pas songé ? Elle avait beaucoup maigri, sans cesser pour autant de courir. Et il y avait eu ce mois où le test d'ovulation n'avait pas réagi de façon positive. Fallait-il l'imputer à son excès de dépense physique ?

Un silence pesant s'était abattu dans la pièce. Nick le rompit en poussant un long soupir.

— J'aurais voulu avoir la force de te parler, Liv. Je ne t'ai jamais dit combien j'étais malheureux pour nous à chaque échec. J'avais mal pour toi. Je m'en voulais de ne pas être capable de te donner un enfant, moi qui suis obstétricien. Mon job, ce sont les bébés, et pourtant ils nous étaient refusés.

— J'étais dans le même cas que toi, Nick. Mon job aussi, ce sont les bébés, cependant j'étais incapable de tomber enceinte. Je ne pouvais pas en parler, ni à toi ni à personne. Je pense que cela ne nous a pas aidés.

— Sans doute. J'avais l'intention d'aborder la question avec toi à mon retour du congrès, mais tout de suite tu m'as demandé de quitter la maison. J'ai alors compris qu'il ne servirait à rien que j'essaye de te parler parce que ton opinion était faite. J'ai préféré choisir la solution de facilité, une fois encore. On dirait que je ne suis bon qu'à ça.

— Mais pourquoi ne m'as-tu pas parlé par la suite ? Ta période de préavis t'a amené à rester trois mois de plus à l'hôpital. Tu pouvais me laisser le temps de me calmer, et me dire la vérité après. J'ai attendu, attendu, en vain. Tu semblais vouloir me fuir, ce qui te donnait encore plus l'air coupable.

— Je sais, mais c'était délibéré de ma part, même si je souffrais mille morts. Je pensais que ce serait plus facile ainsi, plus facile pour nous deux, et que cela pouvait nous offrir l'occasion d'un nouveau départ. Je croyais que nous pourrions tourner la page, mais je n'ai pas pu. Et toi ? As-tu rencontré quelqu'un ?

Elle secoua la tête.

— Non ! Non, bien sûr.

— Il n'y a pas de « bien sûr ». Tu es belle, Liv. Pourquoi cela n'aurait-il pas pu arriver ?

Parce que, pour elle, il n'y avait que Nick. Elle avait connu d'autres hommes avant lui, mais une fois qu'il était entré dans sa vie elle avait compris qu'il serait son seul amour.

— Cela ne m'intéresse pas, dit-elle. Je n'ai jamais apprécié les brèves aventures et, même si j'avais rencontré quelqu'un qui m'aurait vraiment plu, il ne se serait rien passé parce que je n'ai aucune envie de nouer une nouvelle relation. Je ne l'envisage même pas.

— Parce que je t'ai fait trop de mal, dit-il, l'air sombre.

— Non, pas toi. Notre mariage. La façon dont tout s'est lentement détérioré. C'était si dur à supporter. Nous avions cessé de communiquer.

— C'est vrai, et nous n'aurions pas dû en arriver là, mais j'avais peur, si je t'avouais à quel point j'étais malheureux, que tu te sentes plus coupable encore.

Une question la tourmentait depuis que Ben lui avait parlé du nouveau poste de Nick.

— Je sais que je te l'ai déjà demandé, mais pourquoi *travailles*-tu dans le domaine de l'infertilité ? J'aurais cru que tu chercherais à éviter de te spécialiser dans ce secteur.

Il haussa les épaules.

— Franchement, je ne sais pas, murmura-t-il. En fait, c'est arrivé presque par accident. Lorsqu'il a été annoncé que la clinique de fertilité allait être fermée, le consultant a démissionné pour créer sa propre clinique. Il était impossible de le remplacer en recrutant quelqu'un sur un poste permanent. J'arrivais en fin de contrat, c'était dans le même département, je connaissais les gens… J'imagine que j'ai cru devoir leur rendre service en acceptant le poste. Je n'en avais pas très envie, mais c'était provisoire et j'ai pensé que cela me donnerait le temps de réfléchir à ce que je voulais vraiment faire après. J'ai donc dit oui et, au bout d'un moment, je me suis aperçu que j'avais toutes les qualités requises pour faire ce travail.

Il marqua une courte pause avant de poursuivre.

— Je sais ce que c'est que de ne pouvoir avoir d'enfant. Je sais ce que traversent ces couples, combien il est difficile de faire face à toutes les émotions, l'espoir, la peur, le désespoir, et, d'une certaine façon, cela m'a aidé à comprendre ce qui nous était arrivé, à nous et à beaucoup d'autres couples. Pour ceux qui résistent, si je peux les aider à avoir un enfant, je leur épargne peut-être de vivre ce que nous avons connu et, si j'échoue, je peux être en empathie avec eux, les aider en leur parlant des groupes de soutien, des thérapies, des conseillers conjugaux…

— Nous n'avons jamais bénéficié de tout ça, commenta-t-elle tristement.

— Non, et nous n'avons jamais cherché à comprendre pourquoi nous avions ce problème. Peut-être parce que nous sentions que notre mariage n'était pas assez solide pour affronter la vérité.

Choquée, Liv avala sa salive.

— Nous avions fait un bon mariage, Nick. Tu le sais.

— Je le pensais. Je l'ai toujours pensé. Alors, pourquoi étais-je incapable de te soutenir quand tu avais besoin de moi ? ajouta-t-il d'un ton désespéré. Pourquoi n'étais-je pas là pour toi chaque fois que ton espoir d'être mère était déçu ? Pourquoi suis-je allé sans toi à ce congrès ? Et pourquoi as-tu pensé le pire de moi sans même me questionner ?

— Je l'ai fait !

— Non. Tu m'as demandé si Suze était venue dans ma chambre, déjà persuadée que j'avais couché avec elle. Oui, j'aurais pu t'expliquer, mais tu semblais si convaincue que je t'avais trompée… Et, dans la foulée, tu m'as dit que tu voulais divorcer, comme si tu avais attendu la première occasion pour te débarrasser de moi. Pourquoi aurais-tu agi ainsi si notre mariage était si bon que tu le dis ?

— Parce que, à l'époque, les choses s'étaient détériorées entre nous, dit-elle, les larmes aux yeux. C'était horrible, rappelle-toi. Nous nous parlions à peine, nous avions cessé de nous faire des câlins, de nous embrasser ou de rire ensemble. Nous ne faisions l'amour qu'aux dates prescrites. Jamais à un autre moment, juste pour le plaisir.

Il resta silencieux un long moment puis soupira.

— Je suis désolé, dit-il en posant sa joue contre la sienne. Je n'ai jamais voulu que cela se passe ainsi, mais cette chambre était devenue pour moi un champ de mines émotionnel au point que je me sentais mal dès que j'y entrais. J'avais l'impression que tout ce que tu attendais de moi, c'était que je te donne un enfant. Je n'étais qu'un donneur de sperme incapable de te mettre enceinte. Lorsque tu m'as dit que tu voulais divorcer, j'ai vu là l'occasion d'échapper à une situation qui me détruisait.

— Voilà pourquoi tu ne m'as pas dit la vérité au sujet de cette nuit passée avec Suzanne. Tu voulais me quitter.

— C'est en partie vrai. Je savais que je t'aimais encore, mais, tout au fond de moi, je savais aussi que je ne pouvais plus continuer de vivre avec toi de cette façon. Et je ne veux pas que cela recommence, Liv. Je ne veux plus connaître cette alternance entre les moments d'espoir et de désespoir, tant que je n'aurai pas l'assurance que nous sommes assez solides pour affronter l'étape suivante. C'est trop destructeur, et je ne peux plus le supporter C'est trop douloureux.

— Te l'ai-je demandé ?

Il secoua la tête.

— Non. Non, tu ne l'as pas fait, mais je ne voulais pas te laisser croire que c'était une possibilité si jamais je revenais travailler ici de façon permanente. Ce n'est pas pour cette raison que je suis là, et je ne sais pas si nous serons jamais un jour assez forts pour essayer de nouveau d'avoir un enfant.

Le cœur serré, elle sentit la déception l'envahir.

— Alors pourquoi as-tu dit oui à Ben ? Pourquoi es-tu revenu ?

— Parce que je dois gagner ma vie.

Un silence plana.

— Je ne sais pas..., ajouta-t-il. Oui, j'avais besoin de travailler, mais j'aurais pu prendre n'importe quel remplacement. J'avais même l'intention de m'accorder quelques jours de vacances, mais Ben m'a téléphoné, et... En fait, Liv, je ne sais pas pourquoi je suis ici. Tout ce que je sais, c'est que je ne suis pas heureux, je n'ai pas de vie en dehors de mon travail, je suis seul, et tous nos anciens amis me manquent.

Il se tourna vers elle, et elle vit dans ses yeux toute la tristesse et le regret qui le rongeaient.

— Toi aussi tu me manques, reprit-il d'une voix douce. Tout le temps. Cela ne veut pas dire que je nous vois nous remettre ensemble, mais peut-être pouvons-nous trouver autre chose, forger une amitié, que sais-je… Je n'ai pas la solution, Liv, je le regrette. Tout ce que je sais, c'est que ma vie actuelle ne me convient pas… Et que, d'une façon ou d'une autre, je voudrais que tu en fasses partie.

Elle le regarda dans les yeux.

— Moi aussi, j'en ai envie. Tu m'as tellement manqué ! Et même si nous avons vécu des moments horribles à la fin, je t'aimais encore. Je t'aimerai toujours, Nick. Tout comme toi, je veux autre chose, parce qu'il existe sûrement quelque chose de mieux que ce que nous vivons actuellement.

Il soupira, comme soulagé.

— C'est pour ça que je suis revenu, mais le fait que nous nous aimions ne garantit pas que nous réussissions, Liv. Nous nous sommes déjà fait assez de mal l'un et l'autre, et je ne veux pas empirer les choses.

Elle étouffa un petit rire amer.

— Je ne crois pas que ce soit possible.

— Ne dis pas cela, murmura-t-il en lui pressant la main. Je ne voulais pas te faire du mal. Je ne l'ai jamais voulu.

Leurs regards étaient rivés l'un à l'autre. Celui de Nick était lourd de chagrin et de regret. Il finit par détourner les yeux.

— Oh ! Nick, viens près de moi…

Alors il l'enlaça si tendrement qu'elle eut envie de pleurer.

— Tu me manques tellement, reprit-elle en enfouissant le visage dans le creux de son épaule. J'ai mon travail que j'adore, mais je me sens vide parce que tu n'es pas là.

Un bref instant, il la serra plus étroitement contre lui, puis il soupira.

— Moi aussi, je me sens vide, mais je ne veux pas revivre ce que nous avons connu.

— Alors, ne le faisons pas. Peut-être devrions-nous essayer encore une fois. Peut-être pouvons-nous être heureux encore, si nous le voulons vraiment. Peut-être est-ce juste que nous n'avons pas essayé assez fort.

Il leva la tête pour chercher son regard, puis ferma les yeux.

— Je ne sais pas. Je ne sais même pas si nous nous rappelons ce que c'est que d'être heureux.

— Mais nous pouvons essayer. Nous nous devons bien ça.

Elle l'attira vers elle et lui frôla les lèvres d'un baiser plein de douceur et de tendresse qu'il lui rendit. Peut-être était-ce là une façon pour eux de s'excuser pour tout ce qui s'était passé avant ?

S'écartant un peu, il la regarda dans les yeux.

— Je suis désolé d'avoir tout gâché. Je n'ai jamais voulu te faire du mal. Je pensais qu'en m'en allant je te faciliterais les choses, mais je me trompais, n'est-ce pas ? Et je ne veux pas prendre le risque de te faire encore du mal.

Elle soupira. Elle aurait aimé envisager l'avenir avec optimisme et redoutait la façon dont elle réagirait s'ils échouaient de nouveau.

— La vie nous a blessés tous les deux, Nick, mais uniquement parce que nous l'avons laissée nous faire du mal. Maintenant, nous sommes plus mûrs. Pourquoi ne pas simplement voir où tout cela nous mènera ? Peut-être devons-nous juste redécouvrir ce qui a fait que nous sommes tombés amoureux l'un de l'autre. Et si nous ne pouvons pas avoir d'enfant, nous avons tous les deux un métier qui nous amène à nous occuper de bébés, et peut-être cela nous suffira-t-il. Nous devons trouver ce qui faisait que nous étions heureux ensemble, et alors nous serons peut-être capables de donner un sens à ce qui nous est arrivé.

— Peut-être. Mais je ne te fais aucune promesse. Pas encore. Et je ne veux rien précipiter non plus. Je suis ici pour un moment, alors prenons notre temps.

Il l'embrassa encore, puis il roula sur le côté et se leva. Voulait-il mettre fin à une conversation devenue gênante parce que trop grave ? Sans doute, car il changea de sujet, parlant sur un ton anodin.

— Au fait, savais-tu que Daisy était de nouveau enceinte ?

— Oui. Je suis vraiment contente pour elle. Elle a fait une fausse couche, il y a quelques mois, et ils étaient effondrés. Cette grossesse est vraiment une bonne nouvelle.

— Ben ne m'en a pas parlé, répondit-il, plus grave. Comme c'est triste ! Faire une fausse couche, c'est horrible.

— C'est un problème d'obstétrique, Nick, qui fait partie des choses qui arrivent. Mener à bien une grossesse n'est jamais une certitude tant qu'on ne tient pas dans ses bras un bébé en bonne santé. Et ce n'est que le début. Ensuite, ces enfants doivent grandir en toute sécurité, ce qui n'a rien d'évident. Thomas, leur petit garçon, est tombé d'un arbre l'année dernière et il s'est cassé le bras.

— Je ne le savais pas non plus. J'ai du mal à croire qu'il est assez grand maintenant pour monter aux arbres.

— Tu as disparu de la circulation, Nick, pas seulement pour moi, mais pour tout le monde. Ce serait si bon de t'avoir de nouveau parmi nous, même si ce n'est qu'en tant qu'ami. Ton amitié m'a beaucoup manqué.

Elle lui tendit la main. La saisissant, il lui posa un long baiser sur les doigts.

— Laisse-moi y réfléchir, Liv. Ne précipitons rien. Je ne veux surtout pas commettre encore des erreurs.

Elle hocha la tête, consciente de ne pas avoir le choix. Elle devait lui laisser du temps si elle voulait avoir une chance de le décider à rester. Et elle avait tellement, tellement envie qu'il revienne pour de bon ! Elle en était sûre, à présent.

Mais il fallait pour l'instant passer à autre chose. Ils avaient besoin de changer d'air, de respirer et de retrouver un peu de calme intérieur.

— J'aimerais bien aller dans le jardin, sinon je risque de m'ankyloser. Et je meurs de faim. Si nous déjeunions ?

7.

Elle désirait qu'il revienne. Et lui la désirait. Rien n'avait changé. Mais se lancer dans une nouvelle tentative ? Cette idée inquiétait Nick et l'excitait tout à la fois. Il y avait encore des choses que Liv ignorait, et il n'était pas sûr de vouloir lui en parler, du moins pour le moment.

Il prépara un repas léger constitué d'une salade accompagnée de jambon et de gruyère qu'il avait achetés en revenant de l'hôpital. Liv était dans le jardin, grignotant ses biscuits aux amandes en buvant du café tiède. Elle avait pris place sur la balancelle installée sous un arbre, un endroit où, souvent, ils s'asseyaient ensemble à l'époque des jours heureux. Plus tard, lorsque les choses avaient commencé à se dégrader, Liv aimait s'y réfugier, seule, et il avait respecté son désir de solitude. Avait-il commis une erreur ? Sans doute, mais lui-même avait alors tant de mal à ne pas couler qu'il avait avant tout cherché à se protéger.

Il prit les plats qu'il apporta dans le jardin.

— Peux-tu manger sur tes genoux ? demanda-t-il.

— Mais oui. Oh ! cela me paraît très appétissant. Merci.

— Je t'en prie. Comment te sens-tu à présent ?

— Bien. J'ai un peu la tête qui tourne quand je me penche, mais ça va. J'aimerais bien aller marcher tout à l'heure. Je ne veux pas m'ankyloser.

— N'en fais pas trop quand même.

Levant les yeux au ciel d'un air amusé, elle entreprit de déguster sa salade. Quand ils eurent fini, elle alla s'asseoir au salon pour regarder la télévision pendant qu'il mettait de l'ordre dans la cuisine avant de consulter ses e-mails.

Il y en avait un qui lui avait été envoyé par Ben avec une pièce jointe qui donnait une description détaillée du poste qui lui était proposé. Il la lut attentivement et se dit que l'offre était tentante si jamais Simon décidait de ne pas revenir à l'hôpital. Mais rien n'était réglé avec Liv. Parviendraient-ils à trouver une façon de vivre en bonne intelligence ? Il n'en était pas sûr. S'ils voulaient avoir une chance d'y arriver, le mieux était de ne rien précipiter, de se donner le temps de s'adapter, de s'habituer de nouveau l'un à l'autre. Ainsi pourraient-ils au moins être encore amis. Et si les choses allaient plus loin entre eux, ce ne serait qu'un bonus.

Ce soir-là, il resta encore dans la maison, mais cette fois il s'installa dans la chambre d'amis dont il laissa la porte entrouverte au cas où Liv aurait besoin de lui.

Il se leva au milieu de la nuit pour aller la voir. Liv dormait profondément, serrant contre elle un oreiller.

Il valait mieux que ce soit un oreiller plutôt que lui, songea-t-il, morose. C'était beaucoup, beaucoup plus sage. Il retourna se coucher, éprouvant une jalousie ridicule à l'égard de cet oreiller, et finit par se rendormir.

Il fut réveillé en sentant des cheveux lui balayer le visage et des lèvres se poser sur sa joue.

— Debout, paresseux ! Je t'ai apporté une tasse de thé. J'ai pensé que cela te ferait du bien avant d'aller à l'hôpital t'occuper de Judy Richards.

Judy ! Il repoussa les couvertures en étouffant un bâillement et lutta contre l'envie qu'il avait d'attirer Liv dans le lit.

— Quelle heure est-il ?

— 8 h 30.

— Ah ! Pas le temps de boire le thé.

Il se doucha en un temps record puis se rendit à l'hôpital pour constater, satisfait, que Judy allait bien et que l'état de son bébé était stable.

Alors qu'il la quittait, son téléphone sonna.

— Nick ? C'est Sam. Où es-tu ?

— Je quitte l'hôpital après avoir vu une patiente. Pourquoi ?

— J'ai une proposition à te faire. Je sais que Ben t'a invité à t'installer chez lui le temps que tu te trouves un appartement, mais j'ai une autre solution pour toi. Pourquoi ne viendrais-tu pas occuper le chalet que nous avons dans le jardin ? Il est près de la mer, derrière la digue, et je suis sûr qu'il te plaira. Il dispose de tout le confort. Une douche, une petite cuisine, un lit confortable, l'accès au wi-fi… Ce serait parfait pour toi.

Un endroit à lui ? Nick se sentit soulagé. Mais il ne fallait pas s'emballer.

— Ne devrais-tu pas en parler d'abord à Kate ? Il se peut qu'elle me prenne en grippe.

— Mais non, voyons. Elle est impatiente de faire ta connaissance et, de toute façon, c'est elle qui a eu cette idée. Pourquoi ne viendrais-tu pas maintenant chez nous ? Je te ferai un café, et Kate t'offrira ses gâteaux faits maison. On t'attend dans cinq minutes ?

— Sam, je n'ai même pas encore pris mon petit déjeuner !

— Parfait. Moi non plus. Tu auras droit au bacon *et* aux gâteaux.

Nick éclata de rire.

— D'accord, mais je dois avertir Liv que je ne rentre pas tout de suite. À tout à l'heure !

Sam avait raison.

Le chalet était exactement ce dont il avait besoin. Il était deux fois plus grand que le studio dans lequel il avait vécu durant les deux dernières années. Situé derrière la digue, il ne permettait pas de voir la mer, mais lorsque les fenêtres étaient ouvertes il pouvait entendre le bruit apaisant des vagues.

Après avoir fait la connaissance de Kate et de la délicieuse petite Isadora, Nick suivit ses hôtes dans un grand salon donnant sur la mer et il fit honneur au copieux petit déjeuner qui lui fut servi.

Sam l'emmena ensuite faire un tour sur la digue. Appuyés contre la balustrade, ils contemplèrent les mouettes qui tournoyaient au-dessus des vagues.

— Regarde-moi ça ! s'exclama Sam en souriant. Comment résister à un tel spectacle ?

— Je n'essaye même pas ! Dis-moi, quel sera le prix de mon loyer ?

Sam lui jeta un regard incrédule.

— Quoi ? Tu es le meilleur ami que j'aie jamais eu. Pourquoi te ferais-je payer quoi que ce soit pour habiter ici ?

— Parce que je vais utiliser de l'électricité et que je viens troubler ton intimité. Ce n'est pas juste.

— Mais si, c'est juste ! Tu pourras venir faire des sorties en mer avec moi lorsque j'aurai un bateau. Ainsi, Kate ne me reprochera pas d'aller naviguer tout seul.

— Bon, si tu insistes, et si Kate est d'accord…

— Elle l'est. Elle t'aime beaucoup. Elle dit que ce sera amusant de t'avoir ici.

— Moi aussi, je l'aime beaucoup, dit-il en souriant. Vous êtes bien assortis. Depuis quand la connais-tu ?

— Oh ! pas très longtemps. Nous nous sommes rencontrés il y a un peu plus d'un an, mais je ne l'ai plus revue avant que je vienne travailler ici en avril. Liv m'a dit que tu étais parti en mars, nous nous sommes ratés de peu.

— Oui, en effet. Voyons, si je ne me trompe pas dans mes calculs… Isadora a cinq mois, non ?

Sam afficha un grand sourire.

— Oui. Eh bien, disons que cela a été le coup de foudre entre Kate et moi. Et on est très heureux ensemble. Bon, quand viens-tu t'installer dans le chalet ?

— Franchement, le plus tôt sera le mieux pour tout un tas de raisons. Je vais travailler toute la semaine et je serai probablement de garde le week-end prochain, mais aujourd'hui je suis libre, et Liv semble aller bien à présent. Je pourrais vider mon appartement et emménager ce soir, si ça te convient. Mais peut-être est-ce trop tôt ?

— Mais non. Et si Liv a des soucis, elle pourra toujours m'appeler. Veux-tu un coup de main pour ton déménagement ?

— Non, merci. Je n'ai pas grand-chose, et tout tiendra dans la voiture. Et ne t'inquiète pas pour les draps et les serviettes, j'ai ce qu'il faut.

— Parfait. Je vais te donner la clé. Considère que tu es chez toi, maintenant.

— Comment ça s'est passé avec Sam ? demanda Liv.

— Très bien. Cela m'a fait bizarre d'aller jusqu'au port. Je n'avais pas réalisé à quel point le bruit de la mer m'avait manqué. J'avais l'impression de me retrouver chez moi.

Il avait parlé d'un ton triste qui la toucha.

— Tu pourrais être de nouveau chez toi.

— Peut-être. Je l'espère. Le chalet est très agréable, et Sam m'a dit que je pouvais m'y installer quand je voulais. J'ai pensé emménager aujourd'hui si toi tu te sens bien ?

Il partirait aujourd'hui ? Elle avait espéré qu'il resterait un peu plus longtemps avec elle.

— Oui… Oui, bien sûr, si c'est ce que tu veux. Mais n'est-ce pas un peu précipité ? Pourquoi ne pas attendre le week-end prochain ? Et as-tu pensé à Judy Richards ?

Il resta silencieux un moment.

— Ben va la surveiller, dit-il enfin. De toute façon, il sera de garde ce week-end. Quant à moi, je vais travailler toute cette semaine et il se peut que je sois de garde le week-end prochain. Aujourd'hui, je peux m'occuper du déménagement, je ne sais pas quand j'en aurai de nouveau l'occasion. Maintenant que tu te sens mieux, il me paraît sage pour nous deux de ne pas passer trop de temps en tête à tête.

— Sage ? Pourquoi ?

— Oui. *Sage*.

Comme il la regardait fixement, elle sentit une vague de chaleur déferler en elle et se hâta de détourner les yeux.

— Je te désire, Liv, mais nous ne sommes pas encore prêts.

Nous avons besoin de nous accorder du temps, d'être sûrs de nous avant de nous engager. Et ce n'est pas comme si nous ne savions pas à quel point c'était bon.

Il avait raison, bien sûr, mais elle éprouvait malgré tout une profonde déception.

— Et si nous déjeunions, alors, avant que tu t'en ailles ?

— En fait, je vais partir maintenant. Kate nous ayant gavés de bacon et de gâteaux, je n'ai pas faim. Mais toi, as-tu assez de provisions ici ou veux-tu que j'aille faire quelques courses avant de m'en aller ?

— Non, j'ai ce qu'il faut, et je ne serais pas étonnée si Gwen rappliquait ici avec un plat cuisiné ou une tarte dès qu'elle aura vu ta voiture tourner au coin de la rue.

— Je ne sais pas comment tu peux tolérer ça !

— Oh ! ils sont pleins de bonnes intentions. C'est vrai qu'ils peuvent paraître indiscrets, mais ils sont inoffensifs. Ce sont vraiment de braves gens, et ils ont été très gentils avec moi.

— Je ne sais pas si la haie de rosiers peut en dire autant. Ben la soumet à la torture avec ses cisailles.

Elle éclata de rire et, une fois encore, leurs regards se croisèrent. Elle vit que la même flamme y brillait. Cette fois, ce fut Nick qui tourna les yeux ailleurs.

— Es-tu sûre que ça ira si je m'en vais ?

— Je vais bien, Nick. Je me sens beaucoup mieux. Je retournerai au travail dès demain.

— Vraiment ? dit-il en fronçant les sourcils Si tôt ? Tu es sûre ?

— Oui, certaine. Je n'ai même pas eu mal à la tête aujourd'hui. Et je me sens bien. Allez, va faire ton déménagement. C'est une bonne idée.

Il la regarda intensément un bref instant, puis hocha la tête.

— D'accord. Bon, je vais chercher mon sac.

Il monta dans la chambre d'amis et revint peu après.

— Tu as été rapide, commenta Liv.

— Je voyage léger. Ne bouge pas, je connais le chemin.

— Je veux te donner un trousseau de clés avant que tu t'en ailles.

Elle alla le chercher dans ce qui avait été le bureau de Nick.

— Ainsi, tu pourras aller et venir à ta guise, dit-elle en lui tendant le trousseau. En toute liberté.

Il prit les clés qu'il mit dans sa poche.

— Merci.

— Ne me remercie pas. C'est moi qui devrais te remercier d'avoir veillé sur moi.

— Tout ça est ma f…

Elle l'empêcha de continuer.

— Non. Cesse de te faire des reproches.

Le prenant par le cou, elle l'attira vers elle et l'embrassa.

Durant quelques secondes, il resta figé, puis il lui rendit son baiser en y mettant une sensualité pleine de promesse. Il s'écarta enfin, ouvrit la porte et, au moment d'en franchir le seuil, il se retourna.

— Ne commets aucune imprudence, Liv, dit-il d'un ton bourru. N'oublie pas que tu as eu une commotion cérébrale.

— Je vais bien, Nick. Allez, pars. Et téléphone-moi quand tu reviendras.

— Promis. Prends soin de toi, dit-il avant de s'éloigner.

Elle fut sur des charbons ardents durant les douze heures suivantes. C'était ridicule, compte tenu du nombre de fois où Nick s'était trouvé sur la route au cours des deux dernières années sans qu'elle s'inquiète pour lui.

Maintenant, c'était différent. Maintenant, elle s'autorisait à se faire de nouveau du souci pour lui, commençant même à lui pardonner de lui avoir laissé croire qu'il l'avait trompée avec Suzanne.

Elle devait aussi se pardonner à elle-même, pour leur avoir gâché la vie, pour avoir chassé Nick et pour l'avoir amené à préférer s'en aller, ce qui lui permettait d'échapper à une situation devenue pour lui insupportable.

Pourquoi ne s'étaient-ils pas parlé ? Ils y parvenaient bien, à présent. Au cours des dernières quarante-huit heures, ils n'avaient fait que cela ou presque, et déjà les blessures s'avéraient moins douloureuses.

Physiquement elle allait mieux aussi. Depuis vendredi, ses bleus viraient au noir, impressionnants, mais sans gravité. Surtout, elle ne souffrait plus, et son mal de tête avait complètement disparu.

Elle s'activa dans le jardin, essaya de semer des graines, puis abandonna, cette activité faisant revenir la migraine. Nick avait raison. Elle devait se ménager.

À minuit, elle reçut un texto de Nick qui lui disait qu'il était de retour chez Sam et qu'il la verrait le lendemain. Pour la première fois depuis des heures, elle put enfin se détendre.

Le lundi matin, peu avant 8 heures, Nick lui téléphona.

— Comptes-tu vraiment venir travailler ?

— Oui, mais seulement de 9 heures à 15 heures. T'inquiéterais-tu encore pour moi ?

— Non, non, pas du tout, mais j'ai mis Judy sous stéroïdes. Je m'interroge sur son cas. Tant que nous n'aurons pas les résultats concernant les antiphospholipides, nous ne pourrons pas savoir pourquoi elle a eu des problèmes, mais si les stéroïdes ont renforcé les poumons du bébé, cela augmentera les chances de survie de l'enfant au cas où nous devrions accoucher Judy en urgence. J'ai pensé que tu aimerais être mise au courant.

— Oui, merci. Pauvre Judy ! Comment va-t-elle ?

— Elle a peur. Si tu avais le temps de passer la voir, je suis sûr que cela lui ferait du bien.

— C'est entendu, j'irai. Et avant que tu ne me poses la question, sache que, non, je ne vais pas conduire, j'irai à pied à l'hôpital.

— Bien, dit-il d'un ton qui semblait soulagé. Envoie-moi un texto quand tu arriveras.

Ils faisaient de gros efforts, l'un et l'autre, pour garder leurs distances, pensa-t-elle en souriant. Mais, de toute façon, une fois au travail, ils n'auraient guère l'occasion de déraper.

Liv arriva dans le service de prénatalité une demi-heure plus tard, au moment précis où Nick venait contrôler une nouvelle fois l'état de Judy.

— Vous voilà tous les deux ! s'écria la patiente. Quelle ponctualité !

— Je viens juste vous faire un petit coucou, dit Liv.

— Oh ! votre œil ! Qu'est-il arrivé ?

— J'ai eu un petit accident vendredi.

Nick émit un soupir, et le regard de Judy s'attarda sur le badge qu'ils portaient sur leurs blouses médicales.

— Vous vous appelez tous les deux Jarvis, dit-elle. Seriez-vous mari et femme ou bien est-ce une simple coïncidence ?

Il consulta Liv du regard et lui laissa le soin d'expliquer la situation.

— Nous avons été mariés. Non, il ne m'a pas frappée, c'était un accident, ajouta-t-elle avec un sourire contraint.

— Oh ! Pourquoi l'avez-vous laissé partir ?

Nick soupira de nouveau, puis il s'empara de la fiche médicale accrochée au pied du lit, curieux d'entendre ce que Liv allait dire.

— Oui, c'était stupide, non ?

Un silence pesant alourdit l'atmosphère.

— Bon, maintenant que nous avons établi que je n'étais pas du genre à battre ma femme, pourrions-nous revenir à nos moutons, s'il vous plaît ? Judy, comment vous sentez-vous ?

La jeune femme arbora un air grave.

— Soucieuse, pour tout dire, car il y a quelque chose que j'aurais peut-être dû vous signaler. J'ai pris de l'aspirine juste avant de tomber enceinte.

— De l'aspirine ? répéta Nick, les sourcils froncés.

— Oui. Cette histoire d'antiphospholipides m'a vraiment inquiétée, mais comme le test que j'ai eu après ma dernière fausse couche était négatif j'ai pensé que tout allait bien. Et puis j'ai lu des articles qui parlaient du SAP obstétrical. Ils disaient qu'il fallait prendre de l'aspirine, et c'est ce que j'ai fait après mes dernières règles. Je ne sais pas s'il s'agit d'une coïncidence, mais tout semblait aller bien jusqu'à ce que j'arrête…

— Vous avez arrêté ? Quand ?

— Il y a trois semaines, parce que j'avais facilement des bleus. J'ai pensé que peut-être l'aspirine me faisait plus de mal que de bien et j'ai eu peur d'avoir une hémorragie. Et depuis rien ne va plus. C'est ma faute, n'est ce pas ? Je n'aurais pas dû arrêter. J'aurais dû vous en parler.

— Oui, vous auriez dû, parce que cet arrêt peut expliquer pourquoi le bébé s'est peu développé ces dernières semaines. Mais, par ailleurs, prendre de l'aspirine a pu aussi vous empêcher de faire une fausse couche. Si vous m'aviez mis au courant, je vous en aurais redonné dès vendredi.

— Je regrette tellement…

— Ne vous excusez pas, Judy, tout va bien. Maintenant, nous y voyons plus clair. Je vais me mettre en quête des résultats de vos analyses car il est fort possible que vous *ayez* un SAP obstétrical qui, contrairement au SAP normal, ne se manifeste que lorsque vous êtes enceinte. Ce qui explique que vous ayez eu un résultat négatif après votre fausse couche. En gros, voilà ce qui se passe. Le sang coagule dans les capillaires de la paroi utérine et peut empêcher soit l'implantation d'un embryon, soit le développement du placenta, ou bien entraîner plus tard sa défaillance. C'est peut-être ce qui se passe actuellement pour votre bébé, mais si c'est le cas nous pouvons y remédier. En attendant d'avoir les résultats des tests, je vais vous redonner de l'aspirine et, après, nous aviserons. D'accord ?

Elle hocha la tête, les larmes aux yeux.

— Je suis désolée. Je sais que les médecins n'aiment pas que les gens pratiquent l'automédication.

— Peut-être avez-vous fait exactement ce qu'il fallait, Judy. Vous avez déjà perdu trois bébés, mais celui-ci est en vie et je vais faire en sorte que tout se passe bien pour lui. D'accord ?

— Oui, d'accord. Merci.

— Je vous en prie. Espérons juste être bientôt fixés.

— Je vous laisse, je dois aller travailler, intervint Liv en se levant. Si je peux, je repasserai vous voir, Judy.

— J'en serai ravie.

Judy la regarda partir et soupira.

— Vous devriez prendre soin d'elle, dit-elle. Ce n'est pas sa place ici, avec cet œil au beurre noir.

Son regard était lourd de reproches, et Nick ressentit à la fois de la culpabilité et de l'irritation. Il soupira.

— Ne m'en parlez pas…, répliqua-t-il en raccrochant la fiche médicale au pied du lit. Bon, je vais aller chercher les résultats de vos tests, vous faire donner de l'aspirine, et je reviendrai plus tard. Appelez si vous sentez qu'il se passe quelque chose de nouveau. Et ne vous inquiétez pas pour Liv, je garde un œil sur elle.

— Il le faut. C'est une femme adorable.

Comme s'il ne le savait pas.

Nick entra dans le bureau peu après qu'elle avait commencé à se plonger dans la paperasse qui, à première vue, ne présentait aucun intérêt et dont la plus grande partie finirait sans doute à la poubelle.

— C'est arrangé, pour Judy ? s'enquit-elle.

— Oui. Dommage qu'elle ne nous ait pas parlé plus tôt de l'aspirine. J'aurais pu lui en donner dès vendredi. Tu as le temps de venir boire un café ? Je n'ai pas encore pris mon petit déjeuner et je suis ici depuis 7 heures du matin.

— Oui, j'ai tout mon temps, dit-elle en quittant sa chaise. Personne ne me donne des choses à faire. Je crois qu'ils sont tous terrifiés par mon œil au beurre noir ! Encore heureux qu'ils ne puissent pas voir ma jambe.

— Probablement. C'était déjà assez vilain samedi, j'imagine que c'est bien pire maintenant. Au fait, Judy trouve que tu ne devrais pas être ici avec un œil pareil et je suis d'accord avec elle.

— Est-ce pour cette raison que je ne trouve rien d'autre à faire que de la paperasserie ? Serais-tu intervenu ?

— Ce n'était même pas nécessaire. Il suffit de te regarder.

Elle esquissa une moue.

— Quoi qu'il en soit, j'aimerais avoir la peau de celui qui a inventé la paperasse ! C'est à mourir d'ennui, alors que je m'y suis attelée il y a une demi-heure seulement.

Il partit d'un grand rire.

— J'ai l'impression que tu cherches un prétexte pour y échapper.

— Gagné ! répondit-elle, amusée.

Ils se rendirent au café en observant un silence qui n'avait rien de désagréable. Nick commanda les cafés et prit une barre de céréales et une banane.

— Tu en veux une ? demanda-t-il en lui montrant le fruit.

— Oui, volontiers. Il n'y avait plus grand-chose à manger à la maison, alors je n'ai avalé qu'un toast en guise de petit déjeuner. Gwen n'est pas venue m'apporter un plat cuisiné, mais je l'ai aperçue par la fenêtre et je lui ai fait signe. Je pense qu'elle a eu peur de mon œil au beurre noir.

Il fit la grimace.

— Tu ferais peut-être bien de leur expliquer l'accident avant que Bert ne parte à ma recherche avec ses cisailles.

Ils s'assirent à une table près de la baie vitrée.

— Avant que j'oublie, sache que ce matin j'ai passé une commande pour que tu aies de quoi petit déjeuner demain. La livraison se fera ce soir, entre 18 et 19 heures. Tu seras là ?

— Tu as passé une commande pour moi ? dit-elle, perplexe.

— Oui. Quelques produits de base pour t'éviter d'avoir à faire les courses, mais j'ai commandé aussi des provisions que nous pourrons partager. Pour réapprendre à nous connaître, nous pourrions peut-être passer des soirées ensemble quand nous en aurons l'occasion. La cuisine du chalet étant assez sommaire, je me suis dit que nous serions mieux chez toi. Je me chargerai de faire la cuisine, ce qui te facilitera les choses. À moins que tu n'émettes des objections ?

— Non, je trouve cela génial. As-tu pensé à commander du vin ? Je n'en ai plus à la maison.

— Je ne bois plus. Un verre de temps en temps avec des amis, c'est tout… Je fais de la gymnastique, j'ai recommencé à courir et je surveille mon alimentation. C'est un peu tard, bien sûr, et je n'en fais pas suffisamment, mais…

Il se tut, lui laissant le temps d'assimiler toutes ces informations.

Elle secoua la tête.

— Je te trouve en bien meilleure forme, dit-elle d'un ton calme. Tu ressembles à l'homme que j'ai épousé, sauf qu'à l'époque tu étais heureux et que, par ma faute, tu ne l'es plus.

— Liv, ce n'est pas ta faute.

— Mais si. J'ai détruit ta vie, compromis ta carrière, tout gâché, et j'en suis désolée. Je n'aurais pas dû croire que tu m'avais trahie parce que cela ne te ressemble pas. Mais je me suis dit que moi, je ne t'intéressais plus, je ne voyais pas ce que j'avais encore à t'offrir. Tout était si horrible…

Il lui sourit gentiment, mais il avait l'air troublé. Il lui prit la main qu'il pressa dans la sienne.

— Allons, ça suffit, ce n'est ni le lieu ni le moment. Concentrons-nous sur ici et maintenant. Pour ma part, je dois être au bloc opératoire dans une heure et je veux relire mes notes. Je vais donc boire mon café et, ensuite, je partirai. Toi, prends ton temps, je passerai te chercher plus tard.

Elle le regarda s'en aller et elle savourait la douceur du soleil quand la sonnerie de son téléphone la fit sursauter. C'était Sam. Il venait aux nouvelles et voulait savoir si elle avait besoin de séances de kinésithérapie.

— Non, merci, Sam, je vais bien. J'ai déjà repris le travail.

— Sérieux ? Vous avez eu une commotion cérébrale, sans parler de vos ecchymoses.

— Tout va bien, Sam, je vous assure. Et merci d'accueillir Nick chez vous. Il a l'air très heureux d'habiter dans ce chalet.

— Parfait. C'est un plaisir pour nous. Excusez-moi, je dois y aller, on m'attend en salle de réanimation, mais vous savez où me trouver si vous avez besoin de moi. Et surtout n'en faites pas trop.

La communication terminée, elle glissa son téléphone dans sa poche, acheva de boire son café puis retourna s'occuper de cette paperasse qu'elle trouvait si fastidieuse.

8.

Après le déjeuner, Liv fut appelée à remplacer de nouveau Jan à la consultation prénatale. En la voyant apparaître, Nick fronça les sourcils.

— Tu es blanche comme un linge et tu sembles éreintée. Allez, rentre chez toi.

— Je vais bien, je t'assure. De toute façon, je ne travaille que jusqu'à 15 heures. Ne fais pas tant d'histoires ! Comment va Judy ?

— Bien, mais elle a des anticorps antiphospholipidiques.

— Elle souffre finalement d'un SAP obstétrical ?

— Cela y ressemble. Je regrette de ne pas lui avoir donné de l'aspirine dès vendredi. Plus j'y pense, plus je m'en veux.

— Pourquoi ? Elle avait déjà eu un test qui s'était révélé négatif, et Simon n'avait rien repéré.

— Comme il venait d'apprendre que sa femme avait un cancer, il n'avait sans doute pas les idées très claires. Moi, j'étais perturbé car je découvrais qu'on allait travailler ensemble, toi et moi. Mais deux erreurs ne font pas une vérité.

— Non, bien sûr, mais Judy t'avait caché une information d'une importance capitale. Par ailleurs, il s'agissait d'une affaire d'appréciation, Nick.

— Et je n'ai pas su prendre la bonne décision. D'où l'expression « une erreur humaine », mais c'est impardonnable quand la vie d'un bébé est en jeu. Heureusement que je l'ai fait hospitaliser et mise en observation, car au moins nous savons que rien de fâcheux ne s'est passé pendant le week-end. J'imagine que je dois m'en féliciter. Maintenant, occuponsnous d'Amy Zacharelli.

Liv ouvrit de grands yeux. C'était le bébé d'Amy qu'il avait mis au monde par césarienne le jour où elle l'avait jeté dehors. Quelle étrange coïncidence…

— Amy est de nouveau enceinte ?

— Il semblerait.

— Va-t-elle avoir encore une césarienne ?

— Je ne sais pas. Je vais en parler avec elle maintenant que j'ai vu ses derniers clichés de scanner. J'espère que non. Dans son dossier, Simon a noté qu'elle demandait un accouchement par voie vaginale. Nous devons donc en discuter ensemble. Peux-tu la faire entrer ?

— Bien sûr.

Elle se rendit dans la salle d'attente et appela Amy. Un couple se leva. Elle n'avait encore jamais vu Amy, mais elle reconnut immédiatement Leo, son mari, un célèbre cuisinier qui avait sa propre émission à la télévision et dont elle était une grande fan.

— Puis-je venir aussi ? demanda-t-il en souriant.

— Bien sûr, si Amy est d'accord. Je suis certaine que M. Jarvis n'y verra pas d'inconvénient.

— Vous dites… M. Jarvis ? s'étonna Amy.

Lorsqu'elle le vit, son visage rayonna.

— Je vous croyais parti définitivement…

— C'était le cas.

Il sourit et leur serra la main.

— Quel bonheur de vous revoir ! Je vous dois des excuses à tous les deux. J'avais promis de revenir vous voir pour m'assurer que tout allait bien après l'accouchement, mais j'ai eu des soucis et j'ai dû partir sans même vous en avoir avertis. Je suis vraiment désolé.

Des soucis ? pensa Liv. C'était donc ainsi qu'il décrivait leur séparation ? Ce qui avait détruit leur vie ?

— Vous n'avez pas à vous excuser, dit Leo. Je regrette seulement que nous n'ayons pas eu l'occasion de vous remercier, mais je n'ai jamais oublié combien vous avez été gentil avec Amy, ni tout ce que nous vous devons.

— Vous ne me devez rien du tout. C'était un plaisir. Alors, comment va votre petite fille ?

— Elle est merveilleuse. Infernale, mais merveilleuse, répliqua Amy en riant. Elle va très bien, grâce à vous et à M. Walker.

— Savez-vous ce que vous allez avoir cette fois-ci ? Fille ou garçon ?

— C'est un garçon, répondit Leo avec un grand sourire.

— Parfait. Dites-moi, qu'avez-vous prévu pour l'accouchement ? J'ai vu dans votre dossier que vous vouliez tenter un accouchement par voie vaginale.

— Oui, si c'est possible, répondit Amy. J'avais l'accord de M. Bailey, mais maintenant qu'il est parti… On dirait que je fais cet effet-là sur les gens. Ils me laissent tomber.

Nick esquissa un petit sourire forcé.

— Vous n'êtes en rien responsable de cette situation, mais vous ne devez pas vous sentir abandonnée pour autant à moins que je ne compte pas à vos yeux ? C'est moi qui remplace M. Bailey, à présent. Je peux donc vous suivre jusqu'au terme de votre grossesse et, si tout va bien, vous laisser tenter d'accoucher sans césarienne.

— Vraiment ? Oh ! c'est génial ! J'étais si inquiète. J'avais peur que son remplaçant refuse.

— Vos deux enfants sont très proches l'un de l'autre, seulement quinze mois d'écart, mais, techniquement parlant, ce n'est pas un problème puisque votre césarienne date d'il y a plus d'un an. Si vous vous allongiez sur la table d'examen pour que je jette un coup d'œil à votre cicatrice ?

Il fut soulagé de constater que tout allait bien. La cicatrice se voyait à peine, l'utérus semblait souple sous la peau, hormis un léger renflement à l'endroit de l'incision. Il n'y avait là rien d'alarmant.

— Voilà, Amy, j'ai terminé, dit-il en ôtant ses gants en latex. Tout cela m'a l'air très bien. La tête du bébé est engagée, et tout semble parfait. Je m'assurerai d'être là lorsque vous entrerez à la maternité, mais il n'y a aucune raison pour que tout ne se passe pas au mieux. Liv ?

— Je serai ravie de vous accoucher, Amy. Je le serais sans doute un peu moins si la naissance avait lieu à domicile, mais ici nous pourrons surveiller de près ce qui se passe, donc pas de problème.

— Oh ! c'est merveilleux ! s'exclama Amy en rajustant ses vêtements. Je me sens tellement mieux maintenant.

Son enthousiasme fit sourire Nick.

— Bien. J'aime que mes mamans soient heureuses. Ne vous inquiétez pas, nous veillerons avant tout à votre sécurité et à celle de l'enfant.

— Merci, dit-elle avec ferveur

Se dressant sur la pointe des pieds, elle lui planta un baiser sur la joue.

— Je vous en prie. Je vous reverrai dans deux semaines, et nous ferons le point. Il se peut que vous ayez besoin d'un balayage de la membrane, mais jusqu'à présent tout va bien. C'est bon de vous revoir tous les deux.

— Moi aussi, je m'en réjouis, dit Leo. Bienvenue à Yoxburgh.

Nick sourit et les regarda s'en aller en se demandant une fois de plus quel effet cela lui ferait de revenir ici de façon permanente, de voir ses patientes agrandir leur famille, de les suivre au fil des années.

Il se tourna vers Liv.

— Bon, il est temps pour toi de partir. Je peux me débrouiller. Ils me trouveront bien une infirmière. Allez, ouste, rentre chez toi !

Elle obéit, consciente d'être plus fatiguée qu'elle ne s'y était attendue. Pour preuve, il lui fallut deux fois plus de temps que d'habitude pour effectuer à pied le court trajet entre l'hôpital et son domicile.

En arrivant chez elle, elle se jeta sur le canapé du salon,

mais à peine s'était-elle installée confortablement au milieu des coussins que quelqu'un sonna à la porte.

En ouvrant, elle découvrit le livreur qui apportait les provisions. Et des fleurs.

Des fleurs magnifiques, disposées dans un joli vase. Une carte les accompagnait. Elle déchira l'enveloppe et vit qu'en guise de signature il n'y avait qu'une croix.

Mais elle savait qui lui avait envoyé ce bouquet. Elle prit son téléphone, composa le numéro de Nick et, tombant sur le répondeur, elle laissa un message pour le remercier.

Il était si attentionné malgré tout ce qui s'était passé, et elle était impatiente de voir la journée s'achever.

Nick avait l'air rompu, mais heureux, lorsqu'il arriva. En voyant la barbe naissante qui commençait à noircir son menton, Liv sentit un frisson la traverser.

Il l'enlaça un court instant et l'embrassa sur la joue avant de s'écarter, les mains dans les poches. Pour les empêcher de s'égarer ? C'était plus sage, en effet.

— Alors, la livraison est-elle arrivée ? s'enquit-il.

— Oui, et les fleurs aussi qui sont magnifiques. Merci.

— Je t'en prie. Comment te sens-tu ?

— Lasse, répondit-elle. Je ne m'attendais pas à être aussi vidée, alors que je n'ai même plus mal à la tête.

— Les commotions cérébrales sont des phénomènes bizarres. Tu ne dois pas faire d'imprudences. Et à part cette fatigue ?

— Tout va bien. Mes ecchymoses sont douloureuses, mais, autrement, ça va.

Elle le suivit à la cuisine où il commença à fouiller dans le réfrigérateur.

— Qu'as-tu fait ce matin pendant que je liquidais la paperasse ? demanda-t-elle.

— Oh ! de la chirurgie gynécologique. La routine habituelle, plutôt assommante. Moi, j'aime les bébés.

Elle eut un rire triste.

— Moi aussi. Nous avons vraiment bien choisi les métiers qu'il nous fallait, n'est-ce pas ? Dis-moi, selon toi, quelles sont les chances d'Amy Zacharelli d'accoucher normalement ?

— Je ne sais pas. L'enfant doit naître dans seize jours, et je n'ai pas envie d'accélérer les choses. J'aimerais que le travail se déclenche spontanément, ce qui pourrait également tout compliquer, aussi je préfère attendre.

Il sortit la tête du réfrigérateur.

— Que dirais-tu d'un poulet au curry avec du riz de chou-fleur ?

Elle ouvrit de grands yeux.

— C'est très sain ! Et j'ai remarqué que tu n'avais acheté que des produits bio.

— Je t'ai dit que j'avais changé de mode de vie. Tu trouves ce menu trop diététique ?

— Mais non, il me paraît très appétissant. Allez, mets-toi au travail. Puis-je faire quelque chose ?

— Oui. T'asseoir et me faire la conversation pendant que je cuisinerai.

Elle tourna la tête vers le salon et fit la grimace. Cette pièce lui rappelait tellement de mauvais souvenirs !

— Y suis-je obligée ? demanda-t-elle.

Levant les yeux vers elle, il fronça les sourcils.

— Hé, qu'y a-t-il ?

Il abandonna ses casseroles pour venir lui caresser la joue.

— Je n'aime pas ce canapé. Je ne l'aime plus depuis que…

— Oh ! Liv…, dit-il en la serrant dans ses bras. Viens. Nous allons nous asseoir tous les deux et chasser les vieux démons.

Il la prit par la main et s'installa avant de la faire asseoir à côté de lui.

— Voilà… Tu vois ? Ce n'est qu'un simple canapé.

Comme elle avait les yeux fixés sur la table basse, il suivit la direction de son regard et fronça les sourcils.

— Qu'est-ce que cette marque ? demanda-t-il.

Se penchant, il gratta avec l'ongle une petite tache de couleur claire.

— Le jour où je t'ai dit de quitter la maison, tu as renversé ton café. J'ai mis du papier pour éponger, et un petit morceau est resté collé.

Il se tourna vers elle.

— Et c'est là depuis tout ce temps ?

Elle haussa les épaules.

— Quelle importance ? Je ne l'utilise jamais.

Il alla prendre une éponge dans l'évier et revint frotter la tache jusqu'à ce qu'elle ait complètement disparu.

— Voilà, c'est mieux ainsi

Il se pencha vers Liv et l'embrassa.

— Et maintenant reste assise pendant que je prépare le dîner et discutons.

Elle observa la table basse. Il avait raison. C'était bien mieux ainsi. Il avait suffi d'un simple coup d'éponge…

Elle se cala contre les coussins et regarda Nick cuisiner, savourant encore le doux baiser qu'il venait de lui donner.

— Merci, c'était délicieux. J'ai adoré le riz de chou-fleur.

Ils avaient repris place sur le canapé, celui où leur vie avait basculé en janvier, l'année précédente.

— N'en abuse pas…, dit Nick. Je n'ai pas envie que tu te remettes à maigrir. Tu avais perdu beaucoup trop de poids à force de courir.

— Je sais. Je me suis même demandé… si cela n'expliquait pas pourquoi je ne parvenais pas à tomber enceinte ?

Il détourna le regard.

— Pas nécessairement.

Elle fronça les sourcils. Il semblait lui cacher quelque chose.

— Nick ?

Il avala sa salive et prit une profonde respiration.

— J'ai fait analyser mon sperme, dit-il d'une voix sourde. Il y a trois ans.

— Et ? demanda-t-elle, le cœur battant plus fort.

— Les résultats n'étaient pas brillants. Ce n'était pas catastrophique, mais pas génial non plus.

— Alors tu as adopté un mode de vie plus sain…

Elle se rappela qu'à l'époque il avait soudain arrêté de boire du vin, mangé des légumes, fréquenté la salle de sport de l'hôpital et commencé à courir. Mais cela n'avait pas duré.

— Oui. Pourtant, tu n'es pas tombée enceinte, et je me suis découragé. Juste avant que tu ne découvres encore une fois que tu n'attendais pas de bébé, j'ai fait faire un autre test.

Le cœur de Liv battait à grands coups maintenant.

— Et ?

— Les résultats s'avérèrent encore plus mauvais que la fois précédente. J'avais déjà décidé, en cas d'un nouvel échec, de tout te dire, mais lorsque j'ai reçu les résultats je me suis senti paralysé. J'ai alors préféré aller à ce congrès pour tenter de trouver la force de t'avouer à mon retour que tout était sans doute ma faute. Lorsque Suze m'a demandé ce qui n'allait pas, je me suis effondré et je lui ai tout raconté.

Il marqua une courte pause avant de poursuivre.

— Tu as cru que j'avais couché avec elle et tu m'as mis à la porte de la maison. Pour moi, à ce moment-là, le mieux était de te laisser croire que je t'avais trahie, car, si tu me détestais, il te serait plus facile de tourner la page. Mais tu ne l'as pas fait, et moi non plus. La vraie raison pour laquelle je ne t'ai pas dit la vérité à propos de Suze, c'est que je ne voulais pas que tu me gardes par pitié ni que tu subisses les lourdes procédures des FIV alors que tu ne m'aimais plus vraiment.

Elle lui prit la main et entrelaça ses doigts aux siens.

— Je n'ai jamais cessé de t'aimer, Nick.

— Je l'ai cru lorsque tu as parlé de divorce. Tu avais l'air de me haïr, ce qui ne m'a pas surpris car, moi aussi, je me haïssais. Je me suis dit que si je sortais de ta vie tu trouverais quelqu'un d'autre… La fécondation in vitro est une procédure pénible, Liv. Je m'en suis aperçu en voyant tous ces couples qui y avaient recours. Tu es plus jeune que moi, tu as le temps de trouver un homme capable de te faire un enfant et…

— Mais je ne veux pas d'un autre homme, Nick. C'est toi que je veux. Ce sont *tes* bébés que je veux porter, que ce soit grâce à la FIV ou à toute autre méthode.

Elle lui caressa la joue et le força à la regarder.

— Voilà pourquoi je n'ai pas divorcé, dit-elle d'une voix douce. C'est parce que je t'aime. Je t'ai toujours aimé et je ne pourrai jamais me résoudre à te laisser partir.

— Oh ! Liv...

Il s'empara de sa bouche puis promena ses lèvres sur son cou, sa gorge... avant de s'écarter.

— Continue, susurra-t-elle.

— Il ne faut pas. Pas maintenant, Liv. Pas encore... De toute façon, tu es épuisée, tu as eu une dure journée et tu dois aller au lit.

— Alors, viens me mettre au lit.

Il eut un petit rire désespéré et l'embrassa de nouveau.

— Bien essayé, mais je dois partir, murmura-t-il.

— Tu vas me manquer.

— Toi aussi, tu vas me manquer...

Elle esquissa un sourire et lui passa une main sur le menton.

— Promets-moi une chose.

— Quoi donc ?

— Garde cette barbe naissante. Elle te rend sexy et te donne l'air d'un dur.

— Pourquoi veux-tu que j'aie l'air d'un dur ? dit-il en riant. Je ne veux pas semer le trouble chez mes patientes !

— Trop tard ! Tu as entendu comme moi Judy déplorer que je t'aie laissé partir. Elle te trouve très attirant.

— Attirant ? Judy ? Tu veux rire !

Elle leva les yeux au ciel.

— Tu ne t'en rends même pas compte, Nick, mais tu es incroyablement séduisant.

Il se passa la main sur le menton, l'air pensif.

— Peut-être vais-je m'acheter une lame spéciale « barbe de trois jours » uniquement pour que tu t'intéresses à moi.

Avec son regard malicieux, il ressemblait tellement au

Nick d'autrefois, celui qu'elle avait épousé, qu'elle eut soudain envie de pleurer… ou de le serrer dans ses bras. Elle choisit la seconde option puis le laissa partir.

— Allez, rentre chez toi.

— J'aimerais bien, chuchota-t-il.

De nouveau, elle eut envie de pleurer.

— Je voulais dire : rentre chez Sam. Dépêche-toi, avant que je ne change d'avis.

Il se leva et, l'attirant à lui, il l'embrassa longuement.

— Va te coucher, dit-il, s'écartant. Je vais remplir le lave-vaisselle et ranger la cuisine avant de m'en aller. Allez, ouste !

Elle obéit car elle se sentait à bout de forces, mais elle ne s'endormit pas avant d'avoir entendu la porte d'entrée se refermer doucement et le crissement des pneus de la voiture de Nick dans l'allée. Après quoi, elle sombra dans un profond sommeil.

Il conserva sa barbe naissante, non pas pour faire plaisir à Liv, mais parce que au petit matin il reçut un appel de l'hôpital concernant Judy Richards. Il s'habilla rapidement pour se rendre au chevet de sa patiente.

Lorsque Liv vint prendre son poste à 7 heures, Nick était au travail depuis déjà deux heures et Judy avait eu un autre examen Doppler de son placenta. Le moniteur avait montré une légère baisse du rythme cardiaque du bébé, et celui-ci bougeait moins que d'habitude.

— Est-ce que tout va bien se passer ? s'enquit-elle.

Elle vint se placer à côté de Nick qui, l'air tendu, étudiait les images du scanner sur l'écran de l'ordinateur dans le bureau des infirmières.

— Je l'espère, répondit-il. Son placenta n'est vraiment pas brillant, mais elle passera un autre scanner dans deux heures. S'il n'apparaît aucun changement, je l'accoucherai.

— Mais elle n'en est qu'à trente-deux semaines de grossesse…

— Trente-trois, aujourd'hui. À ce stade, chaque jour compte.

Il se tourna vers elle et lui adressa un sourire las.

— Et toi, comment te sens-tu ?

— Mieux. J'ai dormi comme un loir.

— Tu vois ? Je t'avais bien dit que tu étais fatiguée.

— Je ne le suis plus maintenant en regardant cette barbe naissante, murmura-t-elle.

— Tu sais que tu es au travail…, dit-il avec un clin d'œil amusé en se levant. Au fait, que fais-tu ce soir ?

— Je dîne avec toi ?

Il sourit.

— Parfait. Tu veux venir au chalet ? Je passerai te chercher et je m'occuperai des provisions.

— À condition que Judy le permette, car je te connais bien et je sais qu'elle sera ta grande priorité.

— Serais-tu jalouse d'une patiente ?

— Absolument.

Laissant échapper un petit rire, il s'en alla, et elle resta là à le regarder s'éloigner.

— Vous semblez bien vous entendre, vous deux.

Elle se retourna avec un sursaut.

— Ben ! Vous m'avez fait peur ! Pourquoi arriver ainsi à pas feutrés ?

— Désolé. Je ne voulais pas vous effrayer. Je souhaitais juste vous demander votre avis à propos d'une patiente.

Mais il avait le regard rieur, ce qui la fit rougir.

— La vérité, c'est que vous vouliez m'espionner pour avoir de quoi alimenter les commérages de l'hôpital !

— Non, pas les commérages. En fait, je suis très soulagé de voir que vous allez bien à divers points de vue.

— Ah ! Lesquels ?

— Eh bien, pour commencer, vous êtes en vie, alors que nous avons tous eu très peur pour vous, vendredi dernier. Et comme, Nick et vous, vous êtes tous deux mes amis, je me réjouis de vous voir de nouveau ensemble.

— Nous ne sommes pas ensemble, comme vous dites,

alors inutile de vous exciter. Par ailleurs, cela ne fait que deux raisons de vous réjouir.

— J'ajouterais le fait que Nick n'est pas reparti, et que nous avons donc encore notre remplaçant. Ce troisième point est très important.

Elle se mit à rire.

— J'imagine, en effet. Bon, de quelle patiente vouliez-vous me parler ?

— Une patiente ? Vous ai-je parlé d'une patiente ?

Il s'éloigna, la laissant rire sous cape. Quel idiot !

— Liv, nous attendons une future maman qui doit arriver en ambulance. Seriez-vous disponible ?

Liv se tourna vers sa supérieure hiérarchique.

— Oui. Vous voulez que je la prenne en charge ?

— S'il vous plaît. Le bébé est en présentation occipitale postérieure et, apparemment, cette femme souffrait trop pour venir en voiture. L'ambulance est une simple précaution car l'accouchement ne devrait poser aucun problème.

C'était parler un peu vite.

La présentation occipitale postérieure constituait toujours une source potentielle de difficultés, surtout chez une primipare. Celle-ci était très jeune et terrifiée. Lorsqu'elle arriva à l'hôpital, elle souffrait tellement qu'elle refusa de bouger.

— Bon, je vais vous donner un analgésique et, ensuite, il faudra vous lever, car votre col est complètement dilaté et ce bébé a besoin que vous poussiez, dit Liv.

— Je… Je ne peux pas !

— Mais si, vous pouvez, vous allez voir. Je reviens dans une minute.

Elle la laissa aux bons soins d'une autre sage-femme et alla trouver Nick.

— Es-tu occupé dans la demi-heure qui vient ? Je pourrais avoir besoin de toi.

— Voilà qui semble prometteur, dit-il en la gratifiant d'un sourire sexy.

Ignorant le désir qui l'envahissait, elle leva les yeux au ciel.

— Une primipare en plein travail pour un bébé en présentation occipitale postérieure vient d'arriver. Elle peut avoir besoin d'être aidée. Je vais lui donner de la péthidine et essayer de la faire se lever, mais ce sera difficile. Elle refuse de bouger.

— D'accord. Si tu as besoin de moi, tu n'as qu'à m'appeler. Je dois avoir dans une heure un contact avec le frère de Ben pour parler des scanners de Judy, mais si je peux t'être utile avant n'hésite pas à me faire venir. Sinon, ce sera Ben.

— D'accord.

Elle n'eut pas à faire appel à lui. Entre l'analgésique, le soutien physique et affectif de son compagnon et les encouragements de Liv, la jeune mère accepta enfin de bouger et de marcher, ce qui facilita l'accouchement.

À peine celle-ci était-elle de nouveau couchée dans le lit, son bébé dans les bras, que quelqu'un frappa à la porte. Nick passa la tête dans l'embrasure.

— J'ai la réponse à ma question, dit-il en souriant. Tout va bien ?

— Oui, tout est parfait, monsieur Jarvis, dit Liv. Merci.

— Bien. Lorsque vous en aurez terminé, venez me voir, s'il vous plaît.

Comme il lui adressait un clin d'œil, elle sentit sa tension artérielle grimper en flèche.

Il était plus de 19 heures lorsque Nick passa la chercher chez elle. Il avait travaillé quatorze heures d'affilée à l'hôpital et devait être épuisé, pensa-t-elle.

— Comment va Judy ?

— Bien. Le frère de Ben, Matt, s'est montré très positif en ce qui concerne le bébé. C'est appréciable d'avoir ainsi sous la main un spécialiste de pédiatrie prénatale. Que veux-tu pour le dîner ?

— Quelque chose de rapide et de simple à préparer. Tu dois être mort de fatigue.

Il sourit et l'embrassa sur les cheveux en la serrant dans ses bras.

— Oui, c'est vrai, mais j'ai envie de me détendre. Je ne suis pas de garde, cette nuit, et à moins que Judy n'ait une crise je devrais pouvoir m'offrir huit heures de sommeil. Que dirais-tu de *fish and chips* pour le dîner ?

— Je croyais que tu cherchais à manger sainement.

Il se mit à rire.

— Cela ne m'empêche pas de me faire plaisir quand j'en ai envie. Mais, si tu préfères, je peux préparer une salade avec des aubergines grillées, des cœurs d'artichaut braisés, du saumon fumé…

— J'en ai déjà l'eau à la bouche !

— Bien. Dans ce cas, dépêchons-nous, la nuit sera bientôt là et nous avons besoin l'un et l'autre de nous coucher tôt.

Il dévalisa le réfrigérateur et emmena Liv jusqu'au port. Lorsqu'elle découvrit le chalet, elle ne cacha pas sa surprise.

— Oh ! c'est ravissant ! Et moi qui me désolais pour toi…

— Il ne faut pas. Je suis très heureux ici, c'est parfait. Ou, plutôt, ça l'est maintenant parce que tu es là.

Posant son sac à provisions par terre, il la prit dans ses bras.

— Pourrons-nous y arriver, Liv ? Pouvons-nous faire en sorte que cela marche ? Même s'il s'avère que nous ne pourrons jamais avoir d'enfant ?

— Ce matin, ma jeune patiente se croyait incapable de mettre son enfant au monde sans y être aidée, mais elle l'a fait. Peut-être est-ce là la clé du succès. Essayer de toutes ses forces au lieu d'attendre que les choses arrivent toutes seules… Mais il va falloir d'abord que tu me nourrisses, ajouta-t-elle en souriant. J'ai l'estomac qui gargouille.

Éclatant de rire, il la lâcha.

Après le dîner, ils prirent le café avec Sam et Kate en regardant les lumières scintiller sur l'eau et en écoutant le bruit des gréements venu du chantier naval. Liv comprit pourquoi Nick aimait tant cet endroit.

Il consulta sa montre.

— Il est temps que j'aille dormir. Tant que Judy n'aura pas accouché, je m'attends à être appelé à tout moment.

— Tu devrais apprendre à déléguer, dit Sam.

Ce qui fit rire Liv.

— Il en est incapable car il n'a confiance en personne. Un peu comme vous, d'ailleurs. Je me rappelle que vous teniez à m'examiner vous-même le samedi matin, après l'accident.

— Touché, commenta Sam avec un sourire.

Nick aida Liv à se lever de son fauteuil.

— Allons-y… Merci pour le café, les amis.

— Ce sont vraiment des gens charmants, dit Liv alors qu'il mettait le moteur en marche. Leur as-tu parlé de nous ?

— Non. Je ne parle pas de nous, tu le sais.

— Tu as parlé de nous à Suze.

— Une seule fois, et regarde où cela m'a mené.

Il lui adressa un bref sourire, mais il avait le regard triste.

Il s'engagea dans l'allée et coupa le moteur.

— Ah, tu veux entrer ? demanda Liv. Je croyais que tu étais pressé d'aller au lit ?

— Est-ce donc incompatible ? dit-il en riant.

Il reprit son sérieux.

— Si je t'embrasse dans la voiture comme j'en ai envie pour te souhaiter bonne nuit, Bert et Gwen vont avoir une attaque.

Elle étouffa un petit rire et ouvrit la porte de la maison.

— Il vaut mieux éviter…

— Absolument d'accord.

La porte à peine refermée, il prit Liv dans ses bras qui se cambra sous son baiser fiévreux, se plaquant contre lui.

Lorsqu'il releva enfin la tête, il haletait comme s'il venait de courir un cent mètres.

— Je te désire tellement, murmura-t-il.

— Alors, reste…

Il hésita une seconde puis secoua la tête.

— Non, je ne peux pas. Je suis épuisé et, demain soir, je suis de garde. Il faut que je dorme, cette nuit. À quelle heure travailles-tu demain ?

— Je commence à 7 heures.

— Moi aussi. Je viendrai te chercher à 6 h 45, et nous pourrons prendre le petit déjeuner ensemble lorsque j'aurai terminé ma tournée dans les chambres si toutefois tu n'es pas retenue par un accouchement.

Il l'embrassa encore. Un baiser tendre, une longue caresse. Puis il s'écarta, craignant de céder à la tentation.

— Je dois y aller.

— Je sais. Je t'aime.

— Oh ! Liv… Moi aussi, je t'aime.

Après un dernier baiser, il ouvrit la porte et s'en alla en se demandant pourquoi il se comportait ainsi. Il devait avoir perdu la tête.

Mais il voulait se montrer prudent et ne rien hâter car il restait tant de questions non résolues à propos de leur stérilité. Ce problème avait créé chez eux une tension qui avait fini par ruiner leur relation, et Nick n'était pas certain de pouvoir faire face si, après avoir tenté de sauver leur mariage, il voyait tout s'écrouler de nouveau.

Avant d'aller plus loin avec Liv, il devait s'assurer qu'ils avaient de bonnes raisons pour le faire. Ce qui impliquait qu'il dorme dans son lit ce soir. Seul.

Avec l'espoir que cette attente ne dure pas trop longtemps car elle le tuait.

9.

— Mon menton mal rasé t'a écorchée, dit Nick en passant l'index sur la lèvre supérieure de Liv.

Une folle envie la saisit de s'emparer de ce doigt et de le suçoter, mais le faire au vu et au su de tout le monde, au beau milieu du café de l'hôpital, n'aurait pas été très futé.

— Ne fronce pas les sourcils, tu vas avoir des rides.

— Tant mieux car ainsi les patientes ne me trouveront plus aussi attirant. Je n'arrive pas à croire que ma barbe ait pu te blesser.

Elle se mit à rire.

— Si tu veux continuer à m'embrasser de cette façon…

— Il faudra que je me rase. Et j'ai bien l'intention de t'embrasser ainsi tous les soirs. Au minimum.

— Parfait, dit-elle avec un sourire ravi. Comment va Judy ?

— Bien. Son état est stable. Je vais lui faire une autre échographie pour voir si le bébé se développe. Dans le cas contraire, il faudra peut-être que j'intervienne. Bon, je dois retourner travailler.

— Moi aussi.

Ils regagnèrent ensemble la maternité et se séparèrent devant l'ascenseur.

— On se voit à l'heure du déjeuner ? demanda Nick.

— Si je suis libre. Que vas-tu faire maintenant ?

— Ce sont mes débuts dans la clinique de fertilité.

Elle sentit son cœur faire un bond dans sa poitrine. Le seul mot de « fertilité » suffisait à faire resurgir toutes ses peurs.

— Envoie-moi un texto quand tu auras terminé, dit-il. Sinon, on dîne ensemble ce soir ?

— Mais oui, très bien. Je te tiens au courant.

Dès lors, ils s'installèrent dans une sorte de routine. Nick passait la chercher lorsqu'ils avaient les mêmes horaires de travail. Sinon, elle se rendait à l'hôpital à pied, par plaisir, parce que le temps s'était réchauffé et qu'elle trouvait agréable de marcher.

S'ils le pouvaient, ils se retrouvaient pendant leur pause et essayaient de dîner ensemble. Lorsque c'était impossible, Nick lui envoyait des textos, parfois osés, parfois drôles, ou bien tout simples, du genre « tu me manques ». Ils commençaient à se détendre et appréciaient les moments qu'ils partageaient. Nick l'embrassait souvent. Très souvent.

Près de deux semaines après l'accident, il l'appela un jeudi à 6 heures du matin pour lui dire qu'Amy Zacharelli était en route pour l'hôpital.

— J'aimerais que tu te charges d'elle, si c'est possible. Je crois que tu prends ton service à 7 heures, n'est-ce pas ?

— C'est exact. J'arrive tout de suite et je vais m'arranger avec ma responsable. Ne t'inquiète pas, je serai là.

— Parfait. Je vais m'assurer qu'elle est installée dans une pièce à part pendant le travail.

— D'accord, merci.

Elle se doucha rapidement, attrapa une banane qu'elle avala en chemin et arriva à l'hôpital au moment où Leo franchissait la porte avec Amy.

— Salut, Amy, dit-elle tandis que Leo lui tenait la porte. Nick est ici, nous sommes tous prêts à nous occuper de vous. Pouvez-vous marcher ?

— Sans problème, mais Leo doit aller garer la voiture.

— Très bien, je vais rester avec vous et vous examiner. Votre mari n'aura qu'à nous rejoindre. Nous serons dans la salle de travail, au quatrième étage, Leo.

— Bien, merci.

Alors qu'il s'éloignait, Amy saisit la main de Liv qu'elle cramponna.

— Oh… Une contraction.

— C'est parfait. Détendez-vous et respirez. Vous pouvez vous appuyer sur moi si cela vous aide.

La contraction suivante se produisit trois minutes plus tard, au moment où elles entraient dans la maternité. La troisième se manifesta quand Leo revint du parking. Liv envoya un texto à Nick qui arriva presque aussitôt, alors qu'Amy était en train de se dévêtir.

Liv sortit de la chambre pour faire le point avec lui.

— Comment ça se passe ? demanda-t-il.

— Les contractions se produisent toutes les trois minutes. Je n'ai pas encore eu le temps de l'examiner, je ne sais donc pas où en est la dilatation du col, mais, jusqu'à présent; il n'y a pas de problème. Comptes-tu lui administrer des antidouleurs ?

— Je préfère ne rien lui donner si elle peut s'en passer et j'aimerais vraiment éviter la péridurale. Mais il faut voir comment les choses évoluent.

— Entendu. Je vais la connecter à un moniteur. Veux-tu l'examiner ou préfères-tu que je m'en charge ?

— Non, fais-le, c'est ta patiente, je ne suis là qu'en réserve. Je vais juste entrer lui dire bonjour.

— Sûr ? On dirait que tu es capable de déléguer…

— Mais oui ! répondit-il en riant. J'ai confiance en toi.

— Bien, mais là je te la confie, le temps de me débarrasser de mes affaires et d'avertir le service que je suis ici.

Lorsqu'elle revint, quelques minutes plus tard, Amy était dans le lit, avec Leo à côté d'elle. Nick l'avait connectée au moniteur. Le rythme cardiaque du bébé était parfait.

— Ah, te voilà… Je pense que maintenant tu pourrais l'examiner.

Elle hocha la tête, enfila des gants en latex et se tourna vers Amy.

— Bon, comment vous sentez-vous ?

— Bien. Je ne m'attendais pas à ce que cela aille si vite.

— Et pourquoi pas… Vous voulez toujours tenter d'accoucher naturellement ?

— Oh ! oui. Je ne souhaite pas avoir encore une césarienne, surtout en ayant à m'occuper de deux petits enfants.

— Eh bien, nous allons essayer de l'éviter. Je vais vous examiner et voir où vous en êtes.

— D'accord… Oh ! en voilà une autre !

— Tâchez de vous détendre, laissez votre corps faire le travail. Oui, comme ça, c'est très bien.

La contraction terminée, Amy s'appuya contre Leo qui, assis sur le lit, lui avait passé un bras autour des épaules.

— Maintenant, Amy, pouvez-vous baisser les genoux et vous détendre au maximum… Parfait, vous y êtes presque, vous allez pouvoir bientôt pousser.

— Déjà ? Si vite ?

Liv appuya sur le bouton d'appel pour faire venir une autre sage-femme.

— De toute évidence, votre bébé est pressé de voir le jour.

Amy écarquilla les yeux et agrippa la main de Leo.

— J'ai envie de pousser maintenant.

— Vous voyez, dit Liv en souriant. Faites la respiration du petit chien, Amy. Ne poussez pas avant que je vous le dise.

— Est-ce que je peux rester ? demanda Nick.

— Avec plaisir. Nous devrions être deux pour l'accouchement, mais personne n'est encore venu. Bon, Amy, à la prochaine contraction, je veux que vous respiriez un grand coup et que vous poussiez.

— Dois-je mettre des gants ? murmura Nick. J'ai l'impression que tout le monde est très occupé.

— Oui, c'est préférable.

— Oh ! je veux pousser ! s'écria Amy.

— Très bien, respirez à fond et, maintenant, poussez ! Parfait. Bravo…

Deux contractions plus tard, la tête du bébé apparaissait.

Liv demanda à Amy de haleter tandis qu'elle guidait avec précaution la tête de l'enfant et vérifiait le cordon ombilical.

— Bien, poussez encore un peu… Voilà, c'est parfait !

Elle recula, laissant Nick soulever le bébé et le donner à Amy. Il avait l'air si confiant, si à l'aise en tenant le petit corps du nouveau-né.

Leurs regards se croisèrent, et elle détourna les yeux. Il désirait tant avoir un enfant avec elle… Elle comprit alors qu'elle était prête à tout pour lui en donner un.

Mais si cela s'avérait impossible, malgré toutes leurs tentatives ? Pourraient-ils surmonter cette épreuve ?

Elle l'entendit ôter ses gants en latex.

— C'est du bon travail, mon amour, dit-il en l'enlaçant.

Elle sut alors qu'ils devaient essayer, même si l'issue était un échec, parce que, s'ils ne le faisaient pas, ils seraient condamnés tous deux à nourrir d'éternels regrets.

Nick regagna son bureau et, après avoir refermé la porte, il poussa un long soupir. Pourquoi faisait-il ce métier ? C'était du masochisme.

Liv pensait que c'était dur pour lui de travailler dans la clinique de fertilité, mais mettre au monde des bébés était bien plus douloureux encore. Cela lui rappelait chaque fois que Liv et lui ne connaîtraient jamais ce bonheur-là.

Il entendit frapper. Refoulant les larmes qu'il sentait venir, il ouvrit.

— Bonjour, Ben. Que se passe-t-il ?

— Rien. J'ai vu qu'Amy Zacharelli venait d'avoir son bébé. Je me demandais si vous étiez au courant.

— Oui, j'ai même assisté à l'accouchement. Tout s'est bien passé. J'ai laissé la mère et le bébé dans les mains de Liv. Elle sait où me trouver.

— Bon. Très bien.

Silence. Nick fronça les sourcils.

— Y aurait-il autre chose ?

— Comment ça se passe entre Liv et vous ?

— Pourquoi ?

Ben l'observa un moment, l'air pensif, puis hocha la tête.

— Je comprends votre réaction, mais voilà la situation. Simon ne reviendra pas à l'hôpital. Jen va bien, mais le traitement sera long, et ils veulent se rapprocher de leur famille pour se faire aider. Il va donc falloir que j'embauche quelqu'un et je souhaite vivement que vous preniez ce poste, mais seulement si vous êtes d'accord, Liv et vous. Quoi qu'il en soit, je dois me plier à la règle et publier une annonce.

Nick sentit son cœur faire un bond. Il avait très envie de ce poste, mais comment cela se passerait-il avec Liv ?

— Bien sûr, vous devez le faire et, qui sait ? Vous allez peut-être pouvoir recruter quelqu'un d'exceptionnel.

— Je doute que nous trouvions un meilleur candidat que vous, mais je ne peux pas vous embaucher si, Liv et vous, vous découvrez que vous ne pouvez pas vous entendre. J'ai besoin de savoir si vous souhaitez occuper ce poste de façon durable.

Il ne pouvait donner aucune réponse à Ben avant d'en avoir parlé à Liv.

— Vous disiez que cette offre n'avait rien d'officiel pour l'instant.

— Vous pouvez cependant en parler à Liv. C'est une femme discrète et, de toute façon, son avis est capital.

— Très bien. Merci pour votre proposition. Je vous dirai ce qu'il en est. Quand prend fin le dépôt des candidatures ?

— Disons, dans un mois ? Parlez à Liv, réfléchissez. Je ne veux pas vous mettre la pression. C'est une décision qui ne doit pas être prise à la légère.

Convaincu, Nick hocha la tête sans rien dire.

Leo, Amy et bébé Rocco quittèrent l'hôpital à 15 heures, juste au moment où Liv terminait son service. À sa grande surprise, elle vit Nick arriver pour leur dire au revoir.

Leo leur donna tour à tour l'accolade.

— Merci à vous deux. Nous vous sommes tellement reconnaissants.

— Absolument, dit Amy. Merci de m'avoir évité la césarienne. Sans vous, je n'aurais jamais pu le faire.

Liv l'embrassa.

— Allez montrer à vos filles leur petit frère. Elles sont sûrement très impatientes de le voir.

— J'en suis sûr, répondit Leo avec un grand sourire. Sachez que si, un jour, vous avez envie de venir dîner au restaurant, vous n'avez qu'à téléphoner et nous vous trouverons une table. Je serai ravi de vous recevoir.

— C'est très gentil à vous, Leo, merci.

— Je vous en prie. N'oubliez pas, c'est quand vous voulez.

— Merci, ce serait génial, dit Liv en l'embrassant. Maintenant, ramenez votre femme chez vous et gâtez-la un peu, elle a vraiment bien travaillé aujourd'hui.

Tandis qu'elle les regardait s'éloigner, Nick lui posa une main sur l'épaule.

— Toi aussi, tu as fait du bon travail, aujourd'hui. Merci d'être venue de si bonne heure.

— Tu n'as pas à me remercier, Nick. Je savais qu'Amy se sentirait mieux, entourée de gens qu'elle connaissait.

— Je te remercie quand même. Que fais-tu ce soir ?

— Je ne sais pas. Tu vas peut-être me le dire ?

Mais elle vit qu'il avait l'air soucieux.

— Nick ? Qu'y a-t-il ?

— Rien. Seulement, je voudrais discuter de quelque chose avec toi et on ne peut pas le faire ici. Veux-tu qu'on se voie chez toi ou chez moi ?

— Viens à la maison. Sais-tu à quelle heure tu termines ?

— Vers 19 heures, je pense. Judy va bien et je n'ai pas d'autres mamans susceptibles de me causer du souci pour l'instant. Si je suis retenu ici, je t'appelle.

— Très bien, à plus tard.

Nick téléphona à 18 heures pour dire que la tension artérielle de Judy s'était brusquement élevée et que l'examen Doppler de son placenta montrait une nette détérioration.

— Je vais devoir la faire accoucher, expliqua-t-il. Je ne suis pas de garde, cette nuit, mais je lui avais promis d'être auprès d'elle et je ne veux pas la laisser tomber maintenant.

— Bien sûr, je comprends. Mange quelque chose avant d'entrer au bloc opératoire. On se verra peut-être plus tard.

— D'accord, mais ne m'attends pas, il se peut que je ne puisse pas venir.

— Très bien, tiens-moi seulement au courant.

Après avoir raccroché, elle examina le contenu du réfrigérateur et décida de préparer un plat que Nick aimait : du poulet au curry avec du riz de chou-fleur. Il l'apprécierait s'il parvenait à se libérer ce soir. Elle n'aurait qu'à le réchauffer.

La soirée lui parut interminable. Après le dîner, elle prit un long bain moussant et, vêtue d'un peignoir, s'allongea sur son lit pour finir le livre qu'elle était en train de lire.

Lorsqu'elle tourna la dernière page, il était plus de 22 heures et Nick n'avait toujours pas donné de nouvelles. Il ne lui restait plus qu'à éteindre et à dormir.

La maison était plongée dans le noir, à part le vestibule qui était resté éclairé.

Nick hésita, se demandant s'il pouvait entrer. Mais il avait vraiment besoin de parler à Liv.

Lorsqu'il ouvrit la porte, l'alarme se déclencha, aussi se hâta-t-il de composer le code sur le panneau de contrôle, sans obtenir de résultat. Sans réfléchir, il avait utilisé l'ancien code ! D'un doigt fébrile, il entra le nouveau code et poussa un soupir de soulagement quand l'alarme se tut enfin.

Soudain, il vit la maison des voisins s'allumer et la porte s'ouvrir. Il ne manquait plus que cela…

— C'est moi…, lança-t-il.

— Est-ce que tout va bien ? demanda Bert.

— Oui, très bien. Il n'y a pas de problème. Désolé de vous avoir dérangé.

Il entra dans la maison et il refermait la porte derrière lui quand Liv apparut en haut de l'escalier, nouant la ceinture de sa robe de chambre, les cheveux ébouriffés.

— Désolée, je n'aurais pas dû enclencher l'alarme, mais tu n'avais pas téléphoné. Bert était-il fâché ?

— Non, plutôt inquiet, je pense. Il doit croire que je suis revenu te mettre encore un œil au beurre noir.

Elle rit en secouant la tête.

— Non, ils savent que j'ai été renversée par une voiture, je le leur ai dit.

— Ah, tant mieux… Excuse-moi de ne pas t'avoir appelée, mais j'avais vraiment besoin de te parler. En voyant de la lumière dans le vestibule, j'ai pensé que tu étais peut-être encore debout.

— Oh ! c'est ma faute, j'ai oublié d'éteindre.

Elle descendit l'escalier et vint embrasser Nick sur la joue.

— As-tu dîné ? J'ai préparé un poulet au curry. En veux-tu ?

— Avec grand plaisir ! Je n'ai avalé qu'un toast, et il y a des heures de ça.

— Alors, viens manger et tu me diras tout à propos de Judy.

— Elle va bien, et le bébé aussi, dit-il en la suivant dans la cuisine. L'enfant, qui est née à trente-quatre semaines, est toute petite et a été placée dans l'unité de soins spéciaux, mais elle se porte bien. Elle a juste besoin d'un peu d'aide.

— Tant mieux, ils doivent être tous très heureux, dit Liv en mettant un bol à réchauffer dans le four à micro-ondes.

Elle se tourna vers Nick et lui sourit.

— De quoi voulais-tu me parler ?

Il marqua une légère hésitation avant de se lancer.

— Simon ne reviendra pas à l'hôpital. Ben me propose donc le poste, mais il veut être sûr que je ne démissionnerai pas au bout de quelques semaines ou de quelques mois.

— Et tu le ferais ?

— Je ne sais pas, dit-il en soupirant. Cela dépend de toi

et de ce projet d'enfant. Si nous tentons toutes les solutions possibles, tous les tests, toutes les procédures, et que nous essuyons encore un échec, pourras-tu le supporter ?

— Oui, parce que nous nous aimons et que nous serons bien ensemble.

— Tu sais, chérie, j'ai vu des gens équilibrés et raisonnables se déchirer pour cette raison, et pourtant ils s'aimaient. Regarde ce qui nous est arrivé, à nous aussi.

Elle prit place sur un tabouret à côté de lui.

— Parce que nous ne communiquions plus du tout. Tu ne m'as même pas dit que tu avais fait une analyse de sperme ! Nous aurions dû tout partager dès que tu as fait le premier test. Nous aurions parlé du résultat et de sa signification.

— Mais je ne *savais* pas ce que cela signifiait ! J'ai essayé d'améliorer les choses en changeant de style de vie…

— Et comme ça n'a pas marché, au lieu de m'en parler, tu t'es replié sur toi-même. Crois-tu que c'était la bonne solution ?

— Non, bien sûr, mais je me sentais coupable…

— C'est ridicule ! Tu n'étais fautif en rien.

— Tu as raison, j'aurais dû me confier à toi, mais je m'en sentais incapable parce que nos relations étaient tendues. Nous ne nous parlions presque plus.

— Oh ! Nick…

Quand elle lui passa les bras autour du cou, il posa la joue sur ses cheveux qui avaient un parfum de soleil et de pomme. Il la désirait tant. Il avait tant besoin d'elle.

— C'est une vraie chance pour nous, Liv, mais je ne peux pas mettre Ben dans l'embarras, alors soit j'accepte et je m'engage à long terme, soit je renonce à nous et je vais chercher un autre travail ailleurs.

— Tu ne peux pas faire ça ! murmura-t-elle d'un ton désespéré. Ne me quitte pas, Nick. Je t'aime, j'ai besoin de toi. Et tu as dit que toi aussi tu avais besoin de moi.

Il la serra étroitement contre lui.

— Oui, plus que tout au monde.

— Alors, prends ce poste. Nous savons que nous pouvons travailler ensemble. Si nous découvrons que nous ne pouvons pas vivre ensemble, nous trouverons une solution.

— Ce n'est pas aussi facile que tu as l'air de le penser. Ayant toujours rêvé d'occuper un poste comme celui-ci, j'ai de la chance qu'il me soit proposé, mais Ben me demande de m'engager dans quelque chose dont j'ignore l'issue, et je ne veux pas que nous nous sentions piégés, toi et moi. Nous l'avons été, par le passé, ce qui nous a presque détruits.

S'écartant de lui, elle le regarda dans les yeux.

— Nous ne nous sentirons pas piégés. Pas cette fois... As-tu parlé de nous à Ben ? Lui as-tu fait part de nos difficultés à avoir un bébé ?

— Non, cela ne le regarde pas et ne concerne en rien mon recrutement. Il ne peut pas légalement invoquer ce prétexte pour me refuser ce poste.

Il soupira et se passa une main dans les cheveux.

— Le problème, c'est que je n'ai pas vraiment le choix. Il n'y a pas d'autres jobs intéressants par ici, et je dois absolument travailler si je veux payer les traites de la maison. Sinon, tu te retrouveras à la rue.

— L'argent ne doit pas être ton unique motivation, Nick ! Je pourrais payer les traites, ou bien louer quelque chose. Si nous voulons être ensemble, en acceptant le fait que nous n'aurons peut-être jamais d'enfant, nous pouvons vivre n'importe où. Tu ne dois pas accepter ce poste juste pour gagner ta vie, mais parce que tu le veux vraiment, et tu es le seul à pouvoir prendre cette décision.

Il lui caressa tendrement la joue.

— Je le veux vraiment et je te veux, toi aussi. Mais tu passes en premier. Toujours.

— Alors, où est le problème ? La vie n'offre aucune garantie, et Ben le sait, mais pour que cela marche entre nous il faut que nous y croyions tous les deux.

— J'y crois, mais j'y croyais aussi, avant, et regarde ce qui est arrivé.

— Parce que, à l'époque, nous ne nous sommes pas parlé, parce que je ne parvenais pas à tomber enceinte et que nous avons laissé les choses se dégrader. Cette fois, c'est différent. L'important, c'est que nous nous aimons et que nous voulons être ensemble. Alors, pourquoi ne pas laisser de côté ce projet d'enfant et nous centrer sur nous ? Tu me manques, Nick. Tu me manques tellement !

— Toi aussi, tu me manques, murmura-t-il en lui donnant un baiser léger sur les lèvres. Tu as raison, nous devons nous donner toutes les chances pour que cela marche entre nous. Mais j'y mets une condition. Je ne veux plus penser au bébé. Je suis presque certain que si nous voulons un enfant nous devrons nous faire aider, et je ne veux pas m'engager dans cette démarche tant que nous n'aurons pas la certitude l'un et l'autre que nous y sommes prêts. Si nous y parvenons jamais…

Elle hocha lentement la tête.

— Je suis d'accord. C'est une bonne idée.

Il l'embrassa de nouveau, avec tendresse et sensualité, et Liv lui répondit avec la même ferveur avant de lui caresser le visage.

— Tu ne t'es pas rasé aujourd'hui, chuchota-t-elle.

— Non, je n'ai pas eu le temps, dit-il en souriant. De toute façon, tu m'as dit que je te plaisais ainsi.

— C'est vrai.

Blottie contre lui, elle passa les doigts sur le menton mal rasé.

— Reste avec moi.

Le cœur battant plus fort, il lui posa un baiser dans le creux de la main puis se leva du tabouret.

— Pas ce soir. Étant épuisé, j'ai besoin de dormir, et toi aussi. Je te verrai demain et nous parlerons.

— Reste quand même, tu peux dormir dans la chambre d'amis, si tu veux. Je t'apporterai même un thé demain matin.

— Non, Liv, je vais rentrer chez Sam. Je te téléphonerai dans la matinée.

Après l'avoir embrassée doucement sur la bouche, il se décida enfin à s'en aller.

— Dors bien, dit-il. Désolé de t'avoir réveillée.

— Dors bien, toi aussi. Et tu n'as pas à t'excuser d'être venu ce soir, c'était une excellente idée.

10.

Liv écouta la voiture de Nick s'éloigner dans la nuit.

Est-ce que vraiment tout irait bien pour eux ? Elle ne pouvait que l'espérer. Et c'était déjà beaucoup. Elle ferait tout son possible pour qu'ils réussissent.

Si Nick posait sa candidature et qu'il n'obtenait pas le job, ils iraient ailleurs, tous les deux. Elle était prête à vivre n'importe où, du moment qu'elle était avec lui.

Elle retourna dans la cuisine pour éteindre la lumière et réalisa alors que Nick n'avait pas eu son poulet au curry. Le pauvre !

Nick se prépara un toast puis il alla se coucher.

Il se sentait à la fois frustré et plein d'espoir. Il avait été tenté de rester avec Liv, mais, ce soir, la fatigue pesait sur lui. Il voulait faire les choses correctement, ce qui impliquait de tout recommencer de zéro.

Pourquoi ne pas lui proposer un rendez-vous amoureux ?

Il pourrait l'emmener chez Zacharelli, ou bien ailleurs, dans un endroit élégant et raffiné. Ensuite, il la ramènerait au chalet. Sam et Kate étant absents tout le week-end, ils seraient seuls et, comme le lendemain, ils ne travaillaient ni l'un ni l'autre, ils pourraient se lever à l'heure qu'ils voudraient, ou même rester au lit toute la journée. Ils ne seraient pas importunés par des voisins envahissants ni, surtout, par les fantômes d'un passé douloureux. Il n'y aurait que Liv et lui, prenant un nouveau départ.

Dans moins de vingt-quatre heures, elle serait ici avec lui, dans ses bras. L'attente allait lui paraître insupportable.

— As-tu quelque chose de prévu pour ce soir ?

Le téléphone dans une main, un panier de linge dans l'autre, Liv répondit d'un ton surpris.

— Non. Je pensais qu'on se verrait…

— C'est le cas. Je t'emmène dîner au restaurant. J'ai réservé une table pour 19 h 30. Habille-toi bien.

— Me fixeriez-vous un rendez-vous, monsieur Jarvis ? demanda-t-elle, le cœur battant la chamade.

— Absolument, madame Jarvis.

— Je dois donc me mettre sur mon trente et un ?

— Choisis quelque chose de joli, mais sans en faire trop. À la fois simple et élégant, tu vois…

— Parfait.

Sauf qu'elle n'avait rien de ce genre dans sa garde-robe. À moins que… Elle ouvrit sa penderie et sortit une robe gris-bleu qu'elle n'avait pas portée depuis plus de deux ans. Faite d'un tissu souple et chatoyant, c'était l'une des préférées de Nick parce qu'elle était de la même couleur que les yeux de sa propriétaire.

Elle l'enfila et constata avec plaisir qu'elle lui allait à la perfection maintenant qu'elle avait repris du poids. Nick aimait aussi les talons hauts. Elle en possédait une paire, ornée de petits brillants…

Quant à ses dessous… Il y avait des lustres qu'elle n'avait rien acheté de sexy. Elle y remédierait aujourd'hui même et, ensuite, elle se rendrait dans un salon de beauté pour un soin des mains et des pieds. Nick avait toujours adoré les ongles vernis.

Brûlant d'impatience, elle raccrocha sa robe dans la penderie, enfila un jean et un pull-over, puis sortit faire ses achats.

Elle avait mis cette robe qu'il aimait tant. Son pouls s'accéléra et, lorsqu'il vit les escarpins, son cœur s'affola.

— Comment me trouves-tu ? demanda-t-elle.

— Si je n'avais pas réservé une table, je claquerais la porte et je t'emmènerais là-haut, en oubliant tout le reste, mais j'ai réservé… Donc, ne me demande pas comment je te trouve !

Elle sourit tandis qu'il se penchait pour l'embrasser.

— Tu es magnifique, Liv. Allons-y.

— Est-ce loin ? Ces escarpins ne sont pas très pratiques pour marcher.

— Non, ce n'est pas loin, mais nous allons malgré tout y aller en voiture.

Comme ils roulaient, Liv se montra curieuse et voulut savoir où ils allaient.

— C'est une surprise.

— Nous… Non, ce n'est pas possible ! s'écria-t-elle, voyant qu'il se garait près du front de mer et coupait le moteur.

— Mais si, c'est possible. J'ai appelé ce matin, et Leo avait déjà parlé de nous à son équipe.

— Cela prend des mois pour avoir une table ! Et dîner ici coûte une fortune.

— T'avoir près de moi n'a pas de prix et c'est notre premier rendez-vous, Liv. La première étape de notre nouvelle rencontre. Es-tu prête à réécrire l'histoire ?

— Absolument. Quelle merveilleuse idée !

À leur grande surprise, ce fut Leo lui-même qui les accueillit, tenant son bébé dans les bras.

— Que faites-vous ici ? s'enquit Liv, étonnée.

— Amy voulait présenter notre fils à tout le monde, aussi a-t-elle confié les filles à sa mère pour un moment. Quand nous avons su que vous viendriez ce soir, nous nous sommes dit que c'était l'occasion de vous voir. Nous ne resterons pas longtemps, mais prenons un verre ensemble, voulez-vous, si vous n'êtes pas trop pressés de vous mettre à table ? Nous venons d'ouvrir une bouteille d'un excellent prosecco.

— Nous ne voulons pas vous déranger…
— Ne soyez pas ridicules ! Venez, Amy veut vous voir.

Tout le monde trinqua à la santé du bébé. Leo et Amy rayonnaient de bonheur, mais la fête prit bientôt fin, le petit Rocco commençant à s'agiter. Amy préférait le ramener à la maison pour l'allaiter et le changer.

— Je n'ai pas envie de faire ça en public ! murmura-t-elle.

Liv l'embrassa pour lui dire au revoir.

— Je vous comprends, dit-elle, s'efforçant de ne pas être trop jalouse. N'oubliez pas, si vous avez le moindre problème, la moindre question à poser, adressez-vous à la sage-femme de votre quartier ou bien appelez-moi. Voici mon numéro, ajouta-t-elle en lui tendant sa carte.

— Merci, Liv.

— Merci à vous deux, ajouta Leo. J'espère que le dîner vous plaira.

Le maître d'hôtel apparut et les guida jusqu'à leur table.

— Je n'arrive pas à croire que nous sommes ici, dit Liv, une fois qu'ils furent assis.

— Moi non plus. Nous avions essayé de venir, autrefois, mais en vain, tu te rappelles ?

— Je ne m'en souviens pas. Je croyais que c'était notre premier rendez-vous ?

— C'est vrai, dit-il avec un sourire en lui prenant la main. T'ai-je dit à quel point tu étais belle, ce soir ?

Elle se sentit rougir.

— Peut-être, mais je veux bien l'entendre une nouvelle fois. Toi aussi, tu présentes plutôt bien, et je vois que tu t'es rasé de près.

— Ma mère m'a fait remarquer que c'était minable, pour un type, d'écorcher les lèvres d'une femme à force de l'embrasser.

— Elle a vraiment dit ça ?

Il partit d'un rire qu'elle trouva si sexy qu'elle en frissonna de plaisir.

— Non, bien sûr, mais nous devrions faire le test.

— Je suis partante !

— Parfait, mais il te faudra attendre un peu si tu ne veux pas qu'on nous jette dehors. Passons plutôt notre commande.

Liv se plongea dans la lecture de la carte.

— Oh ! Seigneur ! Tout semble fabuleux.

— Combien de plats veux-tu ?

— Deux, pas plus.

— Un plat principal et un dessert ?

— Ce sera parfait. Je ne voudrais pas paraître trop vorace, pour notre premier rendez-vous.

— Ce soir, tu peux avoir absolument tout ce que tu veux, chuchota-t-il avec un regard éloquent qui lui coupa le souffle.

— C'est le repas le plus extraordinaire que j'aie jamais fait.

— Moi aussi, déclara Nick. Et ils n'ont même pas voulu me laisser payer ! As-tu envie de marcher un peu ?

— J'adorerais, mais ces escarpins ne sont pas très adaptés…

— En effet. Remettons cela à notre prochain rendez-vous.

— Tu veux mieux me connaître ? demanda-t-elle d'un air malicieux.

— Certainement. Je veux en savoir beaucoup plus.

— Mmm… Moi aussi, je veux mieux te connaître.

— Je suis sûr que ça peut s'arranger, répondit-il d'une voix sourde, pleine de promesses. On y va ?

Elle s'accrocha à son bras, et ils regagnèrent la voiture. Deux minutes plus tard, ils arrivaient près du chalet.

— La maison n'est pas éclairée, dit Liv.

— Ils sont partis pour le week-end.

Nick et elle seraient donc seuls… Un long frisson la parcourut.

La chambre n'était éclairée que par la lampe de chevet posée près du lit. Les rideaux étaient tirés. Elle se tourna vers Nick, silencieuse.

— Je te désire, Liv, susurra-t-il. Je n'ai jamais désiré une femme autant que je te désire. Mais si tu ne te sens pas prête, dis-le-moi.

— Je te veux, Nick. Je t'ai toujours désiré, dès le premier instant où je t'ai vu, et je ne crois pas pouvoir attendre plus longtemps. Fais-moi l'amour, je t'en prie !

Ses yeux exprimaient une passion brûlante. La prenant par la main, il la mena vers le lit et, lentement, il lui ôta sa robe qui tomba par terre en un petit tas chatoyant.

Il s'écarta pour mieux la contempler, la dévorant des yeux, puis il fit glisser les bretelles du soutien-gorge et se mit à lui caresser doucement les seins.

— Nick, murmura-t-elle d'une voix tremblante.

Il aspira un mamelon qu'il excita à petits coups de langue avant de le prendre dans sa bouche.

Cramponnée à lui, le corps tendu, presque douloureux, Liv avait du mal à respirer.

— Nick…

La renversant sur le lit, il la débarrassa de son slip en dentelle qu'il fit glisser lentement le long des jambes. Après lui avoir ôté ses escarpins, il lui saisit un pied et commença à le lécher, remontant vers la cheville, le genou, la cuisse…

Elle savait ce qu'il allait faire, et à quel point c'était bon. Elle se sentit fondre sous ses caresses.

— Nick, je t'en prie…

Il la serra dans ses bras et lui couvrit le visage de baisers.

— J'ai besoin de toi, Liv.

— Débarrasse-toi de tes vêtements, s'il te plaît.

— Alors, déshabille-moi.

Elle obéit, mais comme elle avait du mal à lui déboutonner sa chemise Nick l'enleva lui-même, la faisant passer par-dessus sa tête. Il la jeta par terre, où elle fut bientôt rejointe par les chaussures, les chaussettes, le pantalon et le boxer-short.

— J'ai besoin de toi, Nick, dit Liv en s'agrippant à ses épaules. Je t'en prie, viens, je te veux en moi…

Il répondit à son désir, lui faisant l'amour jusqu'au moment où elle cria de plaisir tandis qu'au même instant il laissait échapper un long gémissement, le corps tendu.

Il roula sur le côté, emportant Liv avec lui. Lorsqu'elle ouvrit les yeux, elle vit qu'il avait le regard embué. Une larme roulait sur sa joue.

— Est-ce que ça va ? s'enquit-elle.

Il sourit, mais sans pouvoir retenir ses larmes.

— Tu m'as tellement manqué, dit-il d'une voix rauque.

Alors, elle le serra contre elle et lui dit qu'elle l'aimait, le répétant jusqu'à ce qu'il s'endorme dans ses bras.

Il se réveilla au milieu de la nuit et lui fit de nouveau l'amour, lentement, tendrement, en prenant tout son temps, puis ils se rendormirent jusqu'au lever du jour.

Ce fut la lumière du soleil qui leur fit ouvrir les yeux.

— Bonjour, murmura-t-il.

Elle sourit et tendit la main pour lui caresser le visage.

— Je suis tout à fait d'accord. C'est un très bon jour.

— J'espère qu'il va être encore meilleur.

Il l'embrassa, puis, se levant, il s'étira paresseusement.

— Un thé ?

— Volontiers. Puis-je rester au lit en attendant ?

— Absolument. Je mets l'eau à chauffer et, après, je vais me doucher.

— De quelle taille est ta cabine de douche ?

— Pas assez grande pour ce à quoi tu penses, répondit-il en riant tandis qu'il se dirigeait vers la salle de bains.

— Tu ne sais pas à quoi je pense.

— Je crois en avoir une assez bonne idée.

Lorsqu'il sortit de la douche, il rejoignit Liv qui surveillait la bouilloire en fredonnant à mi-voix. Il s'approcha d'elle par-derrière et la prit dans ses bras.

— Tu es tout trempé !

— Parce que je me suis dépêché. La salle de bains est libre. Fais vite.

Sa toilette terminée, elle vit que Nick s'était recouché. Sur la table de nuit, il y avait deux tasses de thé fumantes.

Elle se glissa dans le lit et couvrit de baisers le visage de l'homme qu'elle aimait.

— Et maintenant, qu'est-ce qu'on fait ? demanda Nick beaucoup, beaucoup plus tard.

Le thé avait refroidi dans les tasses, ils avaient repris une douche et s'étaient habillés. Liv aurait pu sortir dans la rue avec la robe qu'elle portait la veille, mais les escarpins, eux, lui posaient un problème.

— Il faudrait que je passe à la maison pour changer de vêtements. En tout cas, de chaussures.

— Nous pourrions nous promener le long de la rivière ?

— Oui, nous adorions le faire.

— C'est vrai. Eh bien, allons-y et voyons si tu peux rentrer chez toi sans que Bert te demande où tu as passé la nuit.

Elle rit. Jamais Bert n'oserait lui poser la question.

En arrivant, ils virent qu'une ambulance était garée devant la maison de leurs vieux voisins.

— Que se passe-t-il ? dit Nick. Liv, va te changer et rejoins-moi après. Je vais voir s'ils ont besoin d'aide.

Elle suivit son conseil et alla troquer sa robe et ses escarpins contre un jean, un pull-over et des tennis.

Lorsqu'elle entra chez Bert et Gwen, elle entendit des voix à l'étage et appela Nick.

— On est dans la chambre de devant, répondit-il.

Elle s'y rendit et trouva Bert allongé sur le sol. Un ambulancier lui tenait la tête pendant que Nick lui faisait un massage sino-carotidien.

— Il souffre de tachycardie supra-ventriculaire..., lança-t-il par-dessus son épaule. Peux-tu t'occuper de Gwen et nous suivre à l'hôpital ? Je vais les accompagner dans l'ambulance, mais j'essaye d'abord cette stimulation.

Elle alla trouver Gwen et la prit dans ses bras.

— Il est en de bonnes mains, Gwen, ça va aller.

— Est-ce qu'il va mourir ? murmura la vieille femme. Qu'est-ce qui ne va pas chez Bert ?

— Son cœur s'est emballé et Nick est en train de stimuler le nerf qui est sous la carotide, ce qui peut ralentir le rythme cardiaque. Ce n'est pas douloureux et ça marche souvent.

À cet instant, Bert poussa un grognement, et Nick arrêta son massage pour poser les doigts sur l'artère carotide.

— C'est bon… Bert, c'est Nick. Comment vous sentez-vous ?

— Fatigué, et j'ai mal au thorax. J'ai besoin de mon spray.

— Il a de l'angine de poitrine, expliqua Gwen.

Elle tendit à Nick le spray de TNG, du trinitrate de glycéryle, et fondit en larmes.

— J'ai cru qu'il était mort, dit-elle, cachant son visage dans l'épaule de Liv.

— Allez l'embrasser, répondit celle-ci en lui tendant un mouchoir en papier. Il a déjà bien meilleure mine. Ils vont l'emmener à l'hôpital où l'on s'occupera bien de lui.

Gwen obéit et s'accroupit près de son mari, lui agrippant la main tandis que Nick rejoignait Liv.

— Tu as fait du bon travail, dit-elle en souriant.

— Merci. J'ai pensé que ça valait le coup d'essayer.

— C'est sûr. Les ambulanciers n'y avaient pas pensé ?

— Ils venaient juste d'arriver. Lorsque je leur ai dit que j'étais médecin, ils ont préféré me laisser faire.

— Je suis si contente que nous soyons revenus.

— Moi aussi. Tu vas pouvoir conduire ?

— Oui, pas de problème. Ma tête va bien, maintenant. Je vais fermer la maison avec Gwen, et nous vous suivons.

Lorsqu'ils sortirent de l'hôpital, il était presque 13 heures.

— On va déjeuner ? proposa Nick.

— Oui. Si nous allions au pub qui donne sur la rivière ? Après, nous pourrions déambuler au bord de l'eau.

— Bonne idée… Je meurs de faim.

Ils rentrèrent à la maison pour changer de voiture avant de se rendre au pub où ils déjeunèrent sur la terrasse surplombant la rivière, profitant du soleil printanier et du spectacle qu'offraient les bateaux au mouillage.

— Je pourrais regarder la rivière pendant des heures.

— Moi aussi, dit Nick. Veux-tu qu'on aille se promener ?

— Cela m'aidera à éliminer un peu de ces chips fabuleuses !

— N'élimine pas trop, j'adore tes nouvelles rondeurs. Je te retrouve telle que tu étais quand je t'ai rencontrée.

— C'est comme toi. Tu as retrouvé ta tonicité, ce qui te rend très appétissant. J'ai très envie de le vérifier encore une fois.

— Uniquement si je peux vérifier tes rondeurs.

Elle lui adressa un sourire effronté.

— Avec grand plaisir. Mais peut-être pas ici ni maintenant.

— Où allons-nous passer la nuit ? demanda Nick lorsqu'ils regagnèrent la maison. Ici ou bien au chalet ?

— J'aimerais mieux au chalet.

Au même moment, elle entendit une voiture arriver, s'arrêter, puis repartir. S'approchant de la fenêtre, elle vit Gwen rentrer chez elle.

— Gwen est de retour. Peut-être devrions-nous l'inviter à dîner avec nous ?

— Ce serait gentil. Et si elle est rentrée je pense que nous devrions rester ici. Je n'aime pas la savoir seule.

— Mais ils t'énervent !

Il se mit à rire et la prit dans ses bras.

— Je sais, mais ils sont inoffensifs, et Bert m'a fait pitié. Ils sont mariés depuis des lustres, Liv. Ils sont perdus l'un sans l'autre.

— J'étais perdue sans toi. Tellement perdue.

— Moi aussi, mais je suis revenu, Liv, et je reste.

— Tu vas donc poser ta candidature pour le job ?
— Oui, c'est sûr. Et je reviendrai vivre ici.
— Même si Bert et Gwen nous épient ?
— Mais oui.
— Parfait, dit-elle avec un grand sourire. Allons voir Gwen pour avoir des nouvelles de son mari.

Nick revint s'installer dans la maison le lendemain, alors qu'elle était au travail. Lorsqu'elle rentra, sa journée terminée, et vit de la lumière, elle en ressentit un bonheur profond. Il y avait si longtemps que personne n'était là pour l'accueillir le soir.

Nick avait dû entendre la voiture car il ouvrit la porte.

— Bienvenue à la maison, madame Jarvis, murmura-t-il en la serrant dans ses bras.

Dès le lendemain, Nick posa sa candidature et, quinze jours plus tard, il passa un entretien d'embauche.

— Cela n'a pas été facile, déclara-t-il à Liv à son retour. Ben m'a mis sur le gril.

— Ce n'est pas très sympathique.

— Mais non, c'est normal. Ils ont deux autres excellents candidats. J'espère seulement avoir été à la hauteur.

— J'en suis certaine, dit-elle en l'enlaçant. Et si tu ne réussissais pas, nous irions vivre ailleurs. Je peux habiter n'importe où, du moment que je suis avec toi.

— Je vais avoir un second entretien, annonça-t-il le lendemain, au moment du petit déjeuner.

Liv sentit son estomac se nouer.

— Vraiment ? C'était prévu ?

— Je savais que c'était possible. Oh ! Liv, je déteste cette incertitude.

— Ce n'est qu'un job, il s'en présentera d'autres. De toute façon, je suis sûre qu'ils vont te prendre.

C'était là un pieux mensonge. En fait, elle avait la nausée.

— Je dois y aller, je vais être en retard au travail.

— Tu n'as pas fini ton petit déjeuner, Liv.

— Je n'ai pas faim, il est encore trop tôt.

Et elle était trop stressée pour avaler quoi que ce soit.

Le second entretien de Nick eut lieu trois jours plus tard.

— Je l'ai trouvé pire que le premier, dit-il à son retour, ce soir-là. Je commence à douter de l'amitié de Ben.

— Mais si, il est toujours ton ami, mais il doit aussi se comporter en patron, sans aucun favoritisme. Il est sûrement aussi dur avec les autres candidats. Quand auras-tu la réponse ?

— Ben a dit que la décision serait prise peut-être d'ici deux jours. J'ai eu l'impression que le bureau était divisé.

Le lendemain, Liv ne travaillait pas. Restée seule à la maison, elle alla dans son petit bureau situé à l'étage — la chambre d'enfant qui n'avait jamais servi — et se plongea dans la lecture d'un article parlant des effets de l'hypnose sur les douleurs de l'accouchement. Mais, était-ce le stress ? Ou un effet secondaire de sa commotion cérébrale ? Elle avait le plus grand mal à se concentrer. Abandonnant sa lecture, elle se rendit à la cuisine pour faire chauffer de l'eau.

En fait, elle n'avait pas envie de café. Ni de thé. Ni d'aucune nourriture, à part du chocolat et des pâtes. Elle aurait pu avaler des montagnes de pâtes au pesto. Peut-être avait-elle faim, voilà tout. Ou peut-être avait-elle besoin de savoir quel serait leur avenir ?

Elle sortit marcher un peu et entra dans le petit supermarché du quartier afin d'acheter du pain et des pâtes. Alors qu'elle se dirigeait vers les caisses, elle se sentit soudain prise d'un vertige et s'agrippa à une étagère présentant des articles réservés à l'intimité — hygiène féminine, préservatifs, tests de grossesse…

Des tests de grossesse ? Elle en avait acheté des tonnes, autrefois, et les utilisait avant la date de ses règles. En attendant quelques jours de plus, elle aurait eu la réponse sans rien dépenser.

Mais aujourd'hui, perturbée par le retour de Nick, l'accident et l'incertitude concernant le job à l'hôpital, elle ne savait plus où elle en était de son cycle. Elle avait bien eu ses règles, mais cela remontait à plusieurs semaines. Plus de quatre semaines ? D'une main tremblante, elle prit l'une des petites boîtes, la glissa dans son panier à côté du pain et des pâtes, puis s'avança vers les caisses.

— Liv ?

Elle avait dû sortir. Il monta dans la chambre pour se changer… et s'arrêta net. Sur le lit, il y avait une petite boîte ouverte. Un test de grossesse.

Les lèvres sèches, il se sentit soudain très mal. Non ! Cela ne pouvait pas recommencer.

Après avoir enfilé un jean et un T-shirt, il s'assit au bord du lit, les yeux fixés sur la boîte comme s'il s'agissait d'une bombe.

Pourquoi ? Ils s'étaient pourtant mis d'accord. Ils n'essaieraient pas, ils ne feraient rien avant d'y être prêts… mais non. Liv l'aimait-elle vraiment ou bien n'était-il pour elle qu'un donneur de sperme ?

Déçu, blessé, furieux, il se sentait trahi. Et, à cet instant, il entendait qu'elle l'appelait, mais il n'avait aucune envie de lui répondre.

Ils s'étaient promis qu'ils ne laisseraient plus ce problème de stérilité les détruire, et voilà que tout recommençait…

Luttant contre la nausée, il se leva et sortit de la chambre pour se diriger vers la pièce qu'ils n'avaient jamais osé appeler la chambre d'enfant.

Assise à son bureau, Liv tenait à la main la baguette du test de grossesse. Il vit sur son visage des traces de larmes.

— Pourquoi maintenant, Liv ? Au moment où tout semblait plein de promesses. Je croyais que nous en avions fini avec ça. Tu me l'avais promis !

Le visage de Liv se figea. Elle regarda fixement Nick tandis que la baguette lui échappait des mains.

— Nick…

— Non. Je ne peux plus faire face à ce genre de situation. Je te l'avais dit, je t'avais prévenue…

Tournant les talons, il sortit de la pièce. Alors qu'il descendait l'escalier, il reçut quelque chose sur la tête.

— Qu'est-ce qui ne va pas avec toi ? cria Liv en sanglotant. Tu ne peux pas faire face quand je ne suis pas enceinte et, maintenant, tu ne peux pas non plus, alors que je *suis* enceinte ! Quel genre d'homme es-tu ?

Il s'arrêta et se retourna pour l'observer. Il avait la bouche sèche, le cœur prêt à exploser.

— Je ne comprends pas, murmura-t-il. Ce n'est pas possible. Je t'ai dit que mon sperme était défectueux, nous savions que cela n'arriverait pas…

— Non, Nick, tu te trompes. Regarde ! Regarde la baguette !

Il baissa les yeux et vit la baguette sur le sol, dans le vestibule. D'une main tremblante, il la ramassa et lut le mot qui apparaissait dans la petite fenêtre : « Enceinte ».

Il ne le quittait pas des yeux, le regard brouillé.

— Je ne comprends pas.

Liv vint le rejoindre et s'assit juste au-dessus de lui, sur la deuxième marche de l'escalier.

— Je suis enceinte. Nous allons avoir un bébé, Nick.

— Comment ça ?

Elle se mit à rire.

— Si tu ne sais pas comment, Nick, tu ferais mieux de changer de métier.

Il s'assit près d'elle et lui passa un bras autour des épaules.

— Mais… Pourquoi maintenant et pas avant ?

— J'étais trop maigre, tu mangeais n'importe comment, tu buvais un peu trop, tu abusais du café et ne pratiquais aucun sport. Nous ne faisions l'amour que les jours où j'étais fécondable. Maintenant, nous sommes en bonne santé, détendus, et nous faisons l'amour très souvent. Voilà qui explique tout, ce n'est pas sorcier à comprendre.

Elle était enceinte. Il la serra dans ses bras.

— Je croyais que tu voulais juste essayer encore. Je n'aurais jamais imaginé… Je t'aime. Oh ! je t'aime tant, et je n'arrive pas à croire que cela nous soit enfin arrivé.

Elle lui caressa la joue, chassant ses larmes.

— Moi non plus, murmura-t-elle. Et maintenant, si seulement nous avions des nouvelles concernant ton job…

— J'en ai.

Elle le fixa d'un regard à la fois plein d'espoir et de crainte.

— Et ?

— Je l'ai. J'ai le poste.

Elle porta la main à sa bouche et laissa échapper un petit rire mêlé de sanglots.

— Vraiment ? Tu as été pris ? Nous pouvons rester ici, à Yoxburgh, dans cette maison…

— Oui ! Nous pouvons rester ici, nous le devons même, car je l'ai promis à Ben.

— Oh ! Nick, c'est extraordinaire ! J'ai l'impression que nous avons remonté le temps et que nous pouvons aujourd'hui tout réparer.

— Comment te sens-tu, ma chérie ?

— Très bien. Tout ira bien tant que je pourrai avaler des quantités industrielles de chocolat.

Il éclata de rire en la serrant contre lui.

— J'ajouterai ça sur la liste des courses, dit-il en se levant.

Il la prit par la main pour l'aider à se relever.

— Viens, allons annoncer la bonne nouvelle à Bert et à Gwen. Ils vont être ravis d'avoir un bébé comme voisin.

— Pourras-tu le supporter ?

— Quoi ? Leur curiosité ? Ils sont gentils, Liv.

— Bert est convaincu que tu lui as sauvé la vie.

— Il a peut-être raison. Nous n'allons pas lui dire le contraire. S'il pense avoir frôlé la mort, il me laissera peut-être le soin de tailler la haie de rosiers.

Elle fut prise d'un fou rire communicatif. Se tenant dans les bras l'un de l'autre, ils rirent jusqu'à en avoir mal aux côtes.

— Est-ce que ça va mieux ? demanda-t-il après qu'ils se soient un peu calmés.

— Rien ne pourrait aller mieux. Le job, le bébé, ton retour dans ma vie... Qu'est-ce qu'une femme pourrait désirer de plus ?

— Des diamants ?

— Non, c'est froid, c'est dur, et cela ne vous prend pas dans les bras. Jamais je n'échangerais tes câlins contre quoi que ce soit d'autre. Viens.

Elle le prit par la main et, au lieu de se diriger vers la porte pour aller voir Bert et Gwen, elle commença à gravir l'escalier.

— Où allons-nous ? s'enquit-il.

— Là-haut, répondit-elle en souriant. Nous avons une chambre d'enfant à aménager...

Épilogue

Nick referma la porte derrière la sage-femme et retourna dans le salon où Liv, allongée en robe de chambre sur le canapé, tenait dans ses bras le bébé endormi.

— Une tasse de thé ? proposa-t-il.

— Non merci, si j'en bois encore, je vais me noyer ! Viens t'asseoir ici et admire ta fille.

Elle souleva ses jambes pour les poser sur les genoux de Nick lorsqu'il eut pris place sur le canapé.

— Heureux ?

— Oui, ma chérie, très heureux, répondit-il avec un rire las. Un peu stressé, j'avoue, mais je devrais savoir qu'avec toi on n'est jamais à l'abri des surprises.

— Je n'avais pas prévu d'accoucher à la maison. Notre fille était juste impatiente de venir au monde.

— Et moi qui étais en consultation… Dire que je suis obstétricien et que je n'ai même pas vu que le travail avait débuté !

— Je suis sage-femme et je n'ai pas reconnu les signes précurseurs de l'accouchement. Nous sommes aussi nuls l'un que l'autre !

— Mais non, nous sommes extraordinaires ! Regarde-la. Comment deux nuls pourraient-ils engendrer une telle merveille ?

— Tu veux la prendre dans les bras ?

Elle lui tendit le bébé qu'il tint contre lui, admirant son petit nez et ses lèvres roses.

— Elle est tellement parfaite ! Un vrai miracle.

Il leva les yeux et croisa le regard de Liv.

— T'ai-je dit à quel point je t'aimais ?

— Peut-être un million de fois.

Elle s'assit en faisant une petite grimace et l'enlaça avant de l'embrasser.

— Mais tu peux me le redire, je ne me lasse pas de l'entendre.

— Je t'aime, murmura-t-il.

Il posa les pieds sur la table basse, juste à l'endroit où, l'autre jour, il avait fait disparaître la petite tache disgracieuse puis, s'appuyant contre les coussins du canapé, il adressa un grand sourire à Liv.

Jamais la vie ne lui avait paru plus belle.

SUSAN CARLISLE

Pour un baiser du Dr Donavon

Traduction française de
ADELINE MAGNE

BLANCHE

HARLEQUIN

Titre original :
STOLEN KISSES WITH HER BOSS

Ce roman a déjà été publié en 2018.

1.

Alors que Cynthia Marcum passait en revue ses mails de l'après-midi, sa main se figea sur la souris.

Le Dr Donavon lui avait écrit ! Jusqu'à présent, elle avait toujours communiqué uniquement avec sa secrétaire. Que lui voulait-il ? Était-il mécontent de quelque chose ?

Allons, inutile de s'emballer : elle ne travaillait pour lui que depuis un mois. Sans doute s'agissait-il d'une simple mise au point.

Installée en free-lance depuis plusieurs années, elle transcrivait les rapports de cinq chirurgiens de Birmingham, dont le Dr Donavon. Il payait bien, si bien qu'elle n'avait pas hésité à l'ajouter à sa liste de donneurs d'ordre déjà bien garnie. Elle ne chômait pas, mais l'argent n'était pas de trop. Ses frères n'avaient pas terminé leurs études et, tant qu'ils n'auraient pas d'indépendance financière, c'était à elle, leur tutrice, de subvenir à leurs besoins.

Cette collaboration avec le Dr Donavon lui importait pour des raisons pécuniaires, mais pas seulement. Elle y voyait un autre intérêt, beaucoup moins prosaïque : ce mystérieux médecin avait une belle voix de basse, sensuelle et mélodieuse. Avec lui, même les termes médicaux prenaient des accents érotiques. Elle ne se lassait pas de l'entendre, allant jusqu'à réécouter ses dictées juste pour le plaisir. C'était une musique qui coulait sur ses nerfs comme du chocolat chaud et velouté. Chaque fois qu'elle pensait à lui, son imagination tournait à plein régime, et elle se demandait souvent si son physique était aussi sexy.

Elle leva les yeux au ciel.

Dans ses rêves, oui ! À coup sûr, il devait être petit et chauve, comme cet animateur de radio dont elle s'était entichée quand elle était adolescente. Lui aussi possédait une belle voix grave dont elle était tombée amoureuse. À partir de là, elle s'était imaginé un personnage romanesque, mais, lorsqu'elle l'avait rencontré, le prince charmant s'était avéré être un petit homme bedonnant d'une cinquantaine d'années coiffé d'un catogan grisonnant. C'est peu dire qu'elle était tombée de haut.

Plusieurs années plus tard, glissait-elle dans le même travers ?

De fait, ce Dr Donavon était devenu une échappatoire romantique. Célibataire par obligation, elle avait un manque certain que ces rêveries comblaient. Trois ans auparavant, elle avait un petit ami. Dave et elle se seraient certainement mariés si la vie n'en avait pas décidé autrement. Mais il y avait eu cet accident qui avait coûté la vie à ses parents. Du jour au lendemain, elle avait dû s'occuper de ses deux frères à peine plus jeunes qu'elle. Entre la succession à régler et ses responsabilités envers ses frères, elle n'avait plus trouvé de temps pour son couple, et Dave n'avait pas tardé à lui faire savoir qu'il n'envisageait pas d'assumer le quotidien de deux adolescents. À partir de là, leur relation avait suivi une mauvaise pente. Lorsqu'il lui avait annoncé qu'il la quittait pour une autre, elle en avait été presque soulagée. Mieux valait en rester là. Dave ne comprenait pas à quel point il était important pour elle de préserver sa famille. Lui et elle n'avaient pas les mêmes priorités dans la vie.

Après cette rupture, elle n'avait pas cherché à s'engager. Elle était sortie avec quelques hommes, sans jamais s'impliquer. En général, lorsque son partenaire apprenait sa situation de famille, il préférait en rester là. Elle avait fini par se faire à l'idée que sa vie sentimentale devait passer à l'arrière-plan pour le moment. En attendant que ses frères quittent le nid, elle devait se contenter de la belle voix de basse du Dr Donavon.

Elle ouvrit le message avec curiosité.

Bonjour, Madame Marcum,

Dans le cadre d'un projet scientifique que je suis en train de monter, j'aurais besoin de faire transcrire plusieurs rapports au cours des semaines à venir. Seriez-vous disponible pour prendre en charge ce surcroît de travail ? Il va sans dire que la rémunération serait en conséquence. Votre aide me serait vraiment précieuse.

Dans l'attente de votre réponse, cordialement,

S. Donavon

Elle relut le message une seconde fois et réfléchit.

Cette demande tombait mal. Ses journées étaient déjà bien remplies, et il lui serait difficile de dégager du temps pour un travail supplémentaire. D'un autre côté, il lui faudrait bientôt payer les frais de scolarité de Mark. Cet argent serait le bienvenu. De plus, elle avait à cœur de satisfaire ses clients. Si elle disait non au Dr Donavon, il ferait appel à quelqu'un d'autre. Elle ne pouvait pas se permettre de le perdre. Et puis, à quoi bon le nier ? Elle appréciait toutes les occasions d'entendre sa voix.

Elle cliqua pour répondre au message.

Cher Docteur Donavon,

Je suis ravie que mon travail vous donne satisfaction. Mon emploi du temps est assez chargé en ce moment, mais je ferai de mon mieux pour traiter ces rapports supplémentaires et vous les rendre le plus vite possible. Cependant, je ne peux pas m'engager sur un délai.

Cordialement,

Cynthia

Elle se relut pour corriger une éventuelle faute de ton puis envoya sa réponse.

On verrait bien ce qu'il répondrait. Elle ne voulait pour rien au monde perdre ce client, mais les journées n'avaient que vingt-quatre heures. Ses frères avaient besoin d'elle et, quoi qu'il arrive, ses responsabilités familiales prendraient le pas sur le boulot. Par bonheur, jusqu'à présent, elle avait toujours réussi à concilier les deux. Depuis qu'elle travaillait à plein temps, c'est-à-dire depuis qu'elle avait interrompu ses études d'infirmière, elle s'était créé un portefeuille de clients fidèles, et jusqu'à présent aucun n'avait eu à se plaindre d'elle.

La silhouette dégingandée de Rick apparut sur le seuil de la petite pièce qu'elle avait transformée en bureau.

— Salut, Cynthia. Je vais chez Joey.

Elle fit pivoter sa chaise pour lui faire face.

Appuyé contre le chambranle, son frère était vêtu de son éternel uniforme d'adolescent : jean et T-shirt usé.

— Et ton exposé ?

— Il est quasiment fini.

Comme elle ouvrait la bouche pour parler, il leva la main.

— Il sera terminé demain, promis. De toute façon, je ne dois le présenter que dans une semaine. T'inquiète, j'ai 18 de moyenne générale.

— Oui, mais il ne faut pas qu'elle baisse. Ta bourse universitaire en dépend, souviens-toi !

— Tu te fais trop de mouron, Cyn. À plus.

Elle se laissa aller dans son siège et se passa une main sur le visage, fatiguée.

Oui, elle se faisait du souci. Depuis la mort de leurs parents, elle n'arrêtait pas. La situation n'avait rien d'idéal, mais ils se débrouillaient bon an, mal an, même si elle regrettait l'époque insouciante où elle pouvait sortir le soir sans avoir à s'inquiéter de personne. De toute façon, pour l'heure, il n'y avait pas le choix. Lorsque les garçons seraient établis dans leur vie, il serait toujours temps qu'elle reprenne ses études et réfléchisse à son avenir personnel. Chaque chose en son temps.

Par bonheur, ils n'avaient pas à se soucier d'un logement, puisqu'ils avaient hérité de la maison familiale, mais il fallait bien régler les dépenses du quotidien, et il était hors de question d'entamer le pécule laissé par leurs parents : cet argent servirait à ses frères, pour financer leurs études ou leur maison. De fait, c'était elle qui supportait l'ensemble des charges du ménage. Une lourde responsabilité pour une femme seule de vingt-trois ans à peine…

Mais trêve de rêveries, elle avait du travail.

Elle consulta sa messagerie une dernière fois avant de la refermer et s'aperçut que le Dr Donavon lui avait répondu.

Je ne saurais vous dire assez merci. Je vous envoie le fichier sonore par mail dès ce soir. J'aurais besoin des rapports pour lundi matin. Est-ce faisable, à votre avis ? Si vous acceptez de m'aider, je vous serai vraiment redevable.

S. Donavon

Pour lundi matin ? On était vendredi soir ! Elle était ravie qu'il apprécie son travail, mais le délai était vraiment très court. Quoi qu'il en soit, elle savait ce qu'il lui restait à faire ce week-end.

Entendu. Je ferai tout mon possible pour vous rendre vos rapports lundi prochain.

Cordialement,

Cynthia

La réponse arriva quelques secondes plus tard :

Merci. Vous me sauvez la vie, vraiment.

Lui sauver la vie, elle ? Inutile d'aller jusque-là, elle avait déjà assez de ses frères. D'ailleurs, elle apprécierait que les rôles soient inversés et qu'on s'occupe un peu d'elle, pour une fois…

Le claquement d'une porte la fit sursauter.

— Cyn ?

— Je suis là, Mark.

Mark, vingt ans, entra dans la pièce et se laissa tomber sur un siège en face d'elle, une jambe balancée par-dessus un bras du fauteuil.

— Comment s'est passée ta journée ?

— Ras le bol. C'est décidé, j'arrête la fac.

Elle se pencha vers lui, les mains crispées sur sa chaise.

Voilà des mois qu'elle s'efforçait de lutter contre l'apathie de son cadet. À la longue, ces efforts l'usaient.

— Pourquoi ?

Le regard obstinément baissé vers le sol, Mark haussa les épaules avec colère.

— Parce que. C'est pas mon truc, voilà.

— Mark, tu sais bien que papa et maman n'auraient pas apprécié que tu laisses tomber tes études.

— Peut-être, mais la fac, ça ne sert à rien.

— Donc, quel est ton projet ?

De nouveau, Mark haussa les épaules d'un air boudeur.

— Sais pas.

— Eh bien, tâche d'y réfléchir !

Le garçon se leva d'un bond.

— Ça suffit, lâche-moi les baskets ! Tu n'es pas ma mère. Tout le monde n'est pas comme Rick.

Il quitta la pièce d'un pas lourd.

Elle se prit la tête dans les mains et soupira.

Elle ne verrait jamais le bout de ses soucis ! Non, en effet, elle n'était pas la mère de Mark. Elle n'aurait pas demandé mieux que de lui lâcher les baskets, comme il disait, mais, pour cela, encore faudrait-il qu'il soit autonome. Pour l'heure, il en était loin.

Elle se leva avec lassitude pour préparer le dîner.

Le travail attendrait. Ses parents avaient toujours insisté pour qu'ils prennent le repas du soir tous ensemble, et elle n'avait jamais dérogé à cette règle. Encore à présent, ses frères étaient tenus d'être à la maison vers 6 heures du soir en semaine pour qu'ils passent un moment ensemble tous les trois. En famille.

Deux heures plus tard, elle s'installa de nouveau à son bureau et brancha ses écouteurs.

Ce n'était pas ainsi qu'elle avait pensé occuper son vendredi soir, mais elle s'en remettrait. La chaude voix du Dr Donavon ne tarda pas à la bercer et, bientôt, elle oublia ses problèmes pour se concentrer sur sa transcription.

Le lundi suivant, après le déjeuner, Sean se mit à l'aise pour relire les fichiers que Mme Marcum lui avait envoyés durant la matinée. Calé sur son siège, il posa les pieds sur son bureau et croisa les chevilles.

Il n'avait pas l'habitude de vérifier ses transcriptions, mais en l'occurrence il ne pouvait pas s'en dispenser. Ce projet d'appareil auditif était trop important. Son avenir professionnel en dépendait, sans parler de la qualité de vie de ses patients. Il n'était pas le seul sur l'affaire, et son dossier devait être absolument parfait pour être retenu. Le moindre détail risquait de tout faire capoter. Il était hors de question que la subvention de recherche aille à un autre concurrent.

Sa tablette devant lui, il ouvrit un rapport et se mit à lire.

À mi-chemin du fichier, il n'avait toujours pas repéré la moindre faute. Une fois de plus, Mme Marcum avait accompli un travail remarquable en un temps record. Il ne manquerait pas de la remercier.

Lorsque sa transcriptrice précédente avait mis un terme à leur collaboration, elle lui avait recommandé cette collègue en termes tout à fait flatteurs et, bien que d'ordinaire peu adepte des décisions brusques, il l'avait recrutée sur la seule foi de cet avis. Jusqu'à présent, il se félicitait de son choix. Il n'osait pas songer à ce que serait devenue cette demande de subvention si Mme Marcum n'avait pas accepté d'y sacrifier son week-end. En tout cas, il ne pouvait pas se permettre de la perdre en ce moment. Son dossier devait être déposé dans quelques petites semaines, et il n'aurait jamais le temps de trouver une transcriptrice de cette qualité.

Sa lecture terminée, il lui envoya aussitôt un mail.

Bonjour, Madame Marcum,

Merci pour votre envoi. Je viens de lire vos fichiers, et je tenais à vous remercier pour la qualité et la rapidité de votre travail. Je ne peux vous dire à quel point je vous suis reconnaissant de vos efforts. Seriez-vous d'accord pour prendre en charge d'autres transcriptions ?

Bien à vous,

S. Donavon

Cynthia s'épanouit en lisant le dernier message du Dr Donavon.

La gratitude du Dr Donavon lui allait droit au cœur. Pour une fois, elle voyait ses efforts reconnus ! Une belle voix, des manières impeccables… Décidément, cet homme lui plaisait. Seule ombre au tableau, ses délais beaucoup trop courts. Elle espérait ne plus avoir à travailler tard le soir ou le week-end. Avec un peu de chance, il ne lui enverrait pas les prochains fichiers au dernier moment. Le cas échéant, il faudrait lui faire comprendre qu'une exception ne pouvait pas devenir une règle. Elle ne devait pas négliger ses autres clients, ni ses frères.

Forte de ces réflexions, elle rédigea sa réponse.

Cher Docteur Donavon,

Je suis ravie que mon travail vous donne satisfaction. N'hésitez pas à revenir vers moi si je peux encore vous aider.

Cynthia

Elle se relut et expédia le message.

Une minute plus tard, la réponse arriva.

Merci ! Il se trouve que j'ai d'autres fichiers à vous confier, en effet. Je vous les envoie dès cet après-midi.

S. Donavon

Ouille, déjà ? Avait-elle proposé son aide trop vite ? Manifestement, cette demande de subvention lui tenait à cœur. Heureusement, cette fois, il ne lui avait pas imposé de délais. Ou du moins, pas encore.

En milieu d'après-midi, on sonna à sa porte, et elle découvrit sur le seuil un livreur qui tenait une plante verte dans un pot de céramique bleue.

— Cynthia Marcum ?

— Oui, c'est moi-même.

— Tenez, c'est pour vous.

L'objet dans les mains, elle suivit du regard le livreur qui remontait dans sa camionnette, stupéfaite.

Alors ça ! Jamais, de toute sa vie elle n'avait reçu quoi que ce soit d'un fleuriste, mis à part les arrangements floraux lors de l'enterrement de ses parents. S'agissait-il d'une erreur ? En tout cas, avec ses feuilles épanouies et sa fleur rouge vif, cette plante était magnifique.

Avisant alors une petite enveloppe blanche qui portait son nom, elle referma la porte avec le pied, retourna dans son bureau et posa le pot à côté de l'ordinateur.

L'enveloppe contenait une petite carte :

« *Merci pour tout. Sean Donavon.* »

Elle ne put s'empêcher de sourire, touchée par une telle gentillesse. Et il avait signé « Sean » !

Le Dr Donavon lui avait envoyé un cadeau ! Une fois de plus, il marquait un bon point. Mark et Rick pourraient en prendre de la graine. Elle adorait ses frères, mais le mot « merci » ne faisait pas partie de leur vocabulaire.

Les fichiers arrivèrent peu après, et elle en profita pour lui répondre.

Cher Docteur Donavon,

Merci infiniment pour cette belle plante. Vous n'auriez pas dû ! Je l'ai installée sur mon bureau pour pouvoir l'admirer à mon aise.

J'ai bien reçu vos fichiers et compte m'atteler à la tâche dès ce soir. Je vous enverrai les rapports dans les meilleurs délais.

Cynthia

Elle ne put terminer ce travail que le mardi à presque minuit, faute d'avoir pu s'y consacrer plus tôt. Ses autres clients avaient monopolisé l'essentiel de sa matinée, et elle avait dû se rendre au match de basket de Rick. De retour vers 22 heures, elle se remit au travail de manière à ne pas risquer d'être débordée le lendemain.

Le mercredi matin, elle entama sa journée par une transcription de routine pour le Dr Donavon.

Tout en écoutant sa voix de velours, elle tendit la main vers la plante et caressa la feuille la plus proche, rêveuse.

Entre le travail habituel et les à-côtés, elle passait beaucoup de temps avec Sean Voix-de-velours.

Dire qu'elle rêvassait sur un homme qu'elle n'avait jamais vu et dont elle ne connaissait quasiment rien ! Pour autant qu'elle sache, il pouvait être marié. Quoi qu'il en soit, elle avait du travail.

Tard dans la soirée, elle expédia les vingt rapports tapés puis, satisfaite, prit une longue douche avant de se coucher. Comme elle repassait devant son bureau, une lumière clignotante attira son attention : l'arrivée d'un mail.

Ses clients la contactaient rarement à une heure aussi tardive ; il devait s'agir de quelque chose d'important.

En constatant que le message venait du Dr Donavon, elle sentit son pouls s'accélérer. La raison aurait voulu qu'elle lise ce mail le lendemain matin, mais elle savait qu'elle passerait une nuit blanche à se demander ce qu'il lui disait.

Elle cliqua sur la souris avec empressement.

Chère Madame Marcum,

Merci pour les rapports, et de rien pour la plante. C'était une façon de vous exprimer ma reconnaissance.

Bonne soirée.

S. Donavon

Elle relut ces quelques lignes le cœur battant.

Décidément, ce que c'était que la magie d'une voix ! Même ses mails lui donnaient des papillons dans le ventre. Il fallait vraiment qu'elle arrête de fantasmer sur cet inconnu. N'empêche, elle aurait bien voulu qu'il lui murmure tendrement « bonne nuit » à l'oreille…

Saisie d'un frisson, elle se redressa.

Son imagination prenait trop de libertés, preuve qu'il était grand temps qu'elle aille se reposer.

Sean n'avait pas l'habitude d'adresser des cadeaux de remerciement à ses collaborateurs, mais il l'aimait bien, cette Mme Marcum. Elle lui ôtait une fameuse épine du pied. À la lecture de ses mails, elle donnait l'impression d'être quelqu'un d'agréable et de professionnel. En un mot, quelqu'un de fiable. Dans son esprit, la compétence se récompensait. C'était une manière de fidéliser les meilleurs employés. Ainsi, son assistante personnelle et plusieurs de ses infirmières étaient à son service depuis des années.

De plus, l'organisation n'avait jamais été son point fort. En témoignait le désordre de son bureau jonché de piles de dossiers. Avec ce projet en route, il avait impérativement besoin d'une secrétaire supplémentaire, ordonnée et à l'aise avec l'outil informatique. Il lui restait seulement quelques semaines pour boucler sa demande de financement, et il n'avait pas droit à l'erreur. Mme Marcum avait toujours travaillé dans les règles de l'art et en un temps record, et dans un de ses mails elle lui proposait même son aide. Pourquoi ne pas saisir la balle au bond ? Sa secrétaire avait déjà une lourde tâche, et il n'avait pas le temps de recruter quelqu'un pour ce travail. D'une manière ou d'une autre, il fallait qu'il obtienne sa coopération, ou bien il aurait du souci à se faire.

Chère Madame Marcum,

J'aurais une proposition à vous faire. Seriez-vous disponible demain vers 15 heures pour venir en discuter avec moi dans mon bureau ? Il s'agit d'un projet professionnel que je souhaiterais vous expliquer de vive voix.

Bien à vous,

S. Donavon

Pourvu qu'elle accepte !

2.

Le lendemain, la matinée était bien entamée lorsque Cynthia ouvrit le mail du Dr Donavon.

Elle se mordilla la lèvre, ennuyée.

Un rendez-vous à 15 heures ? Pile au moment de cette réunion au sujet de la bourse d'étude de Rick. Ça ne pouvait pas plus mal tomber.

Après une courte hésitation, elle lui renvoya un mail.

Cher Docteur Donavon,

Je suis vraiment désolée, mais j'ai un autre rendez-vous à 15 heures. Seriez-vous libre à 16 heures ?

C. Marcum

Le Dr Donavon répondit sans tarder.

Je dois visiter des patients à 16 heures. 17 heures, ça vous irait ? Je vous promets de ne pas vous retenir longtemps.

S. Donavon

Elle donna son accord par retour de mail.

En fin d'après-midi, Cynthia se gara devant un bâtiment moderne en brique et de plain-pied situé juste en face d'un grand hôpital du centre de Birmingham.

Elle n'était venue ici qu'une fois, pour signer son contrat de free-lance. Comme l'essentiel des transcripteurs, elle travaillait dans l'ombre, et cela lui convenait parfaitement. De la sorte, elle pouvait rester chez elle et adapter son emploi du temps à ses contraintes familiales.

À cette heure tardive, seules quelques rares voitures étaient encore stationnées dans le parking, signe que le personnel et les patients étaient pour l'essentiel partis. Les locaux semblaient déserts. Dans le hall, une enseigne indiquait le bureau du Dr Donavon.

Avec un frémissement d'excitation, elle se dirigea vers la réception, gardée par une jeune femme aux cheveux blond platine et aux ongles rouge vif.

— Puis-je vous aider ? dit celle-ci d'un ton pointu.

— J'ai rendez-vous avec le Dr Donavon.

La réceptionniste la dévisagea comme si elle avait demandé l'impossible.

— À cette heure-ci ?

— Oui, répondit Cynthia d'une voix ferme. Je suis sa transcriptrice. Nous avons rendez-vous à 17 heures.

L'employée décrocha le téléphone d'un air dubitatif et hocha la tête après un bref échange.

— Veuillez prendre un siège.

Cynthia alla s'asseoir et jeta un coup d'œil autour d'elle.

La salle d'attente, fonctionnelle, était meublée en tout et pour tout de quelques chaises en métal, d'un porte-revues mural et d'une malheureuse plante en plastique dans un coin. Au bout de quelques minutes, la réceptionniste éteignit son ordinateur et sa lampe de bureau, enfila sa veste et sortit sans un regard pour elle.

Plus fébrile que jamais, Cynthia rongeait son frein.

Pourquoi avait-elle accepté de retrouver le Dr Donavon à une heure pareille, dans un bâtiment quasiment vide ? Que savait-elle de lui au juste ? Pourvu qu'elle ne se soit pas trompée dans l'idée qu'elle s'en était faite à travers ses mails ! Après tout, même un médecin pouvait être un tueur en série… Allons, du calme. Il devait bien rester quelqu'un dans les parages, un gardien quelconque.

Dire qu'elle ne savait même pas à quoi il ressemblait ! Elle aurait certainement pu trouver sa photo sur Internet, mais elle s'était interdit d'effectuer cette recherche. Tant pis pour elle… Seigneur, cette attente était insupportable !

Au bout de cinq minutes interminables, elle entendit un bruit de pas. Aussitôt, une myriade de papillons dansèrent la sarabande dans son ventre. Elle se sentait comme une adolescente en passe de rencontrer sa star de rock préférée.

Enfin, elle allait le voir ! Correspondrait-il à l'image qu'elle se faisait de lui ?

Elle se leva et respira profondément pour recouvrer son sang-froid, puis se figea, comme pétrifiée.

L'homme en blouse blanche qui lui faisait face la dominait de trente bons centimètres. Ses yeux d'un bleu de cristal paraissaient encore plus clairs par contraste avec ses cheveux de jais, et son sourire avait de quoi faire chavirer le cœur de n'importe quelle femme.

Il s'éclaircit la voix.

— Madame Marcum ?

Elle tressaillit.

Elle devait avoir l'air stupide, à le dévisager ainsi comme s'il avait trois yeux et deux nez. Depuis quand faisait-elle autant attention au physique de quelqu'un ? D'ordinaire, elle n'était pas aussi superficielle. Mais elle ne pouvait pas s'empêcher d'admirer ostensiblement cet apollon. Il fallait qu'elle lui trouve un défaut, un détail qui la ramène à la réalité.

— Oui, c'est moi, dit-elle d'une voix faible. Je vous en prie, appelez-moi Cynthia.

— Très bien. Suivez-moi dans mon bureau, nous y serons mieux pour discuter.

Il fit quelques pas et, comme elle ne bougeait toujours pas, il se tourna vers elle.

— Madame Marcum… Cynthia ?

— Oui…

Elle se ressaisit et le suivit dans un couloir flanqué de salles d'examen et terminé par un guichet derrière lequel se tenait une infirmière.

Ouf, ils n'étaient pas tout seuls.

Le Dr Donavon s'arrêta devant une porte ouverte. D'un geste, il la convia à entrer, puis il referma derrière eux et se dirigea vers le bureau encombré de papiers avant de lui indiquer une chaise à dossier droit qui lui fit penser à celles de l'école primaire.

— Ravi de vous rencontrer enfin, Cynthia. Je vous en prie, prenez place.

Ce disant, il s'installa sur un siège dont les roulettes couinaient légèrement.

Elle obtempéra et jeta un regard autour d'elle.

Des fenêtres habillées de stores, des étagères bourrées de dossiers. Rien d'autre. Nulle part une photo ou un objet personnel. Sur le bureau, une lampe solitaire aggravait l'impression de tristesse qui régnait sur le désordre de papiers.

Tout à coup, elle se sentit à l'étroit. Ce décor avait quelque chose de déprimant. Jamais elle n'avait vu un bureau aussi austère, aussi dépouillé… et miteux. Oui, miteux.

Pareil dépouillement offrait un contraste saisissant avec la beauté exceptionnelle de cet homme. Qu'était-il arrivé au Dr Donavon pour que son espace personnel soit aussi impersonnel ? Chez lui, la décoration était-elle aussi minimaliste ? Y avait-il dans sa vie une femme, une épouse, une mère, une petite amie, enfin, quelqu'un capable de mettre un peu de couleur dans son quotidien ? S'il ne tenait qu'à elle, elle lui offrirait un beau bureau d'antiquaire et une paire de chaises molletonnées. Il avait plus qu'elle besoin d'une plante verte.

Le Dr Donavon s'éclaircit de nouveau la gorge.

— Vous n'aimez pas mon bureau, n'est-ce pas ?

Elle se sentit rougir.

— C'est que je ne m'attendais pas à… Je pensais plutôt à un mobilier en chrome et en verre.

— Ce n'est pas mon style.

— À moi non plus, répliqua-t-elle avec un rire nerveux. Mais, excusez-moi, je ne suis pas venue pour commenter vos choix de décoration.

— Je vous en prie. En fait, moi non plus, je ne m'attendais pas à quelqu'un comme vous.

Elle le dévisagea, prise de court par la tournure que prenait cette discussion.

À quoi s'était-il attendu, alors ?

— Ah ? Vous n'êtes pas trop déçu, j'espère.

— Pas du tout, au contraire ! C'était un compliment. Vous êtes une agréable surprise.

Essayait-il de flirter avec elle ?

Troublée, elle ne savait plus trop comment réagir.

— Merci, dit-elle, faute de mieux.

— Désolé, je vous mets dans l'embarras. Ce n'était pas mon intention, d'autant plus que j'ai un service à vous demander.

— Un service ?

— Oui. Pourriez-vous m'aider à monter ma demande de subvention ? Votre aide me serait infiniment précieuse, ajouta-t-il avec un sourire charmeur.

— Moi ? Mais je n'ai aucune expérience en la matière.

— Ce n'est pas grave, je vous montrerai. Vous êtes organisée, et vous savez taper vite et bien : ce sont précisément ces compétences qu'il me faudrait pour finaliser mon dossier à temps. Si vous acceptez mon offre, vous bénéficierez d'une majoration de salaire de 50 %.

Elle sentit une chaleur lui monter aux joues.

— C'est que… Je suis déjà très occupée avec la transcription.

— Vraiment ? Réfléchissez. C'est un travail bureautique qui serait parfaitement dans vos cordes.

Elle prit une profonde inspiration.

— Je vous remercie d'avoir fait appel à moi, mais je suis au regret de devoir vous dire non. Mon emploi du temps est très chargé en l'état, et je ne peux pas prendre le risque de négliger ma famille et mes autres clients.

— Ce serait l'affaire de quelques semaines tout au plus, dit-il d'un ton enjôleur. Je suis sûr que votre mari comprendra, d'autant plus que ce travail ne devrait pas trop empiéter sur votre vie personnelle.

— Je n'ai pas de mari. Je suis responsable de mes frères.

Le sourire du Dr Donavon disparut. Il se pencha en avant, l'air intéressé.

— Quel âge ont-ils ?

— Dix-huit et vingt ans.

Il la dévisagea, perplexe.

— Verraient-ils un inconvénient à ce que vous soyez momentanément moins disponible ?

Seigneur, il était tenace !

— Ils ne s'en rendraient peut-être pas compte, mais moi, si.

— Et si je vous payais le double ?

Elle ouvrit de grands yeux.

D'accord, elle avait besoin d'argent, mais là n'était pas l'essentiel. L'essentiel, pour elle, c'était d'assister aux matchs de Rick et d'être là pour Mark lorsqu'il avait besoin d'ouvrir son cœur.

— Désolée, mais c'est non.

— Qu'est-ce qui pourrait vous faire changer d'avis ?

— Rien. Désolée.

Elle jeta un coup d'œil à son portable.

— Excusez-moi, mais je dois partir. Je suis attendue à l'autre bout de la ville dans une demi-heure.

— Bon. Très bien.

Il se renversa sur son siège et la regarda se lever du sien.

Elle lui tendit la main.

— Vraiment, je suis désolée, répéta-t-elle pour s'excuser.

Il se leva enfin et accepta sa main, l'enveloppant de sa large poigne.

— Moi aussi. Si vous changez d'avis, tenez-moi au courant.

Elle hocha la tête, et il lui lâcha la main.

Aussitôt, elle regretta son contact. Les jambes légèrement flageolantes, elle quitta la pièce et s'éloigna dans le couloir.

C'était dingue qu'il lui fasse un tel effet rien qu'en lui touchant la main ! Elle avait bien fait de refuser. Mieux valait qu'elle garde ses distances avec ce Sean Donavon.

Alors que Cynthia Marcum sortait du bureau, le regard de Sean s'attarda sur le balancement de ses cheveux châtain cendré.

Elle n'avait rien à voir avec la quinquagénaire mal fagotée qu'il avait imaginée. Cette jeune femme dynamique et déterminée était beaucoup plus intéressante. Cynthia Marcum était petite, mais elle en imposait par sa volonté. Elle ne devait pas être du genre à se laisser marcher sur les pieds. Il aimait la façon dont ses yeux verts reflétaient ses sentiments. Sa franchise avait quelque chose de rafraîchissant. De même, elle n'y était pas allée par quatre chemins pour refuser son offre.

En attendant, sa décision le mettait dans l'embarras…

La porte de derrière claqua : son infirmière en chef venait de partir. Lui, en revanche, il devait rester encore un peu, le temps de finaliser son travail.

Il se leva afin de fermer l'entrée principale pour la nuit.

Au moment où il arrivait dans le hall, il eut la surprise de voir Cynthia pousser la porte de verre.

— Je peux encore changer d'avis ? dit-elle avec une note de désespoir dans la voix.

C'était peu dire qu'il était surpris par cette volte-face, mais cela faisait vraiment son affaire.

— Bien sûr ! dit-il avec chaleur.

— Quand voulez-vous que je commence ?

Il sourit.

— Pourquoi pas maintenant ?

Elle ouvrit de grands yeux.

— C'est que… Je ne peux pas…

— Allons, je ne vous dis pas de vous y mettre à la minute. Je vais vous envoyer les fichiers avec quelques consignes. Vous devriez pouvoir réaliser l'essentiel de ce travail chez vous, même si nous devons nous retrouver ici quelques fois pour faire le point.

Elle hocha la tête, faisant danser ses boucles sur ses épaules.

— D'accord. Ça devrait marcher.

— Puis-je vous demander ce qui vous a fait revenir sur votre décision ?

— Mon frère vient de m'appeler pour un problème de voiture. Cet argent ne sera pas de trop, ajouta-t-elle avec un haussement d'épaules désabusé.

Tout en étant désolé pour elle, il ne put s'empêcher de se frotter mentalement les mains. « Le malheur des uns… »

— Puis-je vous aider d'une manière ou d'une autre ? Appeler une dépanneuse ?

— Merci, ça ira. Envoyez-moi vos fichiers, et je m'y mettrai dès que possible.

Il la regarda regagner une voiture qui avait vu des jours meilleurs : un modèle pratique, à cinq portes, qui ressemblait au sien. Cynthia Marcum avait l'air de faire attention à ses finances. Une qualité qu'il appréciait entre toutes.

Cynthia trouva le mail de Sean Donavon en consultant sa messagerie le lendemain matin.

Bonjour, Cynthia,

J'espère que vous avez pu régler ce problème de voiture. N'hésitez pas à me faire savoir si vous avez besoin d'aide.

Voici les fichiers, plus quelques consignes pour mener à bien ce dossier. Je reste à votre disposition si vous avez des questions.

Sean

Elle sourit, touchée par sa gentillesse. Décidément, plus elle fréquentait cet homme, plus elle l'appréciait.

Il avait signé de son prénom… D'un autre côté, elle lui avait dit de l'appeler « Cynthia », donc il ne faisait que lui rendre la pareille.

— Sean, Sean, Sean, murmura-t-elle pour elle-même.

Ce nom lui allait bien. Mais elle ne devait pas oublier que ce « Sean » était son patron. Entre eux, les familiarités étaient proscrites.

Pourtant, elle ne pouvait pas relire ce mail sans éprouver un petit pincement de cœur.

C'était ridicule. Que savait-elle de lui ? Il pouvait être marié. Certes, il ne portait pas d'alliance, mais ça ne voulait rien dire. Au fond, mieux vaudrait qu'il ne soit pas libre. Ainsi, elle cesserait de fantasmer sur lui comme une gamine. Il fallait vraiment qu'elle sorte un peu, qu'elle rencontre des hommes, histoire de se distraire de ses rêveries et de se concentrer sur la réalité pour elle et pour ses frères.

Forte de ces pensées, elle se plongea dans le travail avec acharnement.

Elle boucla cette première série de fichiers le mardi suivant. Tard dans l'après-midi, elle se gara devant la clinique du Dr Donavon… Enfin, de Sean.

D'un coup d'œil dans le rétroviseur, elle vérifia sa coiffure et appliqua une légère touche de gloss sur ses lèvres, chose absolument contraire à ses habitudes. Puis, son dossier sous le bras, elle descendit de voiture et se dirigea d'un pas décidé vers la clinique.

Inutile de se monter la tête. Tout ce qu'elle avait à faire, c'était entrer, déposer les documents et repartir.

Pourtant, lorsqu'elle poussa la porte, un frémissement d'excitation la parcourut.

Elle s'arrêta devant la réception d'un air assuré.

— Bonjour, je suis Cynthia, la transcriptrice, dit-elle à la blonde platine. Pouvez-vous transmettre ces documents au Dr Donavon ?

— Pas de problème.

Alors qu'elle se détournait pour partir, Sean déboucha dans la pièce, escorté d'un autre homme. À sa vue, il sourit avec un plaisir manifeste. Il congédia son visiteur d'une tape sur le dos et se dirigea vers elle.

— Cynthia, quelle bonne surprise ! Comment allez-vous ?

Aussitôt, elle se sentit rougir.

— Très bien, merci. Je vous ai apporté quelques fichiers et les dix premières pages de la demande, dit-elle en pointant le menton vers la réception.

— Formidable. J'y jetterai un coup d'œil dès que possible pour vous indiquer les corrections à apporter, au cas où. Merci d'être passée les apporter en main propre.

Seigneur, sa voix était encore plus envoûtante en direct. Vite, dire quelque chose ! Elle ne pouvait pas rester plantée là à le regarder bêtement.

— De rien. Bon, eh bien… À bientôt.

— Oui. Je vous tiens au courant pour la suite.

J'y compte bien, songea-t-elle. Heureusement, elle parvint à ne pas prononcer ces mots à voix haute.

Aujourd'hui jeudi, Rick fêtait ses dix-huit ans. D'habitude, ils célébraient toujours les anniversaires en famille, mais celui-ci était spécial, et Cynthia avait décidé de marquer le coup. Elle avait consacré toute sa journée de la veille aux préparatifs de la fête. À midi, il ne lui restait plus qu'à charger la voiture et à se rendre au terrain de paintball où son petit frère avait invité une vingtaine de ses copains, garçons et filles.

En avance sur son emploi du temps de la journée, elle en profita pour consulter sa messagerie et faire le point sur son travail du lendemain.

Un message de Sean lui sauta aux yeux.

Bonjour, Cynthia,

J'espère que vous allez bien. J'aurais absolument besoin du rapport chirurgical de Charles Chadworth pour mon dossier. Un confrère a accepté de le valider ce soir impérativement parce qu'il part demain en vacances. Je suis bien conscient de vous demander l'impossible, mais pensez-vous pouvoir me faire passer ce rapport d'ici 16 heures ? Un coursier passerait le récupérer chez vous.

Cordialement,

Sean

Elle consulta l'heure.

Elle avait juste le temps de taper le rapport avant de filer au terrain de paintball. Mais lui faire passer le fichier, c'était une autre histoire.

Oui, je peux vous rendre ce rapport pour 16 heures, mais je dois m'absenter cet après-midi, et personne ne sera là pour ouvrir au coursier. Comme il s'agit d'un document confidentiel, j'hésite à le laisser devant chez moi sans surveillance… Je peux vous l'apporter ce soir, vers 20 heures. Qu'en dites-vous ?

Cynthia

Une demi-heure plus tard, le rapport était bouclé. Elle glissa les deux feuilles de papier dans une enveloppe.

Sean répondit au même moment.

Aïe ! 20 heures, ça risque d'être trop tard. Je vais voir si l'un de mes collaborateurs peut passer le récupérer chez vous.

Je vous tiens au courant.

Sean

Elle poussa un soupir de frustration.

Elle ne pouvait pas se permettre d'arriver en retard ! C'était elle qui avait organisé cette fête, elle devait être là pour accueillir les jeunes, d'autant plus qu'elle serait la seule adulte présente. La majorité étant fixée à dix-neuf ans en Alabama, Rick et la plupart de ses camarades étaient considérés comme mineurs, et sous sa responsabilité.

De nouveau, elle consulta l'heure.

Elle aurait dû être sur le départ !

Pour perdre le moins de temps possible, elle entreprit de charger la voiture tout en vérifiant de temps à autre sa messagerie.

Dix minutes plus tard, la réponse de Sean arriva enfin.

Cynthia, il n'y a personne ici pour s'en charger. Est-ce que je peux vous retrouver quelque part cet après-midi ?

Sean

Vous pouvez me rejoindre à 5182 Falcon Roal, Bessemer. À tout à l'heure.

Il répondit aussitôt.

Très bien. Merci d'avoir su tenir des délais aussi serrés ! Je vous retrouve là-bas.

Sean

En lisant ces derniers mots, elle sentit une excitation irrépressible bouillonner en elle.

Elle allait revoir Sean ! Enfin, inutile de s'emballer, il était son patron avant tout.

Sean se gara et considéra les alentours avec perplexité, puis il vérifia son GPS.

Pas de doute, il était bien à la bonne adresse. C'était ici qu'il devait retrouver Cynthia. Seulement, il n'aurait jamais imaginé atterrir dans un endroit pareil.

Devant lui s'étendait un grand terrain parsemé de structures gonflables, de petites baraques, de fausses façades, de fûts métalliques, de palettes. Partout, des jeunes gens portant des combinaisons blanches et des masques couraient entre les obstacles et les abris en s'efforçant d'esquiver les tirs de paintball qui fusaient de part et d'autre. Non loin, il remarqua un édifice à peine plus grand qu'une cabane de jardin près duquel étaient stationnés une file de véhicules, pour l'essentiel des 4x4 rehaussés.

Lentement, il s'approcha.

Sur le petit édifice, une pancarte indiquait « Paintball de Bessemer » ainsi que les tarifs du jeu, avec ou sans la location de l'équipement.

Décidément, certains avaient de l'argent à perdre. Ce n'était pas lui qui dépenserait un centime pour des bêtises pareilles !

Deux adolescents commentaient en riant ce qu'il se passait sur le terrain.

— Salut, dit-il en les rejoignant. L'un de vous saurait-il où je peux trouver Cynthia Marcum ?

Ceux-ci le dévisagèrent avec curiosité, comme s'il était un Martien.

L'un des garçons se tourna vers son camarade.

— C'est la sœur de Rick, non ?

— Oui, répondit l'autre. Elle est quelque part là-bas.

Sean scruta la zone que l'adolescent pointait du doigt en essayant d'apercevoir Cynthia au travers des allées et venues des joueurs.

— Ils viennent de commencer une bataille. À mon avis, elle ne va pas pouvoir vous voir avant un bon moment.

Il réprima un mouvement de contrariété.

Elle savait pourtant qu'il devait passer et qu'il était pressé !

— Pouvez-vous m'indiquer où vous l'avez vue pour la dernière fois ?

L'un des garçons tendit le bras vers la droite.

— Mais vous savez, m'sieur, à votre place, je n'irai pas là-bas sans un masque et un flingue. Sinon, c'est à vos risques et périls.

Il hésita un instant.

On verrait bien qu'il n'était pas armé, non ? Il n'était même pas en tenue !

Comme s'il devinait ses pensées, l'autre adolescent lui tendit son casque.

— Tenez, prenez le mien. Sans protection, c'est trop risqué.

— Merci. Vous pensez vraiment qu'on va me tirer dessus ?

Les adolescents hochèrent la tête avec gravité.

— Vous savez vous servir d'un pistolet à paintball ?

Sean examina le lanceur, un fusil de plastique transparent surmonté d'une recharge.

— Euh, non, pas vraiment.

— C'est un automatique. Il suffit d'appuyer sur la gâchette. Ça, c'est le chargeur : il contient les billes de peinture. Et ça, c'est la bonbonne d'air comprimé. Normalement, vous ne devriez pas tomber en rade. Visez et tirez. Bonne chance.

Non, mais c'était une blague ! Cynthia n'était tout de même pas accoutrée et armée comme tous ces zigotos ?

— Est-ce vraiment indispensable ?

De nouveau, les garçons opinèrent gravement du chef.

— Une dernière chose : n'enlevez pas votre casque avant le coup de sifflet. Les coups de paintball, ça peut faire bobo.

— Bon, entendu.

Par chance, il portait un jean.

Il n'avait pas fait deux mètres qu'il sentit sur son bras un impact qui laissa une marque humide sur sa manche. Baissant les yeux, il vit une tache jaune vif qui déparait son beau pull bleu marine. Avisant un fût non loin, il courut se réfugier derrière. Tandis qu'il s'accroupissait, deux tintements résonnèrent sur le métal, et de la peinture gicla dans l'air autour de lui. De petits rires jaillirent d'un appentis voisin, dans lequel il aperçut deux filles.

Il rentra sa tête derrière son abri, tel un escargot dans sa coquille.

— On a failli vous avoir, cria l'une des filles.

— Vous savez où se trouve Cynthia Marcum ?

— Cynthia ? Elle garde le fort.

— Le fort ? Quel fort ?

— Là-bas. C'est l'église. Faites gaffe, elle vise bien.

Il se leva et fonça tête baissée vers une construction qui ressemblait en effet à une église surmontée d'un clocher. Touché à la hanche, il se cacha derrière une barrière de planches grossièrement assemblées. Il promena un regard circulaire autour de lui. Une silhouette mouvante apparut dans son champ de vision. Aussitôt, il pressa sur la gâchette, et trois coups partirent. Deux atterrirent aux pieds de l'assaillant, qui fit volte-face pour s'enfuir. Le troisième le toucha au dos.

Il sentit un sourire involontaire s'étirer sur ses lèvres.

Ce jeu était plus intéressant qu'il n'y paraissait.

Courbé en deux, il s'élança à découvert, s'attendant à attirer les tirs, mais il avança sans être attaqué, et sa confiance redoubla. Il atteignit un grand chêne qui se dressait au milieu du terrain et se plaqua contre le tronc.

Où pouvait-elle se trouver ? Il fallait qu'il récupère ce rapport, et vite.

— Cynthia !

— Par ici, entendit-il au bout de quelques secondes.

Effectivement, elle se trouvait bien dans « l'église ».

Alors qu'il filait dans cette direction, deux garçons jaillirent de derrière une façade, et des projectiles le frôlèrent. Penché en avant et zigzaguant comme un fou, il courut vers l'église et buta contre une personne sur laquelle il s'affala à terre, bras et jambes mêlés.

En se redressant, il reconnut derrière le masque de protection les yeux de Cynthia. Coincée sous lui, elle le dévisageait avec stupéfaction. Elle avait des courbes douces, moelleuses, qui lui parurent encore plus voluptueuses lorsqu'elle remua sous lui. Sa bouche était si proche que, sans les casques, il aurait pu l'embrasser.

— Sean ? Que faites-vous ici ?

— Vous voulez dire étalé sur vous, ou sur le terrain de jeu ?

Elle le dévisagea d'un air perplexe, comme si elle ne comprenait pas la question.

— Les deux, je crois.

— Je vous cherchais. Vous m'avez dit de vous retrouver ici, rappelez-vous.

De nouveau, elle tenta de se dégager.

— Je ne pense pas vous avoir demandé de foncer sur moi et de me plaquer au sol.

— Non, c'est juste. C'était un accident…

Un accident très agréable !

Il roula sur un côté pour lui permettre de se relever. De nouveau, leurs corps se frôlèrent, et il sentit une chaleur l'envahir. Tout à coup, un mouvement au-dessus de leur tête l'alerta : du haut de l'église, un garçon les visait.

Il leva son arme et le toucha en plein torse.

— Oh ! j'étais si près du but, se plaignit la victime, la poitrine maculée de peinture rouge.

Cynthia émit un petit rire.

— Joli tir, Doc.

— Merci, dit-il en se mettant debout. Je me débrouille pas trop mal pour un novice, non ?

— Je vous prendrais dans mon équipe sans hésiter.

Il lui offrit sa main pour l'aider à se relever. Elle l'accepta puis jeta un regard autour d'eux pour s'assurer de l'absence d'assaillants. Comme il se redressait, elle lui tira le bras pour l'inciter à se pencher.

— Baissez-vous si vous ne voulez pas finir encore plus taché que vous ne l'êtes déjà. D'ailleurs, pourquoi n'avez-vous pas de combinaison ? Vos vêtements sont bons pour passer à la machine.

— Je n'avais pas prévu de me faire tirer dessus par des gamins ni de me rouler par terre. À l'entrée, on m'a simplement dit de ne pas m'aventurer ici sans masque ou sans arme. En fait, je suis venu pour le rapport. Quand pensez-vous pouvoir me le transmettre ?

— La partie devrait bientôt se terminer.

Cynthia risqua un coup d'œil de derrière leur abri, comme si elle s'attendait à voir surgir un adversaire d'une seconde à l'autre.

— Mon équipe ne devrait pas tarder à revenir.

— À quoi les reconnaissez-vous ?

— À la couleur de leur casque.

— Sans rire ? Autrement dit, pour savoir à qui on a affaire, il faut être suffisamment proche ?

— Tout à fait. Mais ça fait partie du plaisir.

Ah bon ? Pourquoi pas, après tout. À sa grande surprise, lui-même passait un bon moment.

Bientôt, un grand gars dégingandé courut vers eux.

— C'est bon, Cyn, on a gagné ! Je viens d'avoir le dernier.

— Super.

Le garçon lui donna une accolade affectueuse.

— Merci, Cyn. C'est le meilleur anniversaire de toute ma vie !

Elle enleva son casque et secoua ses cheveux en souriant.

— De rien.

De nouveau, Sean se surprit à la contempler.

Même sans apprêt et vêtue de cette immonde combinaison, elle était incroyablement sexy, les joues rosies par l'excitation et ses mèches châtaines flottant au vent.

— Sean, je vous présente Ricky, mon petit frère. C'est son anniversaire aujourd'hui. Rick, voici le Dr Donavon.

Devant l'affection qui les unissait, il ne put s'empêcher d'éprouver une pointe d'envie. Lui, il n'avait rien connu de tel dans sa famille. Il était le benjamin de la fratrie et s'était toujours senti en décalage au milieu des siens. Jamais son frère ou sa sœur n'auraient eu l'idée d'organiser une fête en son honneur.

— Ravi de vous rencontrer, Rick. Et joyeux anniversaire. Je vous en prie, appelez-moi Sean.

Ils échangèrent une ferme poignée de main.

Cynthia lui sourit comme pour le remercier de la familiarité qu'il autorisait à son frère, puis elle tendit le casque et l'arme à celui-ci.

— Peux-tu t'en occuper ? Il faut que j'aille chercher un rapport pour Sean.

— Pas de problème. Je peux prendre les vôtres aussi, si vous voulez, ajouta-t-il à l'adresse de Sean.

— Merci. Ils sont à un garçon roux qui se tenait près de la cabane, à l'entrée.

— OK, ça doit être Johnny.

Le matériel dans les bras, Rick repartit en courant.

Cynthia se tourna vers Sean.

— On y va ? Ma voiture se trouve là-bas.

Il lui emboîta le pas en direction du parking, les yeux fixés sur sa jolie silhouette.

Même dans cette combinaison informe, ses hanches se balançaient avec grâce. Elle avait une chute de reins épanouie, voluptueusement féminine… Vraiment, il fallait qu'il cesse de s'intéresser à elle.

3.

Se retournant à l'improviste, Cynthia vit que Sean la regardait. Aussitôt, il détourna les yeux d'un air coupable.

À l'idée qu'elle l'avait peut-être surpris en train de la détailler, un délicieux frisson lui chatouilla l'échine, comme tout à l'heure, lorsqu'il était tombé sur elle…

Il fallait qu'elle arrête de fantasmer. Le Dr Donavon était son patron, et elle avait besoin de son travail.

Elle pressa le pas.

Ils arrivèrent bientôt à la voiture, mais, pour accéder à ses clés, il lui fallait s'extraire de sa combinaison, autrement dit improviser devant Sean ce qui risquait fort de ressembler à un numéro de strip-tease. Comme il la dévisageait, immobile, tandis qu'elle s'évertuait, elle fronça les sourcils pour couvrir son embarras, affectant un air pincé.

— Un gentleman me proposerait son aide, dit-elle sèchement.

— Désolé, je profitais du spectacle.

Elle se sentit rougir et devint carrément cramoisie lorsqu'il s'approcha d'elle et tira sur le col de la combinaison pour la faire tomber.

— Merci.

— Je vous en prie.

Les mains tremblantes, elle fouilla dans sa poche pour en sortir la clé, qu'elle posa sur le capot de sa berline, puis elle noua les manches de la combinaison autour de sa taille.

— Au fait, vous avez pu faire arranger la voiture de votre frère ?

— Oui. Mais mon porte-monnaie a pris une grosse claque.

— Et la fête d'aujourd'hui n'arrange rien, je suppose.

Elle lui lança un regard ulcéré.

De quoi se mêlait-il ? Elle était bien en droit de dépenser son argent à sa guise !

— Peut-être, mais Rick n'aura dix-huit ans qu'une seule fois dans sa vie. Il mérite de s'amuser un peu.

— Oui, sans doute, répondit Sean sans conviction.

Elle haussa mentalement les épaules.

— En ce qui vous concerne, cela veut dire que je reste à votre disposition aussi longtemps que vous aurez besoin de moi. C'est une bonne nouvelle pour vous, non ?

Elle ouvrit la portière avec brusquerie, se pencha dans l'habitacle pour prendre l'enveloppe et la lui plaqua dans les mains.

— Merci, dit-il.

Il la contemplait avec, aux lèvres, un léger pli énigmatique qui la troubla. Comme si, alors qu'elle parlait d'une chose, il pensait à une autre.

— Cyn, viens vite !

Rick accourait vers eux, encore vêtu de sa combinaison.

— Ann Marie s'est fait mal.

— Qu'est-ce qu'elle a ?

— Elle s'est foulé la cheville.

— OK, dis-lui de ne pas bouger. J'arrive tout de suite.

Elle extirpa de sous le siège la trousse de secours. Lorsqu'elle se redressa, Sean avait disparu. Sans perdre de temps à le chercher, elle partit à petites foulées pour rattraper Rick. Entendant des pas derrière elle, elle se tourna pour voir Sean arriver à sa hauteur.

— J'ai pensé que je pouvais vous être utile, expliqua-t-il.

— Merci.

Rick était agenouillé derrière une pile de fûts près d'une grande fille blonde qui se tenait la cheville gauche. Celle-ci portait encore sa combinaison, mais son casque reposait à côté d'elle. D'autres adolescents observaient la scène.

Cynthia s'accroupit auprès d'elle.

— Ann Marie, je suis Cynthia, la sœur de Rick. Qu'est-ce qu'il y a ?

— C'est ma cheville… Je ne peux pas marcher.

Elle lui posa la main sur l'épaule pour la rassurer.

— Laisse-moi voir ça. Peux-tu me dire où tu as mal, exactement ?

— Là !

La jeune fille se pencha pour toucher sa cheville.

Avec mille précautions, Cynthia replia le bas de son jean.

— Je vais descendre ta chaussette. Surtout, ne bouge pas.

Elle palpa soigneusement la peau tuméfiée, en s'attardant sur l'articulation. Lorsqu'elle toucha l'intérieur de la cheville, Ann Marie eut une grimace de douleur.

Même à la lumière faiblissante de la fin d'après-midi, la lésion était manifestement rouge et gonflée. Elle tira sur les lacets de la chaussure.

— Non, ne faites pas ça, dit soudain Sean.

Elle leva les yeux vers lui, surprise. Elle avait complètement oublié sa présence. Maintenant qu'elle y songeait, elle était agréablement étonnée qu'il soit resté en retrait jusqu'à présent.

— Elle a peut-être une fracture, auquel cas la chaussure sert en quelque sorte d'attelle, expliqua-t-il en s'agenouillant à côté d'elle. On pourra l'enlever aux urgences, mais pas avant.

Cynthia hocha la tête et se tourna vers Ann Marie.

— Tu t'es foulé la cheville, voire pire. En tout cas, il faut que je t'emmène à l'hôpital.

Comme la jeune fille se mettait à pleurer, elle lui tapota la jambe pour la réconforter.

— Allons, tout ira bien.

— Non ! Mes parents vont être furieux ! Ils m'avaient interdit de venir.

Cynthia sentit son ventre se nouer : une explication désagréable s'annonçait avec les parents d'Ann Marie.

— Je suis sûre qu'ils comprendront, voyons. Pour l'instant, ce qui compte, c'est ta cheville. Il faut t'amener à l'hôpital.

— Oui, mais, avant cela, il faut stabiliser son pied, dit Sean.

— Mais comment ?

— Il faudrait le bander avec un morceau de tissu.

Sean la regarda avant de se tourner vers le groupe d'adolescents.

— J'ai une vieille écharpe dans ma voiture, proposa une jeune fille. Ça irait ?

— Oui, ce serait très bien.

— Je vais la chercher, dit l'adolescente, qui s'éloigna en courant.

Sean se pencha de nouveau vers Ann Marie.

— Je vais relever la jambe de ton pantalon. Ne bouge pas. Normalement, tu ne devrais pas avoir mal.

Tandis que ses grandes mains s'activaient, Sean se mit à lui faire la conversation.

— Tu es en quelle classe ?

— En première.

— Et quelle est ta matière préférée ?

— J'aime beaucoup l'anglais.

Cynthia observait la scène, favorablement impressionnée. Ann Marie avait cessé de pleurer et s'attachait à répondre aux questions de Sean. Sa douleur semblait être passée à l'arrière-plan. Sur ces entrefaites, la jeune fille ne tarda pas à revenir avec l'écharpe, qu'elle lança à Sean. Celui-ci la prit, l'étira avant de la placer sous le pied d'Ann Marie et de la nouer. Enfin, il se leva.

— Maintenant, direction les urgences. Rick, peux-tu te placer derrière Ann Marie de manière à la soutenir pendant que je l'aide à se relever ? Ann Marie, ne sollicite surtout pas ton pied, OK ? Allez, un… deux…

Un bras autour de la taille d'Ann Marie, Cynthia l'aida à garder son équilibre tandis que Rick et Sean la mettaient debout sur un seul pied. Avant qu'elle ne vacille sur sa jambe valide, Sean la prit dans ses bras et la retint fermement contre lui.

— J'emmène Ann Marie à l'hôpital, dit Cynthia à l'adresse de son frère. Je resterai avec elle jusqu'à l'arrivée de ses parents.

— Je vous y conduis, dit Sean. Votre voiture est encombrée avec les affaires de la fête.

Cynthia hocha la tête en signe d'assentiment et se tourna vers Rick.

— Prends ma voiture pour rentrer. Je reviens dès que possible. Il y a du gâteau et des glaces dans le coffre.

Sur ces mots, elle se hâta de rejoindre Sean, qui se dirigeait déjà vers le parking.

— Pas de problème, dit Rick. On te garde ta part, Ann Marie.

Celle-ci sourit faiblement.

— Merci, dit Cynthia par-dessus son épaule.

Elle suivit Sean jusqu'à une petite berline devant laquelle il s'arrêta.

— Les clés sont dans la poche de mon jean, dit-il. Pouvez-vous les récupérer ?

Hein ? Alors là, pas question !

— Euh, je peux tenir Ann…

Sean l'interrompit d'un regard sévère.

— Dans la poche droite.

La gorge serrée, elle obtempéra.

Par bonheur, Sean ne portait pas un pantalon serré. Malgré tout, elle sentit qu'il se crispait à son contact et qu'il respirait plus vite. Se mordillant la lèvre, elle finit par trouver le trousseau qu'elle sortit vivement, et elle déverrouilla les portières. Tandis que Sean installait du mieux qu'il pouvait Ann Marie dans l'habitacle exigu, elle fit le tour du véhicule, ouvrit l'autre portière arrière et se pencha vers l'intérieur pour glisser les mains sous les aisselles de la jeune fille et l'attirer vers elle.

— Adosse-toi contre la porte, lui dit-elle. Tu ne seras pas très à l'aise, mais il faut que tu gardes ta jambe et ton pied sur le siège.

Pendant ce temps, Sean ôta son pull d'un geste vif, lui laissant apercevoir brièvement un ventre plat et ferme sous la chemise défaite. Il tendit à Ann Marie le vêtement roulé en boule.

— Tiens. Tu peux t'en servir de coussin contre la portière.

La portière refermée, Cynthia regarda par la vitre pour

s'assurer qu'Ann Marie était bien calée sur le siège, puis elle alla s'asseoir à l'avant.

— Merci pour votre aide, dit-elle à Sean.

— Pas de problème.

Ils arrivèrent aux urgences vingt minutes plus tard. À peine le véhicule arrêté, Cynthia en sortit et ouvrit la portière d'Ann Marie pour l'aider à glisser sur le siège.

— Attendez, ne la mettez pas debout, s'interposa Sean. Je vais chercher un aide-soignant et un fauteuil roulant.

Joignant le geste à la parole, il se dirigea en courant vers l'hôpital pour revenir quelques minutes plus tard avec un infirmier et un brancard, qu'ils disposèrent le long de la voiture avant d'en bloquer les roulettes.

— Cynthia, pouvez-vous déplacer Ann Marie le plus possible au bord du siège arrière ?

Cela fait, il se plaça de manière à soutenir le dos de la blessée tandis qu'ils la soulevaient précautionneusement pour la déposer sur la civière. Il tendit alors ses clés à Cynthia.

— Pouvez-vous garer la voiture ? Moi, je m'occupe d'Ann Marie. Un de mes amis est orthopédiste et travaille dans cet hôpital. Je vais lui passer un coup de fil.

— OK, je vous retrouve tout de suite.

Lorsque Cynthia les rejoignit en salle d'examen, elle avait ôté sa combinaison. Vêtue d'un jean et d'un pull portant l'insigne d'une université, elle avait l'air à peine plus âgée qu'Ann Marie.

— Je viens de téléphoner au Dr Mills, lui annonça-t-il. Il a accepté de l'examiner et devrait bientôt arriver.

Cynthia s'approcha du chevet.

— Tu as mal ?

— J'ai des élancements, répondit faiblement Ann Marie.

— Ils ne vont pas te garder longtemps, tu verras.

— Je l'espère. Maman va être furieuse.

La pauvre semblait s'inquiéter davantage de ses parents que de son pied. Durant le trajet en voiture, elle leur avait téléphoné pour les avertir, et il avait entendu la mère de l'adolescente crier dans le combiné.

Cynthia lui tapota la main.

— Je suis sûre qu'ils seront rassurés que tu ne te sois pas fait plus mal.

Un technicien de radiologie vint bientôt chercher Ann Marie pour l'examiner, et Cynthia et lui demeurèrent seuls dans la pièce.

Rougissante, elle lui tendit le trousseau.

— Au fait, voici vos clés.

Leurs mains se frôlèrent l'espace d'une seconde, et elle retira la sienne comme si elle s'était brûlée.

Il la regarda avec étonnement.

Se pouvait-il qu'il lui fasse un tel effet ?

— Merci. Au point où on en est, on pourrait se tutoyer, non ?

Elle acquiesça en souriant.

— Tu t'en es bien sortie avec Ann Marie, poursuivit-il. Tu as des connaissances de secourisme ?

— J'ai commencé des études d'infirmière.

— Non, c'est vrai ?

— En fait, j'ai pris des cours au lycée. J'avais l'intention de poursuivre mes études, mais la vie en a décidé autrement.

Elle s'installa sur l'une des deux chaises de la petite pièce sans en dire davantage. Assise le dos très droit, de manière guindée, elle n'avait pas l'air à l'aise.

Il préféra ne pas lui demander pourquoi elle n'avait pas mené à bien ce projet.

— En tout cas, ça se voit. Tu étais calme, concentrée, efficace.

Cynthia hocha la tête avec un léger sourire.

— Tu as bien fait de lui bander le pied. Moi, je n'y aurais pas pensé.

Il écarta le compliment d'un haussement d'épaules.

— Comme quoi, ça peut servir d'avoir étudié la médecine.

— Tu bandes souvent des nez en écharpe ?

— Non, pas vraiment, dit-il en riant. Il faut une première fois à tout.

— En tout cas, merci de nous avoir conduits à l'hôpital et d'avoir contacté ton ami. Tu as sûrement beaucoup à faire, et je ne voudrais pas te retenir.

— Essaierais-tu de te débarrasser de moi, par hasard ?

— Non, mais je sais que tu t'inquiètes au sujet de cette demande de subvention. Tu n'as pas beaucoup de temps. Si tu as besoin de partir, n'hésite pas.

Il consulta sa montre.

En effet, il devait impérativement rencontrer Charles ce soir. Toutefois, ce dernier travaillait dans ce même hôpital. Pour l'heure, rien ne pressait.

— Tout va bien. Je vais appeler mon collègue pour convenir d'un rendez-vous. Je tiens à m'assurer que les soins d'Ann Marie ne sont pas retardés par de la paperasse.

— Tu as le rapport avec toi ?

— Oui, je l'ai rangé dans ma voiture pendant que tu prenais ton kit de secourisme…

Il se tut en entendant du bruit dans le couloir.

La porte s'ouvrit soudain, et un couple se précipita dans la pièce : les parents d'Ann Marie, manifestement.

Cynthia se leva et fit un pas vers eux.

— Monsieur et madame Lucas, je suis Cynthia Marcum, la sœur de Rick. Ann Marie s'est foulé la cheville. On est en train de lui faire passer une radio.

La mère d'Ann Marie s'avança vers elle d'un air menaçant.

— Tout ça, c'est votre faute ! Vous étiez censée surveiller ces gamins. Sachez que je vous tiens pour personnellement responsable de ce qui s'est passé.

Prise de court par cette violence verbale, Cynthia recula et buta contre lui. Un léger frisson la parcourut lorsqu'il posa une main sur son épaule.

Il s'interposa entre les deux femmes.

— Je suis le Dr Donavon, et je peux témoigner que Cynthia a remarquablement géré la situation. Ann Marie va bien, mis à part son pied. Votre fille s'est foulé la cheville en tombant. Ce sont des choses qui arrivent.

Cynthia se posta à côté de lui, visiblement décidé à ne pas céder devant cette harpie.

— Votre fille est entre de bonnes mains. Nous l'avons amenée ici par précaution. Elle est en train de passer une radio et ne devrait pas tarder à arriver.

— J'avais pourtant dit à Dan…

Mme Lucas s'interrompit pour regarder son mari avant de revenir à Cynthia.

— … qu'Ann Marie n'avait rien à faire à cette fête. Je savais qu'on aurait droit à une bêtise de ce genre. Je le savais !

Par bonheur, le retour d'Ann Marie mit un terme à cette conversation.

Sean toucha l'épaule de Cynthia pour lui signifier de reculer au fond de la pièce, de manière à ne pas gêner Ann Marie et ses parents autant que pour s'éloigner d'eux.

Manifestement, cette discussion l'avait mise sur les nerfs, il le voyait à sa mâchoire crispée. Lui-même avait eu du mal à ne pas dire son fait à cette dame. Sans surprise, le mari n'avait pas ouvert la bouche une seule fois. Le pauvre devait être complètement étouffé.

Mme Lucas se précipita au chevet de sa fille sans laisser le temps à l'aide-soignant de redresser le lit.

— Ma chérie, comment vas-tu ? Je t'avais pourtant bien dit de ne pas te rendre à cette fête !

— Mais Rick est mon ami, répondit la jeune fille d'une voix plaintive.

— Tu sais très bien ce que je pense de sa famille.

La mère accompagna ces mots d'un regard acéré vers Cynthia.

— Maman, tais-toi.

Sean en avait suffisamment entendu. Il rechignait à abandonner cette gamine en butte à ses parents, mais sa présence et celle de Cynthia n'arrangeaient rien, bien au contraire.

— Ann Marie, on s'en va maintenant que tes parents sont là. On t'appellera pour prendre de tes nouvelles. N'hésite pas à me joindre en cas de problème. Le Dr Mills va bientôt arriver pour examiner ton pied. C'est un ami à moi, un très brave type, tu verras. Demande-lui de te montrer une photo de son furet domestique.

Elle lui lança un faible sourire.

— Merci, Sean. Cynthia, je suis désolée d'avoir gâché la fête.

Celle-ci s'approcha du lit, les épaules carrées comme pour défier les parents de la jeune fille.

— Mais pas du tout ! On te garde du gâteau et de la glace. Rick passera t'en apporter lorsque tu reviendras chez toi.

— Super, merci !

Cynthia devança Sean pour sortir.

— Qu'est-ce que c'était que cette scène ? lui demanda-t-il dès qu'ils furent hors de portée de voix.

— C'est sans doute dû au fait que je suis la tutrice de mes frères. Pour les parents d'Ann Marie, je ne suis sans doute pas à la hauteur. En tout cas, merci de m'avoir soutenue.

Il lui sourit.

— Écoute, ces dernières heures nous ont mis les nerfs à rude épreuve, et tu dois être pressée de rentrer. Mais, avant cela, j'aurais vraiment besoin de porter ce rapport à mon confrère. Son bureau se trouve juste à l'étage du dessus.

Elle lui lança un regard fatigué.

— Pas de problème. Je t'attends dans la voiture.

— Tu en es sûre ? Si tu veux, tu peux monter avec moi.

Elle réfléchit une seconde.

— Bon, OK.

— Très bien. Laisse-moi juste le temps de le prendre dans la voiture.

— Je viens avec toi. J'ai besoin de marcher pour évacuer ma colère… Mes parents seraient furieux de nous voir traités de la sorte, ajouta-t-elle d'une voix triste.

— Il y a de quoi. Moi, dans un cas pareil, j'accorderais le bénéfice du doute à l'accompagnateur.

— Si seulement les choses étaient si simples…

Il la regarda fixement.

— Je sais bien qu'il n'en est rien.

Ils regagnèrent en silence le parking.

De retour à l'hôpital, l'enveloppe à la main, il guida Cynthia vers l'ascenseur réservé au personnel. Au quatrième étage, il frappa à la porte du bureau de son collègue.

— Entrez.

— Vas-y, je t'attends ici, murmura Cynthia comme il se tournait vers elle.

Il obtempéra et la rejoignit quelques minutes plus tard. De retour dans l'ascenseur, il l'observa à la dérobée et remarqua une trace jaune vif à la naissance de ses cheveux.

— Tu as de la peinture sur la tempe.

Elle porta la main à son visage sans trouver la tache.

— Ici, précisa-t-il en souriant.

Il passa le pouce sur la marque pour l'enlever et, poursuivant son geste, plongea les doigts dans ses cheveux.

— Regarde, dit-il en lui montrant le petit copeau de peinture.

Elle le regardait de ses yeux grands ouverts, comme si tous ses sens étaient en alerte. Et ses sens à lui tournaient à plein régime. Elle sentait bon, un parfum de soleil et d'herbe fraîche plus enivrant que les fragrances hors de prix de ses conquêtes habituelles. Sa peau était aussi douce qu'un pétale de rose, et dans ce sweat-shirt elle avait l'air d'une gamine vulnérable et sauvage.

Odorat, toucher, ouïe, vue… Le seul sens qu'il n'avait pas encore expérimenté était celui du goût.

Mû par une impulsion irrépressible, il se pencha pour l'embrasser.

Un léger « oh » s'échappa des lèvres de Cynthia. Au même instant, la sonnerie de l'ascenseur annonça qu'ils étaient arrivés au rez-de-chaussée. Elle recula vivement, et il se redressa.

Les portes s'ouvrirent devant trois personnes qui attendaient pour entrer dans la cabine. Cynthia s'empressa de sortir, adorablement confuse.

Il la suivit d'un pas plus mesuré.

Il s'en était fallu de peu qu'il ne l'embrasse ! Si elle était gênée, lui ne l'était pas, au contraire. Ce qu'il ressentait, c'était du désir, de l'attirance, de la convoitise. Il n'avait qu'une envie : recommencer.

Cynthia s'empressa de regagner la voiture, toute tremblante du baiser qu'ils avaient failli échanger.

Même dans ses fantasmes les plus fous, elle n'était jamais allée aussi loin. Un homme comme Sean Donavon, s'intéresser à elle ? À moins qu'il ne soit un dragueur invétéré, ce qu'elle avait du mal à croire. Mais elle l'imaginait plutôt avec des créatures sophistiquées, blondes aux longues jambes. Pourtant, il avait *vraiment* failli l'embrasser ! Et elle espérait qu'il recommencerait bientôt.

— J'habite à Bessemer, dit-elle tandis qu'il démarrait.

Il hocha la tête et sortit du parking, puis s'engagea dans la circulation.

— Je ne voulais pas te le demander tant qu'il y avait du monde autour de nous, mais qu'est-il arrivé à tes parents ?

Elle esquissa une moue ennuyée.

Elle ne tenait pas à lui raconter ses problèmes. En même temps, elle lui devait une explication.

Elle se tourna vers la vitre sans prêter attention au paysage qui défilait.

— Ils sont morts il y a deux ans dans un accident de voiture. Comme j'étais majeure, j'ai demandé à assumer la responsabilité de mes frères. La vie n'est pas toujours facile, Mark franchit parfois la ligne jaune. Malgré tout, on se débrouille. On est ensemble, c'est l'essentiel.

— Mark, c'est ton autre frère ?

— Oui, le cadet. Il va à la fac et travaille à mi-temps le soir.

— Quel âge a-t-il ?

— Il va sur ses vingt ans.

— Pas étonnant qu'il ait du mal à accepter la situation. Il avait, quoi, dix-sept ans au moment des faits ?

— Il venait de fêter ses dix-huit ans. Ça a été un coup dur, pour lui comme pour Rick et moi.

Il y avait si longtemps qu'elle n'avait pas parlé de tout cela. Elle s'efforçait avant tout d'assurer le quotidien, de faciliter la vie de ses frères. Depuis, ils étaient devenus adultes, mais elle continuait de se sentir responsable d'eux. Elle voulait leur assurer un bon départ dans l'existence.

— Et toi, quel âge avais-tu ?

— Vingt et un ans.

Sean émit un long sifflement.

— Vingt et un ans… Ça a dû être dur à vivre.

— Non, pas vraiment. J'étais décidée à garder la famille unie. C'était ça ou rien.

— Tout le monde n'est pas prêt à un tel sacrifice.

— Peut-être, mais mes parents nous ont élevés dans l'idée que la famille vient avant tout. Pour moi, il était inenvisageable que nous soyons séparés. Les garçons avaient besoin de rester dans la même école, avec leurs copains, dans la maison où ils avaient grandi.

— Donc, tu as laissé tomber l'école d'infirmières pour t'occuper d'eux.

— Oui. J'aurai toujours l'occasion de reprendre des études plus tard. Si c'était à refaire, je le referais.

— Oui, mais de là à mettre tes projets entre parenthèses pendant des années…

Gênée, elle lui jeta un regard aigu sans répondre.

Il n'avait jamais rencontré quelqu'un capable d'esprit de sacrifice ?

Par bonheur, la circulation était fluide, de sorte qu'elle ne tarda pas à apercevoir au bout de la rue la silhouette familière de sa maison, un modeste pavillon de brique de plain-pied dans un quartier tranquille et arboré.

Elle se tourna vers Sean alors qu'il coupait le contact.

— Merci pour ton aide.

— Je dois avouer que j'ai passé une journée originale, dit-il en souriant. J'ai bien aimé le paintball. Je me suis amusé.

— Même lorsqu'il a fallu conduire Ann Marie à l'hôpital ?

Il haussa les épaules en riant doucement.

— Je suis médecin, j'ai l'habitude de ce genre de choses.

— Sans doute. En tout cas, heureusement que tu étais là.

— Tu t'en serais tirée sans moi, tu le sais, dit-il en jetant un coup d'œil curieux vers la maison.

— Si tu le dis. Est-ce que tu veux entrer un moment ? Il doit rester du gâteau et de la glace. C'est le moins que je puisse faire pour te dédommager de tes efforts.

4.

Sean hésita.

S'arrêter un instant chez Cynthia ? À vrai dire, il n'avait pas envisagé de descendre de voiture. Dans son esprit, il avait prévu de la déposer et de revenir au bureau le plus vite possible. Mais, pour une raison difficile à expliquer, il rechignait à la quitter déjà. Il avait envie d'en savoir plus sur elle.

Il jeta un coup d'œil à sa montre.

Il avait un peu de temps devant lui. Du coup, pourquoi pas, après tout ? D'autant plus que, entre une part de gâteau en compagnie de Cynthia et une pile de dossiers médicaux, le choix était vite fait.

— Avec plaisir, dit-il en souriant.

Il se tourna pour ouvrir sa portière, mais Cynthia avait déjà mis pied à terre.

— Je te devance, histoire de m'assurer que le salon ne ressemble pas à un champ de bataille. Les garçons et le rangement…

Il entra derrière elle dans un petit couloir qui débouchait sur une pièce jaune éclairée par une grande fenêtre en encorbellement. Le gâteau, largement entamé, était posé sur la table au milieu de plusieurs sacs.

— C'est toi, Cyn ?

— Oui, dit Cynthia par-dessus son épaule.

Rick apparut sur le seuil de la cuisine et salua Sean d'un hochement de tête.

— Comment va Ann Marie ?

— Ça devrait s'arranger. Nous sommes partis quand ses parents sont arrivés.

— Ce qu'ils sont pénibles, ces deux-là !

— Ils s'inquiétaient pour leur fille, c'est normal, répondit-elle en examinant le contenu des sacs.

Sean se mordilla la lèvre inférieure.

Inquiets, tu parles ! Elle était vraiment trop gentille.

— Je suis désolée de t'avoir fait faux bond.

— Pas grave, on s'est bien amusés quand même. J'ai passé une journée géniale, la meilleure depuis que papa et maman sont partis.

Cynthia eut un sourire indéfinissable où se mêlaient la joie et la tristesse. L'argent qu'elle avait dépensé cet après-midi n'était pas gaspillé, en définitive, puisqu'il avait rendu Rick heureux.

— Tant mieux, c'était le but. J'ai invité Sean pour une part de gâteau. C'est la moindre des choses, pour le dédommager de sa peine.

— Oui, bien sûr. Merci, Sean.

— De rien. Encore une fois, bon anniversaire.

— Tu veux te joindre à nous ? demanda Cynthia.

Rick secoua la tête.

— Non, je préfère attendre Mark. Il a appelé tout à l'heure pour dire qu'il rentrerait du boulot un peu plus tard. Il m'a aussi dit que j'allais kiffer le cadeau qu'il a acheté pour moi. Bon, je vais téléphoner chez Ann Marie pour voir si elle est de retour.

Sur ces mots, il disparut dans le couloir.

Sean se mit à rire.

— Je crois qu'il ne s'intéresse pas seulement à sa cheville.

— Tu crois bien, répondit Cynthia en souriant.

Son sourire lui plaisait beaucoup. Il repensa au baiser qu'il avait failli lui voler. Ses lèvres étaient-elles aussi tièdes et savoureuses qu'elles en avaient l'air ?

— Je t'en prie, assieds-toi.

— Bon, mais je ne peux pas rester longtemps. Il me reste encore du travail.

— Mon petit doigt me dit que tu ne prends pas souvent de congés, dit-elle en lui servant une grande part de gâteau.

— Je m'implique beaucoup dans mon métier.

Elle se coupa une tranche plus petite et se dirigea vers le frigidaire pour sortir la glace.

— Je comprends, mais c'est important aussi de savoir lever le pied.

— Ça m'arrive, rassure-toi.

— Tu fais quoi, dans ces cas-là ? Déjà, tu ne joues pas au paintball, puisque c'était ta première fois.

À sa grande confusion, il fut contraint de réfléchir à une réponse. En fait, il n'avait pas de hobby. Son travail, c'était sa vie, ce qui lui apportait une sécurité matérielle et financière. Le reste était accessoire.

— J'aime réparer des nez.

— Pff, c'est ton boulot ! Moi, je te parle de ce que tu aimes faire en dehors.

— Eh bien, j'aime lire, par exemple.

— OK, c'est un passe-temps. Quoi d'autre ?

Elle le regardait avec un air d'attente, comme suspendue à ses lèvres.

— Je fais du vélo.

Le visage de Cynthia s'éclaira.

— Ouah ! Dans les montagnes ? Ça, c'est du sport.

— Parfois, oui. J'aime faire du vélo dans Mountain Brook. C'est un coin très joli.

— J'en suis sûre, répondit-elle d'un air rêveur. J'ai toujours pensé que ce serait un endroit idéal pour y vivre.

— C'est vrai. D'ailleurs, j'y habite.

— À Mountain Brook ? Tu en as de la chance !

Il avala une autre bouchée de gâteau.

— Tu vois, je fais du vélo et j'habite à Mountain Brook. C'est bien la preuve que je ne suis pas le rabat-joie que tu imagines.

— Je n'ai jamais pensé une chose pareille ! se récria-t-elle d'un air indigné.

— Si. Tu t'es moquée de moi parce que je ne sais pas jouer au paintball.

Il éclata de rire lorsqu'elle lui tira la langue en guise de réponse.

— Tu parles d'une repartie ! Si tu espères avoir le dernier mot comme ça…

Cynthia soupira d'aise intérieurement.

Elle adorait le rire franc et clair de Sean. Avoir un homme comme lui à sa table tous les jours…

Elle se reprit aussitôt et déposa une portion généreuse de crème glacée dans son assiette.

— Tu as la main lourde, dis donc.

— Tu crois ? Mon père n'aurait pas dit ça. La glace, c'était son péché mignon. Il n'en avait jamais trop.

— Je fais attention à ma ligne.

Elle détailla du regard sa silhouette sportive.

— Tu n'as pas trop de souci à te faire de ce point de vue là.

— Dites donc, mademoiselle Marcum, vous n'avez pas fini de me reluquer ?

— Moi ? Je…

Elle se tut en rougissant tandis qu'un sourire de loup s'épanouissait sur les lèvres de Sean.

— Et toi, tu n'en prends pas ?

— Non merci, le gâteau me suffit.

Elle alla s'asseoir en face de lui et attaqua sa part pour se distraire de pensées indésirables. Pourtant, lorsque Sean engloutit une cuillerée de glace, elle ne put s'empêcher de regarder sa bouche, une belle bouche à la lèvre supérieure pleine et bien dessinée. Une bouche qu'elle aurait plaisir à embrasser…

Et voilà, c'était reparti ! Décidément, elle était incorrigible.

Heureusement, Sean reprit la parole, la distrayant de ses pensées.

— Ça faisait longtemps que je n'avais pas été à un anniversaire.

— Ah bon ? Même pas dans ta famille ?

— Non. On ne se voit pas beaucoup.

— Pourquoi, ils habitent loin ?

— Non, même pas. Mon frère et ma sœur vivent à deux heures de route à peine, mais ça va faire deux ans que je ne les ai pas vus. Nous ne sommes pas très proches les uns des autres, c'est comme ça.

Elle le dévisagea avec étonnement.

— Moi, je ne conçois même pas de ne pas voir mes frères tous les jours.

— Crois-tu que tes frères resteront toujours près de toi ? Un jour, peut-être qu'ils seront amenés à partir loin.

— Je sais, mais on continuera de se voir régulièrement, j'en suis sûre…

Elle s'interrompit, hésitant à poser la question qui la turlupinait.

— Tu es en mauvais termes avec ta famille ?

— Disons que j'ai préféré prendre mes distances.

Au ton de la voix de Sean, il était clair qu'il n'avait pas envie de s'étendre sur le sujet.

Un silence tomba. À présent, elle regrettait son indiscrétion. À tous les coups, elle l'avait mis mal à l'aise.

— Désolée, je me mêle de ce qui ne me regarde pas. Mes frères m'en font souvent le reproche.

Sean afficha un sourire forcé.

— Disons que je ne suis pas nostalgique de mon enfance.

Ils mangèrent sans parler pendant quelques instants.

— Quels sont tes meilleurs souvenirs, alors ?

Il dressa vers elle une cuillère accusatrice.

— Encore des questions.

Elle ouvrait la bouche pour s'excuser, mais il la devança.

— Cette partie de paintball va faire partie de mes bons souvenirs. Je n'oublierai jamais ce moment où j'ai visé le garçon qui s'était posté en haut de l'église. Tu te rappelles ? J'étais allongé sur toi, précisa-t-il avec un clin d'œil.

De nouveau, elle se sentit rougir, Mais elle le regarda sans ciller.

— Tu flirtes avec moi ?

— Et pourquoi pas ?

Elle détourna les yeux.

— Je préfère ne pas répondre à cette question.

— C'est fait, dit-il en souriant.

Il repoussa son assiette vide et se leva.

— Il faut vraiment que j'y aille.

Elle le suivit dans l'entrée.

— Désolée de t'avoir retenu aussi longtemps.

— Pas de problème, dit-il avec un haussement d'épaules. Au contraire, je suis content d'avoir pu t'aider.

Alors qu'elle levait la main pour ouvrir la porte, il interrompit son geste.

— Je n'ai pas envie de partir sans avoir fini ce que j'ai commencé.

Elle le dévisagea avec un air perplexe qui le fit sourire.

— Commencé quoi ?

— Ça.

Il posa un doigt sous son menton pour l'obliger à relever la tête et s'empara de sa bouche.

Ses lèvres étaient sucrées, douces et tièdes : parfaites. Comme elle ne résistait pas, il approfondit son baiser.

— Eh, Cyn !

Elle sursauta à la voix de Rick et s'écarta précipitamment, puis dévisagea Sean avec un regard abasourdi qu'il trouva adorable.

— La prochaine fois que je t'embrasserai, je ferai en sorte de ne pas être interrompu, dit-il à voix basse.

Comme l'adolescent apparaissait au coin du couloir, il se détourna.

— Au revoir, Cynthia.

Le lendemain, Cynthia se réveilla avec aux lèvres le goût du baiser de Sean et mille interrogations à l'esprit.

Dans quoi mettait-elle les pieds ? Sean était-il intéressé par une relation ou cherchait-il juste à s'amuser ?

Quoi qu'il en soit, elle avait adoré ce baiser. Elle l'avait même trouvé trop bref, et elle en désirait un deuxième.

Évidemment, ils n'avaient rien en commun, mis à part le fait qu'elle s'occupe de sa transcription, mais ils s'entendaient bien et passaient de bons moments ensemble. Elle avait passé du temps à rêvasser à lui. Elle l'avait idéalisé, mais il était à la hauteur de l'image qu'elle s'en était faite. Le vrai Sean Donavon était encore plus fascinant que celui de ses fantasmes. Et il embrassait très bien. Si bien qu'elle s'imaginait déjà entre ses bras, dans un corps à corps fiévreux !

Bon, ça ne coûtait rien de rêver, du moment qu'elle ne prenait pas ses désirs pour des réalités. Ce baiser ne voulait sans doute rien dire. La preuve : en fin de matinée, Sean ne lui avait toujours pas écrit !

Somme toute, ce n'était pas étonnant, étant donné sa charge de travail et ses responsabilités. Elle se comportait vraiment comme une idiote. Bien sûr qu'il n'avait pas le temps de lui écrire à tout bout de champ ! Et pourtant, malgré elle, elle s'attendait à recevoir un message de lui.

Énervée contre elle-même, elle se contraignit à l'évacuer de son esprit et se concentra sur les transcriptions qu'elle effectuait pour un autre médecin. Une fois son travail achevé, elle téléphona chez Ann Marie pour prendre de ses nouvelles.

Elle tomba sur sa mère, qui par bonheur lui répondit avec courtoisie, quoique brièvement : Ann Marie allait mieux, elle avait même pu se rendre au lycée avec des béquilles.

En début d'après-midi, Sean lui envoya une série de rapports à transcrire. Le cœur battant, elle ouvrit le premier fichier audio et posa les doigts sur le clavier, prête à taper.

— Bonjour, Cynthia, dit la belle voix familière dans les écouteurs.

Un sursaut lui échappa, et son cœur se mit à danser une sarabande endiablée. Renversée sur son siège, elle ferma les yeux.

— J'espère que tu passes une bonne journée.

Toujours, lorsque je t'entends.

— Lorsque tu en auras fini avec ces rapports, pourrais-tu les imprimer pour me les transmettre ? J'en aurais besoin assez vite, ce soir si possible. Si tu pouvais passer à la clinique en fin de journée, ce serait formidable. Au fait, je me suis bien amusé hier. À l'occasion, il faudra renouveler l'expérience.

Elle respira profondément.

Comment pouvait-elle se concentrer, à présent ? Il fallait vraiment qu'elle arrête de fantasmer sur cet homme !

Oui, mais c'était si bon de rêver…

Elle secoua la tête et se remit au travail. Pendant l'heure suivante, elle s'efforça tant bien que mal de prêter attention aux paroles de Sean plutôt qu'à la façon dont son corps réagissait. Elle vint à bout du dernier fichier avec un sentiment de soulagement et appela aussitôt l'assistante de Sean pour l'informer que les rapports étaient prêts.

— Très bien, mais à cette heure-ci le coursier n'est plus disponible, dit celle-ci. Voulez-vous qu'il passe demain matin ?

— Non, le Dr Donavon en a besoin pour ce soir. Bon, je passe vous les apporter.

Une fois les documents imprimés, elle prit le temps de se recoiffer et de se changer, laissa un mot à ses frères pour expliquer son absence et monta dans sa voiture. Elle arriva à la clinique quelques instants avant la fermeture.

La réceptionniste s'apprêtait à partir.

— Bonsoir, j'ai des transcriptions à remettre à Sean… Au Dr Donavon.

En entendant ce prénom, l'employée redressa vivement la tête.

— Le Dr Donavon est avec un patient, dit-elle d'un ton pincé.

Cynthia fit de son mieux pour dissimuler sa déception.

— Je comprends. Pouvez-vous lui transmettre cette enveloppe ce soir ?

La jeune femme hocha la tête et posa l'enveloppe sur le bureau sans plus s'occuper d'elle.

Cynthia tourna les talons pour repartir. De retour dans sa voiture, elle accrochait sa ceinture de sécurité lorsqu'elle entendit frapper un léger coup à la portière.

Sean lui faisait signe de baisser la vitre.

— Tu repartais sans me dire bonjour ? demanda-t-il d'un air déçu.

Malgré tous ses efforts pour se maîtriser, elle ne put réprimer un frisson de joie.

— Tu as faim ? dit-il encore sans attendre sa réponse.

Il se penchait vers elle, tout près, si près qu'elle ne pouvait penser à rien d'autre qu'à cette bouche qui l'avait embrassée la veille. Comment réagirait-il si elle en suivait le contour avec le doigt ?

Tout à cette pensée, elle ne prêta pas attention à ce qu'il disait.

— Eh ! tu m'écoutes ? Je te demandais si tu voulais dîner avec moi ce soir.

Elle cligna les paupières et revint à la réalité.

Sean l'invitait au restaurant !

Un frémissement délicieux courut sur sa peau.

— Eh bien, pourquoi pas ? De toute façon, à cette heure-ci, je risque d'être prise dans les bouchons pour rentrer.

— Autrement dit, tu acceptes pour ne pas te retrouver coincée dans un embouteillage ?

— Ne me fais pas de procès d'intention, dit-elle en souriant. Je viens avec plaisir.

Il sourit à son tour et tapa joyeusement la paume contre la portière.

— Super. Dans ce cas, suis-moi, je t'emmène dans ma voiture. Je te ramènerai ici après le repas.

Sean attendit qu'elle ait remonté la vitre, quitté le véhicule et refermé derrière elle, et elle lui emboîta le pas, excitée comme une puce, regrettant de ne pas avoir accordé davantage de soin à sa tenue.

Il y avait longtemps qu'elle n'était pas sortie avec un homme et, là, l'homme en question avait carrément fait l'effort de venir la chercher dans sa voiture !

En les voyant revenir ensemble, la réceptionniste ouvrit de grands yeux, et Cynthia fut tentée de lui lancer un sourire de jubilation.

Dans son bureau, Sean ôta sa blouse et la posa sur le dossier d'une chaise.

— J'ai l'impression que ta réceptionniste ne m'apprécie pas beaucoup. Il s'est passé quelque chose entre vous deux ?

— Rien d'important.

Elle eut une moue dubitative.

Pouvait-elle lui faire confiance ? Elle le connaissait à peine, et elle ne tenait pas à faire partie d'un harem. Sa vie était suffisamment compliquée en l'état, merci. Son cœur avait déjà été malmené, et elle ne tenait pas à renouveler l'expérience.

Devant son air sceptique, Sean contourna le bureau et se planta devant elle.

— Si ça peut te rassurer, elle et moi sommes sortis ensemble deux ou trois fois. Et, même à l'époque, nous n'étions qu'amis.

— Des amis, c'est tout ?

Un sourire plissa les lèvres de Sean.

— Peut-être s'attendait-elle à davantage. C'est moi qui ai préféré en rester là.

Elle hocha la tête, de nouveau assaillie de doutes.

Était-ce prudent d'aller au restaurant avec lui ? N'aurait-il pas été plus sage d'en rester à des relations professionnelles ? Elle avait besoin de ce boulot, pas d'une peine de cœur.

— Et de moi, que veux-tu ?

Sean s'approcha d'elle et lui prit les mains.

— Ce que je voudrais ? Au moins être ami avec toi, et plus si tu le veux aussi. Fais-moi confiance. Apprenons à nous connaître, et voyons comment les choses évoluent.

Présentée comme cela, la situation semblait moins terrible. Rick avait sans doute raison : elle se faisait trop de souci pour tout. Peut-être était-il temps de lâcher du lest, de vivre un peu. Après tout, n'avait-elle pas plus tard que la veille reproché à Sean de ne jamais s'amuser ?

— Bon, d'accord.

— Super ! Allons-y, dans ce cas. Je connais un restau sympa dans le coin.

Sean ouvrit la porte à Cynthia. Comme ils sortaient, il

souhaita bonsoir à l'infirmière en chef et lui demanda de fermer les locaux.

Dehors, une pluie fine mais drue s'était mise à tomber. Ils coururent jusqu'à sa voiture, s'empressèrent de s'y installer, Et Cynthia repoussa en riant ses cheveux mouillés.

Comme il aimait son style frais et naturel ! Ça le changeait des femmes qu'il fréquentait d'habitude, adeptes des minijupes et des bijoux clinquants.

Comme il démarrait, elle lui jeta un coup d'œil furtif.

— Tu sais, je ne t'imaginais pas au volant d'une voiture comme celle-ci.

— Tiens donc ? Pourquoi ?

— Eh bien, tu vas rire… À cause de ta voix.

— Ma voix ? J'ignorais qu'on pouvait deviner le type de voiture à ce genre de détails. C'est une découverte scientifique récente ?

— Non. Plutôt une thérapie par le rêve.

Elle se tourna vers la vitre, comme si elle regrettait ces paroles.

— Tiens, tiens… Comme ça, tu rêves de moi ?

Elle secoua la tête, si vigoureusement que ses cheveux lui balayèrent le visage.

— Non ! C'est juste mon imagination. Dans mon esprit, « chirurgien » plus « directeur de clinique » plus « célibataire », cela donnait « voiture de sport rouge ».

— Autrement dit, tu m'as réduit à un cliché, dit-il. Les trois éléments de l'équation sont exacts, mais tu as oublié d'y inclure « emprunt pour études de médecine ». De plus, les médecins n'ont pas tous un train de vie extravagant.

— Non, bien sûr, mais je ne raisonnais pas en termes pratiques.

— Et tu es déçue de la réalité ?

— Non. Je ne suis pas superficielle au point de baser mes fréquentations sur des détails comme une marque de voiture.

— Encore heureux.

Il était sincère en disant cela. Trop de femmes l'avaient

considéré comme un porte-monnaie ambulant, une des dernières en date étant sa réceptionniste. Il en avait soupé de ce genre de relations.

— Je suis bien d'accord, dit Cynthia avec un soupir.

Il lui jeta un regard curieux.

— Tu as l'air désabusée.

— Sans doute. Bon, si tu veux tout savoir, j'ai failli me marier. Lorsque mes parents sont morts, j'ai dû modifier mes priorités, et mon fiancé ne m'a pas suivie. Il a préféré me fausser compagnie.

— Ça, c'est un sale coup.

Elle se contenta de hocher la tête. Un silence tomba.

Il comprenait à présent sa défiance vis-à-vis des hommes. Elle avait été trahie au moment où elle aurait eu le plus besoin d'être soutenue. Cela dit, elle n'avait rien à craindre de lui : il n'avait pas l'intention de se fiancer, encore moins de se marier.

Tout à coup, Cynthia sursauta, l'air catastrophé.

— Oh non ! Il faut que tu me ramènes à ma voiture, vite !

— Hein ? Mais pourquoi ?

— J'avais complètement oublié, Rick a un match ce soir. Si je me dépêche, j'ai encore le temps d'arriver à l'heure, dit-elle en sortant son téléphone de sa poche.

Il lui sourit, soulagé qu'elle n'ait rien de grave.

— Et alors ? Tu ne peux pas te rattraper un autre jour ?

— Tu ne comprends pas, c'est la première fois que j'oublie !

Elle jetait autour d'elle des regards anxieux, comme prête à bondir de la voiture.

C'était dingue. Elle lui faisait faux bond pour assister à un match de basket amateur ?

— On est presque arrivés, Cynthia. Tu as quand même un petit moment, non ?

— Désolée, Sean, mais je ne peux vraiment pas. Rick compte sur moi. Quand tu étais ado, tu l'aurais mal pris, si tes parents t'avaient laissé tomber, non ?

Il réprima un haussement d'épaules.

Les rares fois où ses parents avaient pu lui payer une activité extra-scolaire, ils ne s'étaient pas déplacés pour le voir y prendre part. Tant mieux, au fond. S'ils l'avaient fait, ils auraient sûrement essayé de recruter d'autres parents pour leurs combines bidon.

Il rebroussa chemin en secouant la tête.

— Pas vraiment, non. Ce n'était pas leur genre.

Cynthia le regarda un instant.

— Pardon. Dans ma famille, on a l'habitude de se serrer les coudes. Je dois y aller, autrement Rick va s'inquiéter.

Elle pivota vers lui.

— Sean, je suis vraiment désolée de te faire faux bond de la sorte, au dernier moment… Que dirais-tu de m'accompagner ? dit-elle en lui touchant brièvement le bras. On pourrait manger là-bas. Il y a des hot-dogs avec des frites.

— Merci, mais j'ai du travail pour ce soir.

— Je tiens à me rattraper. Écoute, viens dîner à la maison ce dimanche, d'accord ?

— J'aimerais bien, mais il faudrait que j'avance sur mes dossiers.

— Ce n'est pas grave. Amène-les, on y travaillera ensemble. Avec tous les rapports que j'ai tapés, je pense avoir une petite idée du sens de ton projet.

— Je ne sais pas…

Mais il était tenté, d'une part parce qu'il désirait mieux la connaître, d'autre part parce qu'elle lui proposait son aide. Pourquoi ne pas faire d'une pierre deux coups ?

— Tu doutes de mes talents de cuisinière, c'est ça ?

— Peut-être un peu, oui.

— Non, mais dis donc ! Sérieusement, j'aimerais vraiment que tu viennes, histoire de me faire pardonner. S'il te plaît.

— Bon, c'est d'accord. Et j'amènerai mes dossiers. Ton aide me sera utile.

Il arriva au parking quelques minutes plus tard.

Le visage épanoui, Cynthia lui déposa un baiser rapide sur la joue et s'écarta en rougissant.

— Super. On se voit à 7 heures du soir ?

Elle sortit précipitamment et courut jusqu'à sa voiture.

Il la suivit du regard, pensif.

Rick avait de la chance d'avoir une sœur comme elle. Lui-même n'avait pas fait l'objet d'un tel dévouement dans sa famille, et il le regrettait plus que jamais.

5.

Sean sonna chez Cynthia pile à l'heure.

La porte s'ouvrit presque aussitôt, et un jeune homme qu'il n'avait jamais vu apparut dans l'encadrement : sûrement Mark, le plus âgé des deux frères de Cynthia.

— Salut, c'est vous, Sean ? Moi, c'est Mark. Entrez.

Sean obtempéra et le suivit dans l'entrée.

— Cyn est dans la cuisine, poursuivit Mark. Je ne sais pas ce que vous lui avez fait, mais elle est excitée comme une puce depuis ce matin.

Sean sourit tout en humant l'appétissant fumet de viande rôtie qui s'échappait de la cuisine.

Du rosbif, son plat favori ! Sa mère avait toujours mis un point d'honneur à lui en préparer pour son anniversaire… Tiens, il n'y avait pas pensé depuis des lustres. Sans Cynthia, il n'y aurait jamais songé.

Mark avait déjà disparu dans le couloir.

Sean posa sa mallette dans l'entrée et gagna la cuisine.

Cynthia était penchée sur l'évier. Elle se retourna et lui décocha un sourire. Elle avait les joues roses et les yeux brillants.

— Comment vas-tu ?

— Bien. Je suis venu les mains dans les poches, comme tu m'as dit de le faire.

— Parfait.

Il aperçut dans l'évier des tomates, un concombre et de la laitue.

— Je peux t'aider pour la salade ?

— Si tu veux. Tiens, dit-elle en lui tendant un couteau. Attends, je te passe une planche à découper. Je vais vérifier le rosbif, il devrait être bientôt prêt.

Il prit une tomate qu'il se mit à trancher sur le plan de travail.

— Tu as un saladier ?

— Oui, tiens.

Elle ouvrit le four, et un arôme délicieux se répandit dans la pièce.

Ils s'activèrent quelques instants en silence, lui à préparer la salade, elle à disposer les couverts sur la table.

Il se surprit à sourire.

Il n'avait jamais pensé qu'une tâche aussi banale pouvait procurer un tel contentement. Il avait dix-huit ans lorsqu'il avait quitté ses parents, et depuis il avait toujours vécu seul. Ça faisait une éternité qu'il n'avait pas éprouvé ce sentiment de complicité en préparant un repas.

— Tu as fini ?

— Presque, répondit-il en tournant la tête. Aïe !

Il souleva vivement la main. Au même instant, Cynthia se précipita à ses côtés.

— Mais tu saignes ! Attends…

Elle saisit un torchon propre et, saisissant son poignet, lui leva le bras au niveau de la poitrine avant de presser le torchon sur l'entaille.

— Tu es un peu pâle. Viens t'asseoir.

Sans le lâcher, elle le mena à une chaise, qu'il accepta volontiers.

— Mark !

Alarmé par le ton de sa voix, le garçon arriva précipitamment.

— Apporte-moi vite la trousse de secours sous le lavabo de la salle de bains.

— Qu'est-ce qu'il y a ?

— Sean s'est entaillé le pouce. Dépêche-toi.

Comme son frère s'en allait, Cynthia se tourna de nouveau vers Sean.

— Un chirurgien incapable de se servir d'un couteau ! On aura tout vu…

— Merci pour la compassion.

Il grimaça lorsqu'elle retira le chiffon pour examiner son pouce.

— Tu as mal ?

— Au risque de passer pour une chochotte, oui.

Elle lui pressa l'épaule avec affection.

— Je vais te désinfecter ça, et tout ira bien.

Elle fut distraite par Mark qui venait de poser la trousse sur la table.

— Merci ! dit-elle derrière lui.

Elle sortit de la boîte quelques pansements dont elle déchira l'étui.

— Suis-moi jusqu'à l'évier.

Elle lui passa la main sous le jet d'eau puis nettoya soigneusement la peau autour de la plaie.

— La coupure n'est pas profonde. Il y a plus de peur que de mal.

Elle ouvrit soudain de grands yeux.

— Ça ne te gênera pas dans ton travail, j'espère ?

— Non, je n'ai pas d'opération prévue avant après-demain. D'ici là, ce bobo devrait aller mieux.

— Ah, bon, dit-elle avec soulagement.

Elle désinfecta la plaie à l'aide d'un coton imbibé d'alcool, puis appliqua un pansement sur son pouce.

— Et voilà. Retourne t'asseoir pendant que je termine de mettre le couvert. J'en ai pour une seconde.

— On mange bientôt, Cyn ? fit la voix de Rick depuis le salon.

— Dans quelques minutes. Vous pouvez venir.

Un instant plus tard, Mark les rejoignait, suivi de Rick.

— Comment va votre doigt ?

— Ça va, je survivrai.

Rick vint s'asseoir à côté de lui tandis que Mark apportait le saladier.

— Peux-tu me passer ton assiette ? lui dit-elle.

Elle lui découpa une tranche de viande accompagnée de pommes de terre, de carottes et d'oignons : un plat familial simple et savoureux comme il n'en avait pas partagé depuis des lustres. Elle servit ensuite ses frères, puis elle-même.

— Délicieux, dit-il la bouche pleine.

Cynthia sourit.

— Merci. J'ai commandé la viande sur Internet auprès d'une amie. Elle travaille pour une entreprise de vente en ligne et touche un pourcentage sur chaque commande. D'ailleurs, elle m'encourage à les rejoindre. Apparemment, pour gagner de l'argent ou des bons d'achat, il suffit de parrainer des associés. Ça ne devrait pas être trop difficile.

Il avait vu si souvent ses parents foncer dans des combines de ce genre…

Il posa sa fourchette.

— Tu crois ? Moi, je me méfie de ce genre de deals.

— Ah bon ? Pourquoi ?

— Parce que les résultats sont rarement à la hauteur des attentes. En plus, il faut du temps pour recruter des associés. Tu es déjà pas mal occupée, non ?

— Oui, c'est vrai, mais pour une activité lucrative je peux bien me libérer un peu. Les produits qu'ils vendent sont de bonne qualité, donc je n'aurais pas trop de mal à les placer. Toi, par exemple, voudrais-tu être mon premier client ? Te faire parrainer par moi ?

Il hésita.

Comment décliner son offre sans la vexer ? Il ne voulait rien avoir à faire avec de telles arnaques, ou avec ceux qui y accordaient crédit, d'ailleurs.

— Non, merci. Je cuisine trop rarement pour que ça en vaille la peine.

Elle hocha la tête.

— Ton travail te prend trop de temps, c'est ça ?

De là à dire qu'il menait une vie austère, il n'y avait qu'un pas.

Il eut un sourire mi-figue, mi-raisin.

— Je devrais sans doute venir manger ici plus souvent.

— Ça peut s'arranger, dit-elle en souriant.

Rick et Mark échangèrent un coup de coude complice. Apparemment, ils appréciaient de le voir flirter avec leur sœur.

— Donc, Rick, ça marche, le basket ?

— Pas mal, oui. On a de bonnes chances d'arriver en finale, cette année.

— Non, c'est vrai ? Félicitations. Au fait, tu as des nouvelles d'Ann Marie ?

À l'évocation de ce nom, le garçon devint cramoisi.

— Ann Marie ? Ce n'est pas la fille qui s'est fait mal lors de ton anniversaire ? intervint Mark.

— Si, répondit Rick, les yeux baissés vers son assiette.

— Ouh, Rick est amoureux !

— Ah, ça va, Mark ! T'es jaloux parce que toutes les filles te trouvent moche.

— Les garçons, ça suffit ! Épargnez vos chamailleries à Sean.

Sean retint un sourire.

Cynthia s'adressait à eux comme à des enfants. Se rendait-elle compte qu'ils n'étaient plus des gosses, justement, mais de jeunes adultes ? À moins qu'elle ne rechigne à les voir grandir.

Quelques minutes plus tard, le portable de Mark vibra.

— Pas de téléphone pendant le repas, dit-elle comme il touchait l'écran pour répondre.

— Oui, mais c'est sans doute pour un boulot. Désolé.

Il se leva et quitta la pièce sous le regard désapprobateur de sa sœur. Il revint peu après, fou de joie et lançant des coups de poing dans l'air.

— J'ai décroché le boulot à Action Auto ! C'est un temps plein, je commence demain. Je suis trop, trop content !

— Félicitations, dit Cynthia alors que le garçon se rasseyait. Mais comment arriveras-tu à concilier ce travail et tes études ?

Sean la dévisagea, intrigué.

Elle n'était pas plus contente que cela ? Au lieu d'être fière de lui, elle plissait le nez. Pourtant, le salaire de Mark leur serait utile.

Sans doute déçu par son manque d'enthousiasme, le garçon haussa les épaules avec humeur.

— Je t'ai déjà dit que j'arrêtais la fac, répondit-il d'un ton hargneux.

— Papa et maman tenaient à ce que tu fasses des études.

— Ils ne sont plus là. En plus, tu peux parler : tu as arrêté les tiennes, non ?

— Temporairement. J'ai bien l'intention de les reprendre plus tard. Nous devons respecter les volontés de papa et de maman.

— Je m'en fiche. Sur ce, vous m'excuserez, mais je dois me préparer pour demain.

Il se leva, sortit de la pièce, et Cynthia fixa son assiette d'un air malheureux, comme si son univers s'écroulait.

Sean avait de la peine pour elle.

— Désolée, Sean, dit-elle en soupirant. Ce n'est pas le genre de scènes auxquelles on convie d'habitude un invité.

— Pas de souci. Ce n'est pas toujours rose dans les familles. J'en sais quelque chose, crois-moi.

Elle esquissa un faible sourire.

— Merci pour ta compréhension.

La chaise de Rick grinça sur le carrelage.

— Je dois terminer un exposé pour l'école. À plus.

Sean regarda Cynthia en souriant.

— Il ne reste plus que toi et moi pour la vaisselle, on dirait.

Elle se leva de table avec un hochement de tête désabusé.

— Désolée pour cette fin de repas calamiteuse. J'aimerais t'inviter un autre soir pour rattraper celui-ci.

— Avec plaisir. Pourquoi pas vendredi prochain ? Je passerai te chercher à 19 heures.

À certains égards, il avait des réserves concernant Cynthia. Par exemple, il n'était pas prêt à la suivre dans ce projet de vente pyramidale. Et puis, elle couvait beaucoup trop ses frères. Mais, en dépit de leurs différences, il la trouvait intéressante, sincère et il souhaitait la connaître mieux. Et puis, elle lui plaisait, tout simplement. Il avait envie de profiter de sa compagnie.

— Normalement, c'est à moi de préparer le repas, dit-elle en portant le plat de rosbif sur le plan de travail.

— Une autre fois. J'aimerais t'inviter quelque part.

— Pourquoi pas ? C'est gentil, en tout cas. Non, laisse-moi débarrasser. Je ne voudrais pas que tu te fasses encore mal au pouce.

— Dis donc, je ne suis pas manchot, que je sache. Je peux au moins porter les couverts dans l'évier.

Sans lui laisser le temps de répondre, il mit ses paroles à exécution.

— Il arrive que Rick et Mark t'aident pour la vaisselle et le ménage ?

— Non, pas vraiment. Ils sont très occupés.

— Plus que toi, sans doute ?

Elle fit couler de l'eau dans l'évier sans répondre.

Manifestement, il avait appuyé sur un point sensible.

— Excuse-moi. Je ne voulais pas te vexer.

— Ce n'est pas grave, dit-elle en haussant les épaules.

Cette réponse de pure forme ne le convainquit pas, mais il préféra ne pas insister.

Lorsqu'ils terminèrent la vaisselle, un quart d'heure plus tard, la tension s'était allégée.

— Alors, sur quoi travaille-t-on, ce soir ?

— Eh bien, j'aimerais que tu m'aides à mettre un peu d'ordre dans mon projet. Il part dans tous les sens, et je ne m'y retrouve plus.

— OK, installe tes affaires sur la table pour qu'on y jette un coup d'œil.

Il sortit les dossiers tandis que Cynthia apportait son

ordinateur portable. Comme elle s'asseyait à côté de lui, il s'efforça de ne pas remarquer son parfum fleuri où perçait une note de gardénia.

— Voyons voir, dit-elle.

Pendant deux heures, ils travaillèrent en tandem avec efficacité. Il prit soin de noter tous les éléments qui lui manquaient pour étayer sa demande. Enfin, il se renversa sur sa chaise et s'étira en bâillant. Puis il passa un bras autour des épaules de Cynthia et la serra avec affection.

— J'y vois plus clair que depuis des semaines. Vraiment, merci.

— Il n'y a pas de quoi. C'est un beau projet. Je suis contente d'y participer, même modestement.

— Si je décroche cette subvention, ton aide n'aura pas été modeste, dit-il en se levant.

— Tu vas l'obtenir, j'en mets ma main au feu !

Il lui sourit, touché de la confiance qu'elle lui accordait.

Depuis quand ne s'était-il pas senti ainsi soutenu ? Par sa générosité et son optimisme, elle lui mettait du baume au cœur. Il lui pressa affectueusement l'épaule et rassembla ses affaires pour partir.

— Merci. J'ai passé une très agréable soirée.

— Malgré cette fin de repas houleuse ?

— Je suis bien placé pour savoir que les réunions familiales tournent facilement au vinaigre.

Cynthia hocha la tête.

— Encore une fois, merci pour ta compréhension.

Il jeta un coup d'œil vers le couloir, s'attendant à voir un des frères débarquer dans la pièce sans prévenir. Jusqu'à présent, il avait été interrompu chaque fois qu'il avait essayé de l'embrasser.

Après tout, au point où il en était, il s'en fichait.

— Je t'ai remerciée pour ton pansement ?

— Oui, c'est déjà fait, répondit-elle en souriant.

— Pas en bonne et due forme, alors.

Sans autre préambule, il posa les mains sur les hanches de Cynthia et l'attira à lui.

Elle ne recula pas. Au contraire, elle accompagna son mouvement avec élan.

Il sentit son cœur accélérer. Elle voulait qu'il l'embrasse !

Sa bouche sous la sienne était tiède, accueillante. Elle s'approcha encore et lui noua ses mains derrière la nuque, puis entrouvrit les lèvres. Sa langue toucha la sienne, timidement d'abord, avant de s'enhardir. Il l'enlaça plus étroitement encore, mais elle posa les mains à plat sur son torse et le repoussa avec un gémissement de regret.

Le souffle court, ils se dévisagèrent en silence.

— Tu devrais partir maintenant. Autrement, nous risquons d'oublier que mes frères se trouvent dans la pièce à côté.

Il réprima un soupir de frustration.

Ses frères, encore ses frères !

Sans la lâcher, il posa son front contre le sien et, les yeux clos, s'efforça de retrouver le contrôle de ses émotions. Enfin, il se redressa et la regarda droit dans les yeux.

— Oui, tu as sans doute raison. Lorsque je suis avec toi, tout le reste passe à l'arrière-plan… Alors, c'est d'accord pour ce dîner ?

Elle lui sourit tristement et recula.

— Et ton projet ?

— J'ai bien avancé ce soir, grâce à ton aide. Je peux bien m'autoriser une soirée de repos. De toute façon, j'ai besoin de m'aérer l'esprit. Tu feras une bonne distraction, murmura-t-il en lui caressant le menton du bout du doigt.

— Tu es bien le premier à dire que je suis une distraction !

— Ton ex devait être aveugle. Moi, je n'arrête pas de penser à toi.

Il lui effleura les lèvres d'un baiser rapide, de peur de s'attarder.

— Donc, on se voit vendredi ?

— J'aimerais mieux mercredi soir. Rick joue tous les mardi, jeudi et vendredi.

— Mercredi soir, très bien. Je viens te chercher à 18 h 30. Prévois une tenue confortable.

Sur ces mots, il ramassa sa mallette et se dirigea vers la sortie.

— Merci encore pour ce repas délicieux. À bientôt.

6.

Cynthia n'arrivait toujours pas à croire qu'elle avait rendez-vous avec Sean. Depuis quelques semaines, sa vie devenait absolument surréaliste. Lorsqu'elle était tombée sous le charme de sa voix, jamais au grand jamais elle n'aurait imaginé sortir un jour avec lui. En tout cas, elle comptait bien vivre à fond ce rêve tant qu'il durerait. À défaut d'autre chose, il lui resterait de beaux souvenirs.

Elle qui ne s'autorisait d'habitude aucune folie, elle décida de se pomponner un peu. Pour la première fois depuis des lustres, elle alla faire les boutiques.

Sean avait préconisé une tenue confortable. Elle s'acheta donc une chemise bleu roi et un pantalon ajusté qui s'arrêtait juste au-dessus des chevilles, ainsi que de jolies ballerines. Elle alla chez le coiffeur pour faire rafraîchir sa coupe, et elle ajouta juste avant le rendez-vous une touche de maquillage à ses yeux et ses joues.

Lorsque la sonnerie retentit enfin, elle résista à l'envie de se précipiter vers la porte et se contraignit à marcher calmement.

Sean se tenait sur le seuil, plus beau que jamais dans un jean et un pull couleur crème à col en V.

— Tu es splendide, dit-il en entrant.

Une chaleur délicieuse la fit palpiter. Elle adorait recevoir ses éloges. Ça la changeait de ses frères, si avares en compliments.

— Merci. Tu n'es pas mal non plus : à la fois chic et décontracté.

Il inclina la tête en souriant.

— C'est gentil. Tu es prête ?

— Oui, laisse-moi juste le temps d'enfiler une veste, dit-elle en s'éloignant dans le couloir.

Lorsqu'elle revint, Sean jeta un coup d'œil derrière elle.

— Tes frères sont là ?

Elle sentit son pouls s'emballer.

— Non, Rick est chez des amis, et Mark travaille. Pourquoi, tu voulais les voir ?

— Non. C'était juste pour vérifier que nous sommes seuls.

Sur ces mots, il la prit dans ses bras et l'embrassa avec une fougue qui la fit vibrer comme une corde trop tendue. Elle se coula contre lui, frémissante, mais il s'écarta presque aussitôt.

— J'en avais envie depuis l'autre soir. Partons maintenant, avant que je ne décide de rester ici et de profiter du fait que nous sommes seuls.

Elle hocha la tête, le souffle court, et referma la porte derrière eux.

Sean lui ouvrit la portière de sa voiture côté passager, et elle s'installa, savourant à l'avance la soirée qui s'annonçait.

Sean lui plaisait à tant d'égards ! Son humour, son professionnalisme, mais surtout sa capacité à lui faire croire qu'il la mettait au centre de son univers. Et puis, il avait des défauts attendrissants : ses difficultés d'organisation, par exemple, ou son train de vie spartiate. Le beau gosse sexy et intelligent qu'elle avait à ses côtés avait des faiblesses qui le rendaient humain, abordable.

— Quel est ton plan pour ce soir ? s'enquit-elle. J'espère que je suis habillée correctement.

— J'envisageais de t'emmener à un endroit d'où l'on peut admirer la ville au crépuscule. Ensuite, je t'invite pour un petit repas.

Un instant tentée de lui demander où ils allaient, elle s'en abstint afin de ménager sa surprise.

— Parfait.

Ils faisaient route en direction de la statue de Vulcain, dont la silhouette monumentale se faisait de plus en plus impressionnante. L'immense homme de fer dominait Birmingham depuis la plus haute colline des environs, au point qu'il servait de repère aux habitants : on était du nord ou du sud de Vulcain.

Sean s'engagea sur la route de Red Mountain où était érigé le monument.

— La vue est très belle d'ici. Mais ce n'est pas fermé, à cette heure-ci ?

— Si, mais je connais le gardien, et il a accepté de nous laisser entrer.

Le parking était vide, à l'exception d'un vieux pick-up à côté duquel Sean se gara.

— Encore une fois, tu me surprends, dit-elle en sortant de voiture.

— Comment ça ?

— Eh bien, je m'attendais à ce que tu m'invites dans un restaurant hors de prix.

— Tu es déçue ?

— Non, pas du tout !

Un homme aux cheveux blancs vêtu d'un uniforme gris s'approcha d'eux et échangea une poignée de main chaleureuse avec Sean.

— Cynthia, je te présente Luther Murphy. Luther, voici Cynthia Marcum.

— Ravi de vous rencontrer, dit celui-ci. Les amis du Dr Donavon sont mes amis. Sans lui, je serais sourd comme un pot à l'heure qu'il est. Incapable d'entendre les jérémiades de ma femme, vous vous rendez compte ? Je sais que beaucoup d'hommes ne demanderaient que ça, mais, moi, j'aime bien l'entendre raconter ses malheurs. Grâce au Dr Donavon, j'entends de nouveau tout ce qu'elle dit.

Cynthia ne put s'empêcher de rire.

— Vous êtes mariés depuis combien de temps ?

— Quarante-cinq printemps au mois prochain.

Elle hocha la tête, impressionnée.

— Félicitations.

Lui serait-il donné de rencontrer un homme capable de l'aimer aussi longtemps ?

Elle regarda Sean à la dérobée.

Pouvait-il être cet homme ? Et elle, était-elle prête pour une relation avec lui ? Elle l'aimait beaucoup, elle le trouvait craquant, mais valait-il la peine de risquer de nouveau son cœur pour lui ?

Repoussant ces pensées, elle le suivit jusqu'à la tour sur laquelle était juchée la statue.

Sean s'arrêta devant la porte et se tourna vers elle.

— On prend l'escalier ou l'ascenseur ?

— Soyons fous, prenons l'escalier, dit-elle en souriant. Une vue pareille, ça se mérite.

Dans la tour, une volée de marches interminable montait jusqu'à une plate-forme d'observation, en dessous de la statue.

— Je passe devant.

— Le contraire m'aurait étonné, dit-il en riant.

Elle se retourna vers lui, surélevée de quelques marches, de sorte qu'elle se trouvait à la hauteur de son regard.

— Dis donc, c'est l'hôpital qui se moque de la charité ! Tu aimes bien être aux commandes.

— Comme tu voudras. Un partout, la balle au centre.

Elle se détourna avec un haussement d'épaules.

— À ce propos, est-ce que tu sais que la statue a été construite pour l'Exposition universelle de 1904 à Saint-Louis ?

— Oui. Et toi, tu savais que c'est la plus grande statue de fonte au monde ?

Elle interrompit sa montée pour lui jeter un coup d'œil.

— Tiens ? Non, je l'ignorais. Attends, je vais te poser une colle. Pourquoi a-t-on choisi ce dieu romain pour représenter la ville ?

— À cause des gisements de fer qu'on trouve dans la région, c'est ça ?

— Excellente réponse. Puisque tu es si malin, Vulcain tient quoi dans sa main droite ?

Sean marqua un silence, le temps de réfléchir.

— Une lance, non ?

— Correct. Et dans l'autre ?

Il tarda de nouveau à répondre.

— Alors, là, je sèche, finit-il par dire. C'est quoi ?

— Un marteau qui repose sur une enclume.

— Ah, oui ! Mais d'où sais-tu tout ça ?

— J'ai rédigé un exposé là-dessus au collège. Je me rappelle avoir eu 20/20.

Tout en parlant, ils avaient terminé de grimper l'escalier.

— Ouf ! Je ne suis pas mécontente de…

Sans lui laisser le temps de terminer sa phrase, Sean la saisit par la taille et s'empara de sa bouche pour un baiser brûlant. Elle s'accrocha à lui, le cœur battant sous ses assauts, mais il la relâcha aussitôt, lui laissant aux lèvres un goût d'inachevé.

Il alla ouvrir la porte qui permettait d'accéder à la passerelle, et elle le suivit, les jambes un peu tremblantes.

Juste au-dessus d'eux se dressait la statue. Ils firent le tour du piédestal en silence et s'arrêtèrent pour admirer le panorama de la ville au crépuscule.

— Mon Dieu, que c'est beau, souffla-t-elle.

Le ciel se teintait de rose et de mauve, et l'obscurité s'installait rapidement. La ville noyée d'ombre se piquetait de petites lumières blanches et tremblotantes, telles des lucioles.

— Je n'étais pas revenue ici depuis toute petite. Mes parents nous avaient amenés ici en balade, mes frères et moi. J'étais morte de peur. Mon père m'a pris par la main pour me rassurer, mais il a fallu que ma mère me tienne l'autre main pour que je consente à mettre un pied devant l'autre.

Sean glissa un bras autour de sa taille.

— Vous étiez très liés, toi et tes parents, non ?

— Oui. Si tu savais combien ils me manquent…

Un silence tomba.

— Tes parents sont vivants ? reprit-elle.

— Oui, et en bonne santé. Enfin, autant que je sache.

Comme elle le regardait avec curiosité, il lui pressa doucement la taille.

— Redescendons, veux-tu ?

Se gardant de lui poser des questions, elle le suivit dans l'escalier.

— C'était magnifique. Tu viens souvent ici ?

— Non. La dernière fois, c'était pour rendre visite à M. Murphy. C'est lui qui a eu la gentillesse de me faire monter ici. Depuis, je n'étais pas revenu.

Donc, il n'avait pas amené d'autre femme ici. Elle s'en sentit flattée, heureuse.

— Où m'emmènes-tu dîner ?

— Surprise.

— Allez, dis-le-moi !

— Pas question. À force de t'occuper de tes frères, tu veux toujours tout savoir sur tout. Laisse-toi vivre un peu, pour une fois.

— Cela dit par quelqu'un qui travaille tout le temps et se contente du strict minimum pour vivre, répliqua-t-elle avec un rire moqueur.

— Ouille, touché !

Lorsqu'ils sortirent quelques minutes plus tard, la voiture de M. Murphy n'était plus garée sur le parking. Sean sortit de sa poche une lampe-torche et s'engagea sur un petit chemin pentu.

— C'est par là. Attention où tu mets les pieds, dit-il en lui prenant le coude d'une main ferme.

Il l'amena non loin, dans un bosquet abritant une table de pique-nique en bois. Des photophores jetaient une lumière douce et dorée sur une nappe à carreaux bleus et un grand panier à pique-nique.

Elle se figea, ravie.

— Quelle idée formidable !

Elle s'assit tandis que Sean sortait du panier une bouteille de vin et deux verres, puis il disposa sur la table deux assiettes, des couverts, des serviettes et des boîtes de nourriture.

— Sean, tu n'aurais pas dû te donner toute cette peine !

— Tu vois, quand je le veux, je sais m'organiser, dit-il en souriant.

— Tu as tout préparé tout seul ?

— Non, pas vraiment. En réalité, j'ai passé commande auprès d'un restaurant où j'ai mes habitudes.

— Peu importe, le résultat est merveilleux. Je suis très touchée.

— Attends, ce n'est pas fini.

Il lui servit une part de poulet frit agrémenté d'une salade de pommes de terre. Un autre tupperware contenait des épis de maïs encore chauds.

— Quel festin ! s'exclama-t-elle.

Les étoiles commençaient à briller entre les branches des arbres. Les photophores tremblotants, le décor, le ciel nocturne, l'homme en face d'elle, tout concourait à lui donner l'impression de vivre un rêve.

Sean remplit les verres et lui en tendit un en la fixant étrangement.

— Quelque chose ne va pas ?

— Non, je me disais juste à quel point tu es belle, à la lumière des bougies.

Il leva son verre.

— À une femme merveilleuse.

— Merci, dit-elle en trinquant. C'est la première fois qu'on porte un toast en mon honneur.

— C'est vrai ? Il était grand temps de le faire, alors.

Il reposa son verre et attendit qu'elle attaque son assiette avant de l'imiter. Ils mangèrent en silence quelques minutes.

— Je ne voudrais pas gâcher l'atmosphère, mais, quand même, j'aimerais savoir…

Elle laissa sa phrase en suspens faute de savoir comment l'achever.

Sean posa sa fourchette sur le rebord de son assiette.

— Oui ?

— Eh bien, que s'est-il passé entre toi et tes parents ? Tu ne parles toujours d'eux qu'en négatif. Et tu avais l'air bizarre tout à l'heure lorsqu'il était question d'eux.

Sean marqua un silence avant de répondre.

— Disons que je n'ai rien de commun avec eux. Ils passent leur temps à bâtir des châteaux en Espagne. Mon père n'a jamais su garder un emploi stable. Au lieu de cela, lui et ma mère s'embarquent régulièrement dans des affaires plus ou moins hasardeuses censées les rendre riches comme Crésus. Tout leur argent y passe. Je suis le plus jeune de la famille et, depuis que je suis né, ils n'ont jamais eu un sou devant eux. Contrairement à tes frères, je n'ai pas pu pratiquer un sport ou une activité en dehors de l'école : nous n'avions pas les moyens. Le peu qu'ils avaient, ils l'engloutissaient tout de suite dans la combine suivante, en pure perte puisqu'elles rataient les unes après les autres. Du coup, dès que j'ai pu, je suis parti. J'ai gagné ma vie et financé mes études tout seul, par mon travail et des emprunts. Tu connais la suite.

Elle hocha lentement la tête.

— Maintenant, je comprends mieux.

— Quoi donc ?

— Eh bien, ton choix de voiture, l'austérité de ton bureau, ton air consterné quand je t'ai parlé de ce projet de vente sur Internet. Et même ce repas ici.

Sean se rembrunit, et ses épaules se crispèrent.

— Je suis radin, c'est ça ?

— Non, ce n'est pas du tout ce que j'ai voulu dire ! Ce pique-nique est mille fois mieux qu'un dîner dans un restaurant chic, et je me fiche bien de savoir quelle voiture tu conduis : regarde la mienne. Non, je comprends mieux pourquoi tu ne corresponds pas aux clichés que tu m'accuses de t'imposer, et pourquoi tu raisonnes ainsi.

Elle inclina la tête pour l'observer.

— Tu m'as dit que tu n'as pas rencontré tes frère et sœur depuis deux ans. Et tes parents ?

— On ne s'est pas vus depuis un peu plus d'un an.

Elle ouvrit de grands yeux.

— Et ils ne te manquent pas ?

— Bizarrement, si, depuis peu. Depuis que j'ai rencontré ta famille, si tu veux tout savoir.

— Comment ça ?

Intéressée, elle posa un coude sur la table et, le menton dans la main, dévisagea Sean sans ciller pour le contraindre à ne pas se défiler.

Sean prit une gorgée de vin, le temps de rassembler son courage.

Que lui arrivait-il ? D'ordinaire, il ne parlait jamais de lui ni des siens, surtout à une personne qu'il connaissait depuis si peu. Mais, pour une raison qu'il ne s'expliquait pas, Cynthia lui inspirait confiance. Elle s'intéressait à lui et semblait le comprendre mieux que quiconque. À elle, il avait le sentiment qu'il pouvait tout dire.

— Eh bien, dimanche dernier, ce dîner avec toi et tes frères m'a rappelé certains repas de famille, les fois où tout allait bien. Jusqu'alors, je ne m'étais jamais rendu compte à quel point je m'étais focalisé sur le négatif au point d'oublier tout le reste.

Cynthia hocha la tête d'un air pensif.

— C'est honnête de ta part. J'espère que notre fréquentation ne réveille pas des souvenirs douloureux. Au fait, comment va ton pouce ?

Ce disant, elle tendit la main pour le frôler.

— Beaucoup mieux. Une infirmière de la clinique a refait mon pansement. Elle a dit que je ne m'étais pas loupé.

Comme Cynthia esquissait le geste de se retirer, il retint ses doigts entre les siens.

— Dis-moi, si tu n'étais pas transcriptrice, que ferais-tu ?

— Je te l'ai déjà dit : infirmière.

— Mais qu'est-ce qui t'en empêche ? Tes frères sont assez grands pour prendre soin d'eux-mêmes, non ?

Il avait dû appuyer sur un point sensible, car elle libéra sa main et la posa sur ses genoux.

— Non. Rick doit terminer le lycée et entrer à la fac, et Mark doit reprendre ses études. Ensuite, je pourrai penser à moi.

Elle était visiblement sur la défensive.

— Et, d'après toi, ça arrivera quand ? insista-t-il pourtant.

— Je ne sais pas… L'année prochaine ou la suivante.

Elle reprit sa fourchette et se remit à manger.

De toute évidence, elle n'avait pas envie de s'étendre sur le sujet. Pourtant, il désirait plus que jamais la comprendre.

— Quels étaient tes rêves, avant ?

— Avant quoi ? Le décès de mes parents ?

— Oui.

— Travailler dans un service d'urgences. J'aime l'idée de ne pas savoir à l'avance ce qui va arriver, de ne pas tomber dans la routine. J'ai arrêté mes études contrainte et forcée.

Son regard se perdit dans le vague, puis elle cligna les paupières.

— Cette conversation devient beaucoup trop sérieuse à mon goût. Il est temps de redresser la barre. Quelle est ta star de cinéma préférée ?

— Voilà ce qui s'appelle passer du coq à l'âne. Ma star préférée ? C'est John Wayne.

— Tiens ? C'est inattendu, comme réponse.

— Il est génial ! J'ai tous ses films.

— Ah bon ? Moi, j'en ai vu quelques-uns seulement, et encore, il y a longtemps.

— C'est tout ? Tiens, j'ai une idée. Allons prendre le dessert chez moi devant un film.

Cynthia secoua la tête avec une moue.

— Je n'aime pas trop les westerns.

— J'en connais un qui te plaira, j'en suis sûr.

— Bon, d'accord, puisque tu insistes, dit-elle en souriant.

Tout au long du trajet, Cynthia retint son souffle.

N'était-elle pas en train de commettre une grosse bêtise ? Qu'espérait Sean en l'invitant chez lui : voir un film ou davantage ? Après des années de prudence, était-elle prête à s'engager avec un homme qu'elle connaissait depuis si peu de temps ?

Sans doute se montait-elle la tête pour rien, après tout.

Sean était un gentleman, il saurait se contenter de ce qu'elle consentirait à lui offrir. À supposer d'ailleurs qu'il ait des visées sur elle. Était-il intéressé par une relation avec une modeste transcriptrice comme elle ?

Elle savait qu'il était un homme à femmes. Il était bel homme, avait le contact facile avec les gens, un sens de l'humour irrésistible, de l'intelligence, de la curiosité… Plus elle le connaissait et plus elle l'appréciait. Elle s'accordait avec lui sur toute la ligne… Enfin, presque : elle n'était pas d'accord avec sa vision de la famille. Cela dit, quelle importance ? Ils n'étaient pas suffisamment liés l'un à l'autre pour que ce genre de détail devienne un problème.

Elle émergea de ces pensées lorsque Sean se gara dans l'allée d'un pavillon recouvert de bardeaux qui semblait avoir été rénové récemment, à l'instar d'autres habitations de ce quartier résidentiel. Une fois sortie de la voiture, elle admira le vieux porche orné de menuiserie ouvragée.

— Tu t'es chargé de la décoration ?

— Oui. Et, crois-le ou pas, je ne me suis pas blessé. J'ai fait davantage attention à mes doigts en maniant la scie qu'avec ton couteau de cuisine.

Sean, un as du bricolage ? De nouveau, il la surprenait. Mais, au fond, elle n'était pas étonnée qu'il ait investi plus de temps que d'argent dans cette maison.

— C'est magnifique. Félicitations.

Visiblement flatté, il lui ouvrit la porte avec un sourire et alluma.

Elle entra dans un salon dont l'ameublement se composait pour l'essentiel d'un canapé flanqué de fauteuils club.

Sans surprise, le mobilier était d'excellente qualité mais réduit au minimum. Seule concession à la modernité, un écran de télévision plat occupait tout un mur.

— Ouah, fit elle, impressionnée.

— C'est le plus grand que j'ai pu me procurer. J'avoue que j'aime bien en profiter, surtout lors des tournois sportifs. C'est la seule entorse à ma vie spartiate. Installe-toi donc, ajouta-t-il en lui désignant le canapé.

Elle s'assit et regarda autour d'elle.

Quelques livres et magasines sportifs étaient posés pêle-mêle sur la table basse. Entre les deux fenêtres, un tableau représentant un paysage de montagne constituait l'unique décoration. Ici comme ailleurs, Sean ne dépensait pas son argent en dépenses frivoles, même s'il était à présent installé dans la vie, avec un métier stable et bien rémunéré. Allait-il passer le reste de ses jours à compter le moindre sou, à se priver des petits plaisirs pour conforter sa sécurité matérielle ? Était-il incapable de se libérer du passé ?

— Tu as déjà vu *Le Grand McLintock* ? Non ? Mets-toi à l'aise, je vais lancer le film.

Il installa le DVD, puis se tourna vers elle.

— J'amène le dessert et quelque chose à boire. Qu'est-ce qui te dirait ? Un thé, du vin, du soda ?

— Un soda, s'il te plaît.

Il revint quelques minutes plus tard avec un plateau qu'il posa sur la table basse et la servit avant de s'asseoir dans un des fauteuils club. Les pieds croisés sur un tabouret, son assiette sur les genoux, il semblait se préparer à une fin de soirée bien tranquille.

Manifestement, si elle s'était attendue à des avances de sa part, elle pouvait être rassurée. Quoique, à force d'être rassurée, elle était surtout déçue.

Repoussant sa frustration, elle ôta ses chaussures puis elle prit son assiette et se carra dans un coin du canapé. Elle ne tarda pas à se laisser entraîner par le film et finit par se détendre.

Au bout d'un quart d'heure, Sean posa son assiette sur la table basse et vint s'asseoir à côté d'elle.

— Je me sentais un peu seul là-bas, dit-il en souriant.

Elle hocha la tête, se serra davantage sur le bord pour lui laisser de la place et s'efforça de se concentrer sur l'histoire.

— Cynthia, murmura-t-il.

— Mmh ?

— Je me sens encore un peu seul. Tu ne pourrais pas te rapprocher de moi ?

Envahie par un délicieux vertige, elle se coula contre lui, et il passa un bras autour d'elle.

— Ah, on est mieux, non ?

Beaucoup mieux, en effet.

Elle aimait se sentir tout contre Sean. C'était comme si, soudain, elle n'avait plus à affronter le monde toute seule. Quelqu'un était là, prêt à l'aider à supporter sa charge.

Il fallait qu'elle cesse de penser ainsi ! Après tout, il ne lui avait jamais rien promis.

— Détends-toi, voyons. Je ne mords pas, lui murmura-t-il à l'oreille.

Avec un soupir, elle se blottit davantage contre lui et nicha sa tête dans le creux de son bras.

Ils en étaient à la moitié du film lorsque le téléphone sonna. Sean mit le DVD en pause et se leva pour répondre. Aux brèves questions qu'il posa, elle devina qu'il était sollicité pour une urgence.

— Désolé, je dois partir tout de suite à l'hôpital, dit-il en raccrochant. Il est rare qu'on m'appelle lorsque je suis d'astreinte, mais malheureusement c'est le cas ce soir. Je ne devrais pas en avoir pour longtemps. Termine le film sans moi, tu me diras ce que tu en penses à mon retour.

— Pas de problème. À tout à l'heure.

Comme elle se levait pour l'accompagner à la porte, il lui prit les épaules.

— Désolé de te laisser en plan de la sorte.

Comme elle ouvrait la bouche pour parler, il la fit taire d'un baiser vorace. Les mains pressées sur ses hanches, il la plaqua contre lui et mêla sa langue à la sienne. Puis, trop vite, il la relâcha.

Elle recula en chancelant, et elle serait tombée s'il ne l'avait pas retenue.

— À tout de suite, dit-il. Je reviens bientôt.

Il prit ses clés et son téléphone, puis sortit.

Sitôt la porte refermée derrière lui, la maison parut immense à Cynthia. À contrecœur, elle retourna s'asseoir pour terminer le film. Une heure plus tard, Sean n'était toujours pas revenu. Elle rangea le DVD et éteignit la télévision, puis elle alla porter les assiettes à la cuisine.

À l'instar du reste de la maison, cette pièce était décorée dans un style suranné. La table en formica, les chaises assorties, le frigo, tout rappelait les années 1950, à part la petite télévision dans un angle. À l'arrière se trouvait une buanderie très fonctionnelle, avec une machine à laver et un séchoir à linge.

Elle ne put s'empêcher de sourire.

La cuisine de sa mère était exactement comme cela : accueillante, chaleureuse. Ils l'avaient laissée en l'état depuis l'accident. D'une certaine manière, il lui aurait semblé sacrilège de bouger les meubles ou de changer la décoration.

Tout à ses pensées, elle se dirigea machinalement vers l'évier pour faire la vaisselle. Alors qu'elle actionnait le robinet, l'eau l'aspergea en pleine poitrine.

Catastrophe ! Sa chemise était trempée.

Elle n'avait plus qu'à la faire sécher et en piquer une à Sean. Elle n'appréciait pas de fouiller dans ses affaires, mais à coup sûr il comprendrait.

Elle s'épongea avec un torchon du mieux qu'elle put et se mit en quête de la chambre de Sean. La première porte qu'elle ouvrit était celle d'un cabinet de travail meublé d'un antique fauteuil à roulettes qu'il avait dû chiner et restaurer lui-même et d'un imposant bureau en chêne, près d'une fenêtre qui donnait sur le porche.

La chambre se situait au bout du couloir. Ici encore, l'ameublement se résumait à l'essentiel, mais le magnifique parquet et le dessus-de-lit coloré qui couvrait le lit apportaient des notes chaleureuses.

Pourvu qu'il ne rentre pas maintenant, elle aurait l'air idiote !

Elle pénétra lentement dans la pièce et se dirigea vers la commode. Les mains légèrement tremblantes, elle ouvrit le tiroir du haut : il contenait ses maillots de corps.

Alors là, *niet* ! Elle n'allait pas emprunter du linge aussi intime.

Dans le deuxième tiroir, elle trouva un grand T-shirt sombre qui lui irait très bien, le temps de faire sécher ses vêtements.

Après avoir mis sa chemise dans le sèche-linge, elle retourna dans le salon, alluma la télévision et s'installa sur le canapé. Saisie d'un frisson, elle se rendit compte qu'elle avait froid. Et aucun plaid en vue pour se réchauffer.

Sean lui en voudrait-il si elle lui piquait le dessus-de-lit de la chambre ? Il ne lui en tiendrait sûrement pas rigueur de s'être mise à son aise en attendant qu'il revienne, non ?

Forte de cette pensée, elle alla chercher le couvre-lit et revint s'asseoir. Elle inspira profondément et sourit de bien-être. Blottie dans ce grand fauteuil club et dans la douce chaleur du plaid, c'était comme si Sean la tenait dans ses bras. Bientôt, ses paupières s'alourdirent. Elle bâilla, et ses yeux se fermèrent insensiblement.

7.

Lorsque Sean put enfin rentrer, la nuit était bien entamée. En arrivant à l'hôpital, il pensait avoir été appelé pour une intervention rapide. En fait, il avait dû prendre en charge une chirurgie d'urgence complexe qui ne lui avait pas laissé une minute, même pour avertir Cynthia. Il ne lui restait plus qu'à espérer qu'elle ne soit pas trop furieuse contre lui.

Il passa le trajet de retour à chercher comment se justifier, l'apaiser… À supposer qu'elle soit restée. Peut-être avait-elle demandé à l'un de ses frères de la ramener ?

Lorsqu'il se gara devant chez lui, il aperçut le scintillement de la télévision par la fenêtre.

Donc, elle était encore là, autrement elle aurait éteint l'appareil avant de partir. Comment allait-elle l'accueillir ?

Il entra sur la pointe des pieds, avant de se raviser. Après l'avoir plantée, inutile de lui flanquer une peur bleue.

Il s'arrêta sur le seuil du salon et sourit, rassuré : lovée dans un fauteuil, elle dormait à poings fermés. Sans faire de bruit, il déposa ses clés et son portable sur la table basse, puis se pencha pour la prendre dans ses bras.

Elle cligna les paupières et entrouvrit des yeux ensommeillés.

— Tu rentres tard…

Il la serra contre lui et posa un baiser sur sa tempe.

— Désolé.

— Où m'emmènes-tu ?

— Dans ma chambre. Rendors-toi.

Il l'étendit sur son lit et s'aperçut, amusé, qu'elle portait un vieux T-shirt à lui.

Pourquoi ? Bah, il serait toujours temps de lui poser la question à son réveil.

À peine allongée, Cynthia se blottit contre l'oreiller et soupira sans ouvrir les yeux.

Il l'observa un instant, fasciné, puis s'arracha à sa contemplation pour aller prendre une douche.

Lorsqu'il revint, elle dormait de nouveau profondément. Il s'étendit à côté d'elle, la nicha contre lui et ferma les yeux, en proie à un contentement profond. En quelques secondes, il la rejoignit dans le sommeil.

Le mouvement d'un corps tiède le réveilla quelques heures plus tard.

À en juger par les ombres bleuâtres qui dansaient dans la pièce, il ne faisait pas encore jour. Les yeux de Cynthia brillaient dans l'obscurité. Elle s'était écartée, comme si elle venait de prendre conscience du lieu où elle se trouvait.

— Qu'est-ce que je fais ici, avec toi dans ton lit ?

Il n'esquissa pas le moindre geste pour la retenir.

— C'est moi qui t'ai couchée ici. Je ne laisse pas mes invités dormir dans un fauteuil.

— Donc, tu les fais dormir avec toi ?

Il sourit sans la quitter des yeux.

— Non. Tu es la première.

— Tu veux dire que je suis la première femme à partager ton lit ?

— Ça a l'air de t'étonner.

Elle le dévisagea en silence, comme pour déterminer s'il disait la vérité ou non, puis son regard s'attarda sur son torse nu.

Il essaya de refouler l'excitation qui s'emparait de lui, sans y parvenir.

— Tu portes un caleçon, remarqua-t-elle soudain.

— Oui. Tu es déçue ?

— Je ne sais pas. Oui, non… Enfin, peut-être.

Il éclata de rire.

— Je t'ai trouvée dans mon fauteuil à mon retour. Je m'en serais voulu de te laisser là. Tu te serais réveillée avec des crampes horribles. Alors, je t'ai transportée jusqu'ici. Moi aussi, j'étais fatigué et j'avais besoin de dormir. Crois-moi, il ne s'est rien passé.

— Oh.

Se trompait-il ou y avait-il une pointe de déception dans sa voix ?

— Il ne fait pas encore jour. Tu devrais te reposer, dit-elle en s'écartant. Je vais terminer la nuit sur le canapé.

Il lança un bras vers elle et lui saisit la main.

— Non, reste. Il y a assez de place pour nous deux.

Comme elle hésitait, il l'attira doucement vers lui.

— S'il te plaît. Ça m'aiderait à dormir.

Elle couvrit un bâillement de la main et se renversa de nouveau sur l'oreiller.

— Bon, d'accord.

Il remonta la couverture et se serra auprès d'elle. Lové dans une chaleur bienheureuse, il ne tarda pas à s'endormir.

Lorsqu'il se réveilla, il faisait jour, une pluie fine battait la fenêtre. Blottie contre lui, Cynthia dormait encore, la tête contre lui et un bras autour de sa taille.

Il demeura immobile, savourant le plaisir de la sentir contre lui. Les cheveux en bataille et les joues roses de sommeil, elle était tellement adorable. Il aurait voulu que cet instant dure toujours. Baissant les yeux, il remarqua que le tissu du T-shirt, tendu sur sa poitrine, laissait deviner la pointe d'un sein.

Son corps réagit aussitôt.

S'il effleurait sa poitrine, qu'arriverait-il ? Allait-elle sursauter ? S'écarter ?

Sur le point de passer à l'acte, il sentit qu'elle effleurait son flanc d'une caresse qui le fit tressaillir. Il leva les yeux et s'aperçut qu'elle le regardait. Sans le quitter des yeux, elle passa la main sur son ventre, sur son torse, se délectant des frissons qu'elle faisait naître en lui.

Cette audace le prenait totalement de court. Il avait catalogué Cynthia parmi les femmes prudentes. Tout en elle signalait qu'elle n'était pas du genre à se contenter d'un plaisir physique. Or, voilà qu'elle prenait l'initiative !

Cette femme était une masse de contradictions, à la fois timide et hardie, fragile et forte.

Il s'efforça à grand-peine de maîtriser son désir. Il devait d'abord s'assurer qu'elle était bien consentante. Après tout, il l'avait amenée dans son lit sans lui demander son avis. Allait-elle ensuite l'accuser d'avoir profité de sa vulnérabilité ? Mais, si jamais elle lui disait non, aurait-il la force de s'écarter sans rien faire ?

— Cynthia… Si tu veux en rester là, il vaudrait mieux que tu partes maintenant.

Avec un fin sourire, elle posa un baiser sur son torse.

— Qu'est-ce qui te dit que je veux en rester là ?

D'un geste vif, il la renversa en arrière et se pencha au-dessus d'elle pour la contempler quelques secondes, puis il s'empara de sa bouche avec avidité.

Elle noua les bras autour de son cou et se lova contre lui dans un corps à corps fougueux.

Il adorait cette Cynthia libre et désinhibée. Elle s'y entendait comme personne pour décupler son désir. Glissant une main sous le T-shirt, il prit en coupe un sein qu'il caressa tandis qu'elle lui pétrissait le dos de ses doigts crispés. Elle se dressa alors vers lui pour lui mordiller la lèvre inférieure et se frotter contre lui.

Fou de désir, il délaissa son sein pour chercher le bouton de son jean, qu'il défit d'une chiquenaude avant de faire glisser la fermeture Éclair. Il était au bord de l'implosion. Pour ne rien arranger, Cynthia se mit à se tortiller sous lui pour faire descendre son jean.

— Embrasse-moi, murmura-t-elle dans un soupir. J'adore quand tu m'embrasses.

Il ne se fit pas prier. En appui sur un coude, il prit ses lèvres tandis que, de sa main libre, il dessinait des arabesques sur son ventre.

— Ta peau est si douce, souffla-t-il.

Lorsqu'il porta la main sur le triangle de dentelle de sa culotte, elle s'agrippa à ses épaules avec un gémissement étouffé, puis, après une seconde de saisissement, elle écarta les cuisses. Elle était tiède et moite, prête à l'accueillir. D'un doigt, il se mit à explorer son intimité en une caresse qui lui arracha un soupir étranglé. Insatiable, elle souleva les hanches pour mieux s'offrir.

Il redressa la tête pour la regarder.

Les paupières lourdes, la bouche entrouverte, elle était l'image même de l'abandon érotique. Quand, du pouce, il effleura son clitoris, elle se crispa, comme électrisée, puis elle se laissa retomber sur le matelas avec un gémissement et ouvrit des yeux rêveurs, un sourire tendre aux lèvres.

Ça le rendait fou de la voir ainsi grisée par le plaisir qu'il lui prodiguait.

Il se leva, se dévêtit avec empressement, rejeta la couverture au bout du lit, puis saisit les jambes de Cynthia et les fit balancer hors du matelas. En quelques gestes rapides, il la débarrassa de son pantalon, tendit les mains vers sa culotte et fit glisser le sous-vêtement le long de ses jambes galbées. Enfin, il alla chercher dans la salle de bains un préservatif qu'il enfila en s'approchant du lit.

Étalée sur les draps, Cynthia s'humecta les lèvres du bout de la langue en contemplant sa nudité.

Contenant à grand-peine son excitation, il la rejoignit et se jucha au-dessus d'elle. Leurs lèvres s'unirent longuement, puis il abaissa les hanches et pressa sa virilité contre son ventre. Enhardie, elle lui prit les hanches et les plaqua sur les siennes. Avait-elle envie de lui autant qu'il avait envie d'elle ? Sans cesser de l'embrasser avec ferveur, il la pénétra et s'immobilisa quelques secondes avant de relâcher le souffle qu'il retenait.

Bon sang, c'était fabuleux ! Avait-il jamais éprouvé un tel désir pour une femme ? Il était à deux doigts d'exploser !

Il se retira, s'attirant un gémissement de protestation de la part de Cynthia, puis elle soupira lorsqu'il replongea en elle. Elle noua les jambes autour de ses reins, les hanches arquées vers les siennes pour approfondir leur étreinte. Le va-et-vient s'amplifia, s'accéléra, et elle le rejoignit dans une danse au rythme instinctif. Bientôt, ils atteignirent un *crescendo*, et Cynthia se crispa, agrippée à lui. Secouée d'un frisson saccadé, elle rejeta la tête en arrière avant de s'affaisser, à bout de souffle. Mais il reprit son mouvement sans relâche et la rejoignit dans l'extase en une ultime poussée.

Quand il s'effondra sur elle, haletant, sans force, elle l'attira dans ses bras pour une étreinte immobile et déposa sur ses lèvres le plus tendre des baisers.

Cynthia n'en était pas à sa première relation amoureuse, mais elle n'avait jamais vécu une telle magie. Immobile, elle contemplait avec ravissement le visage de son amant.

Comment était-il parvenu à briser ses barrières pour la conduire vers une telle plénitude ?

L'explication était simple : sa voix l'ensorcelait.

Comme Sean ouvrait les yeux, elle tira pudiquement la couverture sur ses seins.

— Non, ne te couvre pas. Je ne t'ai pas dit à quel point tu étais belle ?

Ces mots firent monter en elle une chaleur délicieuse.

Elle n'était pas habituée à de tels éloges de la part des hommes avec qui elle était sortie. Son ex en particulier n'était pas du genre à la complimenter. Elle ne s'était jamais sentie aussi aimée, choyée. Pour la première fois, elle découvrait ce que c'est d'être admirée par un homme et elle savourait cette découverte.

— Merci, c'est gentil.

Alanguie contre l'oreiller, elle caressa Sean du regard.

Il avait un corps magnifique, vigoureux, sculpté de muscles harmonieux. Incapable de résister, elle tendit le bras et promena la main sur son torse. Ses doigts s'attardèrent sur une petite ecchymose.

— C'est un souvenir d'une certaine partie de paintball, expliqua-t-il en souriant.

— Mon pauvre, ces gamins t'en ont fait voir de toutes les couleurs.

— C'est le cas de le dire. Mais je me suis bien amusé.

— C'est vrai ?

Il hocha la tête.

Souriante, elle continua d'explorer les vallées de son torse.

— Arrête de me chatouiller, ou je passe à l'offensive.

— Chiche…

Elle se figea soudain et le contempla d'un air de doute.

— Eh, dit Sean en tirant doucement sur une de ses boucles, qu'est-ce qui ne va pas ?

— Rien, rien. C'est juste que j'ai du mal à comprendre pourquoi tu t'intéresses à moi. Tu pourrais avoir n'importe quelle femme…

Un éclair sombre traversa le regard de Sean.

— Tu vas finir par me mettre en colère pour de bon. Encore une fois, tu me réduis à un cliché. Moi, j'ai du mal à comprendre pourquoi une femme douée pour tant de choses et aussi belle peut douter du désir qu'elle inspire. Je t'assure que je te trouve tout à fait séduisante.

À ces mots, elle sentit son cœur se gonfler d'un sentiment qu'elle ne voulut pas nommer.

— Parfaitement séduisante, insista-t-il. Je n'en ai jamais assez de toi.

Elle sourit et lui caressa doucement le visage du revers de la main. Soudain, elle tressaillit.

— Bon sang, quelle heure est-il ?

Sean se retourna pour jeter un coup d'œil vers le réveil sur la table de chevet.

— 10 heures moins 10.

Elle bondit hors du lit et rassembla ses vêtements à la va-vite.

— Il faut que j'y aille. Les garçons doivent se demander où je suis. Je ne les ai jamais laissés seuls si longtemps sans les avertir.

Il se leva à son tour et lui saisit le poignet.

— Tu te rends compte, j'espère, que ce ne sont plus des enfants ?

— Oui, bien sûr, mais je vis avec eux. Je dois leur rendre des comptes. Il est très inhabituel que je passe la nuit ailleurs qu'à la maison, et surtout avec un homme.

Il l'attira près de lui et la couva d'un long regard.

— Autrement dit, je suis une exception ?

— Une exception exceptionnelle, confirma-t-elle en souriant. Tu l'as été dès la première fois que j'ai entendu ta voix.

Il approcha la bouche de son oreille.

— Tu aimes quand je te murmure des mots doux ?

Un long frisson la parcourut.

— Oui. Arrête de me troubler, il faut vraiment que j'y aille.

— D'accord, mais seulement si tu me répètes que tu adores ma voix.

— Pff, ces hommes et leur amour-propre… Ça t'embête si je prends une petite douche ?

— Pas du tout. Vas-y, fais comme chez toi.

Elle se dirigea vers la salle de bains tandis qu'il ramassait ses vêtements. Lorsqu'elle se retourna pour fermer la porte, elle s'aperçut qu'il l'avait suivie.

— Quelque chose ne va pas ?

— Non, je voulais juste me joindre à toi. Je dois te ramener chez toi, rappelle-toi. En plus, j'ai des patients à voir cet après-midi.

— Dans ce cas, il vaut mieux que je te laisse la place.

— Je pensais qu'on pouvait prendre une douche ensemble.

Rougissante, elle détourna les yeux.

— Tu crois ?

Il alla ouvrir le robinet.

— Si tu veux, je te laisse la place sous le jet.

Elle regarda la grande douche à l'italienne.

— Bon, OK.

Alors que Cynthia déposait ses affaires, Sean saisit l'ourlet du T-shirt et releva doucement l'étoffe.

— Tu ne m'as toujours pas expliqué pourquoi tu avais enfilé cette vieille fringue à moi.

Elle baissa les yeux vers le vêtement comme si elle s'apercevait seulement qu'elle le portait.

— J'avais mouillé ma chemise et mon soutien-gorge en faisant la vaisselle. Comme je ne pouvais pas rester nue le temps qu'ils sèchent, je t'ai emprunté ce T-shirt.

— Ce n'est pas grave. Il te va beaucoup mieux qu'à moi.

Il observa avec avidité sa poitrine sous le tissu et la caressa doucement. Comme il soupesait un de ses seins dans sa paume, elle se figea et ouvrit de grands yeux, le souffle court.

Sans préambule, il empoigna les bords du T-shirt et le lui fit passer par-dessus la tête, exposant son joli buste à son regard. Incapable de résister davantage, il prit dans sa bouche un mamelon qu'il mordilla du bout des dents avant de le relâcher. Un long tremblement parcourut Cynthia. Le désir voilait ses yeux et rosissait ses joues. Nue entre ses bras, elle l'excitait déjà.

— Viens, dit-il. L'eau doit être chaude.

Il referma la porte derrière eux.

Cynthia lui tournait le dos, le visage offert au jet d'eau. Il se plaça derrière elle, posa les mains sur sa taille fine et se pressa contre elle. Elle s'approcha alors et se cambra pour mieux s'offrir.

De nouveau, elle l'étonnait. Clairement, elle n'avait aucune réticence à lui montrer à quel point elle le désirait. Si elle était percluse de doutes et d'incertitude dans la vie de tous les jours, sa façon de faire l'amour n'avait rien de timide, bien au contraire.

Elle frissonna lorsqu'il posa un baiser sur son épaule. Lentement, il fit remonter ses mains jusqu'à ses seins, qu'il prit en coupe. Renversée en arrière contre son torse, elle posa les mains sur ses cuisses à lui tandis qu'il tirait doucement sur ses tétons durcis et égrenait de tout petits baisers le long de son cou. Doucement, il la fit pivoter vers lui, et elle le dévisagea comme s'il était l'homme le plus merveilleux de la terre.

Il comptait bien ne pas la décevoir.

Lorsqu'il se pencha pour prendre dans sa bouche un mamelon gonflé, Cynthia eut un gémissement si doux qu'il faillit perdre la tête. Abandonnée, elle s'agrippa à son épaule d'une main et glissa l'autre sur sa hanche. Il faillit s'étrangler lorsque, après une courte hésitation, elle saisit son membre.

Il recula d'un pas.

La main de Cynthia retomba, et elle le regarda avec inquiétude.

— J'ai fait quelque chose qu'il ne fallait pas ?

— Non. Au contraire, c'est trop bon. Attends…

Il s'agenouilla devant elle, lui embrassa le ventre et noua les bras autour de sa taille pour l'attirer vers lui.

— Pose une jambe sur mon épaule.

Elle écarquilla les yeux.

— Sean, je ne…

— S'il te plaît. Fais-le pour moi.

Elle hésita une seconde avant d'obtempérer.

Il passa un bras autour de sa taille et approcha le visage de son entrejambe tandis qu'elle s'accrochait à ses épaules. Lorsqu'il plongea la langue dans les bouclettes humides qui abritaient le cœur de sa féminité, Cynthia émit un gémissement de plaisir purement animal et se pressa davantage contre lui. Elle en redemandait encore et encore. Le souffle court, elle se dressa sur la pointe du pied, ses doigts se crispèrent sur son épaule. Soudain, elle se raidit dans un soubresaut avant de s'affaisser. Il se redressa juste à temps pour la recueillir dans ses bras.

Elle posa le front contre son torse, la poitrine soulevée de respirations profondes.

N'y tenant plus, il ouvrit la porte de la cabine, l'attira à l'extérieur, la saisit par la taille et la hissa sur le lavabo, puis il lui ouvrit les jambes et la pénétra d'une poussée vigoureuse et rapide. Son excitation était telle qu'il craignit de ne pas pouvoir se contenir. Cynthia prit son visage en coupe dans ses mains et l'embrassa tandis qu'il se retirait pour l'emplir de nouveau une fois, puis une autre. Il s'arrêta soudain, secoué par une déflagration qui le laissa pantelant.

Son front tomba sur l'épaule de Cynthia.

Ils demeurèrent ainsi, transportés, immobiles, unis par leurs souffles courts qui s'apaisaient peu à peu. Tandis qu'il reprenait pied dans la réalité, Cynthia lui caressait tendrement le visage.

C'était une femme exceptionnelle, époustouflante. Aucune avant elle ne lui avait donné l'impression d'être l'homme le plus parfait au monde. Il avait toujours aimé faire l'amour, mais avec elle le corps à corps charnel prenait une dimension inédite.

Était-ce cela, l'amour ?

Ce serait une première pour lui, et ça lui faisait peur. Le problème, c'est qu'il redoutait de ne plus pouvoir se passer d'elle, de devenir dépendant. Si c'était vraiment de l'amour, serait-il payé de retour ? Parfois, les femmes se trompaient dans leurs sentiments. À présent qu'il connaissait Cynthia, il avait l'impression qu'elle comblait dans son existence un manque dont il ne s'était jamais rendu compte jusqu'alors. Serait-il capable de la laisser sortir de sa vie ?

8.

Cynthia redoutait d'arriver à la maison pour y trouver l'un de ses frères en train de l'attendre. Mais, lorsque Sean se gara devant la maison, leurs voitures n'étaient plus là.

Dieu merci ! Elle n'avait pas l'habitude de leur rendre des comptes. D'habitude, c'était elle qui posait les questions.

Sean coupa le contact et lui prit la main.

Elle lui sourit, radieuse.

Cela faisait longtemps qu'elle ne s'était pas sentie aussi légère et joyeuse, telle une gamine sans responsabilités ni soucis. Elle aurait voulu danser, sauter, faire des cabrioles. Rien ne lui semblait impossible à présent : elle était amoureuse, et cela lui donnait une force à déplacer des montagnes.

Sean lui caressa la main avec un sourire triste.

— J'aimerais vraiment te voir ce soir, mais je dois travailler sur mon projet.

— Je peux te filer un coup de main, si tu veux.

— Pourquoi pas ? Ton aide m'est toujours utile.

— Alors, c'est dit. Ce soir, tu viens à la maison, et je me charge du repas.

— Tu ne veux pas que j'amène des plats préparés ? C'est toujours toi qui cuisines.

— Oh ! ça ne me dérange pas… Mince ! Non, pas ce soir : je dois prêter main-forte à une amie du centre social.

— Ce n'est pas grave. Demain ?

— Demain, je vais au match de Rick. Tu peux venir, si tu veux.

— Je risque d'être pris par mes dossiers. Écoute, je vais

voir si j'arrive à avancer suffisamment aujourd'hui, et je te tiens au courant, OK ?

Elle hocha la tête d'un air coupable.

— Je devrais t'aider.

— Mais tu m'aides déjà beaucoup. Tu ne peux pas être là pour tout le monde, voyons.

Il accompagna ces paroles d'un sourire qui lui fit l'effet d'une caresse.

— Pourquoi pas après-demain ? Juste nous deux.

— Oui, parfait.

Ils échangèrent un dernier baiser, puis elle descendit de voiture d'un élan léger et le regarda s'en aller.

Elle avait l'impression de flotter sur un nuage. Toute guillerette, elle rentra et se mit sans tarder au travail.

Mais elle avait du mal à se concentrer, et peu à peu les doutes resurgirent. N'espérait-elle pas trop de cette relation ? Ils se connaissaient si peu. Elle d'habitude si prudente, n'allait-elle pas trop vite en besogne ? Elle ignorait presque tout de ce que Sean attendait de la vie, à part la sécurité financière. Mais n'était-ce pas le cas de tout le monde ? Les sentiments qui les unissaient étaient-ils suffisamment forts pour durer ? En avait-il envie ? Et elle ?

Avant de clore sa journée de travail, elle vérifia ses messages et vit avec un frisson que Sean lui avait écrit.

Cynthia,

Juste quelques petits mots pour te dire que je pense à toi. Tu es une femme sensationnelle. J'ai tellement hâte de te revoir, de te serrer à nouveau dans mes bras !

Mille baisers,

Sean

Au comble du bonheur, elle relut plusieurs fois le message, se délectant de chaque mot.

Au fond, peu importe comment évoluerait cette relation. Il lui resterait toujours le souvenir de ces moments de bonheur où elle se sentait libre, à l'aise avec elle-même.

Elle se rendit à la salle de bains en chantonnant pour prendre une longue douche.

Une heure plus tard, vêtue d'un jean et d'une chemise bleu ciel, elle arriva au centre social et se dirigea vers les cuisines pour y retrouver son amie Rose, qui organisait cette soirée au bénéfice de vétérans.

— Que veux-tu que je fasse ?

— Tu peux animer le loto ? Les vétérans adorent ta façon d'annoncer les chiffres.

— Ah bon ? Il leur en faut peu. Tout ça parce qu'il m'arrive de dire *uno*, *dos*, ou *eins*, *zwei* ?

— Ils s'amusent, c'est l'essentiel.

Le réfectoire était déjà rempli. Elle aida à servir les repas, puis, trois quarts d'heure plus tard, elle s'installa à la place du maître de cérémonie et se mit à énoncer les chiffres.

Tout à coup, en levant la tête, elle aperçut Sean au fond de la salle, assis à la table d'un vieil homme du nom de M. Vick. Vêtu d'un tricot sombre et d'un pantalon bleu marine, souriant, il était l'image même du chic décontracté.

Elle se figea, le cœur battant, incapable d'autre chose que de le regarder fixement.

Comme elle demeurait muette, un vétéran lui demanda de reprendre le jeu. Elle énuméra des chiffres aussi vite que possible pour abréger la partie, puis elle annonça une pause et s'empressa de rejoindre Sean.

Il se leva à son approche, une main tendue vers la sienne. Leurs doigts se mêlèrent.

— Que fais-tu ici ? demanda-t-elle d'une voix essoufflée. Tu ne devais pas travailler ?

— Si, mais je n'y arrivais pas. Alors, j'ai pensé qu'une petite partie de loto me ferait du bien.

— Tu as fait tout ce chemin pour une partie de loto ?

— Oui, et aussi pour ça, dit-il en déposant un baiser sur ses lèvres. Et ça… Puis ça… Tu m'as manqué.

— À moi aussi, tu sais.

— Eh bien, Cynthia, tu nous présentes ?

Elle se tourna vers le vieil homme qui venait de parler.

— Oui, bien sûr. Sean, voici M. Vick.

— Ravi de faire votre connaissance, monsieur Vick, dit Sean en lui serrant la main.

— Je dois retourner animer la soirée. Peux-tu m'attendre ? Tu peux participer au jeu, si tu veux.

— Oh non, Je préfère rester assis et regarder.

— Allons, ne sois pas coincé ! M. Vick t'expliquera les règles. N'est-ce pas ?

Le vieil homme hocha la tête avec un grand sourire.

— Pas de problème, dit-il de sa voix enrouée par l'emphysème.

Elle reprit sa place et énuméra des numéros pendant une heure.

Sean avait l'air de passer un bon moment. Il remporta même une partie. Il lança son poing en l'air avec une exclamation enthousiaste puis alla chercher son prix avec un grand sourire. Par taquinerie, plusieurs vétérans déclarèrent qu'elle avait triché pour le laisser gagner, mais il prit la plaisanterie en bonne part.

Enfin, Rose annonça la fin de la soirée. Sean les retrouva en cuisine, où elles rangeaient les reliefs du repas.

Cynthia se tourna vers lui en souriant.

— Alors, tu t'es amusé ?

— Oui. Là encore, c'était une première, et je ne regrette pas d'être venu.

— Tant mieux.

— Dis, M. Vick verrait-il un inconvénient à ce que je l'examine, si tu le lui demandes ? demanda-t-il, soudain sérieux.

Elle jeta un coup d'œil au vieil homme qui se dirigeait vers la sortie.

— Je pense que non. Quelque chose t'inquiète ?

— Je crois savoir d'où viennent ses problèmes de respiration. Ils risquent de s'aggraver s'il ne se soigne pas.

Elle n'hésita pas une seconde.

— Monsieur Vick, attendez, s'il vous plaît.

Légèrement étonné, celui-ci les regarda s'approcher de lui.

— Monsieur Vick, Sean est médecin ORL. Il voudrait savoir de quand datent vos problèmes respiratoires ?

Comme le vieil homme portait une main à sa gorge d'un air alarmé, elle lui toucha le bras pour le rassurer.

— Ne vous inquiétez pas. Il ne fera rien sans votre accord.

— Monsieur Vick, avez-vous eu mal à la gorge récemment ? demanda Sean.

Celui-ci hocha la tête.

— Je suis spécialisé dans ce genre de maladies. J'ai peur que vous ne soyez au début d'un gros problème.

Le vieil homme se mit à secouer la tête en marmonnant.

— Je veux juste palper votre gorge, monsieur Vick. Rien de plus.

— Je reste avec vous, insista-t-elle. Sean ne vous fera pas mal, je vous le jure.

Le vétéran les regarda alternativement avant de hocher la tête.

Sean le fit asseoir sur une chaise et lui palpa doucement la gorge.

— Bien, dit-il. Cynthia, aurais-tu une lampe de poche ?

— Je crois qu'il y en a une dans la cuisine. Je reviens tout de suite.

Elle ne tarda pas à revenir avec une lampe.

— Tiens.

— Merci. Monsieur Vick, je vais vous demander d'ouvrir grand la bouche… Voilà.

Sean examina la gorge du vieil homme un court instant avant de se redresser.

— C'est bon, vous pouvez fermer la bouche. Monsieur Vick, vous avez une sténose trachéale : votre trachée est rétrécie, ce qui vous gêne pour respirer. Avez-vous souffert plusieurs fois de pneumonie ?

— Oui.

— Eh bien, vous risquez d'autres attaques, plus graves à chaque fois. Je vous conseille vraiment de soigner cela dès que possible. Il s'agit d'une petite intervention chirurgicale au laser absolument indolore. Elle vous obligera sans doute à rester une nuit à l'hôpital, mais c'est tout.

M. Vick se leva.

— Je vais y réfléchir.

— Bien sûr. En tout cas, si l'argent vous pose problème, ne vous inquiétez pas pour cela.

Il sortit de son portefeuille une carte de visite qu'il lui tendit.

— Tenez, mon numéro de téléphone. Appelez-moi quand vous aurez pris une décision. Mais ne tardez pas trop, ajouta-t-il comme le vieil homme s'éloignait.

— Crois-tu qu'il va appeler ? demanda Cynthia.

— Je l'espère. On s'en va ?

— Oui, laisse-moi juste le temps de finir de ranger les cartes du loto.

Quelques minutes plus tard, elle se tourna vers Sean dans le parking mal éclairé.

— C'était une très bonne surprise de te voir arriver ce soir.

Il s'approcha et la coinça contre la portière.

— Ça mérite un baiser de remerciement, non ?

En réponse, elle noua les bras autour de son cou et se haussa sur les pieds pour l'embrasser.

Il la serra contre lui dans une étreinte avide.

— Je n'en ai jamais assez de toi, murmura-t-il.

— Toi aussi, tu m'as manqué. Merci pour ton message.

— Je t'en prie.

De nouveau, leurs lèvres se trouvèrent, mais ils s'écartèrent l'un de l'autre, gênés, alors que deux vétérans passaient à côté d'eux.

— Tu as faim pour un dessert ? Je t'invite.

Déjà, il lui prenait la main pour l'attirer vers sa voiture, un peu plus loin.

Elle le suivit en riant doucement.

Un peu plus tard, attablés côte à côte dans un petit restaurant de quartier, Sean et Cynthia commandaient une tarte aux noix de pécan chacun, avec un café pour lui et un thé pour elle.

Il lui prit la main par-dessous la table et la posa sur sa cuisse. La tête sur son épaule, elle lui pressa le bras tendrement.

— Je suis contente d'être avec toi. Mais ton travail ?

— J'ai vraiment bien avancé. Il faut dire que je voulais te retrouver ce soir, mais je ne pouvais pas partir sans terminer ce que j'avais à faire.

— Donc, je suis ta récompense ?

— En quelque sorte, dit-il en l'embrassant.

La serveuse revint deux minutes plus tard avec leur dessert. Cynthia s'apprêtait à savourer la première bouchée lorsqu'elle le regarda d'un air inquiet.

— Quelle heure est-il ?

— 21 h 15, pourquoi ?

— Oh non ! Je suis en retard, dit-elle en fouillant dans son sac.

Il reposa sa tasse de café, prêt à partir.

— En retard pour quoi faire ?

— Pour prévenir mes frères. Si l'un de nous n'est pas à la maison, il téléphone à 9 heures du soir pour tenir les autres au courant.

Il réprima un soupir.

Il comprenait que Cynthia se fasse du souci pour ses frères, mais elle poussait les choses un peu trop loin. Si leur relation avançait, parviendrait-elle à se détourner d'eux suffisamment pour envisager un avenir avec lui ?

Il mangea sa part de tarte pendant qu'elle parlait au téléphone. Sa conversation achevée, elle lui sourit et entama enfin son dessert.

— Tu aides les vétérans, tu t'inquiètes de tes frères, mais toi ? Qui est-ce qui s'occupe de toi ?

— Moi, répondit-elle en haussant les épaules. J'ai été élevée comme ça. Et puis, on n'est rien, tout seul. Il faut se serrer les coudes, non ?

— Justement, tu prends tout sur tes épaules. Ça te laisse peu de temps pour toi, pour profiter de la vie.

Elle le regarda par-dessus le bord de sa tasse de thé.

— Je sais, mais j'essaie.

Il allongea un bras derrière elle, sur le dossier de la banquette, mais elle repoussa son assiette à peine commencée et se tourna vers lui.

— Donc, dis-moi comment je peux t'aider sur tes dossiers.

— Et voilà, qu'est-ce que je disais… De nouveau, tu parles d'aider.

— Tu en as besoin, non ?

— Oui, c'est vrai. J'ai rédigé une liste de tâches à terminer, et tu me serais utile pour deux ou trois points, notamment.

— Envoie-moi ta liste par mail, et je m'y attelle dès demain.

Il sourit avec autant de gêne que de reconnaissance.

Tout jeune, il avait appris à ne compter que sur lui-même. L'enthousiasme de Cynthia pour son projet lui était complètement inhabituel, même s'il lui faisait chaud au cœur.

Leur dessert terminé, ils retournèrent au centre social, et il se gara à côté de la voiture de Cynthia.

— J'aimerais te dire encore merci, dit-il en se tournant vers elle.

Il l'attira dans ses bras et promena les lèvres sur son cou, sa joue, avant de les unir à sa bouche pour un baiser fiévreux.

Cynthia heurta du coude le levier de vitesses et émit un petit cri de douleur.

Il s'écarta d'elle avec un juron en sourdine.

— Ce n'est pas le meilleur endroit pour se faire des câlins.

— De toute façon, je dois partir. Mes frères vont finir par s'inquiéter.

Il se retint de lever les yeux au ciel.

— J'aimerais t'avoir un peu pour moi tout seul.

— On sort ensemble après-demain, rappelle-toi.

— Oui, pour un soir seulement. Il faudra que je me contente de cela, dit-il en soupirant.

Elle se pencha vers lui en souriant pour déposer un baiser derrière son oreille.

— Tu…

Puis sur la tempe.

— … ne…

Sur le front.

— … le…

Sur le bout du nez.

— … regretteras…

Et sur le coin de ses lèvres.

— … pas.

Pour finir, elle l'embrassa sur la bouche.

— Promis !

Sur ce, elle attrapa son sac et sortit de la voiture. Comme il la suivait jusqu'à la portière de la sienne, elle se tourna vers lui pour l'embrasser une dernière fois.

La soulevant de terre, il lui rendit son baiser avec fièvre avant de la relâcher à contrecœur.

— Bonne nuit, Cynthia.

Sans Sean à ses côtés, Cynthia trouva la nuit interminable et froide. Lorsqu'elle ralluma son portable le lendemain matin, un message de lui l'attendait.

Cynthia,

Je vais avoir une journée de fou. Je dois rencontrer un patient au sujet d'un problème concernant l'application que je souhaite développer, mais il n'est libre que ce soir. Ça m'embête, j'aurais tellement voulu te faire la surprise de venir au match de Rick… Ce sera pour une autre fois. De toute façon, ça tient toujours pour demain, à 6 heures et demie. Tu me manques.

Sean

PS : en pièce-jointe, la liste dont je t'ai parlé hier.

Elle ne pouvait nier qu'elle avait espéré voir Sean arriver à l'improviste, comme la veille au loto. Mais il ne lui avait rien promis, et son travail justifiait quelques sacrifices.

Elle lui répondit aussitôt.

J'espère que ta journée se passera bien. J'ai hâte de te revoir demain ! J'apporte le repas.

Cynthia

Le soir venu, elle eut de la peine à suivre le match, tant ses pensées étaient occupées par Sean. La journée du lendemain s'étira avec une lenteur insupportable en dépit de ses efforts pour se tenir occupée. Enfin arriva l'heure de le retrouver. Lorsqu'elle se gara devant chez lui, elle bouillonnait littéralement d'excitation.

Sean la rejoignit comme elle sortait de voiture. Alors qu'elle se tournait vers lui, légèrement essoufflée, il l'attira dans ses bras pour un long baiser.

— Tu m'as tellement manqué, dit-il lorsqu'il la relâcha.

Rayonnante, elle alla ouvrir le coffre pour en sortir un panier de nourriture.

— Je m'en charge, dit-il en le lui prenant des mains.

Tout en marchant à ses côtés, elle lui décocha un petit sourire malicieux.

— Qu'as-tu prévu pour ce soir ? Travailler sur tes dossiers, regarder un autre western ?

— En fait, j'avais autre chose en tête, répondit-il avec un regard qui la fit rougir.

Il ouvrit la porte et s'effaça pour la laisser passer.

En entrant, elle déposa ses clés sur la petite table à côté de celles de Sean, comme si c'était une habitude.

Il y avait quelque chose d'intime dans le fait de mélanger

ainsi leurs affaires. À ce rythme, elle allait bientôt finir par laisser sa brosse à dents chez lui.

— Rends-moi le sac, s'il te plaît. La salade de chou doit aller au frigo, à moins que tu ne veuilles manger tout de suite.

— OK, je m'en occupe.

Il déposa le sac sur la table de la cuisine et l'ouvrit.

— Comment s'est passé ton rendez-vous avec ce patient ?

— Très bien. J'ai même rayé un problème de ma liste.

— Et moi, j'en ai réglé trois.

Sean la regarda en souriant.

— Que ferais-je sans toi ?

Ça, elle espérait ne jamais le savoir !

— Quand dois-tu déposer ton dossier ?

— Lundi prochain. Je suis sur les nerfs…

Il rangea la salade dans le frigo, claqua la porte avec plus de force que nécessaire, puis lui prit la main et l'attira dans le couloir en direction de la chambre.

— Je n'ai pas envie d'en parler maintenant. J'ai autre chose en tête.

Elle haussa les sourcils d'un air faussement ingénu.

— Ah bon ? Comme quoi, par exemple ?

Sean tourna vers elle un regard à l'éclat déterminé.

— Comme te déshabiller, t'admirer au naturel…

— Autrement dit, tu ne t'intéresses qu'à mon corps, dit-elle, feignant la déception. Je pensais qu'on pouvait discuter un peu. On ne s'est pas vus depuis deux jours !

— Tu peux me parler autant que tu veux, ça ne me dérange pas, assura Sean en nichant son visage au creux de son cou pour y semer de petits baisers, si bien qu'elle gémit et rejeta la tête en arrière.

Il la regarda alors d'un air espiègle.

— Alors, tu ne dis rien ?

En guise de réponse, elle entra dans la chambre et se renversa sur le lit.

Il s'allongea sur elle, et ses mains s'aventurèrent sous sa

chemise, sur sa peau palpitante. Leurs lèvres s'unirent dans un long baiser silencieux, plus éloquent qu'un long discours.

Une heure plus tard, repus d'amour, ils s'attablèrent dans la cuisine pour se restaurer.

Elle n'avait pas pris la peine de se rhabiller. Elle portait un des maillots de corps de Sean, ceux-là mêmes qu'elle avait trouvés trop intimes pour remplacer sa chemise mouillée. Et Sean n'avait sur lui qu'un jean. Malgré son appétit, elle avait du mal à détacher son regard de son torse nu.

— Pourquoi me regardes-tu comme ça ? demanda-t-il entre deux bouchées de salade.

— Parce que tu es beau, pardi.

— Flatteuse !

— Pas du tout. Tu es à couper le souffle.

Il redressa la tête et sourit.

— À couper le souffle, moi ?

— OK, je retire ce que je viens de dire, autrement tu vas me le répéter jusqu'à la fin de mes jours.

Sean se pencha vers elle et planta son regard dans le sien.

— Jusqu'à la fin de tes jours, vraiment ?

Elle se figea. Prise de court, elle hésita une seconde avant de répondre.

— Pourquoi pas ? Ça ne me déplairait pas.

— À moi non plus, dit-il en l'embrassant. On est bien ensemble, non ?

Était-ce une manière détournée de lui dire qu'il l'aimait ? Peut-être… Peu importe, au fond. Elle comptait pour lui, c'était l'essentiel.

Ils mangèrent quelques instants en silence avant que Sean ne reprenne la parole.

— Tu vas me prendre pour un rabat-joie, mais je dois travailler sur mon projet. Ça t'embête ?

— Non, pas du tout. Je suis aussi venue pour ça.

Il repoussa sa chaise pour se lever.

— Parfait. Tes lumières me seraient utiles concernant une question.

— Est-ce que j'ai besoin de mon ordinateur portable ? Je ne l'ai pas apporté.

— Pas grave, tu n'as qu'à te servir du mien.

— OK, je vais enfiler quelque chose, dit-elle en se mettant debout à son tour. Je me vois mal travailler en petite tenue.

— Oui, il vaudrait mieux. Sinon, ton joli derrière risque de me déconcentrer.

— Autrement dit, je te trouble.

Sean l'enveloppa d'un regard sans équivoque.

— Oui, beaucoup. Sur ce, file t'habiller.

Il ponctua sa phrase d'une petite tape sur ses fesses, et elle s'éloigna en riant.

Sean n'avait jamais autant apprécié la compagnie d'une femme. Il adorait Cynthia, sa gaieté, son humour. Elle avait le don de lui faire voir la vie du bon côté. C'était bien une première. Très souvent, ses ex lui avaient reproché d'être trop sérieux, voire guindé.

Ses parents aussi, d'ailleurs. Plus d'une fois, sa mère lui avait dit qu'il était un vieillard dans un corps de jeune homme. Il avait droit à ce genre de remontrances chaque fois qu'il exprimait des doutes quant à leurs projets, si bien qu'à force il avait carrément fini par se taire. Il en était venu à se méfier de ses propres émotions, de son enthousiasme, à ne faire confiance qu'à sa raison et à son travail.

Grâce à Cynthia, il s'autorisait enfin à lâcher prise. Avec elle, il riait, il s'amusait. Il réfléchissait aussi, stimulé par son esprit vif et son regard neuf. Bref, sa vie était devenue agréable, porteuse d'aspirations.

Et d'amour, aussi ?

Peut-être. Cynthia semblait tenir à lui. Mais de là à s'engager l'un envers l'autre sur du long terme… Ils se connaissaient depuis si peu de temps ! Et pourtant, si récente qu'elle soit, leur relation était spéciale, suffisamment pour lui faire caresser l'idée de vivre en couple. Au lit, au travail, ils étaient tous les deux sur la même longueur d'onde. Par son énergie, elle le galvanisait et tirait le meilleur de lui-même.

Ce soir n'était pas une exception. De nouveau, ils avaient bien avancé.

Au bout de quelques heures, il s'étira, satisfait.

— Je vais terminer demain, après quoi il ne me restera plus qu'à relire. En tout cas, grâce à toi, je n'aurai pas de mal à le rendre à la date butoir.

— Formidable ! dit Cynthia en jetant les bras autour de son cou. Je suis fière de toi.

Il sentit son cœur se gonfler.

Avant elle, jamais personne ne lui avait accordé cette confiance sans réserve.

Il l'attira à lui et la fit asseoir sur ses genoux.

— Merci pour ton aide. Honnêtement, je ne m'en serais jamais sorti sans toi.

Elle lui caressa l'oreille du bout des doigts.

— C'est un projet important, je suis contente et honorée d'y avoir participé. Sur ce, je dois y aller, ajouta-t-elle en se levant. Il commence à se faire tard.

Il lui prit la main et l'attira vers lui.

— Tu ne veux pas passer la nuit ici ? Je n'aime pas te savoir sur les routes à cette heure-ci.

— Désolée, mais non. Je dois penser à l'image que je donne aux garçons.

Il réprima un soupir.

Egoïstement, il aurait préféré qu'elle pense plutôt à lui. Quand lâcherait-elle la bride à ses frères ? Tôt ou tard, la question allait s'imposer. Pour l'heure, toutefois, il n'avait pas envie de gâcher cette soirée.

Il s'efforça de maîtriser son irritation.

— Donc, jusqu'à nouvel ordre, il faudra nous contenter de rencontres entre deux portes ?

Les fines épaules de Cynthia s'affaissèrent.

— Pas forcément… Ecoute, le mieux, pour l'instant, c'est encore de vivre au jour le jour. Je ne peux pas venir les soirs où

Rick dispute ses matchs. Mais tu pourrais m'y accompagner. Tu es toujours le bienvenu, tu sais.

Il se leva et posa les mains sur ses épaules.

— En toute franchise, j'aurais aimé obtenir davantage, mais il me faut bien me contenter de cela.

Il scella ces paroles par un baiser.

— Merci pour ta compréhension, dit Cynthia en se détournant vers la chambre. Je vais vite ramasser mes affaires.

Laissé seul, il émit un long soupir.

Cette situation allait finir par devenir intenable. Cynthia devait comprendre une bonne fois pour toutes que ses frères n'étaient plus des gamins mais des adultes capables de se débrouiller tout seuls !

— Je te raccompagne à ta voiture, lui dit-il comme Cynthia revenait dans le salon.

Il lui prit la main et marcha en silence à ses côtés. Arrivé devant le véhicule, il l'attira contre lui et l'embrassa avec toute la passion qu'il éprouvait pour elle.

Elle lui rendit son baiser tout aussi fiévreusement.

À contrecœur, il relâcha son étreinte et la laissa partir.

9.

La semaine suivante, Sean parvint à se libérer un soir pour assister à un match de Rick. Il passa un moment très agréable, même s'il aurait préféré avoir Cynthia pour lui seul.

Ces derniers jours avaient été parmi les plus beaux de sa vie. Ce qui l'émouvait surtout, c'était la générosité avec laquelle Cynthia et ses frères l'avaient accueilli, lui qui s'était toujours senti étranger au sein de sa propre famille. Avec eux, il se sentait à l'aise, accepté tel quel. C'était reposant.

Il passa le dimanche suivant au lit avec Cynthia. Sa candidature était prête, de sorte qu'il pouvait profiter pleinement de cette journée avec elle.

— C'est demain que tu déposes ton dossier ? demanda-t-elle, nichée contre lui.

— Oui. Après cela, il ne me restera plus qu'à croiser les doigts. Le plus dur sera d'attendre.

Elle fronça les sourcils, puis son visage s'éclaira.

— On devrait faire la fête, tu ne crois pas ?

— Comment ça ?

— Eh bien, s'amuser un peu, décompresser.

Il lui caressa le bras en souriant.

— Tu ne penses pas qu'il est encore trop tôt pour cela ?

— Non, pas du tout ! Au contraire, il faut marquer le coup.

Elle s'assit dans le lit et ramena la couverture sur sa jolie poitrine.

— J'étais justement en train de m'amuser, dit-il en tirant les draps pour la découvrir.

— Allons, sois sérieux. Concentre-toi sur ce que je dis.

Difficile, alors qu'elle était étendue nue à ses côtés. Il s'y efforça malgré tout.

— Je parlais de faire quelque chose, d'aller quelque part.

Pourquoi pas ? L'idée n'était pas pour lui déplaire, surtout si elle lui permettait de l'avoir pour lui tout seul un jour ou deux sans interruption.

— Ma foi, ça me dit bien… Justement, j'ai un ami qui m'a souvent proposé d'utiliser sa cabane, près d'un lac. Si tu veux, je vais lui demander si elle est disponible le week-end prochain.

Cynthia hésita, l'air incertain, puis elle se ressaisit et afficha un sourire.

— OK. Rick termine sa saison de basket mardi prochain, après quoi j'aurai toutes mes soirées pour moi. Et j'ai bien envie d'aller passer quelques jours près d'un lac, même au début du printemps.

— Parfait ! Donc, c'est dit : le week-end prochain, on part se mettre au vert.

Dès le lundi suivant, Sean confirma son projet par mail.

> Cynthia,
>
> Mon ami veut bien nous prêter sa cabane. Si tu es toujours d'accord, on pourrait partir samedi prochain vers 15 heures. J'ai hâte de t'avoir pour moi tout seul !
>
> Sean

Cynthia sourit, aux anges. Elle attendait déjà ce week-end avec l'impatience d'un gosse devant un cadeau. Tout un week-end rien qu'avec Sean, le rêve !

La sonnerie du téléphone la ramena à la réalité. Le numéro était celui de Mark.

— Qu'est-ce qu'il t'arrive ?

— C'est ma voiture. Elle est morte.

Seigneur, il ne manquait plus que cela… Où allaient-ils trouver l'argent pour les réparations ?

— Oh ! non. Où es-tu ?

— Au travail. J'ai réussi à la démarrer ce matin, mais le moteur fumait lorsque je suis arrivé. Je ne sais pas si elle peut être remise en état. Je vais faire venir un garagiste, mais je ne me fais pas d'illusions.

— Bon, se contenta-t-elle de dire, fataliste.

— Je vais devoir emprunter ta voiture pour aller au boulot cette semaine.

— Oui, oui, j'avais compris. J'irai te chercher tout à l'heure à la fin de ta journée.

Autrement dit, elle ne retrouverait pas Sean ce soir.

Elle lui écrivit aussitôt.

Sean,

Mauvaise nouvelle : notre rendez-vous de ce soir tombe à l'eau. Mark a encore des problèmes de voiture, et je dois le récupérer à son travail. Je risque de devoir le dépanner aussi les jours qui viennent. En d'autres termes, je suis coincée à la maison. Par contre, tu peux passer quand tu veux. Moi aussi, j'ai hâte de te retrouver le week-end prochain.

Encore une fois, désolée…

Cynthia

À coup sûr, il prendrait mal cette annonce. Plus d'une fois, elle l'avait vu pincer les lèvres lorsqu'elle parlait de ses obligations envers ses frères. D'un autre côté, le week-end prochain, il ne serait plus question de famille. Elle serait à lui, et ils n'auraient à se soucier que d'eux seuls.

Le soir venu, elle déclara à ses frères qu'elle serait absente le week-end suivant mais qu'elle resterait joignable sur son portable.

Les deux garçons échangèrent un sourire entendu mais s'abstinrent de tout commentaire. À vrai dire, ils ne semblaient pas plus inquiets que cela : c'était à croire qu'ils avaient moins besoin d'elle qu'elle ne le pensait.

Tant mieux, au fond. Elle avait mis sa vie en pause depuis si longtemps qu'elle appréciait un peu de liberté.

Le mardi suivant, Rick lui annonça que l'entraîneur de son équipe avait organisé un dernier match le week-end qui arrivait : pile celui qu'elle avait prévu de passer avec Sean. Toutefois, il s'était déjà arrangé pour aller dormir chez un copain du basket. Donc, a priori, il pourrait se passer d'elle. Il n'empêche qu'elle aurait bien aimé assister à cette ultime rencontre, mais elle s'était engagée envers Sean et ne pouvait pas revenir sur sa parole.

C'était bien la première fois qu'elle plaçait un homme avant ses frères. De là à dire qu'elle était amoureuse…

Où tout cela allait-il la mener, elle n'en avait aucune idée. Elle n'était même pas sûre des sentiments de Sean pour elle. Mais, pour l'instant, elle était heureuse, c'était l'essentiel.

Le week-end arriva enfin.

Le soir tombait lorsque Sean se gara devant une cabane de rondins nichée au bout d'une allée bordée de pins.

Par la vitre, Cynthia contempla avec ravissement le lac sur lequel le soleil couchant jetait des éclats orange. Il n'y avait pas d'endroit plus idyllique sur terre. Tandis qu'elle admirait le paysage, Sean alla ouvrir la maisonnette. Elle le rejoignit à l'intérieur, enthousiaste.

— Sean, c'est merveilleux ! Je voudrais ne plus repartir d'ici.

Il alluma une lampe au-dessus de l'évier puis se tourna vers elle pour la prendre dans ses bras et l'embrasser avec une fougue qui la laissa pantelante.

— Je dois me dépêcher de ranger, dit-il en la relâchant. La nuit va bientôt tomber.

— Je vais t'aider.

— Pas question. Ce week-end, je te chouchoute. Tu es priée de ne rien faire.

— Dis donc, ça date de quand, cette décision ?

— Pas de discussion. Allez, zou ! File explorer les environs. Je n'en ai pas pour longtemps.

Elle obtempéra et inspecta la maisonnette.

Celle-ci se composait d'une pièce à vivre partagée entre un coin cuisine et un salon avec cheminée. La salle de bains se trouvait au fond, ainsi que deux chambres, l'une avec des lits superposés, l'autre plus grande, meublée d'un lit qui occupait la majeure partie de l'espace. La porte à l'arrière ouvrait sur une douche extérieure.

— Alors, qu'en penses-tu ?

— C'est super.

Elle le rejoignit dans la cuisine, dans laquelle Sean déchargeait les sacs des commissions qu'ils avaient effectuées au cours du trajet.

— Tu as faim ?

— Non, ce burger m'a calée.

Ils s'étaient arrêtés en chemin à un restaurant que l'ami de Sean leur avait recommandé.

— Qu'est-ce qui te ferait plaisir ? On peut aller faire une promenade au lac, s'asseoir sous le porche pour regarder le soir tomber, ou alors allumer un feu. C'est toi qui décides.

— Je crois que je vais tester la douche extérieure avant qu'il ne fasse trop sombre.

Joignant le geste à la parole, elle emporta son sac dans la grande chambre et en sortit ses affaires de toilette, puis alla chercher ce dont elle avait besoin dans la salle de bains. Dans la douche, elle se déshabilla prestement et suspendit ses vêtements au portant en attendant que l'eau se réchauffe.

La voix de Sean lui parvint de l'autre côté de la porte.

— J'ignorais qu'on pouvait se doucher dehors.

— Viens donc. Tu verras comme c'est agréable.

Il la rejoignit sans se faire prier. Avec délices, elle sentit ses mains se promener sur ses hanches, son ventre, ses seins.

— Tu m'as tellement manqué, murmura-t-il, le visage niché dans son cou.

Elle se retourna vers lui et joignit ses lèvres aux siennes.

— Toi aussi, tu m'as manqué.

Le lendemain après-midi, Sean se réveilla dans la tiédeur du corps de Cynthia. Elle dormait encore, blottie contre lui, un bras autour de sa taille.

Il respira à fond et soupira.

Dire qu'il leur fallait déjà repartir ! Ce week-end était passé trop vite. Ils s'étaient levés très tard, mais quel plaisir de s'attarder au lit avec Cynthia… Elle avait adoré se promener autour du lac, et ils s'étaient même baignés tout nus malgré la saison. Frigorifiés et riants, ils avaient ensuite couru prendre une longue douche chaude, après quoi ils avaient allumé un feu de cheminée et fait de nouveau l'amour.

C'était officiel, il adorait Cynthia. Il pouvait même affirmer qu'il était amoureux. C'était la première fois qu'il fréquentait une femme aussi longtemps sans se lasser. Au contraire, plus il passait de temps en sa compagnie, plus il avait envie d'elle. Jamais il ne s'était senti aussi dépendant de quelqu'un. Oui, c'était de l'amour, et ce sentiment nouveau lui donnait une impression étrange de force et de vulnérabilité.

Baissant les yeux, il s'aperçut qu'elle le regardait.

— Coucou, beau gosse.

Il sourit.

— Coucou, ma belle.

Avant qu'ils n'aient eu le temps de s'embrasser, le portable de Cynthia retentit.

— Désolée, je dois prendre l'appel. J'ai dit à mes frères de ne téléphoner qu'en cas d'urgence.

Elle se dégagea des bras de Sean et, nue, alla décrocher.

— Allô ? Oui, je suis la sœur de Rick Marcum… Oh ! non !

Alarmé par le ton de sa voix, il se leva et s'approcha d'elle.

— J'arrive tout de suite… Quel hôpital ? Le CHU ? OK, je pars tout de suite. Je serai là dans une heure et demie.

Elle raccrocha et se dirigea vers la salle de bains.

— Il faut partir.

— Que s'est-il passé ? demanda-t-il en la suivant.

— Rick a été poussé dans les gradins pendant un match, et il a été blessé au visage. Il va falloir l'opérer.

Elle parlait tout en s'habillant, sans le regarder.

— Ne t'inquiète pas, je suis sûr que ça va s'arranger.

Il s'approcha pour la prendre dans ses bras, mais elle le repoussa.

— Dépêche-toi, il faut partir.

Il n'insista pas.

De toute évidence, elle s'en voulait d'être venue. Comme si sa présence lors de l'accident aurait arrangé les choses…

Il enfila ses vêtements sans faire de commentaires, rassembla ses affaires puis téléphona à l'hôpital en demandant à parler au service des urgences.

— Je viens de m'entretenir avec le médecin qui s'occupe de ton frère, dit-il lorsque Cynthia le rejoignit. Il faut l'opérer, mais à son âge il devrait se remettre rapidement. Tout ira bien, tu verras.

L'air paniqué, Cynthia ne parut pas enregistrer ses paroles.

— Tu connais le chirurgien qui va le soigner ?

— Oui. C'est moi.

Elle le dévisagea.

— Toi ? Il peut attendre aussi longtemps ?

— Allons, Cynthia, ce n'est pas une affaire de vie ou de mort.

— Dès lors qu'il s'agit de mes frères, si ! J'aurais dû être là-bas, ajouta-t-elle en évitant son regard.

Puis elle passa devant lui et gagna la voiture.

Réprimant sa contrariété, il se hâta de fermer la maison et de la rejoindre.

Ils firent route dans un silence glacial. Par deux fois, il s'arrêta pour téléphoner à l'hôpital afin d'organiser l'équipe chirurgicale. Lorsqu'ils arrivèrent, Cynthia bondit hors du véhicule à peine le moteur coupé.

Il la rattrapa et la saisit par le bras.

— Attends ! On va prendre l'entrée du personnel.

Il s'enquit du numéro de la chambre de Rick au poste infirmier et guida Cynthia à travers les couloirs.

Dès qu'ils entrèrent, elle se précipita vers le lit.

— Oh ! Rick, je suis si désolée de ne pas avoir été là ! Comment te sens-tu ?

— Ça va, Cyn, je t'assure, dit péniblement Rick. J'ai juste du mal à respirer.

Le garçon était salement amoché. Son visage était enflé et violacé, ses yeux disparaissaient sous les paupières gonflées.

Sean avait souvent l'occasion d'observer de telles blessures, mais ce n'était pas le cas de Cynthia. Elle devait être impressionnée, d'autant plus qu'il s'agissait de son petit frère.

— Ne t'inquiète pas, je vais te réparer ça, intervint-il.

Rick tourna vers lui des yeux injectés de sang.

— C'est vous qui allez m'opérer ?

— Ça n'a pas l'air de t'enchanter.

— Du moment que vous me faites un nez qui ressemble à un nez, pas à une crêpe.

— Compris.

Sean posa la main sur le dos de Cynthia pour attirer son attention.

— Je sors quelques minutes, le temps de jeter un coup d'œil aux résultats des tests que j'ai demandés pendant le trajet.

Elle ne réagit même pas, et il quitta la pièce perplexe.

On aurait dit qu'elle le rendait responsable de ce qui s'était passé ! Lui faisait-elle le reproche de l'avoir éloignée de Rick ? Pourtant, avec ce qui était arrivé à ses parents, elle était bien placée pour savoir que certains accidents vous tombent dessus sans qu'on ne puisse rien pour les empêcher.

À son retour dans la chambre, il la trouva près du lit, une main sur le bras de son frère. Elle lui jeta un bref regard lorsqu'il prit la parole.

— Eh bien, Rick, d'après les radios et le scanner, tu as un bel hématome septal : autrement dit, tu t'es fracturé la cloison nasale. Il va falloir t'opérer pour que tu puisses respirer. Heureusement, les pommettes ne sont pas cassées.

Après l'opération, tu devras porter une attelle externe pendant quelque temps. Tu auras aussi une mèche dans chaque narine pour empêcher les saignements jusqu'à demain. Normalement, tout devrait être revenu à la normale dans quelques semaines. Tu t'en tires à bon compte, le choc aurait pu causer un traumatisme beaucoup plus grave… Bon, avant de me préparer pour l'intervention, je vais t'examiner.

Il palpait doucement le visage du garçon, qui grimaça mais ne se déroba pas.

On frappa à la porte, et le visage d'Ann Marie apparut dans l'encadrement.

— Je peux entrer ?

Rick émit un grognement.

— Si tu n'as pas peur de rencontrer le fils d'Elephant Man.

Sean toucha le bras de Cynthia.

— Je peux te parler dehors un instant ?

Elle jeta un regard incertain vers Rick avant de le suivre dans le couloir.

— Je tenais à t'expliquer grosso modo le déroulement de l'intervention. L'opération va durer quelques heures sous anesthésie générale. Après le réveil, je vais lui donner des antalgiques costauds, donc il aura la tête dans du coton pendant un bon moment. Étant donné la gravité du choc, j'aimerais qu'il passe la nuit à l'hôpital de manière à le surveiller et à m'assurer qu'il n'a pas subi de commotion cérébrale.

— Mais il va s'en tirer, dis ?

Il la serra dans ses bras et déposa un baiser sur ses cheveux.

— Tout va bien se passer. Promis. Il devrait pouvoir rentrer dès demain.

Il s'écarta de manière à voir son visage.

— J'ai demandé à une infirmière de te conduire à la salle d'attente. Je t'y retrouverai quand j'aurai fini.

Alors qu'il se détournait pour s'en aller, elle lui saisit le bras.

— Prends bien soin de lui.

Il lui tapota la main avec un sourire rassurant.

— Bien sûr. Tu peux compter sur moi.

Cynthia avait toujours détesté attendre, mais, là, elle était carrément sur des charbons ardents. Tel un lion en cage, elle faisait les cent pas dans la salle d'attente, indifférente aux autres personnes qui arrivaient et repartaient. Elle avait téléphoné à Mark à son travail, et il devait la rejoindre à l'hôpital dès sa journée terminée.

Elle finit par s'asseoir, fixa la télévision sans y prêter attention puis enfouit son visage dans ses mains, les coudes sur les genoux.

Qu'avait-elle fait, bon sang de bon sang ? Elle était responsable de Rick. Lorsqu'il avait eu besoin d'elle, elle se trouvait dans les bras de Sean. Ses parents auraient été tellement déçus…

Elle n'avait pas le choix, il fallait qu'elle renonce à Sean. Elle était tiraillée sans cesse entre lui et ses frères. Cette relation était manifestement incompatible avec ses responsabilités familiales. C'était l'un ou l'autre : en l'occurrence, elle devrait sacrifier Sean. Elle prenait cette décision la mort dans l'âme, mais elle ne voyait pas comment faire autrement. Elle ne pouvait pas imposer à Sean de rester à l'arrière-plan par rapport à ses frères. Mieux valait en rester là maintenant, avant que leur relation ne se développe davantage.

Enfin, au bout de plusieurs heures interminables, Sean poussa la porte de la salle d'attente. Il n'avait pas eu le temps d'ôter sa tenue chirurgicale, mais, à son sourire, elle sut que l'opération s'était bien passée. Elle bondit aussitôt à sa rencontre, et il la serra contre lui. Comme elle résistait à son étreinte, il la dévisagea avec une surprise inquiète.

Elle ne lui laissa pas le temps de poser de questions.

— Alors ?

— Rick va bien. Il va être transféré dans une chambre, et tu devrais pouvoir le retrouver dans une petite heure. Ça va ? demanda-t-il, étudiant son visage avec un froncement de sourcils.

— Oui, oui. Beaucoup mieux maintenant.

— Bien. Ça m'embête de te laisser seule, mais je dois remplir de la paperasse. Je te retrouve plus tard dans la chambre de Rick. Une infirmière va passer te donner le numéro.

— OK. Merci d'avoir pris soin de mon frère.

Il sourit et lui caressa la joue du doigt.

— Il n'y a pas de quoi. Tu sais bien que je ferais n'importe quoi pour toi.

Il quitta la pièce, la laissant aux prises avec sa mauvaise conscience.

Deux heures plus tard, Cynthia était assise au chevet de Rick lorsque Sean arriva, vêtu du pantalon et de la chemise qu'il avait avant de venir à l'hôpital.

— Alors, comment va le patient ?

— Les médicaments l'ont sonné. Il gémit de temps en temps.

Sean hocha la tête.

— Le gonflement devrait disparaître d'ici quinze jours. Dans six semaines, tout cela ne sera plus qu'un mauvais souvenir.

— Merci, murmura-t-elle.

— Il n'y a pas de quoi.

Il contourna le lit pour venir auprès d'elle, mais elle ne se leva pas à son approche.

— Tu ne veux pas finir la nuit chez moi ? Tu as besoin de repos. Je peux te ramener demain à la première heure.

Elle secoua la tête avec lassitude.

— Non, je préfère rester ici.

— Ce n'est pas nécessaire, Cynthia. Les infirmières font du bon boulot.

Elle agita négativement la tête.

Sean prit une chaise et s'assit à côté d'elle.

— Nous pouvons rester un peu, mais je pense vraiment que tu devrais rentrer.

— Arrête de me dire ce que je dois faire, répliqua-t-elle sèchement.

Il se redressa et la dévisagea attentivement.

— Qu'est-ce qui se passe, Cynthia ?

Elle se tourna enfin vers lui et le regretta aussitôt.

Ses beaux yeux bleus allaient tellement lui manquer !

— Ecoute, il faut qu'on parle…

Elle baissa les yeux et serra ses mains sur ses genoux.

— Ça ne va pas marcher.

Fronçant les sourcils, Sean jeta un coup d'œil vers Rick comme s'il avait fait quelque chose de mal.

— Qu'est-ce qui ne va pas marcher ?

— Eh bien, ce qu'il se passe entre nous.

— Tu plaisantes ! Ce matin, ça avait l'air d'aller très bien, au contraire.

— Non ! Désolée, je ne peux pas. Ce n'est pas juste envers toi, je… J'aurais dû être là lorsque Rick s'est blessé.

— Attends, tu crois sérieusement que ta présence aurait changé quoi que ce soit ?

Elle aurait tellement voulu qu'il comprenne !

Elle se pencha vers lui pour ne pas hausser la voix.

— Je ne sais pas, mais je suis responsable de mes frères. Pour le moment, ils sont ma priorité, tu comprends ? C'est pour ça que ce n'est pas juste envers toi. Tu comptes beaucoup pour moi, et je ne peux pas te reléguer comme cela à l'arrière-plan.

Sean émit un juron en sourdine.

— Ce n'est pas vrai, je ne compte pas vraiment pour toi. Autrement, tu ne me ferais pas ça.

Il se leva en un sursaut et la contraignit à se mettre debout.

— Viens, nous risquons de déranger Rick. Une infirmière doit venir s'occuper de lui, ajouta-t-il en la voyant hésiter.

Ils sortirent et trouvèrent une pièce vide au bout du couloir. Sean referma soigneusement la porte derrière eux, puis il se tourna vers elle pour lui faire face.

— Ecoute, nous vivons quelque chose de beau, de vrai, et tu voudrais tout abandonner parce que tu culpabilises au sujet de ton frère ? D'abord, tu n'es pas sa mère. Ensuite, au cas où tu ne l'aurais pas remarqué, il est majeur, et Mark aussi. Ce ne sont plus des bébés, Cynthia, ce sont des hommes ! Il est temps que tu leur lâches la bride, pour leur bien comme pour le tien.

Les yeux de Cynthia lancèrent des éclairs.

— C'est ça, je devrais faire comme toi avec tes parents : les laisser tomber complètement.

— Tu ne sais rien de ma famille, répliqua-t-il avec une colère sourde.

Elle fit un pas vers lui avec un air de défi.

— Bien sûr que si ! Je sais que tes parents s'intéressaient davantage à leurs projets qu'à toi et que tu en as retiré un sentiment d'insécurité qui te poursuit encore aujourd'hui. Lorsque tu as pris ton indépendance, tu t'es choisi une vie sûre pour ne plus jamais manquer de rien, mais tu es tellement obnubilé par ta sécurité matérielle que tu lui sacrifies tout le reste. Tu as un bon métier, mais tu ne dépenses jamais ton argent pour autre chose que le strict nécessaire. Tu refuses de te laisser vivre de peur de finir comme tes parents. Avant ce week-end, quand étais-tu sorti pour la dernière fois ? Quand t'étais-tu amusé un peu, dis ?

Silencieux, il la fusilla du regard.

— Tu vois ? poursuivit-elle. Ça ne t'est pas arrivé parce que tu ne sais pas lâcher prise. Tu ne sais même pas ce que tu veux dans la vie. J'entends bien que tes parents sont un peu… originaux, disons, mais je parie qu'ils sont heureux. Mais toi, es-tu heureux ? On ne peut pas vivre tout seul. On a besoin des autres, même s'ils ne correspondent pas au modèle qu'on s'est fixé pour soi-même. J'ai payé pour savoir que la vie est faite des gens qu'on connaît et des souvenirs qui restent lorsqu'ils sont partis. La sécurité vient des personnes qu'on aime, pas d'un compte en banque bien garni.

Il grimaça comme si elle l'avait giflé. Se ressaisissant, il fit un pas vers elle.

— C'est vrai. Mais il faut aussi apprendre à se détacher des siens pour pouvoir voler de ses propres ailes. Ta famille compte tellement à tes yeux que tu t'interdis d'envisager quoi que ce soit sans eux. Tu pourrais reprendre tes études, vivre avec moi, mais non : tu te retranches derrière tes frères comme si tu craignais de vivre. Mais de quoi as-tu peur, au juste ? Qu'on te laisse tomber une fois de plus ?

Il pointa le doigt vers le sol.

— Moi, je suis là. Cette nuit je ne me suis pas défilé, et demain je répondrai encore présent à l'appel, si tu m'en laisses la possibilité. OK, j'accorde trop d'importance à ma sécurité financière, mais tu es la première qui m'ait donné envie de m'amuser un peu. Oui, j'ai des relations compliquées avec ma famille. Je n'en dirai pas plus car tu ne comprendrais pas, tes parents étaient trop différents des miens. Et pourtant, malgré toutes nos différences, je suis convaincu que tu es la seule femme pour moi.

Il la transperça d'un regard aigu.

— Je t'aime, Cynthia.

Cynthia dévisagea Sean avec incrédulité, et sa poitrine se comprima douloureusement.

Il l'aimait ? Seigneur, elle aurait voulu se précipiter vers lui, le serrer contre elle…

Mais elle ne pouvait pas. La manière dont ils menaient leur vie, leur façon de penser, tout les séparait.

— Je t'aime, répéta-t-il. Mais je refuse de te voir négliger tes aspirations et tes capacités. Ce n'est pas sain, Cynthia. Tu as fait ce que tes parents attendaient de toi. Grâce à toi, tes frères sont des adultes autonomes. Même Mark finira par trouver sa voie, tu verras. Mais ce qu'il doit faire pour lui, toi aussi, il faut que tu le fasses pour toi. Tu devrais reprendre tes études. Bosseuse et soucieuse des autres comme tu l'es, tu ferais une excellente infirmière. Je suis sûr que tes parents n'auraient pas voulu que tu t'empêches de vivre parce qu'eux-mêmes n'étaient plus de ce monde.

Touchée à vif, elle garda les yeux baissés.

Sean se tut une seconde avant de reprendre.

— Ne passe pas à côté de ta vie, ma chérie. Si tu veux bien me donner ma chance, tu verras que je suis moins austère que tu ne le penses.

— Pour le moment, je ne peux pas, dit-elle d'une voix faible. J'ai des responsab…

— J'en suis profondément désolé, la coupa-t-il. Réfléchis, Cynthia. Tu sais où me trouver si jamais tu arrives à laisser le passé derrière toi pour te construire un avenir.

Et, se détournant, il s'en alla à grands pas.

10.

Plusieurs jours plus tard, Sean n'avait toujours pas digéré la façon dont Cynthia s'était comportée.

Implicitement, elle le tenait responsable de l'accident de Rick, et ça, c'était inacceptable. Il avait toujours trouvé qu'elle couvait trop ses frères, mais, là, elle déraillait. Il n'y avait rien à faire : elle n'arrivait pas à dépasser la mort de ses parents. Elle ne pouvait ou ne voulait pas laisser le passé derrière elle. Il l'aimait trop pour ne pas l'aider à voir la réalité en face, mais le problème, c'était qu'elle ne voulait pas entendre raison.

Depuis leur dispute, elle ne lui avait plus donné aucun signe de vie. Le lendemain de l'accident, il ne l'avait pas vue dans la chambre de Rick lorsqu'il était venu pour l'examiner. À coup sûr, elle avait demandé à l'infirmière à quelle heure il visitait ses patients de façon à l'éviter.

Le cœur lourd, il était retourné trois jours plus tard à la petite maison du lac afin d'y récupérer les affaires qu'ils avaient laissées lors de leur départ précipité. Partout où se posaient ses yeux, il revoyait mentalement Cynthia qui riait, qui lui souriait. Il aurait donné tout l'or du monde pour pouvoir revenir en arrière.

Il avait déjà traversé des périodes malheureuses, mais comme celle-ci, jamais. Sans Cynthia, sa vie se retrouvait dépourvue de sens. Certes, son quotidien n'avait pas changé, son travail de chirurgien se déroulait comme d'habitude entre consultations, visites de patients et interventions au bloc. Pourtant, rien n'était plus comme avant. Jusqu'alors, il n'avait jamais souffert de la solitude. À présent, il dormait sur le canapé parce qu'il ne supportait plus d'être au lit sans elle.

Le simple fait de prendre une douche suffisait à évoquer des souvenirs doux-amers.

Il continuait de lui confier ses travaux de transcription, mais, lorsqu'il lui demandait un rapport, elle le lui envoyait par fax sans prendre la peine de se déplacer. Il ne pouvait pas voir son paraphe à côté du sien sans éprouver un serrement de cœur : ils étaient si proches, et pourtant si loin l'un de l'autre... Exactement comme dans cette salle d'hôpital, ce jour où ils s'étaient disputés. Jour après jour il espérait recevoir de ses nouvelles, et jour après jour il était déçu. Malgré tous ses efforts pour ne plus penser à elle continuellement, il ne pouvait pas s'empêcher de vérifier si elle ne lui avait pas écrit. Mais non : leurs rares contacts se cantonnaient désormais au travail.

Leur rupture l'avait mis dans un tel état de déprime que son assistante personnelle s'en rendit compte. Elle faillit le faire pleurer en lui disant pour plaisanter qu'aucune dispute ne résiste à des fleurs et des bonbons. Si les choses étaient aussi simples... Justement, il ne savait pas comment renouer avec Cynthia. Il lui avait laissé sa porte grande ouverte, mais jusqu'à présent elle n'avait pas daigné lui répondre.

Lorsque Rick était passé à la clinique quelques jours plus tôt pour sa visite de suivi post-opératoire, Cynthia n'était pas avec lui. D'une certaine manière, Sean en était soulagé. Il n'aurait pas supporté de la voir le quitter à nouveau. Rick n'avait posé aucune question. Tout au plus s'était-il contenté de dire en s'en allant :

— J'espère qu'on se reverra bientôt.

— Oui, j'aimerais bien, avait-il répondu.

Cynthia accordait trop d'importance à sa famille, c'était un fait. D'un autre côté, elle lui avait dit quelques vérités qui l'avaient fait réfléchir sur sa relation avec ses propres parents.

En effet, ceux-ci l'avaient aimé à leur manière et, même s'ils menaient une vie complètement désordonnée, ils s'étaient souciés de lui. Autrement, pourquoi se seraient-ils vantés de ses bons résultats à l'école et auraient affiché ses bulletins de notes dans la cuisine ? Non, tout n'était pas négatif dans sa jeunesse. Au contraire, il se rappelait un climat d'insouciance, de bonne humeur, de repas partagés avec des rires, de balades en famille, de longues parties de jeux de société. Obnubilé par le ressentiment, il avait fait l'impasse sur ces souvenirs positifs, mais, grâce à Cynthia, ceux-ci refaisaient surface dans sa conscience.

Aurait-il été injuste avec ses parents et ses frère et sœur ? Leur aurait-il trop demandé ? Après tout, c'était en grande partie grâce à eux qu'il était devenu ce qu'il était. Aurait-il réussi dans son métier s'il n'avait pas pris dès son plus jeune âge l'habitude de travailler dur ? Il était sans doute grand temps de leur tendre la main et de les remercier.

Le soir venu, il hésita avant de prendre le combiné. Repoussant ses craintes, il composa résolument le numéro.

La tonalité résonna trois fois, puis sa mère décrocha.

— Allô ?

— Salut, maman.

— Mon Dieu, Sean, c'est toi ? Comment vas-tu, mon chou ? Ça fait si longtemps…

Une boule se logea dans la gorge de Sean. Il respira profondément.

— Comment vas-tu, maman ? Et papa ?

— Nous allons bien. Lisa et Bill aussi. Et toi, ça va ?

— Oui, oui.

Il avait le cœur brisé, mais ce n'était pas le moment d'en parler. Il n'appelait pas pour s'épancher.

— Euh, maman… Je me demandais si je pouvais passer vous voir.

— Avec plaisir, mon grand. Tu sais que tu es toujours le bienvenu.

— Le week-end prochain, c'est possible ?

— Pas de problème. Ton père sera ravi !

— Alors, à samedi prochain. Autour de 16 heures, OK ?

— Parfait. J'ai déjà envie d'y être.

Il raccrocha en proie à un sentiment étrange, dans lequel se mêlaient le soulagement, la joie et la mauvaise conscience.

Le samedi suivant, lorsque Sean se gara devant la maison, il n'eut pas le temps de descendre de voiture que ses parents étaient déjà sortis sous le porche à sa rencontre.

Ils avaient l'air tellement heureux de le revoir… Au moins autant que lui l'avait été lorsqu'il avait vu arriver Cynthia chez lui pour la première fois. Ses parents l'avaient-ils attendu avec la même impatience ? En tout cas, ils ne semblaient pas lui en vouloir de son long silence. Au contraire, sa mère le serra contre elle à lui couper le souffle tandis que son père lui tapotait affectueusement le dos. Elle avait les larmes aux yeux lorsqu'elle le relâcha.

— Viens donc, dit Mme Donavon. Lisa et Bill sont venus avec leurs enfants.

Sur ces mots, elle s'empressa de regagner la maison.

Son père le prit à son tour dans ses bras pour une brève étreinte.

— Si tu savais comme ta visite nous fait plaisir, fiston ! Ta mère est sur un petit nuage.

Sean eut un sourire gêné. Jamais il ne s'était senti aussi coupable de ne pas leur avoir donné signe de vie pendant des mois. Pourtant, personne ne semblait lui en tenir rigueur. Lisa et Bill semblaient eux aussi ravis de le revoir. La soirée passa comme un éclair. Il n'y eut qu'une anicroche à déplorer, lorsque son père lui parla d'un site de vente en ligne sur lequel il travaillait. Là, Sean ne put réprimer une moue agacée, mais sa mère détourna promptement la conversation vers un sujet moins litigieux.

À quoi bon se mettre martel en tête ? Certaines choses ne changeraient jamais. En revanche, lui-même avait changé. Il était désormais adulte et ne dépendait que de lui-même. Il pouvait mener sa barque comme bon lui semblait.

Après le dîner, il alla s'asseoir avec son frère à l'écart dans un coin du salon pour discuter tranquillement.

— Je suis content que tu sois venu, dit Bill en prenant place dans un fauteuil. On te voit trop peu.

— Je sais, et je m'en veux.

— Il n'y a pas de quoi. Je te comprends, tu sais. Tu as eu du mal à accepter les choix de papa et de maman, beaucoup plus que Lisa et moi. C'est normal, tu étais le benjamin de la famille. Tu voulais faire du sport et des activités avec des jeunes de ton âge. Nous, nous étions déjà passés à autre chose. Je ne suis pas surpris que tu aies pris tes distances.

Sean hocha la tête.

Jamais il n'aurait pensé que Bill s'était rendu compte de ce qu'il avait éprouvé à cet âge-là.

— C'est de l'histoire ancienne. À présent, j'ai la chance de pratiquer un métier que j'adore et qui me permet de venir en aide aux autres.

Quel dommage que sa vie personnelle ne soit pas aussi accomplie ! Devait-il se résoudre à tirer un trait sur sa relation avec Cynthia ? Manifestement, elle ne voulait pas de lui. Depuis leur dispute, elle gardait le silence. D'ailleurs, avait-elle jamais eu des sentiments pour lui ? Elle ne lui avait jamais dit qu'elle l'aimait.

Son père vint s'asseoir près de lui, interrompant ses pensées.

— Tu restes avec nous ce soir, hein, Sean ?

Sean lui sourit. Il ne s'entendrait sans doute jamais avec ses parents sur certains points, mais quelle importance ? Ils s'aimaient, c'était l'essentiel.

— Bien sûr, papa. Avec plaisir.

Plusieurs semaines après leur rupture, Cynthia continuait de travailler pour Sean. Comme avant, elle réservait ses transcriptions pour la fin, mais plus pour les mêmes raisons : elle le faisait parce que son cœur se brisait lorsqu'elle entendait sa voix.

Elle demeurait convaincue d'avoir pris la bonne décision. Sean méritait mieux qu'une relation par intermittence. Étant donné la vie qu'elle menait, elle ne pouvait pas se consacrer à lui à cent pour cent. Autant jeter l'éponge, pour le moment du moins, en espérant pouvoir le retrouver plus tard.

Elle avait tellement rêvé de rencontrer un homme tel que lui ! À l'époque où elle ne faisait que fantasmer sur sa voix, il lui paraissait trop beau pour être vrai, mais, lorsqu'elle l'avait vu pour la première fois, elle avait trouvé un homme en chair et en os, avec ses défauts, ses faiblesses, et cet homme-là l'avait touchée au fond d'elle-même, au point de la rendre amoureuse. Mais pouvait-elle le lui dire à présent ?

Après leur dispute, elle était restée auprès de Rick pour surveiller sa convalescence. Son petit frère se remettait bien de ses blessures. Tellement bien, même, qu'il semblait gêné de se voir materné de la sorte. Il avait d'ailleurs refusé qu'elle l'accompagne à sa visite de suivi à la clinique de Sean. Elle n'avait d'ailleurs pas insisté, soulagée de ne pas avoir à rencontrer ce dernier.

D'une certaine manière, Rick la repoussait, ces derniers temps. C'était sans doute un passage obligé vers l'âge adulte. Sean avait raison, ses frères n'étaient plus des gamins. Ils avaient grandi sans qu'elle s'en aperçoive, pris des chemins auxquels elle n'aurait pas pensé. Mark avait l'air heureux dans son nouveau boulot. Certes, elle aurait préféré qu'il continue ses études, mais quel mal y avait-il à ce qu'il gagne sa vie ?

Conséquence de son travail ou pas, Mark avait mûri. Le garagiste avait été incapable de remettre sa voiture en état, mais, plutôt que de piquer une crise et d'exiger qu'elle lui prête son véhicule comme il l'aurait fait il n'y avait pas si longtemps, il s'était arrangé avec Rick. Oui, ses petits frères n'étaient décidément plus des gamins.

Pourquoi n'avait-elle pas compris plus tôt qu'ils étaient devenus des adultes responsables et libres de leurs choix ? Sean avait-il vu juste ? Refusait-elle d'admettre qu'ils n'avaient plus vraiment besoin d'elle ?

Au fond, peut-être qu'elle avait besoin de les tenir sous sa coupe pour se donner une importance, tout en se disculpant de ne pas avancer dans sa vie. Avait-elle mis ses rêves entre parenthèses parce qu'elle avait peur ? Avait-elle repoussé Sean à cause de cette même peur ?

Mark et Rick avaient eu la délicatesse de ne faire aucun commentaire après sa rupture avec lui, mais elle savait qu'ils n'étaient pas dupes. Semaine après semaine, Sean emplissait ses pensées le jour et ses rêves la nuit. Le pire, c'étaient les larmes : elle pleurait à tout bout de champ, sans pouvoir se contrôler.

C'était un mauvais moment à passer. Avec le temps, ses blessures finiraient bien par cicatriser. En attendant, il lui fallait s'armer de patience.

La discussion qu'elle aurait dû avoir depuis longtemps avec ses frères arriva deux mois après sa rupture avec Sean.

— Quand vas-tu t'inscrire à l'université ? demanda-t-elle à Rick lors du repas du soir.

— Pas avant deux mois. Ne t'inquiète pas, je n'oublie pas.

— Je ne m'inquiète pas. Simplement, je ne veux pas que tu laisses passer la date.

Rick déposa sa fourchette sur le bord de son assiette et la regarda droit dans les yeux.

— Je sais ce que j'ai à faire, Cynthia. Si je laisse passer la date, c'est mon problème, pas le tien.

Mark s'éclaircit la gorge.

— À ce propos, on a discuté, Rick et moi. On pense que tu devrais cesser de te comporter comme une maman avec nous. Tu es notre sœur. Arrête de nous donner sans cesse des ordres.

Elle accusa le coup et les regarda l'un et l'autre alternativement.

— Vous exagérez, je ne suis pas toujours sur votre dos. Enfin, je ne pense pas… Je veux simplement vous aider.

— Tu nous aides, intervint Rick d'une voix calme. Mais nous pouvons nous débrouiller sans toi, maintenant.

— Désolé, Cynthia. Tu es notre sœurette, et on t'adore, mais tu nous tapes sur les nerfs. Je travaille, Rick va bientôt passer son bac et entrer à la fac. Nous ne sommes plus des gosses. Lâche-nous un peu les baskets.

Prise de court, elle observa un bref silence. Elle tombait

des nues. L'idée ne l'avait jamais effleurée qu'ils pouvaient la trouver pesante au quotidien.

— Je vous énerve depuis longtemps ?

— Oh oui ! dit Mark en souriant.

Rick renchérit d'un hochement de tête.

— Quand papa et maman sont morts, il fallait qu'on se serre les coudes. Et puis, Mark et moi, on voulait te faire plaisir. Donc, on a gardé la maison dans l'état où les parents l'ont laissée, on a continué à prendre les repas tous ensemble le soir, on t'appelait le soir à 9 heures lorsqu'on était de sortie. Mais ça va faire trois ans, Cynthia. Mark et moi sommes majeurs, à présent. À quoi bon faire comme si papa et maman étaient toujours là ? Il est temps pour nous tous de vivre notre vie. Et ce que je dis est valable aussi pour toi.

Elle secoua la tête, désemparée.

— Je ne pensais pas que je vous énervais à ce point.

— Eh bien, maintenant, tu le sais, dit Rick. Sérieusement, tu devrais reprendre tes études. L'année prochaine, on pourrait être à la fac ensemble. Ce serait cool, non ?

— Oui…

En effet, rien ne l'empêchait de reprendre ses études et de décrocher enfin ce diplôme d'infirmière. Au contraire, ce serait formidable.

Elle sourit à ses frères.

— OK, voilà ce que je propose. Si vous m'aidez à la maison, je peux envisager de m'inscrire en école d'infirmières. Vous devez aussi me promettre de me faire savoir quand je suis trop autoritaire.

— Je ne suis pas favorable à ta première proposition, mais, pour la deuxième, pas de problème, dit Rick.

Ces paroles furent accueillies par un grand éclat de rire.

— Encore une chose, dit Mark. Tu devrais utiliser l'argent que papa et maman nous ont laissé pour déménager quelque part. Si tu restes ici, tu ne pourras pas t'empêcher de penser à nous, et on n'avancera pas. Achète-toi une maison ou un appartement. Rick et moi pouvons rester ici. Ou alors, si tu préfères, c'est nous qui déménageons.

Le cœur de Cynthia se serra. En d'autres termes, ils ne voulaient plus vivre avec elle. Comment en étaient-ils arrivés là ?

— Je vois bien la tête que tu fais, dit encore Mark. Ne va surtout pas croire qu'on se débarrasse de toi, voyons ! Nous avons besoin d'autonomie, voilà tout. Et toi aussi, d'ailleurs. Nous ne serons pas loin les uns des autres, de toute façon. Tu pourras venir nous voir quand tu le voudras. Pourquoi pas une fois par semaine pour le dîner ?

Elle hocha la tête, à court de mots.

Manifestement, ses frères avaient avancé dans leur vie alors qu'elle demeurait esclave du passé. Sean avait vu juste. Il fallait qu'elle trouve sa propre voie et qu'elle cesse de couver ses frères. C'était difficile mais indispensable.

Rick lui serra affectueusement l'épaule.

— Eh, petite sœur, toi aussi, tu mérites de profiter un peu de la vie.

— Je vous adore, dit-elle en ouvrant grand les bras. Venez là.

Une semaine plus tard, Cynthia glissa la dernière cassette de sa liste dans la machine. Le cœur serré, elle se prépara mentalement à entendre la voix de velours de Sean.

Pourquoi n'avait-elle pas signifié plus tôt à son assistante personnelle qu'elle ne souhaitait plus prendre en charge ses transcriptions ? Entendre sa voix régulièrement, c'était au-dessus de ses forces. Elle allait perdre un client important, mais tant pis. Elle n'arriverait pas à avancer dans sa vie si elle continuait à travailler pour lui.

Déjà, elle avait fait un pas dans la bonne direction en s'inscrivant à la fac. Avec un peu de chance, sa nouvelle vie lui permettrait d'oublier la belle histoire qu'elle aurait pu avoir avec Sean.

Pourtant, elle en doutait. Plusieurs mois s'étaient écoulés depuis leur dispute, et elle le regrettait plus que jamais. Il lui avait dit qu'il l'aimait, qu'il lui laissait la porte ouverte. Était-il trop tard pour lui envoyer un signe de bonne volonté ? Jamais il n'avait tenté de la contacter, preuve qu'il respectait sa décision… Ou qu'il avait rencontré quelqu'un d'autre.

Le simple fait de l'imaginer avec une autre femme lui mit les larmes aux yeux.

Si elle cherchait à le contacter, lui pardonnerait-il de s'être comportée comme une idiote ? Au fond, que risquait-elle à le faire ? Bien sûr, elle pouvait continuer de vivre comme ces derniers mois, seule et déprimée, mais à choisir… Dès qu'elle aurait terminé cette transcription, elle lui enverrait un mail.

Elle enclencha la machine pour commencer la transcription.

— Bonjour, Cynthia, dit la belle voix dans ses écouteurs. J'espère que tu vas bien. Je voulais juste te dire que mon dossier a été accepté. Je tenais à te remercier, car, si ce travail a abouti, c'est en grande partie grâce à toi.

Et sur ces paroles il entama sa lecture.

Des larmes jaillirent aux yeux de Cynthia.

C'était la première fois en plus de deux mois qu'il glissait un message personnel dans une de ses dictées !

Elle rembobina la cassette pour l'entendre une deuxième fois, puis une troisième.

Était-ce une manière de lui montrer qu'il ne l'avait pas oubliée, qu'elle comptait encore pour lui ? Peu importe, au fond. Elle devait saisir l'occasion tout de suite. La transcription pouvait attendre.

Forte de cette pensée, elle se connecta sur sa messagerie.

Bonjour, Sean,

Je viens d'avoir ton message au sujet du dossier, félicitations ! Je te dois des excuses. Penses-tu qu'on pourrait se parler bientôt ?

Cynthia

Elle relut son message et l'expédia avant d'avoir changé d'avis. Voilà, c'était fait. Si Sean ne l'aimait plus, s'il avait rencontré quelqu'un, eh bien, tant pis. Au moins, elle ne pourrait pas se reprocher de n'avoir rien tenté.

En fin de journée, son dernier patient parti, Sean se connecta à sa messagerie pour consulter ses mails avant de rentrer chez lui. À peine la page ouverte, le nom de Cynthia lui sauta aux yeux.

L'espace d'une brève seconde, il le regarda fixement.

Lors de sa dernière dictée, il lui avait envoyé un message en espérant qu'elle réagirait, un peu comme une bouteille à la mer. De toute façon, il devait la remercier.

À présent qu'elle lui avait répondu, il n'osait pas ouvrir son mail. Était-elle encore en colère contre lui ? Quelques jours plus tôt, elle avait fait savoir à son assistante personnelle qu'elle ne souhaitait plus s'occuper de ses transcriptions. Lui écrivait-elle pour enfoncer le clou et lui dire définitivement adieu ?

Il n'y avait qu'une manière de le savoir.

D'une main légèrement tremblante, il cliqua sur le message pour l'ouvrir et le lut en diagonale, puis il le relut plus lentement.

Elle voulait lui parler ! Pourquoi pas maintenant ?

Il consulta sa montre.

Il était un peu tard, mais tant pis. Après toutes ces semaines passées à ronger son frein, il ne supportait pas d'attendre davantage. Puisqu'elle était disposée à le revoir, il n'allait pas laisser passer sa chance.

Je suis heureux d'avoir de tes nouvelles, Cynthia. Je sais qu'il est tard, mais veux-tu qu'on se retrouve ce soir ? Ça te dit, un restau ?

La réponse arriva au bout de quelques secondes.

J'aimerais bien, mais je n'ai pas de voiture. Ça ne t'embête pas de passer à la maison ?

Il se sentit pousser des ailes. Enfin, après cette longue traversée du désert, sa vie allait peut-être retourner à la normale ! C'est-à-dire, avec Cynthia !

Il répondit aussitôt.

OK, j'arrive dans une heure. À tout de suite.

Cynthia faisait les cent pas sous le porche en attendant Sean lorsqu'un bolide dernier cri ralentit à sa hauteur puis s'arrêta.

Son cœur se mit à battre à cent à l'heure.

Est-ce que ce serait lui ? Ce n'était pas sa voiture, mais qui d'autre pouvait se garer devant chez elle à une heure pareille ?

La portière s'ouvrit, et Sean mit pied à terre.

Clouée sur place, elle le vit se tourner vers elle avec un sourire indécis, comme s'il redoutait son accueil.

— Salut.

Cette voix… Elle lui avait tellement manqué ! Et l'homme qui allait avec aussi.

Tentée de se précipiter vers lui pour l'accueillir, elle s'en abstint, ne sachant comment il allait réagir.

— Salut, se contenta-t-elle de répondre.

Sean se pencha pour prendre dans la voiture une boîte et un bouquet. Il remonta l'allée et se posta devant elle, et ils échangèrent un long regard silencieux.

Taraudée par l'envie de le toucher, elle serra les poings au fond de ses poches.

— Jolie voiture, dit-elle encore.

— Merci. Je l'ai achetée récemment. Après avoir rendu visite à mes parents, je me suis dit que je pouvais me permettre ce plaisir.

— Tu as rendu visite à tes parents ! Comment vont-ils ?

— Bien. Ils n'ont pas changé, mais qu'importe. Je peux les aimer sans pour autant approuver tous leurs choix de vie.

— C'est vrai. Tu entres ? À moins que tu ne préfères rester dehors sous le porche, dit-elle en désignant la balancelle.

— Je veux bien, oui, si tu n'as pas froid.

Il semblait hésiter à entrer. Que craignait-il ? C'était elle qui avait commis une bourde. Lui, il n'avait rien à se reprocher.

— Non, ça va.

Elle alla s'installer sur la balancelle, mais Sean demeura debout auprès d'elle.

— Tiens, c'est pour toi, dit-il en lui tendant le bouquet et la boîte. Pour te remercier de ton aide. Tu es la première personne à qui j'en ai parlé.

— Merci. Les fleurs sont magnifiques, et j'aime beaucoup le chocolat.

Il se passa la main nerveusement dans les cheveux.

— D'après ma secrétaire, c'est le meilleur remède contre les disputes.

Elle le considéra avec étonnement.

Il avait évoqué leurs problèmes devant son assistante, lui qui était si secret ?

— C'est un bon début, en tout cas. Au fait, félicitations pour ton projet. Tu le mérites.

— Merci. Cette réussite est aussi la tienne, tu sais.

Un silence tomba, et elle se retint de pianoter des doigts sur la banquette. Ils parlaient pour ne rien dire.

Elle prit sa respiration et se lança.

— Je suis contente que tu sois venu, Sean. Comme je te l'ai dit dans mon mail, je te dois des excuses pour ce qui s'est passé à l'hôpital. Tu as été merveilleux, et j'ai honte de la façon dont j'ai agi envers toi. Tu avais raison au sujet de mes frères. Ce sont des hommes, je dois leur lâcher la bride. D'ailleurs, j'ai commencé à le faire.

Le visage de Sean s'éclaira.

— C'est vrai ? Je suis fier de toi.

— Pardon d'avoir été aussi dure.

Il s'assit à ses côtés et se tourna vers elle.

— Moi aussi, j'ai mes torts. Je n'aurais pas dû tourner le dos ainsi à mes parents. Sans eux, je ne serais pas devenu ce que je suis. C'est toi qui m'as aidé à en prendre conscience. Depuis, j'essaie de rattraper le temps perdu.

— D'où les fleurs, la jolie voiture ?

Il haussa les épaules.

— Si tu veux, oui. Mais la voiture est d'occasion, on ne se refait pas !

Elle éclata de rire et posa ses cadeaux sur un coin de la balancelle.

— Tant mieux. Je l'aime bien, moi, l'ancien Sean.

— Même avec quelques modifications ?

Elle le regarda, le cœur battant.

— Oui, répondit-elle fermement.

Sean serra ses doigts entre les siens.

— Suffisamment pour tout recommencer et lui donner une seconde chance ?

Elle retira sa main et se leva. Comme il voulait l'imiter, elle le repoussa sur le siège.

— Je veux ce que nous avions avant, et plus encore.

Il la dévisagea avec incrédulité, puis il bondit sur ses pieds et la serra contre lui dans une étreinte convulsive.

Leurs lèvres s'unirent. Les bras autour de son cou, elle s'agrippa à lui comme si elle n'allait plus jamais le relâcher.

Enfin, Sean la contempla avec adoration.

— J'étais sincère quand je t'ai dit que je t'aimais, tu sais. Avec toi, je me sens entier, en sécurité.

Elle prit son visage en coupe pour l'embrasser encore.

— J'espère bien, parce que, moi aussi, je t'aime.

Ils échangèrent un autre baiser, puis un autre, et un autre encore.

— Au fait, j'ai oublié de te dire que je vais bientôt me retrouver à la rue…

À cette nouvelle, Sean fronça les sourcils.

— Mes frères m'ont dit sans ambiguïté que, si je ne déménageais pas, ce sont eux qui partiraient.

Il se mit à rire, rassuré.

— Je peux sans doute t'aider à résoudre ce problème. Acceptes-tu de m'épouser et de venir vivre avec moi ?

— J'en serais ravie, chuchota-t-elle.

Il scruta son visage comme pour y chercher confirmation de ce qu'elle venait de dire.

— C'est donc oui ?

Elle se serra contre lui avec bonheur.

— Oui, oui, oui ! Cent fois oui, mille fois oui !

Sean lui caressa le visage avec une infinie tendresse.

— Tu es la femme de ma vie. Pour rien au monde je ne permettrai que tu me quittes de nouveau. Je ne te laisserai plus partir. Plus jamais.

BLANCHE

Une famille pour Carly, de Louisa George - N°1658

Après avoir surmonté une perte douloureuse, Carly est enfin prête à quitter la splendide île Rawhiti, Nouvelle-Zélande, où elle a autrefois été heureuse. Mais l'arrivée d'Owen Cooper, le nouveau médecin local, remet en question ses projets. Cet homme, papa d'un adorable petit garçon, pourrait-il redonner de l'éclat à son existence ? Devant les battements précipités de son cœur, elle a soudain envie de le croire…

L'amant d'une île, d'Amy Ruttan

L'aventure. Voilà ce que le Dr Josephine York est venue trouver sur Fogo, une île au large d'une autre île. Grisée par sa nouvelle vie, elle s'offre une nuit de passion dans les bras de Henrik, un ambulancier qu'elle vient de rencontrer. Mais la réalité la rattrape de plein fouet quand elle se découvre enceinte. Certes, Josephine a toujours voulu être maman, mais jamais elle n'avait imaginé partager ce rêve avec l'amant d'un soir…

Retrouvailles dans le Montana, de Dianne Drake - N°1659

SÉRIE : SINCLAIR HOSPITAL - 1/2

Caleb n'en revient pas. Leanne Sinclair, la femme qui l'a trahi au lycée, est sa nouvelle collègue à la clinique de Marrell. Alors qu'une fureur soudaine lui donne envie de tourner les talons, Caleb résiste. Il a emménagé dans le Montana pour le bien de son fils, Matthew, et il n'est pas question pour lui d'abandonner sa nouvelle vie pour cette femme surgie du passé…

Le plus troublant des baisers, de Dianne Drake

SÉRIE : SINCLAIR HOSPITAL - 2/2

Sauveteuse d'urgence en montagne, Carrie ne craint rien. Pourtant, lorsque Jack Hanson – son séduisant patron – lui donne un baiser aussi fougueux qu'inattendu, c'est une peur viscérale qui l'envahit. Celle de s'attacher à un homme qui fuit toute relation alors qu'elle a tant besoin de stabilité dans sa vie…

HARLEQUIN

Leur mission : sauver des vies.
Leur destin : trouver l'amour.

HARLEQUIN
www.harlequin.fr

BLANCHE

HARLEQUIN

Au bras du Dr Sheridan, de Karin Baine - N°1660

La Reine des glaces. Mollie n'ignore rien du surnom dont l'a affublée l'arrogant Dr Ben Sheridan. Mais, quand ils se retrouvent partenaires d'un concours de danse à but caritatif, elle n'a aucune bonne raison de refuser. Il ne reste qu'à espérer que Mollie réussira à maîtriser, durant leurs longues séances d'entraînement, le trouble que Ben éveille en elle…

Trois semaines pour lui résister, de Becky Wicks

Écrire la biographie de Ryan Tobias dont elle suit les aventures télévisées est un rêve absolu pour Madeline. Mais le rêve tourne au cauchemar lorsqu'elle apprend qu'ils vont devoir cohabiter dans la jungle durant plusieurs semaines. Comme si cette perspective n'était pas assez effrayante en soi, Ryan cherche à la séduire dès leur première rencontre…

Leur mission : sauver des vies.
Leur destin : trouver l'amour.

HARLEQUIN
www.harlequin.fr